Bernadette Calonego
Die letzte Erkenntnis

Das Buch

Auf der Suche nach dem Mörder seines Bruders stößt der kanadische Regisseur Lester Debuisson auf die Fälle von drei führenden Wissenschaftlern, die scheinbar zufällig im selben Jahr in ihren Heimatländern Schweiz, Deutschland und Italien ums Leben kamen. Er macht sich heimlich nach Europa auf, in der Hoffnung, die Zusammenhänge zwischen den Todesfällen aufzuklären. Bald erkennt er, dass er es mit mächtigen Gegnern zu tun hat.

Tia Brekmann reist auf eine kanadische Pferderanch und will dort mit ihrem Freund Urlaub machen. Sie ist auf der Flucht vor einem Trauma: Ihr Vater war einer der Wissenschaftler und wurde in ihrer Anwesenheit vor ihrer Haustür kaltblütig niedergeschossen. Statt der erhofften Erholung wird sie in verstörende Ereignisse im Umfeld der Ranch hineingezogen, und plötzlich werden die Mörder ihres Vaters auf sie aufmerksam …

Die Autorin

Bernadette Calonego wurde in der Schweiz geboren und wuchs am Vierwaldstättersee auf. Bereits im Alter von elf Jahren veröffentlichte sie in einer Schweizer Zeitung ihre erste Geschichte, ein Märchen. Nach dem Studium an der Universität Freiburg unterrichtete sie zuerst in England und der Schweiz, später arbeitete sie als Journalistin für die Agentur Reuters und als Auslandskorrespondentin einiger renommierter Zeitungen, z. B. der Süddeutschen Zeitung. Nach dem Umzug nach Kanada startete sie ihre Karriere als Schriftstellerin und hat seitdem neben Texten in der Vogue, GEO und dem SZ-Magazin bereits sechs Romane veröffentlicht. Sie lebt in der Nähe von Vancouver.

Mehr über die Autorin können Sie auf www.bernadettecalonego.com erfahren.

Bernadette Calonego

Die letzte Erkenntnis

Thriller

Deutsche Erstveröffentlichung bei
Edition M, Amazon Media E.U. S.à r.l.
5 Rue Plaetis, L-2338 Luxembourg
Oktober 2017
Copyright © der Originalausgabe 2017
By Bernadette Calonego, Calonego Media Inc.
All rights reserved.

Umschlaggestaltung: bürosüd⁰ München, www.buerosued.de
Umschlagmotiv: © Nikolaus Gruenwald / Getty; © Maciej Bledowski /
Shutterstock; © Dudarev Mikhail / Shutterstock; © Ihnatovich Maryia /
Shutterstock
Lektorat: Gisa Marehn
Korrektorat: Manuela Tiller/DRSVS
Printed in Germany
By Amazon Distribution GmbH
Amazonstraße 1
04347 Leipzig, Germany

ISBN: 978-1-542-04852-1

www.edition-m-verlag.de

Für Peter, Klaus und Karl

PROLOG

Plötzlich war der Boden weg. Nichts mehr. Nur Leere.

Er fiel. Sein Kopf schlug wie ein Squashball links und rechts auf. Wände aus steinhartem Schnee. Er hatte keine Zeit zum Schreien.

Er fiel und fiel. Und dann ein jäher Schlag durch den ganzen Körper. Der Aufprall.

Er brauchte Minuten, um wieder denken zu können. Ganz nah vor sich sah er bläulich schimmerndes Eis. Er versuchte, den Kopf zu bewegen. Der Kopf ließ sich bewegen! Wo waren seine Arme? Seine rechte Hand fühlte sich weit weg an, wie losgelöst vom Körper. Der Arm zeigte nach oben, er lag parallel zum Kopf.

Sein linker Arm steckte in einem Kissen aus Schnee zwischen Körper und Eiswand. Langsam sah er an sich herunter. Angst kroch in ihm hoch. Angst zu sehen, was dort unter ihm war.

Seine Füße baumelten im Leeren.

Da war nichts, einfach nichts. Ein gähnender Abgrund. Tief unten lauerte der Tod.

Ihn überfiel Panik. Er schrie. Seine Schreie hallten dumpf von den Eiswänden wider.

Jetzt begriff er. Er klemmte in der schmalsten Stelle einer Spalte, die sich verengte wie eine Sanduhr und dann wieder weitete. Er war in eine Gletscherspalte gestürzt. In dem beliebten Skigebiet gab es gefährliche Gletscherspalten! Kinder auf Snowboards waren vor ihm die Piste hinuntergesaust. Aber er war durch den Schnee in den Abgrund gebrochen.

Jetzt hing er in einer kuhlenförmigen Scharte. Er schaute hoch. Weit, weit oben schimmerte helles Licht durch den nachgerutschten Schnee. Viel zu weit oben. Mindestens zehn Meter über ihm.

Seine linke Hand fühlte sich bereits kalt an. Wie lange dauerte es in diesen eisigen Temperaturen hier unten, bis die Finger erfroren? Vorsichtig bewegte er einen Fuß. Ein Prickeln im Bein. Der Eisvorsprung klemmte die Blutzufuhr oberhalb des Schenkels ab.

Wo war sein Snowboard? Er konnte es nirgendwo sehen. Und auch seine Bauchtasche war weg. Sie musste sich beim Sturz gelöst haben.

Aber das war nicht so schlimm. Viel schlimmer war, dass er sein Handy nicht bei sich hatte. Er konnte nicht einmal um Hilfe rufen.

Niemand konnte ihn erreichen. Und niemand würde ihn vermissen. Nicht für einige Tage.

Einige Tage. Er wollte nicht einmal eine einzige Nacht hier unten verbringen. Eine Nacht in diesem Eisgefängnis konnte den Tod bedeuten.

Er hatte sich schon einmal in den Alpen aus einer Gletscherspalte gerettet. Aber er war damals angeseilt gewesen und trug Steigeisen. Und einen Eispickel hatte er auch dabeigehabt. Oben hatten die Seilkameraden alle Hebel in Bewegung gesetzt.

Hier war er allein.

Was war das? Er hörte etwas. Ein Hämmern! Seine Retter! Sie befanden sich am Spaltenrand. Sie hämmerten unaufhörlich.

Aber er sah keine Retter. Und das war kein Hämmern. Es war sein eigener Puls, der unter seinem Helm widerhallte.

Er versank in Angst. In einem rasenden Anfall von Klaustrophobie.

Er versuchte, ruhiger zu atmen. Ein Gedanke durchblitzte ihn. Er wusste, jede Bewegung konnte ihn aus seinem Sicherheitssitz in die Tiefe befördern. Trotzdem musste er es wagen. Zentimeter um Zentimeter zog er den rechten Arm heran. Der Druck auf seine Schulter verstärkte sich. Unvermittelt spürte er einen stechenden Schmerz. Doch er hörte nicht auf. Die Hand befand sich schon auf der Höhe der Schulter. Unter Schmerzen drehte er sie, bis sie auf der Brusttasche seines Skianzugs lag. Seine Finger waren bereits etwas steif, es gelang ihm dennoch, den Klettverschluss aufzureißen.

Er konnte die Finger nicht in die Tasche schieben. Aber er drückte den Gegenstand in der Tasche von außen nach oben zur Öffnung. Er tastete nach der kühlen Oberfläche. Sein Taschenmesser. Eine Welle des Glücks durchflutete ihn.

In diesem Moment entglitt das Messer den kalten Fingern.

Er konnte es nicht fassen.

Mühsam wandte er den Blick nach unten. Da lag es, auf einer kleinen Eisbrücke! Bislang hatte er sie nicht bemerkt. Wenn es ihm gelänge, die Füße daraufzustellen, dann könnte er sich vielleicht aus seiner Falle befreien. Dann könnte er sich an der Wand aufrichten.

Er verwarf den Plan wieder. Wenn die schmale Brücke sein Gewicht nicht hielt, dann würde er für immer in der schrecklichen Tiefe verschwinden.

Er wartete. Je mehr Zeit verging, umso größer wurde seine Verzweiflung. Die Kälte kroch aus dem Eis in alle Winkel seines Körpers. Sein Kopf schmerzte. Seine Schulter schmerzte. Und jetzt fing auch das rechte Bein zu pochen an. Er hatte nichts mehr zu verlieren. Er musste sich selbst helfen. Er musste handeln.

Langsam ließ er sich aus seiner sicheren Kuhle herabgleiten. Dann schwang er die Beine schräg hinüber – und kam zum Stehen! Sein Herz klopfte wild. Er zitterte. Je länger er stand, umso mehr Vertrauen fasste er in den schmalen Steg. Vorsichtig befreite er den Oberkörper vom Schnee, der auf ihn gefallen war, und stieß sich mit der Hand von der Eiswand ab. Die Brücke hielt.

Er streckte den rechten Arm ganz nach unten. Durch die Schulter zuckte ein höllischer Schmerz, aber er ignorierte ihn. Er packte das Messer im Schnee und ließ es nicht mehr los.

Er begann mit der Klinge an der Eiswand zu schaben. Es dauerte eine Stunde, bis er zwei Tritte herausgekratzt hatte. Erschöpft machte er Pause. Als er sich kräftig genug fühlte, stemmte er sich mit Oberkörper und Händen an der Wand ab und zog das linke Bein hoch. Dann das rechte. Die Snowboardschuhe schoben sich in die Eisstufen. Die Spalte war gerade eng genug, dass er den Rücken gegen die Wand drücken konnte. Er schloss die Augen. Der erste Schritt war geschafft.

Wieder kratzte er an der Eiswand. Stunden vergingen. Die Öffnung kam näher, aber das Licht wurde schwächer. Es wurde Abend. Er verstärkte seine Anstrengungen. Er musste es schaffen.

Seine Hand fasste nach oben. Ein Absatz. Harter Schnee. Kein Eis mehr. Er stemmte sich ein letztes Mal in die Höhe.

Offener Himmel. Ihm wurde schwarz vor Augen. Er ließ sich auf den Rücken in den Schnee fallen. Das Blut rauschte in seinen Ohren. Im Kopf dröhnte es.

Dieses laute Dröhnen. Immer lauter. Er wandte den Kopf.

Da packte es ihn schon. Mit scharfen, metallenen Klauen. Es riss ihn auseinander. Verdrehte seine Glieder. Brach ihm die Knochen. Drückte den gefolterten Leib zurück in die Gletscherspalte. Und darüber einen Grabdeckel aus bleischwerem Schnee.

1

Das Tor zur Residenz stand weit offen. Sicherheitsbeamte flankierten die Einfahrt. Lester ließ das Seitenfenster seines Toyota Hybrid nach unten gleiten und reichte einem Uniformierten die Einladung.

Der warf einen Blick auf das im Wind flatternde Papier und bückte sich zum Wagen hinunter. »Bitte fahren Sie nach rechts, Herr Debuisson.«

Es gab kein Mittel dagegen, sein Name verriet ihn immer. Oder sein Gesicht. Aber wollte er unerkannt bleiben, hätte er nicht Schauspieler werden sollen. Nicht nur das: Er war auch der Sohn der Generalgouverneurin Claudine Debuisson, der höchsten Frau des Landes – symbolische Vertreterin der britischen Königin in Kanada. Lester hätte auf diesen Status verzichten können. Und auf den Anlass, der ihn erwartete.

Die Lichter der Villa Shaughnessy strahlten hell wie ein Feuerwerk, selbst die runden Kuppeln mit ihren spitzen Türmchen schienen erwartungsvoll zu zittern. Die Kulisse kam Lester vor wie ein Märchenschloss, das sich in Torontos exklusives Rosedale-Viertel verirrt hatte. Wie ihm doch diese Geselligkeit auf hohem und aalglattem Niveau zuwider war. Aber er konnte sich nicht drücken. Nicht heute. Ein schlechtes

Datum. Siebenundzwanzigster Februar. Der vierte Jahrestag von Rolands Ermordung. Seine Mutter brauchte ihn, brauchte die Familie um sich. Die Restfamilie. Vater tot. Ältester Sohn tot. Eine Tragödie, genauso schlimm wie die Tragödien, in denen er auf der Bühne spielte. Nur dass es bei Rolands Tod kein Finale gab, keine Auflösung, keinen Mörder hinter Schloss und Riegel. Keine Rache, keine Genugtuung, kein Ende.

Lester war sich sicher, dass in diesen Augenblicken einige der Polizeioberen, der Geheimdienstler oder der Justizbeamten zwischen den Marmorsäulen des erleuchteten Festsaals Champagner tranken. Obwohl sie es nicht fertiggebracht hatten, den Fall zu klären. Je mehr Zeit verging, umso mehr nagte an ihm der ungesühnte Mord an seinem Bruder. In den vergangenen Monaten hatte er begonnen, auf eigene Faust nachzuforschen, ohne bislang jedoch auf einen entscheidenden Hinweis zu stoßen.

Ein Bediensteter kam auf den Wagen zugelaufen, öffnete die Fahrertür und hielt einen Schirm über den weißen Kiesplatz. Ein netter, aber vergeblicher Versuch bei den heftigen Böen, die über die Anlage fegten und den Schnee aufwirbelten. Lester übergab dem Bediensteten die Autoschlüssel, damit dieser den Wagen parken konnte.

Auf der weiten Treppe blieb er einen kurzen Moment stehen, trotz des Sturms. Er wusste, was ihn unvermeidlich erwartete. Früher oder später würde man ihm die Tochter eines Politikers oder die Schwester eines Industrieerben vorstellen. Das Kalkül dahinter kannte er. Ein Debuisson war eine gute Partie. Er war nicht nur Sohn der Generalgouverneurin, er war auch Sohn des ersten kanadischen Weltumseglers. Urenkel eines legendären Premierministers. Nur ein Schauspieler zwar, aber einer mit beeindruckendem Stammbaum. Seine Familie war eine der angesehensten in Quebec. Und gut aussehend. Kein Wunder bei diesen Eltern. Solche Sätze hatte er schon oft aufgeschnappt.

Bislang hatte Lester den Töchtern aus Kanadas besseren Kreisen kurze Affären mit Schauspielerinnen vorgezogen. Nicht weil er sie grundsätzlich attraktiver fand, sondern weil sie die alles verzehrende Arbeit auf der Bühne kannten, die Intensität des Theaterlebens, die Leidenschaft hinter den Worten, den Fall in die Leere nach der Vorstellung.

Lester straffte die Schultern und trat über die Schwelle. Kammermusik stieg an den Marmorsäulen empor, gemischt mit dem Geraune und Gelächter einer großen Ansammlung gut gelaunter Menschen.

»Da bist du ja!« Eine junge Frau kam auf ihn zu, umarmte ihn. Seine Schwester Oshona. Sie trug das blonde Haar hochgesteckt, funkelnde Edelsteine umrahmten ihr hübsches Gesicht. Nie war sie ihm so erwachsen vorgekommen.

»Ich bin so stolz auf dich.« Sie trat einen Schritt zurück und sah ihn strahlend an. »Das ist der Durchbruch, da bin ich sicher!«

Hörte er etwas wie Erleichterung in ihrer Stimme? Jetzt war er nicht mehr *nur* Schauspieler, er hatte vielleicht seine Feuerprobe als Regisseur bestanden. Einer, der das Zepter in der Hand hielt. Der die Rollen verteilte und über die Handlung gebot. Ein Herr über Bedeutung und Bedeutungslosigkeit. Fast wie ein Politiker.

Oshona riss ihn aus den Gedanken.

»Wir sind schon alle da, Mama natürlich, und Sheldon hat seine Eltern mitgebracht.« Sie lachte. »So ist es nun mal, wenn man sich verlobt!«

Nur ihr gemeinsamer Bruder war nicht da. Roland würde nie mehr dabei sein, weil ihm ein verdammter Idiot eine Kugel in den Kopf geschossen hatte. Ein sinnloser Mord, scheinbar ohne Motiv.

Ganz Kanada nahm damals Anteil am Verlust der Familie, vor allem am Schmerz der Mutter und Generalgouverneurin

Claudine Debuisson. Erst hatte sie den Vater ihrer Kinder auf See verloren, als er einen weiteren Segelweltrekord wagte. Dann, zehn Jahre später, den ältesten Sohn. Eine Tragödie griechischen Ausmaßes. Fast wie bei den Kennedys. Nur dass Lester sich solche Andeutungen jeweils mit der sarkastischen Bemerkung verbat, er wolle im Alter nicht wie Ted Kennedy aussehen. Er war geübt darin, seine Trauer zu überspielen.

Einunddreißig wäre Roland in diesem Jahr geworden. Heute war Lester selbst so alt wie Roland, als dieser vor vier Jahren starb. Lebte sein Bruder noch, würde er mit ihm in den vollen Saal schreiten, in dem sich Damen in glitzernden Roben und Herren in dunklen Smokings wie Neutronengruppen formierten. Er ließe einen humorvollen oder ironischen Kommentar fallen, nur für Lesters Ohren bestimmt. Darin waren sie sich ähnlich gewesen.

Was hätte er ihm wohl angesichts des Gentlemans, der sich jetzt Lester näherte, zugeflüstert? Randall Shaughnessy war ein Name, der in Kanada Respekt einforderte. Den Gastgeber des Abends hätten beide Brüder lieber als Verbündeten gehabt. Es zählte zu den Privilegien der Debuissons, zu wertvollen Verbindungen unkomplizierten Zugang zu haben. Roland war allerdings stets vorsichtig im Umgang mit den Einflussreichen des Landes gewesen. Lester verhielt sich da lockerer, er witterte Gelegenheiten, wenn sie sich ihm boten, aber er genoss die Narrenfreiheit des Künstlers.

Randall Shaughnessy breitete die Arme aus. Er trat dicht an Lester heran und ergriff seine Hand, während er ihm die andere Hand auf den Arm legte. Der Zugriff eines Mächtigen, der über Einfluss und Autorität verfügte. »Willkommen«, sagte Shaughnessy. »Und herzliche Gratulation. Ihr Drama hat uns zweieinhalb Stunden lang in Atem gehalten.«

Lester erwiderte den Händedruck. Er war überrascht. Shaughnessy hatte sich tatsächlich sein Stück angesehen. Das war sicherlich Mutters Charme zu verdanken.

Sie allein brachte es fertig, einen Mann zum Ausharren im Theater zu überreden, der voraussichtlich bald den meistbegehrten Posten in der internationalen Diplomatenszene besetzen würde. Das Gerangel um diese Position war riesig, seit die mächtigen Industrieländer beschlossen hatten, die drei Hauptakteure der internationalen Entwicklungshilfe – die Weltbank, den Internationalen Währungsfonds und das Entwicklungsprogramm der UNO – in einer einzigen Organisation zu verschmelzen. Damit wollte man Rivalität, Misstrauen und Konflikte zwischen den Hilfsprogrammen ausmerzen. Das hatte sogar Lester mitbekommen, der sich nur am Rand für Politik interessierte – im Gegensatz zu Roland, der stets auf dem Laufenden gewesen war. Die Arbeit hatte Lester zwei Jahre vor Rolands Ermordung aus Kanada weggeführt. Er hatte einen Vertrag bei einem Theater in London erhalten, während Roland sein Institut für Demokratische Praxis in Ottawa aufbaute.

Lester musterte den Gastgeber unauffällig. Randall Shaughnessy besaß das Format eines Schrankes und den Schädel eines Wikingers. Lester war immer noch nicht klar, wie dieser Kanadier es schaffen konnte, bald der Boss des neuen humanitären Kolosses zu sein. Roland hätte sicher eine Antwort gewusst – wie so oft. Lester vermisste seinen älteren Bruder plötzlich mit einer Intensität, die ihm den Atem nahm. Gleich würde die ohnmächtige Wut folgen, Wut auf den oder die Täter, die nie gefasst wurden. Eine Wut, die er mit allen Mitteln unterdrücken musste.

Himmel! Wie konnte man die Aufklärung dieses Verbrechens nur so verschlampen! Sie hätte ein Heimspiel sein können. Die geballte Ermittlungskraft der nationalen Polizei RCMP, unterstützt (oder behindert, wie man's nahm) vom kanadischen Geheimdienst CSIS, und die besten privaten Detektive konnten den oder die Killer des ältesten Sohnes der

Generalgouverneurin nicht fassen. Und dann hieß es plötzlich, es sei wahrscheinlich die Zufallstat eines Straßenkriminellen gewesen. Ein Motiv sei nicht auszumachen. Roland sei einfach zur falschen Zeit am falschen Ort gewesen. Bullshit! Lester schnappte nach Luft. Er spürte den unwiderstehlichen Drang, gegen eine der Säulen im Saal zu treten.

In diesem Augenblick löste sich eine schmale Gestalt aus Shaughnessys Windschatten und zog ihn aus dem Strudel der aufwallenden Emotionen. Silver Shaughnessy, ganz und gar Antipode ihres Ehemannes. Feingliedrig und elegant, mit natürlichen dunklen Brauen über wasserblauen Augen, die sich vom hellen Teint und den kaum geschminkten Lippen absetzten. Sie trug keinen Schmuck, nichts, was von ihrem ebenmäßigen Gesicht ablenkte. Nur die rote Abendrobe und ihr schwarzes Haar schimmerten. Ihre Schönheit war von einer fast puristischen Strenge. Lester hatte gehört, dass Silvers Vorfahren aus Griechenland stammten.

Randall Shaughnessy lächelte seine Frau an.

»Silver kann Ihnen viel kompetenter und ausführlicher erklären, was uns an Ihrem Stück so fasziniert hat. Meine Frau verheimlicht es immer, aber sie hat früher Literatur in Paris studiert.«

Silver hob die Hand. »Ach Randall, das macht mich nicht unbedingt zu einer Expertin, aber sicher zu einem begeisterten Fan, Herr Debuisson. Darf ich Sie in Beschlag nehmen?« Sie wandte sich an Oshona, die immer noch neben Lester stand. »Es dauert bestimmt nur wenige Minuten. Darf ich?«

»Ja, natürlich. Wir sind alle wirklich stolz auf ihn.« Oshona warf Lester einen vielsagenden Blick zu. Silver Shaughnessy war als großzügige Kunstmäzenin bekannt, eine reich geborene und mit der Maxime erzogene Erbin, dass der Besitz von Geld eine Verpflichtung zu Wohltätigkeit mit sich brachte.

Randall Shaughnessy bot Oshona galant den Arm und die beiden verschwanden in der Gästeschar.

Silver streckte die Hand nach den Champagnergläsern aus, die ein Bediensteter auf einem Tablett balancierte, und reichte ihm eines. Sie lächelte. »Es ist viel zu laut hier, um ein vernünftiges Gespräch zu führen. Warum suchen wir uns nicht eine stille Ecke?« Sie führte ihn geschickt von der Menge weg und durch mehrere Türen in ein modern ausgestattetes Zimmer. »Hier ist es besser.« Sie bot ihm einen Sitz auf dem Wildledersofa an.

»Wir müssen zuerst unbedingt auf Ihren Erfolg anstoßen. Für mich war die Vorstellung großartige Theaterkunst. Lester ... ich darf Sie doch Lester nennen? Sie haben ein Meisterwerk vollbracht.«

Lester bedankte sich und hob sein Glas. Sie nippte am Champagner und redete gleich weiter. Lester hörte ihren Komplimenten zu, betrachtete die perfekt gezeichneten Lippen, die ebenmäßigen Zähne, die grazile Nase. Aber er entdeckte auch eine gewisse Nervosität in ihren Gesten.

Sie kam schnell zum Punkt. »Ich würde mich geehrt fühlen, diese Produktion zu unterstützen. Nicht nur Kanada, sondern die ganze Welt soll wissen, dass wir in unserem Land eine vielversprechende Theaterkultur haben. Sie sollten Ihr Stück im Ausland aufführen, Lester, und ich würde Ihnen gern dabei helfen. Ich habe bereits mit Gernot von Hahn, dem deutschen Botschafter, über eine mögliche Kooperation gesprochen.«

Lester stellte sein Glas auf einen Beistelltisch aus Plexiglas. »Das ist mir eine außerordentlich große Ehre, Frau Shaughnessy ...«

»Bitte nennen Sie mich doch Silver.«

»Silver, ich bin natürlich entzückt über Ihr Angebot. Damit würde ein Traum unserer Theatergesellschaft wahr werden.«

Ihr Lächeln verstärkte sich und sie stand auf.

»Lester, da ist noch etwas, das ich Ihnen geben wollte.« Sie schritt zu einem der eingebauten Schränke und zog einen großen Karton heraus. Er schien ziemlich schwer zu sein, und Lester sprang auf, um ihr zu helfen. Er platzierte das Paket auf dem Sofa. Silver setzte sich und legte ihre schmale Hand darauf, als müsste sie es beschützen.

»Ich habe es eingepackt, damit es kein Aufsehen erregt.« Lester blickte sie überrascht an.

Sie senkte die Stimme, als ob sie heimliche Zuhörer fürchtete. »Es sind Manuskripte und Unterlagen von Roland.«

»Von Roland? Wie meinen Sie das?«

»Er hat sie in unserem Ferienhaus an der Georgian Bay zurückgelassen. Ich habe sie erst kürzlich entdeckt.« Sie sah ihn an, als sollte er verstehen.

»Verzeihen Sie – aber … ich wusste nicht, dass Roland sich je in Ihrem Ferienhaus aufgehalten hat.«

»Niemand weiß es – außer Ihnen und mir.« Ihre Augen ruhten auf ihm, sie schien nach den richtigen Worten zu suchen.

»Zwischen Roland und mir bestand … eine ungewöhnliche Beziehung. Wir … Er war ein ganz besonderer Mensch in meinem Leben – für kurze Zeit. Ich hatte ihm das Ferienhaus für seine Arbeit zur Verfügung gestellt. Dort hat er seine Manuskripte verwahrt, aber ich habe sie gerade erst gefunden.«

Lester versuchte, Ordnung in seine Gedanken zu bringen. Roland – und diese Frau? War es möglich, dass …?

Silvers Stimme zwang ihn zum Zuhören.

»Roland war sehr verschwiegen. Ich bin es auch. Ich hoffe, dass Sie das Geheimnis wahren werden – ich meine, über die Herkunft dieser Papiere.« Sie verschränkte die Finger.

Lester rang um die richtige Antwort, um eine Formulierung, die nicht allzu verwirrt klang. Er tappte im Geiste herum wie ein Sehender im Dunkeln.

Warum ging diese Frau ein solches Risiko ein? Sie müsste es nicht tun. Und warum hatte sich Roland in eine solch riskante Situation begeben?

Lester stammelte beinahe: »Ich … ich weiß nicht, was ich sagen soll.«

»Schockiert?« Sie klang traurig. »Sein Tod, so gewaltsam, so sinnlos. Solch ein Verlust für Ihre Familie. Aber ich konnte nicht … ich konnte nichts beitragen. Ich hätte nur … weiteres Unheil gestiftet.«

Mit einem Schlag wurde Lester klar, wie sehr sich Silver Shaughnessy ihm auslieferte. Und doch schien sie gefasst zu sein. Das lag wohl am jahrelangen Drill, in keiner Situation die Fassung zu verlieren. Sie musste instinktiv ahnen, dass er Roland niemals verraten würde, und deshalb auch nicht sie. Das war ihr Schutz. Eine kluge Frau. Es musste einen Grund gegeben haben, warum sich Roland von Silver Shaughnessy angezogen gefühlt hatte. Vielleicht war es neben der Schönheit ihr Mut, ihre Stärke, die sie jetzt zeigte.

Lester netzte seinen trockenen Mund mit Champagner. Sein Blick folgte der eigenen Hand, die das Glas zurück auf das Tischchen stellte. Dann sah er sie an. »Ich werde Ihr Vertrauen nicht enttäuschen.«

Sie nickte unmerklich. Die Worte, die nicht ausgesprochen wurden, schwebten wie Nebel zwischen ihnen. Plötzlich stand sie auf.

»Ich lasse das Paket zu Ihrem Auto bringen.« Die Hausherrin sprach wieder aus ihr.

Lester erhob sich ebenfalls. »Glauben Sie nicht, dass es besser wäre, wenn ich …«

Sie legte abwehrend die Hand auf seinen Arm. »Sie wollen bestimmt nicht danach gefragt werden, nicht wahr?«

Natürlich hatte sie recht.

Sie ging ihm voraus, durch die hohen Räume, eine katzenhafte Figur auf hochhackigen Schuhen. Unvermittelt blieb sie stehen, hielt sich schwankend an der Klinke der Tür fest, die sie gerade öffnen wollte. Er streckte die Arme aus. »Ist Ihnen nicht gut? Wollen Sie sich setzen?«

Ihr Gesicht war weiß geworden.

»Nein, nein, es geht schon, ich …« Sie presste die Lider zusammen. »Roland war ein guter Mensch. Er hat es nicht verdient. Ich wollte nicht …« Sie brach ab.

Dann atmete sie tief durch und ihr Körper gab sich einen Ruck. Sie sah ihn mit verschleierten Augen an.

»Gehen Sie doch bitte vor. Einfach geradeaus. Ich werde gleich nachkommen.«

Er zögerte. »Kann ich wirklich nichts für Sie tun?«

Sie öffnete die Tür.

»Ihre Mutter wartet auf Sie.«

Wie in Trance tauchte er in den Lärm und das gleißende Licht der Kronleuchter. Gesichter wandten sich ihm zu, jemand rief seinen Namen.

Er schlängelte sich durch die Menge, erwiderte Grüße mit zerstreuten Gesten und Worten. Eine Hand auf seiner Schulter. Oshona.

»Lester, wir sind da drüben.« Sie zog ihn auf eine Gruppe Menschen zu.

Seine Mutter drehte sich um, als hätte sie ihn kommen spüren. Ihr Gesicht leuchtete. Sie trug ein fliederfarbenes Kleid, das eine Schulter frei ließ. Claudine Debuisson konnte sich das mit dreiundfünfzig Jahren immer noch leisten. Das blondierte Haar fiel ihr weich und offen in den Nacken. Sie hatte sich nie zu einem Chignon überreden lassen.

»Lester, endlich!«

Er schloss sie in die Arme.

»Was für ein Triumph«, sagte sie.

»Die stehende Ovation hab ich natürlich selbst organisiert«, erwiderte Lester grinsend.

»Ach, das haben Sie aber diskret gemacht, niemand hat etwas davon bemerkt«, sagte ein hochgewachsener Mann in der Gruppe, den Lester erst jetzt wahrnahm.

Claudine Debuisson tat, worauf sie sich verstand: Sie brachte Menschen einander näher.

»Lester, das ist Seine Exzellenz, Herr Botschafter Gernot von Hahn, er ist der deutsche Botschafter in Kanada.«

Natürlich, ein Botschafter. Und die Frau daneben, die jetzt das Wort an ihn richtete, war sicher seine Tochter: »Wir sind alle begeistert. Was für ein ergreifendes, aber auch versöhnliches Thema. Ich habe gelesen, dass Sie das Stück Ihrem Bruder gewidmet haben. Ist er auch hier?«

Es war, als hätte sich jemand einen üblen Scherz erlaubt. Sekundenlang herrschte Schweigen. Sogar die Generalgouverneurin war sprachlos.

Nach einer Weile sagte Lester: »Mein Bruder ist tot, er wurde vor vier Jahren ermordet.«

Die junge Frau schlug sich erschrocken die Hand auf den Mund.

»Oh mein Gott, verzeihen Sie bitte, ich ... ich ...«

Claudine Debuisson versuchte, die Situation zu retten.

»Sie brauchen sich nicht zu entschuldigen, Frau von Hahn, im Gegenteil. Ich bin sehr froh, dass Sie Roland erwähnen. Wir wollen ihn nicht vergessen. Das wäre das Schlimmste, was wir ihm antun könnten. Ich bin sicher, er ist hier und freut sich mit uns.« Sie nahm die Hand der jungen Frau und drückte sie.

Kein Wunder, dass alle Menschen seine Mutter verehrten, dachte Lester. Was sie ihnen gab, kam von Herzen. Dafür hatten die Leute ein Gespür.

Er dachte an Silvers Paket in seinem Auto. Seine Füße kribbelten. Er überlegte, wie er sich höflich davonmachen könnte. Die lockere Konversation perlte an ihm ab, seine Gedanken wanderten weit weg. Nicht einmal die attraktive Kulturministerin, mit der er sich über die Oscar-Nominierung eines kanadischen Kinofilms unterhielt, nahm ihn gefangen.

Plötzlich hatte er das lästige Gefühl, dass ihn jemand beobachtete, ein Blick brannte sich in seinen Rücken. Er drehte sich um, und Randall Shaughnessy wandte den Kopf in eine andere Richtung. Noch bevor Lester einen klaren Gedanken fassen konnte, sprach ihn der deutsche Botschafter an.

»Herr Debuisson, meine Frau wollte keinesfalls einen so erhabenen Moment mit traurigen Erinnerungen trüben.«

Seine Frau? Lester stutzte. Der Altersunterschied musste mindestens dreißig Jahre betragen.

Der Botschafter nahm sein Zögern als Zeichen, die Situation weiter zu klären, um verstanden zu werden.

»Wir kennen natürlich sehr wohl das Unglück, das Ihrer Familie widerfahren ist.«

Unglück. Es war ein kaltblütiger Mord, wollte Lester erwidern.

Stattdessen bemerkte er nur: »Ich schätze Ihre mitfühlenden Worte.«

Der Botschafter neigte sich ihm zu. »Ihr Stück war ergreifend. Ich könnte es mir gut auf einer deutschen Bühne vorstellen. Ich kann Ihnen in meinem Land Türen öffnen.«

In diesem Augenblick gingen die Lichter im Saal aus.

2

Der Greyhound-Bus bog vom Highway ab, fuhr an einer Tankstelle vorbei und hielt vor einer kahlen Hütte. Tia zögerte auszusteigen, obwohl der Fahrer »Lost Horizons« rief.

Genauso sah die Gegend aus, völlig verloren: Ketten von Hügeln und dahinter nochmals Hügel und dazwischen Wälder und wieder Hügel. In ihrem Blickfeld kein einziges Gebäude außer der schäbigen Busstation. Daneben zwei Zapfsäulen, die sich Tankstelle nannten. Sie hätte genauso gut am Ende der Welt ankommen können.

Der Fahrer angelte ihr Gepäck aus dem Bauch des Überlandbusses, ließ es in den Straßenstaub fallen und verschwand mit mehreren Paketen in der Hütte. Tia blieb unentschlossen stehen. Sie sah, dass zwei andere Passagiere von einem alten Pick-up abgeholt wurden.

Der Busfahrer kam mit einem Kaffeebecher aus der Hütte und bestieg sein Fahrzeug. Nach wenigen Sekunden war sie allein. Abendschatten lagen bereits auf den Hügelkuppen. Tias Finger fühlten sich klamm an. Die Riemen des schweren Rucksacks zogen an ihren Schultern.

Erst jetzt bemerkte sie einen grünen Geländewagen, der von der Tankstelle auf sie zurollte und einige Schritte vor ihr anhielt.

Sie konnte niemanden hinter den getönten Autoscheiben erkennen.

Sie erwartete, dass jemand ausstiege, aber nichts geschah. Vielleicht musste sie sich bemerkbar machen. Sie schritt auf den Wagen zu und klopfte an die Scheibe. Umgehend öffnete sich die Tür, beide Türen sogar, und zwei junge Männer stiegen aus. Sie trugen eine Art Tarnanzug, wie Soldaten. Vielleicht waren es auch nur Jäger. Hinter ihren dunklen Sonnenbrillen konnte sie die Augen nicht sehen. Ihr Anblick machte Tia nervös.

Die beiden musterten sie wortlos.

»Hallo, sind Sie von der Ranch?«, fragte sie.

»Wer sind Sie?«, erwiderte einer der Männer. Sein Schädel war kahl rasiert.

»Ich bin Tia, mir wurde gesagt, jemand hole mich ab.«

Der junge Mann stand breitbeinig vor ihr und verschränkte die Arme. »Was wollen Sie auf der Ranch?«

Tia beschlich ein mulmiges Gefühl. Etwas stimmte hier nicht. »Warum fragen Sie?«

»*Wir* stellen hier die Fragen«, sagte der junge Mann. »Wie ist Ihr Name? Können Sie sich ausweisen?«

Sie starrte die beiden sprachlos an.

»Ihren Pass, zeigen Sie uns Ihren Pass.« Der Getarnte streckte die Hand aus. Sie trat zwei Schritte zurück.

Mein Pass. Meine neue Identität. Mein wichtigster Schutz.

In diesem Moment trat ein älterer Mann aus der Hütte.

»Sie können hier drin warten, Liddy kommt gleich«, rief er Tia zu und näherte sich. »Das Gepäck kann ich reintragen.«

Er griff nach ihrem Koffer und richtete sich an die zwei Männer im Tarnanzug.

»Kann ich euch irgendwie helfen, Leute?«

Er erhielt keine Antwort und schien auch keine zu erwarten. Als Tia hinter ihm auf die Hütte zulief, hörte sie die Autotüren zuschlagen und den Motor aufheulen.

Im Innern der Hütte empfing sie der Duft von Kaffee.

»Die wollten meinen Pass sehen«, sagte Tia. »Wie kommen die dazu?« Das Herz schlug ihr immer noch bis zum Hals.

Der Mann schob seine Baseballkappe zurecht. Sie trug die Aufschrift *Bären trinken kein Bier.* »Das sind Angeber. Ungehobeltes Pack. Die haben sich einen schlechten Scherz erlaubt«, sagte er. »Sie wollen zur Golden Eagle Ranch, nicht wahr?«

»Ja, mir wurde gesagt, jemand hole mich ab.«

»Aus Großbritannien?«, fragte der Mann. Die Frage überraschte sie nicht.

»Nein, ich bin Schweizerin, aber mein Vater ist Engländer.«

Wie schnell ihr die Lüge über die Lippen kam. Gleich mehrere Lügen. Ihr Vater war Schweizer. Und er war tot. Kaltblütig niedergeschossen. Wäre er noch am Leben, hätte sie jetzt wahrscheinlich stolz seine Verdienste durchblicken lassen. *Ein Schweizer Astronom, vielleicht haben Sie von ihm gehört? Kurt Togg, er ist ziemlich bekannt, auch im Ausland ...* sie hätte vielleicht sogar einen Scherz angehängt: *Ich hoffe, dass er eines Tages den Nobelpreis bekommt ...* Aber das war schon längst nicht mehr möglich. Das Leichte, das Scherzhafte, das hatten Revolverkugeln weggefegt. Weggeschossen wie die Teile des Gehirns ihres blutenden Vaters, die weit herum verstreut lagen, damals, als sie die Haustür aufriss.

Seit dem grauenhaften Mord an ihrem Vater erzählte Tia niemandem mehr, wer sie wirklich war. Sie verriet niemandem, dass sie den Namen in ihrem Pass ändern ließ – aus Angst vor dem Meuchelmörder, der immer noch frei herumlief. Sie erzählte dem Greyhound-Angestellten auch nicht, dass sie den britischen Akzent während ihres Studiums an der Genfer Musikakademie aufgelesen hatte, wo sie als Pianistin gefördert worden war.

»Ich hoffe, man hat mich nicht vergessen«, bemerkte sie stattdessen.

»Die kommen schon noch, keine Bange. Vielleicht sind sie noch im Dorf beim Einkaufen.«

Tia fragte sich, was er mit Dorf meinte. Sie hatte weit und breit keine Siedlung gesehen.

»Kennen Sie die Männer mit dem grünen Geländewagen?«

»Kaffee? Nehmen Sie sich welchen.« Er deutete auf eine Thermoskanne am Ende der Theke.

Tia schüttelte den Kopf. Er schob ihren Koffer aus dem Weg.

»Die sind sicher von der anderen Ranch. Früher hieß sie Gilmore Ranch, der alte Besitzer musste sie verkaufen. Er war bankrott. Jetzt heißt sie Rapture Ranch.«

Rapture. Verzückung. Ein merkwürdiger Name für eine Ranch, dachte Tia.

Der Mann versuchte, die Schrift auf einem der Pakete zu entziffern, während er weiterredete.

»Sind Sie auf Reisen?«

Tia nickte. »Ein Freund hat mir die Golden Eagle Ranch empfohlen. Ich möchte reiten lernen.«

Er stapelte die Pakete auf dem Tresen und redete weiter von der anderen Ranch. »Die Gilmore Ranch ist vor sechs Jahren verkauft worden. Zweihunderttausend Hektar, samt einem Palast und den Wohnhäusern des Personals. Alle Familien mussten gehen, zehn oder zwölf Familien mindestens. Können Sie sich das vorstellen? Zweihunderttausend Hektar.«

Tia konnte es nicht. Aus seinem Tonfall erriet sie aber, dass das Gut selbst für kanadische Dimensionen unvorstellbar groß sein musste.

Sie lauschte auf ein Motorengeräusch.

»Wem gehört die … die Rapture Ranch jetzt?«

»Einer amerikanischen Stiftung, hab ich gehört. Irgendwelche Clubs und Vereinigungen führen dort Veranstaltungen durch. Es geht um Religion. Nicht wie unsere Kirche, anderes Zeug. Schade um das Land. Da gehören doch Pferde und Rinder drauf, wenn Sie mich fragen. Aber von den Amis kann man wohl nichts Gescheiteres erwarten. Die sind doch voll durchgeknallt.«

Er schaute aus dem Fenster. »Da kommt ein Jeep. Der ist für Sie.« Er packte einen Stapel Briefe. »Den können die gleich mitnehmen, und diese Pakete auch.«

Tia nahm ihren Koffer und hörte, wie er sagte: »Lassen Sie sich doch mal den Palast zeigen, Ihnen kann man doch keinen Wunsch abschlagen, so wie Sie aussehen. Da sollen sich ganz seltsame Dinge abspielen, hab ich gehört.«

Tia stolperte mit ihrem Gepäck ins Freie. Da stand tatsächlich ein Jeep. Stellenweise schwarz, der Rest grau vor Dreck. Sie hörte Hunde kläffen und eine Stimme brüllen: »Ruhig, Jungs, regt euch ab. Good boys, ganz ruhig.«

Eine weibliche Gestalt kam hinter dem Jeep hervor, sie trug einen zerbeulten Hut, ein abgewetztes Ledercape, Bluejeans und schmutzige Stiefel.

»Hallo, sind Sie Tia? Ich heiße Lydia, aber alle nennen mich Liddy.«

Tia streckte ihr unwillkürlich die Hand zum Gruß entgegen, obwohl sie wusste, dass es in Kanada nicht üblich war. Liddys Händedruck war fest und warm. »Willkommen in Lost Horizons. 'tschuldigen Sie, dass ich zu spät bin, aber ich musste noch ein Pferd verarzten. Geben Sie mir Ihren Koffer.«

Sie öffnete die Hecktür, und die Hunde fingen wieder an zu bellen.

»Ruhig, Boys, das ist Tia, unser Gast. Kommen Sie, Tia, Sherlock und Holmes wollen Sie kennenlernen. Sie haben doch keine Angst vor Hunden?«

»Nein, nein, ich liebe Tiere«, versicherte Tia und ließ den hellen Labrador und eine schwarze Promenadenmischung an ihrer Hand schnuppern.

»Drinbleiben – Platz!« Liddy warf das Gepäck hinein und schlug die Hecktür zu.

Der Mann aus der Greyhound-Station reichte ihr den Packen Briefe. »Drinnen warten noch zwei Kisten für die Ranch.«

Liddy winkte ab. »Die holt Bill morgen früh mit dem Pick-up.«

Tia nahm auf dem Beifahrersitz Platz. Auf dem Boden lagen leere Pappbecher, zerknüllte Plastikbeutel, Zigarettenschachteln und Snacktüten.

»Schieben Sie das Zeug einfach weg«, rief Liddy, während sie den Motor in Gang setzte. »Hatte keine Zeit, das auszuräumen.« Sie lachte. Tia fand sie auf ungewohnte Art hübsch und verwegen, mit dem ungezähmten Haar, das unter dem Hut hervorquoll. Sie mochte ein wenig älter sein als Tia. Dreißig vielleicht. Ihr Gesicht hatte die gesunde Farbe von Menschen, die sich ständig im Freien aufhalten.

Tia fand sich plötzlich fehl am Platz mit ihrer sorgfältig geföhnten Mähne, den gefärbten Strähnchen und manikürten Fingernägeln. Unter Liddys Nägeln verliefen schwarze Ränder. Im Auto roch es streng nach Hund.

Der Jeep bog in eine holprige Landstraße ein.

»Wie weit ist es zur Ranch?«, fragte Tia.

»Etwa eine Stunde. Müssen Sie aufs Klo?«

»Nein, nein.« Ihre Zunge fühlte sich wie geschwollen an. Sie räusperte sich. »Ich … ich muss Ihnen etwas gestehen. Ich kann nicht reiten. Ich habe noch nie auf einem Pferd gesessen.«

»Ach, da machen Sie sich mal keine Gedanken. Da sind Sie nicht die Einzige. Wir haben viele Anfänger, die zu uns kommen. Wir geben Ihnen ein braves, geduldiges Pferd, und dann ist es ganz leicht.«

Liddy deutete zum Fenster hinaus. »Das ist kanadisches Cowboy-Land. Unser Wilder Westen. Aber so wild war es hier früher eigentlich nicht.« Sie lachte wieder.

Tia kamen die Hügel und Weiden ein bisschen wie die Schweiz vor, nur brauner, struppiger und ursprünglicher – und vor allem viel, viel leerer als die Schweiz.

Liddy schwatzte weiter. »Ist das Ihr Freund, der später nach-kommt? Wie heißt er noch? Ich hab's schon wieder vergessen. Ach, jetzt weiß ich's wieder. Pascal, nicht wahr?«

Boyfriend. Tia zögerte. Wie nannte man jemanden, in den man verliebt war, aber viel zu wenig sah?

Liddy wartete ihre Antwort gar nicht ab. »Zuerst, als Alissa die Buchung sah, las sie *rascal.* Wissen Sie, was *rascal* heißt? Gauner! Als sie es uns erzählte, mussten wir alle lachen. Nehmen Sie es uns nicht übel. Wir sind sonst ganz nette Leute.« Sie kicherte.

Tia nahm es ihr nicht übel. »Pascal ist sein Familienname, sein Vorname ist Xavier.«

»Kann er reiten?«

»Ja, sehr gut sogar. Seine Eltern besaßen ein Gestüt.«

»Gestüt. Das klingt vornehm. Wir sind nur eine Ranch, mit allem, was dazugehört. Pferde, Hunde, Hühner, Enten …«

»… und Hängebauchschweine.« Sie hatte es auf der Internetseite gelesen.

»Ja, wer hat Ihnen denn das erzählt? Der Greyhound-Mann? Die Schweine haben wir nicht mehr. Was hat er Ihnen sonst noch erzählt?«

»Er hat eigentlich nur von der Rapture Ranch erzählt, dass sie früher jemand anderem gehörte, aber der Besitzer musste sie verkaufen, weil er bankrott war. Dass ein halbes Dorf dazuge-hört. Und ein Palast.«

29

Liddy wich tiefen Schlaglöchern aus. Die Hunde fingen wieder an zu bellen.

»Ruhig«, befahl Liddy. »Ist wohl ein Bär in der Nähe. Oder Kojoten.«

Die Straße aus gewalzter Erde wand sich durch dichtes Gebüsch in eine offene Landschaft, die in Wogen zum Horizont rollte.

Ein weißer Pick-up mit gigantischen Reifen kam ihnen viel zu schnell entgegen.

Liddy fluchte. Sie musste hart an die Böschung fahren und bremsen, weil sich der Pick-up auf der Straße breitmachte. Tia erhaschte einen Blick auf eine stark geschminkte Frau, als das Fahrzeug auf gleicher Höhe war.

Liddy schüttelte den Kopf. »Höfliche Leute sind das, nicht? Sind Sie okay?«

»Klar«, sagte Tia und bot ihr einen Schokoriegel aus dem Reiseproviant an. »Ist die Frau von der Rapture Ranch?«

»Sieht so aus. Wirklich komische Leute dort. Alles Yankees. Weiß nicht, warum Kanada die alle reinlässt. Die haben doch genug Land dort drüben.« Sie biss eine Ecke des Riegels ab. »Alissa hat die Golden Eagle Ranch mit geerbtem Geld bei einer Versteigerung gekauft und für Touristen eingerichtet. Das ist wirklich gut, sonst hätten sich die Amis auch noch unsere Ranch unter den Nagel gerissen. Manchmal leihen wir ihnen unsere Pferde aus. Wir können uns nicht leisten, Nein zu sagen. Geld ist Geld. So ist das. Unverschämt gute Schokolade. Aus der Schweiz?«

Tia nickte. Es war ein Klischee, aber irgendwie war sie stolz darauf.

Sie wollte Liddy von der unheimlichen Begegnung mit den zwei jungen Männern erzählen, aber sie wurde von der nächsten Frage überrumpelt.

»Und Ihr Freund? Kommt der auch aus der Schweiz?«

»Ja, aber jetzt gerade arbeitet er in Afrika. Als Wasseringenieur bei einer humanitären Organisation.«

»Afrika. Das ist aber weit weg. Ist da nicht ständig Krieg?«

»Dort, wo er ist, haben sie im Moment einen Waffenstillstand.«

»Und was machen Sie?«

Sie hatte sich die Antwort gut zurechtgelegt.

»Ich arbeite als Beschäftigungstherapeutin.«

»Was ist denn das?«

»Ich helfe Kindern, sich mit Malen und Musik zu entspannen, damit sie gesund werden.«

»Dann spielen Sie also ein Instrument? Wir haben Gitarren auf der Ranch. Und ein altes Klavier.«

Natürlich. Es musste ein Klavier sein. Sogar hier auf einer Ranch im kanadischen Niemandsland.

»Es gibt ja auch Therapien mit Pferden«, sagte sie schnell. »Manchen Menschen hilft es, sich mit Pferden zu beschäftigen.«

Liddy lachte, aber es klang zum ersten Mal nicht so fröhlich. »Mich machen die Viecher manchmal verrückt. Ich sollte vielleicht Ferien von ihnen nehmen. Sehen Sie die Wranglers dort drüben? Bei euch in Europa nennt man sie Cowboys. Die treiben die Pferde über Nacht in den Pferch. Und hier ist unsere Ranch!«

Vor ihnen erschien eine lange Einzäunung aus geschälten Baumstämmen und ein offenes Tor dazwischen. Ein kratzender Gedanke setzte sich in Tia plötzlich fest: Warum hatte Xavier ausgerechnet die Golden Eagle Ranch ausgesucht?

»Wie lange gibt es diese Ranch eigentlich schon?«, wollte sie wissen.

Ihre Frage ging indes im aufgeregten Bellen der Hunde unter.

3

Der Stromausfall legte die halbe Provinz Ontario lahm. Es war einer der schlimmsten Zusammenbrüche, die Lester je erlebt hatte. Krankenhäuser funktionierten nur noch mit Notstrom, die U-Bahn in Toronto wurde geschlossen, und natürlich fielen auch die Aufführungen seines Schauspiels im Shelley-Theater aus. Er wusste nicht, ob er froh sein sollte, dass wenigstens die Premiere problemlos stattgefunden hatte, oder ob er den Stromausfall als böses Omen nehmen musste. Wie viele Schauspieler war er ziemlich abergläubisch.

Er entschloss sich, die Situation als gute Fügung zu sehen. Sie gab ihm Zeit, sich Rolands Papieren zu widmen, die ihm Silver Shaughnessy überreicht hatte.

In seiner Junggesellenwohnung fröstelte ihn. Er stellte den Thermostat seines kleinen Gasofens höher. Wenigstens hatte er noch den Campingkocher aus alten Tagen im Schrank stehen. Es war erst acht Uhr, aber er wollte das Tageslicht nutzen. So früh aufzustehen hätte er ohne heißen, starken Tee nicht geschafft. Mit Milch und Zucker. Eine Gewohnheit aus seiner Zeit in London.

Er setzte sich mit einer dampfenden Tasse an den Tisch und sammelte seine Gedanken. Silver Shaughnessy. Roland. Das

Ferienchalet. Und er, Lester, hatte nichts von alledem gewusst. Was hatte Roland ihm sonst noch vorenthalten? Und wusste Silver Shaughnessy wirklich so wenig über seinen Bruder, wie sie vorgab? Er hob einen Stapel bedruckter Blätter aus dem Karton, ein Notizheft mit schwarz glänzendem Einband und eine Mappe voll loser Ausschnitte aus Zeitungen und Magazinen.

Er blätterte zuerst durch das schwarze Notizheft. Auf jeder Seite gab es handschriftliche Einträge. Sie stammten ohne Zweifel von Roland. Auf einigen Seiten erkannte Lester die Überschriften. Es handelte sich um Filmtitel. Keine Mainstream-Filme, das sah er gleich, sondern unkonventionelle Werke mit kleinem Budget. Auch einige europäische Filme.

Lester staunte. Roland hatte mit ihm selten über Filme gesprochen. Er konnte sich nicht erinnern, dass Roland ihm gegenüber einen der Titel erwähnt hätte. In der Familie Debuisson sah man Filme als Lesters Domäne an, aber sein Bruder hatte, wie er jetzt entdeckte, während längerer Zeit seine ganz persönlichen Beurteilungen von wenig bekannten Filmen aufgezeichnet. Eine Seite, die Lester an seinem Bruder nicht kannte. Sie hätten dieses Interesse teilen können, aber Roland hatte es offenbar vorgezogen, seine Ansichten für sich zu behalten.

Zwischen den Filmkritiken fand Lester auch andere Notizen, Dinge, die Roland offenbar nicht vergessen wollte: Bücher, die er zu kaufen beabsichtigte, eine interessante Statistik oder Fernsehsendungen wie *CBC Doku – Montag, 20.30 Uhr.* Lester schloss daraus, dass Roland dieses schwarze Heft stets bei sich getragen hatte und es für eilige Notizen brauchte, wenn nichts anderes zur Hand war. Beim Durchblättern stellte er fest, dass einige Seiten aufeinanderklebten, er würde sie später mithilfe von heißem Dampf öffnen.

Er wandte sich den bedruckten Seiten zu. Darunter fand er ein Manuskript, in dem er zu lesen begann. Ein merkwürdiges

33

Thema. Die Geschichte eines sechzehnjährigen verwahrlosten Jungen mit einer traurigen Kindheit, wie sie so oft von alkoholsüchtigen, gewalttätigen, gleichgültigen Eltern verschuldet wird. Die bekannte Rutschbahn ins Unglück: Drogen, Mitglied einer Straßenbande, Kriminalität. Highway to Hell.

Ein eindrücklicher Text, wenn man vom holprigen Stil absah, aber Lester fand ihn nicht umwerfend. Die Lektüre erinnerte ihn an die offizielle Theorie der kanadischen Ermittler zu Rolands Tod. Die nationale Polizei RCMP vermutete, Roland habe in gefährlichem Milieu für ein Buch recherchiert und sei wahrscheinlich von einem schießwütigen Jugendlichen im Drogenwahn umgebracht worden. Worauf sich diese Theorie stützte, war Lester bislang ein Rätsel gewesen. Nun kam ihm ein neuer Verdacht. Hatte die Polizei etwas auf Rolands Computer gefunden, den sie damals in seinem Büro beschlagnahmten? Zum Beispiel dieses Manuskript? Rolands kleiner Laptop war bis heute nicht aufgetaucht, die Polizei nahm an, das Gerät sei vom Mörder gestohlen worden.

Lester war indes absolut überzeugt, dass dieses Manuskript nicht aus Rolands Feder stammte. Sein Bruder schrieb nicht in diesem unbeholfenen Stil. Lester hatte Texte von ihm gelesen, sachliche, ruhige, weiträumig argumentierende, eloquente Schriften. Abhandlungen eines Mannes, der Politikwissenschaft studiert hatte. Sie handelten meistens von Menschenrechten und deren Verletzung – Rolands Lieblingsthema. Seine Passion galt der Freiheit der Menschen. Mit nur sechsundzwanzig Jahren gründete er das Institut für Demokratische Praxis in Ottawa. Es hatte Lester nur mäßig interessiert. Ihn beschäftigten in jenen Wochen ein Engagement in London und die Suche nach einem neuen Agenten. Er war damals zweiundzwanzig und wollte groß herauskommen.

Als er tief einatmete, spürte er einen Stich in der Seite. Wie wenig hatte er doch seinen Bruder gekannt. Ein Altersunterschied von vier Jahren trennte sie – und beide hatten völlig andere Erwartungen ans Leben. Lester kam ein bezeichnender Gedankenaustausch in den Sinn. Es war während seiner Zeit in London, als er zufällig in einer britischen Zeitung las, dass Roland als ›Berater des Museums für Menschenrechte in Winnipeg‹ zitiert wurde. Lester schickte ihm darauf den Link per E-Mail mit der Frage: *Macht man damit mehr Geld als im Theater? Soll ich umsatteln?* Rolands ironische Replik kam postwendend: *Wir beide wollen doch kein Geld, nur den Ruhm, oder etwa nicht?*

Auf die brennendste Frage würde er von Roland nie eine Antwort erhalten. Was passierte am siebenundzwanzigsten Februar, in jener kalten Nacht, in einem der berüchtigtsten Viertel Torontos? Was spielte sich ab, bevor Roland starb, mit blutendem Kopf auf dem harten Asphalt, um drei Uhr morgens? Man fand kein Geld und keine Identitätspapiere bei dem Toten. Das sagte die Polizei damals.

Lester zuckte zusammen. Sein Handy jubilierte wie immer mit den ersten Takten der *Ode an die Freude* aus Beethovens neunter Sinfonie. Er hätte die Erkennungsmelodie schon längst ändern sollen, aber immer ging Wichtigeres vor. Inzwischen hatte er sich irgendwie daran gewöhnt. Wenigstens gab es noch Leben in den Batterien des Geräts.

Es war Oshona. Übersprudelnd wie stets.

»Hast du immer noch keinen Strom? Du kannst zu uns kommen, wenn du willst. Wir haben einen mobilen Generator und alles funktioniert.«

Zu uns. Lester musste sich noch daran gewöhnen, dass Oshona verlobt war. Mit Sheldon Woodridge, dem besten Eishockeyspieler der Toronto Maple Leafs. Oshona mochte schon immer Männer mit Muskeln. Er hatte sie einmal deswegen geneckt, aber sie erwiderte nur lachend: ›Wie Mama, nicht wahr?‹ Womit sie nicht unrecht hatte. Philippe Debuisson hatte die Welt in Rekordzeit umsegelt. Das erhob ihn zu einem kanadischen Volkshelden, der ausnahmsweise nichts mit Eishockey zu tun hatte.

Oshonas Einladung passte ihm nicht, er suchte nach einer Ausrede. »Ich muss für die Leute vom Theater erreichbar sein. In meiner Wohnung vermuten sie mich zuerst, falls mein Handy aussteigt.«

»Mama will in den Nordosten reisen, weil die Sturmschäden da am schlimmsten sind.«

»In den Nordosten? Da funktioniert doch nichts. Die haben doch mit der Versorgung der eigenen Leute genug zu tun. Die können eine Generalgouverneurin gar nicht anständig unterbringen.«

Oshona seufzte. »Du kennst sie ja. Sie sieht sich als die Mutter der Nation. Sie will allen beistehen. Man hat ihr aber signalisiert, dass sie hier in Toronto nützlicher sein kann. Hast du die Nachrichten auf CBC gesehen?«

»Nein, meine Liebe, ich habe bekanntlich keinen Strom.«

»Ich hab's auf der Webseite gelesen. Der Fahrer des deutschen Botschafters ist tödlich verunglückt.«

»Du meinst desselben Botschafters, der gestern …«

»Ja, Gernot von Hahn. Aber der Botschafter war nicht im Auto. Er hat den Chauffeur nach Ottawa zurückfahren lassen, noch in der Nacht, weil er selber später fliegen wollte. Da ist der Wagen irgendwie von der Fahrbahn abgekommen.«

»Noch in der Nacht, wie merkwürdig«, bemerkte Lester. Er stellte sich näher an den Gasofen.

»Mama weiß vielleicht noch mehr, du kannst ja noch mit ihr reden.«

Er konnte Oshona nicht sagen, dass ihn der Fahrer des Botschafters im Gegensatz zu Rolands Papieren überhaupt nicht interessierte. »Hör mal, Schwesterherz, ich will den Akku schonen. Ich werde mich wieder melden. Irgendwann wird unsere Stromindustrie hoffentlich ihr Geschäft wieder auf Draht kriegen.«

»Halt – was ich dir noch sagen wollte: Heute Abend Essen bei uns, mit Mama. Nur wir drei. Um sechs, okay? Eine Aufführung findet heute Abend ohnehin nicht statt.«

»Oshona, nein!«

Sie lachte ihn aus und hängte auf.

Er verließ das Haus und fuhr mit seinem Toyota Hybrid die Einkaufsstraße hinunter. Der Deli-Laden war geschlossen. Vor dem Eingang des Copyshops schlief ein Obdachloser auf einer dünnen Pappe. Lester zwang sich hinzusehen. Es gab zu viele Obdachlose in Toronto. In dem Viertel, das einst aus Lagerhallen bestand, heute aber aus daraus gebauten Lofts, traf Lester immer wieder dieselben zerstörten Gesichter. Eigentlich sollte ich sie zu meinen Nachbarn zählen, dachte er.

Trotzdem leistete er sich ein spätes Frühstück im vornehmen Hotel Windsor Arms in der Nähe der Bloor Street, das über eine eigene Stromquelle verfügte, und las weiter in dem Manuskript aus Rolands Karton.

Die Geschichte wurde immer seltsamer. Ein radikaler Prediger mit dem Charisma eines Rockstars schart junge Leute um sich und begeistert sie für seinen Glauben. Mit Musik und reißerischen, wilden Reden hämmert er die religiöse Inbrunst in seine jugendlichen Anhänger hinein. Der Teen in der Geschichte ersetzt die Drogen durch Jesus. Durch eine fundamentalistische, engherzige, rachsüchtige Jesus-Variante. Er will ein Kämpfer für sein neues Idol werden. Die Kirche des Pop-Priesters schickt ihn in die USA, wo er im Schoß einer ominösen extremistischen Gemeinschaft das Abc der religiösen Indoktrination lernt, bei der auch Lügen als legitime Kampfmittel erlaubt sind. Als der Junge als fanatischer Krieger Gottes nach Kanada zurückkehrt, ist er erst siebzehn Jahre alt.

Hier brach das Manuskript ab.

Lester brauchte eine Pause. Er spürte das Bedürfnis, im Shelley-Theater vorbeizuschauen. Er schob die Blätter zusammen und packte sie in die Schachtel. Sein Blick blieb an dem schwarzen Notizheft hängen. Er blätterte nochmals die Seiten mit den Aufzeichnungen seines Bruders durch. Vorsichtig versuchte er, eine der zusammengeklebten Seiten zu lösen. Es gelang ihm nur halbwegs. Den Text unter einer Ecke konnte er erspähen.

Eine eilig hingekritzelte E-Mail-Adresse. Und zwei Wörter. *Rainer* und *Liebling*. Lester starrte auf den Eintrag.

Warum zum Teufel hat Roland das deutsche Wort für *darling* notiert?

4

Liddy schrie noch lauter, als die Hunde kläfften.

»Scheiße, Desperado dreht schon wieder durch!«

Sie bremste abrupt vor dem Tor zur Ranch und sprang aus dem Jeep. Mit wenigen Sätzen war sie an der Koppel und schwang sich über den Zaun. Tia stieg aus, um besser zu sehen, was sich dort abspielte. Zuerst bemerkte sie ein riesiges weißes Pferd. Vielleicht kam es ihr so riesig vor, weil es sich immer wieder aufbäumte. Seine Augen waren völlig verdreht, als wollten sie sich aus den Höhlen lösen. Die stampfenden Hufe wirbelten Sandwolken auf. Tia hörte ein wildes Wiehern. Aber da war noch etwas – ein donnerndes Getrampel, das immer näher kam. Sie drehte den Kopf. Gerade rechtzeitig. Den Hang herunter, unter dem Liddys Jeep stand, kamen Pferde galoppiert, als rennten sie um ihr Leben. Hunderte von Pferden, so kam es Tia vor. Sie sah die Herde auf sich zustürmen und kletterte rasch wieder in den Jeep. Die Hunde bellten so laut, dass ihr das Trommelfell schmerzte.

Durch die Windschutzscheibe beobachtete sie, wie Liddys kräftige Arme einen jungen Menschen über den Zaun zerrten, ein Mädchen, wie Tia nach einigen Augenblicken erkannte.

Das Donnern hinter ihr war nun so nah, dass sie um ihre Sicherheit fürchtete. Wie Pfeile schossen die Pferde rechts und links vorbei, rasende mächtige Leiber, deren Hufe den Boden erbeben ließen und den Jeep mit ihm.

Tia kam es wie eine Naturgewalt vor, ein sich herabwälzender Felssturz. Nichts, wogegen man sich wehren konnte.

Der Boden zitterte noch, als sich der Donner entfernte. Vielleicht zitterte auch nur ihr Körper. »Ruhe jetzt«, herrschte sie die kläffenden Hunde an, die sie verblüfft ansahen. Plötzlich war es still. Liddy und das Mädchen waren nirgendwo mehr zu sehen.

Sie hörte erneuten Hufschlag, diesmal viel leiser. Ein Reiter erschien in ihrem Blickfeld. Der Mann äugte unter seinem breitkrempigen Hut in den Wagen. Dann lenkte er sein Pferd auf das Tor zu und stieg ab.

Er gab ihr ein Zeichen und rief ihr etwas zu. Sie stieg aus.

»Sind Sie Tia?«

Sie wusste nicht, worüber sie mehr erstaunt sein sollte – dass er ihren Namen kannte oder dass sie einem leibhaftigen Cowboy gegenüberstand. Es gab sie also wirklich, nicht nur in der Werbung. Er sah authentisch aus. Wettergegerbt, schlank, athletisch. Ein markantes Gesicht mit energischem Kinn. Blaue Augen. Sie ertappte sich dabei, dass sie ihn sekundenlang wie ein wissenschaftliches Objekt anstarrte. Ihr fiel ein geflügeltes Wort aus ihrer Genfer Schulzeit ein, das sich junge Frauen bei jeder Gelegenheit zugeraunt hatten: ›Too blue to be true.‹ Zu schön, um wahr zu sein.

Sie runzelte die Stirn. »Woher kennen Sie meinen Namen?«

Er grinste breit. »Wir pflegen einen sehr persönlichen Service auf dieser Ranch. Alle wissen, dass Sie heute ankommen.«

Er schaute um sich. »Wo ist Liddy?«

»Ein Pferd ist wild geworden.« Sie zeigte zur Koppel.

Sein Blick folgte ihrer Hand. Er schien keine weitere Erklärung zu brauchen.

»Kommen Sie«, sagte er, »der schnellste Weg zu Ihrer Unterkunft ist auf meinem Pferd. Steigen Sie auf.«

Sie wusste nicht, ob er scherzte.

»Come on, seien Sie nicht schüchtern. Mein Gaul beißt nicht.«

Sie presste die Zähne in die Unterlippe. Gleich bei ihrer Ankunft würde sie sich blamieren. Na wunderbar.

Sie holte ihren Rucksack von der Rückbank. Die Hunde bellten wieder.

»Sherlock und Holmes können gleich mitkommen. Übrigens, ich heiße John.«

Natürlich. John wie John Wayne. Sie musste beinahe lachen. Er bot ihr die Hand und half ihr aufs Pferd. Im Handumdrehen saß sie oben. Sie fiel nicht einmal auf der anderen Seite wieder runter.

Gratuliere, Tia, zum ersten Mal auf einem Pferd.

Er reichte ihr den Rucksack und stieg ebenfalls auf. »Halten Sie sich an mir fest«, sagte er. Er brauchte sie nicht zweimal aufzufordern. Dieses Tier war so unheimlich groß und sie saß so unglaublich hoch oben.

Das Pferd setzte sich in Bewegung. Sie ritten gemächlich durchs Tor und einen Hang hinunter. Desperado, der Schimmel, stand ganz hinten auf der Koppel.

Nach wenigen Minuten erschienen mehrere sonnenverbrannte Gebäude im Blockhüttenstil. Die Golden Eagle Ranch. Sie konnte eine Art Stall ausmachen, mit mehreren Pferchen davor. Im größten befanden sich Pferde, die friedlich ihr Heu fraßen.

John nahm den persönlichen Service der Ranch ernst.

»Dort sind die Unterkünfte des Personals«, erklärte er und zeigte auf ein rustikales Gebäude. »Da drüben ist das Haupthaus mit der Küche und dem Esssaal und einigen Gästezimmern. Dort oben am Waldrand steht ein halbes Dutzend Chalets. Und dort …«, er zeigte auf ein längliches Haus in einiger Entfernung, »dürfen Partys gefeiert werden. Es gibt einen Billardtisch und einen Whirlpool und natürlich einen Fernseher. Da quartieren wir die jungen, wilden Leute ein.«

Er lachte.

»Ein See«, rief Tia.

»*See* ist vielleicht übertrieben, aber man kann dort schwimmen oder Ruderboot fahren. Falls Sie so was mögen.« John hielt sie sicher für eine Zimperliese. Aber das konnte ihr ja egal sein.

Auf der Kuppe oberhalb des Sees gab es noch drei Chalets. Tia wusste bereits, dass sie lieber im Haupthaus schlafen wollte, solange sie allein hier war.

Wenn Xavier sie jetzt sehen könnte. Kaum angekommen und schon auf einem Pferd. Vielleicht besser, er sah sie noch nicht. Sie wollte fleißig reiten üben und ihn dann überraschen.

Als sie beim Hauptgebäude ankamen, schoss Liddy aus der Tür. Sie warf die Arme in die Luft.

»Verzeihung, Verzeihung, Verzeihung, dass ich Sie so stehen ließ, Tia. Aber ich musste jemanden in Sicherheit bringen.«

»Lucy?«, fragte John.

Liddy verdrehte die Augen. »Sie wollte Desperado dressieren. Er hätte sie erschlagen können. Gar nicht auszudenken.«

»Wo ist Alissa?«

»Im Büro. Begleitest du Tia ins Haus? Ich komm gleich nach.«

John schwang sich vom Pferd und half Tia galant beim Absteigen. Er band das Tier an einem Pfosten fest und ging ihr voraus.

Im Korridor fiel Tias Blick auf einen Glaskasten voller Souvenirs und T-Shirts mit der Aufschrift *Golden Eagle Ranch*. Was an ihre Ohren drang, nahm aber ihre Aufmerksamkeit viel mehr gefangen. Weibliche Stimmen, die sich anschrien,

Türenknallen, Türen, die wieder aufgerissen wurden, und dann das aufgebrachte Heulen eines Kindes.

John führte sie in eine Kammer, die wie ein unordentliches Büro aussah. »Nehmen Sie doch bitte einen Moment Platz, ich rufe Alissa.« Er sagte es mit unbewegtem Gesicht.

Tia setzte sich und schaute aus dem Fenster. Am Horizont legte sich die Dämmerung über schneebedeckte Bergspitzen. Davor hoben sich in dem schwindenden Abendlicht lang gezogene Hügelketten wie gemeißelte Reliefs ab. Wie weitläufig diese Landschaft war, wie grenzenlos. Tia fühlte, wie sich ihr Inneres unwillkürlich ausdehnte. Kein Wunder, dass Xavier hierherkommen wollte.

Das Gezeter war verstummt. Von ferne hörte sie gedämpfte Stimmen. Dann Schritte im Korridor.

John kam mit einer dampfenden Tasse Kaffee herein.

»Hier, der wird Ihnen guttun. Alissa kommt gleich.«

»Vielen Dank, John.« Tia nahm den Kaffee erfreut entgegen. Eine warme Tasse zum Festhalten.

John stellte eine Zuckerdose vor sie hin. »Nicht der Rede wert.« Sein Atem streifte ihre Hand. Dann entfernte er sich.

Durchs Fenster sah sie ihn das Pferd losbinden. Sanft strich er ihm über die Flanken. Sie schaute weg und trank den Kaffee ohne Zucker.

Sekundenlang schloss sie die Augen.

»Willkommen auf der Golden Eagle Ranch!« sagte plötzlich eine Stimme hinter ihr. »Ich bin Alissa.«

Tia ließ vor Schreck beinahe den Kaffee überschwappen.

Neben ihr stand eine dünne Person mit langem blondem Haar und – wie Tia sogleich bemerkte – in Bluejeans, die modischer waren, als es eine Ranch erforderte. Die Frau wusste sich vorteilhaft in Szene zu setzen. Ihre Bluse war über der Brust eng geschnitten und fiel dann weich über den flachen Bauch. Die offenen Knöpfe gaben den Blick auf ein dünnes T-Shirt frei.

So hatte sich Tia die Besitzerin einer Pferderanch nicht vorgestellt. Alissa war bildhübsch, mit großen Augen, dichten geschwungenen Wimpern und hohen Wangenknochen. Sie setzte sich an den überladenen Bürotisch und erkundigte sich überschwänglich nach Tias Reise, ihrem Wohlbefinden und ihren Wünschen. Sie lächelte fortwährend, aber Tia bezweifelte nicht, dass es Alissa gewesen war, die sich zuvor mit jemandem heftig gestritten hatte.

»Sie können mich jederzeit wissen lassen, wenn Sie etwas brauchen«, erklärte sie, während ihr Blick über Tias lackierte Fingernägel glitt.

Tia wurde unbehaglich. Aber sie drängte das Gefühl zurück. Sie war jetzt ganz weit weg in Kanada, und diese Frau vor ihr konnte nichts über Tias Vergangenheit wissen.

»Wie steht es mit dem Internetempfang?«, fragte sie.

Alissa strich sich das lange Haar zurück. »Sie können den Computer in der Ecke dort benutzen. In den Zimmern gibt es keinen Internetempfang. Sie verstehen, unsere Gäste kommen hierher, weil sie weg von allem wollen. Mal richtig ausspannen.« Ihre Stimme klang so herzlich, als wäre Tia bereits ihre beste Freundin.

»Den würde ich gern noch heute Abend benutzen«, sagte sie.

»Grundsätzlich ist das immer möglich, wenn das Büro offen ist.« Alissa drehte sich auf dem Bürostuhl. »Erledigen wir noch rasch die Formalitäten, und dann zeige ich Ihnen das Zimmer. Sie möchten sicher ein wenig ausruhen.«

Tia reichte ihr die Kreditkarte, aber Alissa winkte ab. »Das hat Ihr Verlobter bereits geregelt. Ich brauche nur Ihren Pass.«

Ihr Verlobter. Hatte sich Xavier so bei Alissa eingeführt? So weit waren sie noch nicht, aber vielleicht vereinfachte es die Dinge für die Leute auf der Ranch.

Tia musste noch etwas loswerden. »Zwei Männer an der Bushaltestelle in Lost Horizons wollten meinen Pass sehen.«

Sie reichte das Dokument über den Tisch. »Ich fand das sehr merkwürdig.«

Alissa zuckte merklich zusammen. »In Lost Horizons? Welche Männer?«

»Der Posthalter sagte mir, sie wären von der Nachbarranch gewesen. Von der Rapture Ranch.« Sie beschrieb den Vorfall im Detail.

Alissas Lächeln verschwand. Ein harter Zug zeigte sich um ihren Mund.

»Diese Dummköpfe«, sagte sie. Dann fasste sie sich. »Es tut mir leid, dass Sie belästigt wurden. Das darf nicht wieder vorkommen. Ich werde mich beschweren.«

Sie studierte den Pass. »Tiamat Brekmann. Dann ist Tia also eine Abkürzung.«

Tia nickte. Sie hatte ihren Namen wenige Monate nach der Ermordung ihres Vaters ändern lassen. Die Behörden hatten ihre keine Probleme gemacht, nach allem, was passiert war. Carmen Togg machte Tiamat Brekmann Platz.

»Hübscher Name«, sagte Alissa und gab ihr das Dokument zurück. »Sie bekommen unser schönstes Zimmer, denn im Moment sind Sie unser einziger Gast.«

»Der einzige Gast?«

»Ja, es ist erst Mitte Mai und die Saison fängt eigentlich erst so richtig in zwei Wochen an. Früher haben wir erst im Juni für Gäste aufgemacht. Aber seit ein paar Jahren ist es schon im Mai so warm hier. Vielleicht ist es die globale Erwärmung.« Sie verzog das Gesicht halb im Scherz, halb in Resignation.

»Am Dienstag wird eine Gruppe Touristen eintreffen. Und bis dann wird ja auch Ihr Verlobter hier sein.«

Sie lächelte Tia wieder freundlich an. »Wenn es Ihnen angenehm ist, können Sie mit mir und den Angestellten zu Abend essen. Wir sind wie eine große Familie.«

»Kann ich zuerst …?« Tia zeigte auf den Computer.

»Ja, natürlich. Ich kümmere mich um Ihr Gepäck.«

Tia setzte sich an den Computer und öffnete ihr elektronisches Postfach.

Immer noch keine Nachricht von Xavier.

Sie wusste nicht, ob sie nachsichtig oder verärgert sein sollte.

Sie entschied, ihm nochmals eine Chance zu geben.

Ich bin jetzt auf der Ranch angekommen. Warum höre ich nichts von dir? Ich mache mir Sorgen. Ich bin der einzige Gast hier. Die Leute sind nett (von einer Sache abgesehen), aber ich warte sehnlichst auf dich. Gib mir ein Lebenszeichen.

Sie löschte den Zusatz ›von einer Sache abgesehen‹ wieder, sie würde es ihm nach seiner Ankunft erzählen. Es war besser, ihre latente Nervosität nicht durch Spekulationen zu vergrößern. Ihre Ärztin sagte, sie leide an einer posttraumatischen Belastungsstörung. Tia war es egal, wie ihr Leiden genannt wurde. Ihr Vater war vor ihrer Haustür niedergeknallt worden, und seither traute sie niemandem mehr hundertprozentig über den Weg.

Nicht mal Xavier.

5

Das Nähzimmer des Shelley-Theaters genoss den besten Lichteinfall des gesamten Gebäudes, und dort überflog Lester die Rezensionen in den Zeitungen.

Lester Debuissons brillante Reifeprüfung

Was Atom Egoyan für den Film, ist Lester Debuisson für die Bühne

... als Autor und Regisseur noch großartiger als in seinen Theater- und Filmrollen

Kanadas heimlicher Kronprinz überzeugt auf der ganzen Linie

Die Anspielung in der letzten Schlagzeile stieg ihm sauer auf. Kanadas heimlicher Kronprinz. Als ob er als Sohn der Generalgouverneurin Vorteile gegenüber anderen hätte. Eher hegten andere gegen ihn *Vorurteile*.

Andererseits ... die Offerte des deutschen Botschafters wäre vielleicht ohne die Position seiner Mutter nicht so schnell an ihn herangetragen worden.

Ein Geräusch an der Tür. Sein Theaterproduzent steckte den Kopf herein. Lester hielt die Schlagzeile mit dem Kronprinzen hoch.

»Du bist denen einfach zu schön, Mann«, frotzelte der Produzent. »Deshalb sind sie überrascht, dass du auch gut bist.«

»Als ob die Schauspielerei keine harte Arbeit wäre, verdammt.«

»Das interessiert niemanden – wärst sonst besser Anwalt geworden.«

»Ja, manchmal wünsch ich mir auch, ich wär Anwalt«, murmelte Lester. Dann könnte er sich vielleicht Einblick in geheime Akten und verschlüsselte Protokolle verschaffen. Dann wäre er nach Rolands Ermordung vielleicht nicht von der Polizei und dem Generalstaatsanwalt abgewimmelt worden.

»Dafür werden wir die internationalen Bühnen erobern«, rief der Produzent und war schon wieder weg.

Lester konnte seine Freude gut verstehen. Er fühlte sich selbst wie ein Rennpferd in den Boxen.

Er sah auf die Uhr und machte sich auf den Weg. Ihm blieben noch etwa drei Stunden Tageslicht, um in Rolands Unterlagen zu lesen.

Der Stromausfall begann an seinen Nerven zu zerren. Sein Onkel Ray, der seit einigen Jahren in England lebte, sagte immer, vielleicht werde es Kanada einmal fertigbringen, die Stromleitungen in den Boden zu verlegen, so wie es andere zivilisierte Länder taten. Ray Debuisson schüttelte immer den Kopf über die exponierten Drähte in Hinterhöfen und am Straßenrand. »Wenigstens haben wir die Buschtrommeln abgeschafft«, scherzte er einmal. Lester fragte sich, was sein Onkel zu den Dokumenten sagen würde, die eine Dame aus Torontos High Society namens Silver Shaughnessy scheinbar aus dem Nichts hervorgezaubert hatte. Ray Debuisson war eher geneigt, hinter dem Mord an seinem Neffen ein Komplott zu vermuten. »Nur ein Profikiller oder das organisierte Verbrechen kann die Spuren so gut verwischen«, hatte er behauptet.

Aber warum diese Gangster einen jungen Politologen, der sich mit Menschenrechtsfragen beschäftigte, umbringen sollten, konnte auch Ray Debuisson nie glaubwürdig begründen. »Wir werden es schon noch herausfinden«, sagte er jedes Mal.

Das ging Lester durch den Kopf, als er sich eine halbe Stunde später in seiner Wohnung erneut durch Rolands Zeitungsausschnitte und Kopien kämpfte. Er konnte einfach keinen roten Faden in dem Papierhaufen entdecken. Was hatte die Entdeckung eines schwarzen Lochs im Universum mit dem Geschäftsimperium eines Pizzabäckers in North Carolina zu tun, der es zum Multimillionär gebracht hatte? Was die Ernennung eines rechtskonservativen Bundesrichters in den USA mit der Entdeckung einer neuen Säugetierspezies auf Sumatra? Was die Finanzierung von Kinderkrippen durch fundamentalistische christliche Gruppen im amerikanischen Bundesstaat Colorado und die Rezension eines Filmes namens *Die Hüter der Wahrheit*, von dem er noch nie gehört hatte?

Er überflog einen Artikel über einen amerikanischen Wissenschaftler, der eine Doktorarbeit über ein fünfzig Millionen Jahre altes Tier verfasst hatte und trotzdem behauptete, die Welt sei vor sechstausend Jahren erschaffen worden, weil es so in seiner Version der Bibel stand.

Lester konnte sich ebenso wenig darauf einen Reim machen wie auf einen Zeitungsbericht über ein Fossil namens *Tiktaalik*, einen ausgestorbenen Fisch mit Flossen, die aussahen wie Füße. Lester hatte zwar von Tiktaalik gehört, weil der Fisch, oder vielmehr eine Versteinerung von ihm, im Jahr 2004 auf der Insel Ellesmere in der kanadischen Arktis gefunden wurde. Der Fund hatte die Kanadier mit großem Stolz erfüllt, schließlich war das Tier rund dreihundertachtzig Millionen Jahre alt, wie Lester las. Ein ganz schön alter Kanadier. Entdeckt hatte ihn allerdings ein Amerikaner, Neil Shubin, ein Biologe an der Universität von Chicago. Für die Wissenschaftler war Tiktaalik der Beweis dafür, dass die Landtiere ursprünglich Meerestiere waren. Und damit war der Mensch indirekt auch ein ehemaliges Meereswesen.

Solche Geschichten hätte Lester gelesen und dann wieder vergessen. Warum zum Kuckuck bewahrte sie sein Bruder auf? Roland hatte sich in den Monaten vor seinem Tod mit seiner geplanten Ausstellung über Kindersoldaten im Museum für Internationale Beziehungen befasst. Das hatte ihm seine Mutter erzählt. Dazu konnte Lester aber merkwürdigerweise nichts in diesen Unterlagen finden.

Lester stand auf und rieb sich die Augen. Er musste an das schwarze Notizheft denken. Er erhitzte Wasser auf dem Campingkocher und hielt das Heft über den Dampf. Es war kein leichtes Unterfangen, aber schließlich gelang es ihm, das Blatt, das sich schon zur Hälfte gelöst hatte, von der darunterliegenden Seite zu trennen.

Es war inzwischen ziemlich dunkel, und Lester suchte vergeblich nach einer Taschenlampe. Dafür kam ihm eine Kerze in die Finger, deren Docht allerdings zu kurz war. Während er in einer Schublade nach Tabletten gegen Kopfschmerzen kramte, hörte er plötzlich den Kühlschrank brummen und den Drucker im Büro hochfahren.

Er drehte den Schalter neben der Tür.

»Licht!«, rief er erfreut.

Sachte öffnete er die noch etwas feuchten Seiten und las drei hingekritzelte Namen.

Kurt Togg.

Henning Kölln.

Giuliana Tramon.

Darunter den Namen Rainer mit der E-Mail-Adresse, die er bereits entdeckt hatte. Liebling musste Rainers Familienname oder ein schlechter Scherz sein. Ersteres hielt er für gut möglich. Schließlich gab es auch Leute mit dem Namen Darling.

Wer waren diese Personen? Die Namen klangen nicht englisch. Er hatte noch nie von ihnen gehört.

Er holte seinen Laptop ins Wohnzimmer und versuchte sein Glück mit Googeln.

Kurt Togg war sofort ein Treffer. Ein Schweizer Astronom. Professor Kurt Togg aus Bern.

Er musste ziemlich bekannt sein, denn es gab viele wissenschaftliche Einträge in englischsprachigen Publikationen von und über ihn. Der Autor eines Artikels erwähnte Kurt Togg im Zusammenhang mit einer neuen Theorie über die Implosion von Sternen.

Lester stockte der Atem, als er einen weiteren Eintrag las: Professor Kurt Togg wurde am vierundzwanzigsten April vor dem Haus, in dem seine Tochter wohnte, erschossen.

Vor fünf Jahren.

Der oder die Mörder wurden offenbar nie gefasst.

Lester sah auf die hell erleuchteten Fenster in den Wohntürmen seiner Nachbarschaft. Dann tippte er den Namen Henning Kölln in die Suchmaschine.

Er wurde wieder schnell fündig: Kölln, einer der führenden Molekularbiologen seiner Zeit, mit dem Spezialgebiet Zoologie. Ein Deutscher. Im Krankenhaus seinen Verletzungen erlegen, nachdem ihn ein fremdes Auto während eines Spaziergangs angefahren hatte. Der schuldige Fahrer flüchtete vom Unfallort und wurde nie aufgespürt.

Der Vorfall ereignete sich ebenfalls vor fünf Jahren.

Lester strich sich über die Schläfen. Seine Kopfschmerzen ließen nur langsam nach. Wie war der dritte Name? Giuliana Tramon. Eine italienische Wissenschaftlerin aus Florenz. Koryphäe auf ihrem Gebiet, der Astrophysik. Schrieb auch mehrere Bücher.

Entdeckte zwei neue Sterne. Einer wurde nach ihr benannt. Dann ein tödlicher Bergunfall in der Toskana. Über Felshang gestürzt. Sie soll entgegen ihrer Gewohnheit allein unterwegs gewesen sein.

Und jetzt kam der Hammer.

Es passierte vor ebenfalls fünf Jahren.

Lester kniff die Augen zu. Die Schmerztablette begann zu wirken.

Er konnte sich keinen Reim auf diese merkwürdigen Informationen machen. Was um alles in der Welt hatte Roland damit zu tun? Hatte er eine weitere Ausstellung vorbereitet? Das konnte sich Lester nicht vorstellen, denn nie hatte er etwas davon verlauten lassen.

Sein Handy meldete sich. Eine SMS von Oshona, natürlich.

»Nicht vergessen: Essen mit Mama.«

Er tippte noch rasch den Namen Rainer Liebling ein, erhielt jedoch keinen Treffer. Vielleicht gab es andere Wege, etwas über den Unbekannten zu erfahren.

Er erschien pünktlich zum Familiendinner bei Oshona. Eigentlich war es das Haus von Sheldon Woodrigde, aber der war zu einem Eishockeyspiel in die USA gereist. Es war ein vergleichsweise bescheidenes Heim im wohlhabenden Forest-Hill-Viertel, mit einem großen, parkähnlichen Garten, der jetzt unter einer Schneedecke lag. Der Standort passte Lester besser als die offizielle Residenz der Generalgouverneurin in der Hauptstadt Ottawa.

Er konnte in der Dämmerung keine Sicherheitsbeamten sehen. Nach Rolands Ermordung waren die Schutzvorkehrungen verstärkt worden, nicht nur für die Generalgouverneurin, sondern auch für Oshona und Lester, wenn er in Kanada war. Polizei und Geheimdienst fürchteten anfänglich einen Anschlag auch auf Rolands Geschwister. Lester lehnte sich bald gegen die Überwachung auf. Wenn sein Bruder einem zufälligen Angriff zum Opfer gefallen war, wie die Ermittler glaubten, dann sei das doch völlig zwecklos, hatte er gegenüber seiner Mutter argumentiert. Nach einem Jahr waren die Sicherheitsmaßnahmen wieder auf das übliche Maß reduziert worden.

Seine Mutter begrüßte ihn mit einer Umarmung. Sie trug eine hellblaue Hemdbluse und eine bunt bestickte Caprihose. Das unfrisierte Haar fiel ihr in die Stirn. Alles an ihr signalisierte: Familienzeit.

Lester warf seinen Mantel über einen Stuhl. Die Lederjacke behielt er an.

»Stell dir vor, ich hab wieder Strom.«

»Wunderbar«, sagte Claudine Debuisson und hakte sich bei ihm ein. »Wahrscheinlich hast du keine Nachrichten gehört, aber in weiten Teilen Ontarios und Quebecs warten die Leute immer noch darauf. Ausgerechnet jetzt, da wir diesen schrecklichen Kälteeinbruch haben.«

Er tätschelte ihre Hand. »*Maman*, die Leute müssen eben für solche Zeiten vorsorgen. Sie wissen, dass sie in einem rauen Land leben. Sie sollten einen Holzofen einbauen oder einen Campingkocher kaufen.«

»Lester, es geht um die Leute, die sich nicht zu helfen wissen. Die betagten Menschen, die Obdachlosen, Arbeitslosen, alleinerziehende Mütter, Familien mit kleinen Einkommen …«

Claudine Debuisson war bei ihrem Lieblingsthema angelangt, bei dem er immer nur mit halbem Ohr zuhörte. Er war sich bewusst, dass ihre Anteilnahme echt und dass sie deswegen so populär in Kanada war. Sogar jene Bürger mochten sie, die fanden, das Amt der Generalgouverneurin sei völlig überflüssig. Kanada brauche keine Repräsentantin der britischen Monarchie, denn das Land sei schließlich keine englische Kolonie mehr. Lester war grundsätzlich derselben Auffassung und er hatte im Familienkreis nie einen Hehl daraus gemacht. Seine Mutter hatte immer nur dazu geschmunzelt.

Aber die Diskussion um den Einfluss der britischen Krone war vor eineinhalb Jahren wieder aufgeflammt, als Claudine Debuissons fünfjährige Amtszeit ablief. Der kanadische Premierminister beschloss kurzerhand, nochmals zwei Jahre für seine beliebte Generalgouverneurin anzuhängen, was durchaus in seiner Kompetenz lag. Die kritischen Stimmen verstummten danach erstaunlich rasch.

Oshona stand am Herd in der großen Küche und rührte in einem Wok. Ihr blonder Pferdeschwanz schwang mit.

»Bruderherz, wo hast du denn diese schicke Lederjacke her?« Sie schnitt ihm eine Grimasse.

»Und neue Schuhe trägt er auch!«, fiel seine Mutter ein. »Wem will er denn gefallen?«

Lester hob abwehrend die Hände. »Führt das wieder irgendwohin, meine Damen? Da müsst ihr euch aber gleich die Zunge abbeißen, und zwar sofort!«

Alle lachten. Die Familientreffen waren ihnen viel wert. Auch wenn sie wussten, dass zwei in dieser Runde fehlten. Sie waren eine Restfamilie, amputiert. In nachdenklichen Momenten kam Lester in den Sinn, dass es viele Restfamilien in seinem Land gab. Und noch mehr in kriegsverwüsteten Ländern. Ihre Mutter fühlte sich verpflichtet zu zeigen, dass das Leben nach Verlust und Tod weiterging, dass man nicht unterging. Das sei sie allen schuldig, die noch Schlimmeres erlebten, sagte sie einmal. Deshalb war es für sie nach dem Mord an Roland keine Option, ihr Amt als Generalgouverneurin aufzugeben.

Vier Jahre lag Rolands Begräbnis nun zurück.

Plötzlich besann sich Lester auf etwas, das er wenige Stunden zuvor gelesen hatte.

Ein Jahr vor Rolands Tod waren drei europäische Wissenschaftler umgekommen, relativ kurz nacheinander, unter schrecklichen und mysteriösen Umständen, und Roland hatte ihre Namen in seinem schwarzen Notizheft notiert.

Lester öffnete gedankenverloren eine Weinflasche und füllte die Gläser. Sie stießen miteinander auf eine gute Saison im Shelley-Theater an. Oshonas Wok-Gericht schmeckte köstlich. Seit ihrer Verlobung demonstrierte sie zu Lesters Belustigung hausfrauliche Geschicklichkeit. Obwohl sie sich, wenn sie Sheldon Woodridge heiratete, eine Köchin würde leisten können. Das Tischgespräch drehte sich auch schon bald um die Hochzeitsvorbereitungen.

»Lester«, sagte Oshona, »die Frage ist unvermeidlich. Wen wirst du mitbringen?«

Er verzog keine Miene. »Meine Mutter natürlich.«

Oshona verdrehte die Augen. »Ich hab's doch gewusst! Du willst dich einfach nicht festlegen.«

Lester fiel als Ablenkung nichts Besseres ein, als sich nach dem verunglückten Fahrer des deutschen Botschafters zu erkundigen.

Seine Mutter ging sofort darauf ein. »Der Fahrer hatte mit der Limousine auf der Autobahn einen tödlichen Unfall. Herr von Hahn ist deswegen sehr beunruhigt, ich hab ihn heute getroffen.«

Lester drehte das Weinglas hin und her. »Worüber ist er beunruhigt?«

»Offenbar über die Umstände. Er gab mir keine Details. Die Polizei behandelt die Sache aber vorerst als Unfall.«

»Und warum hast du den Botschafter getroffen?«

»Es war sein Wunsch. Er ... er möchte so schnell wie möglich eine Tournee für dich einfädeln.«

»Warum spricht er dann nicht mit mir?«

»Er ist Diplomat, Lester. Es ist als kultureller Austausch zwischen zwei befreundeten Ländern gedacht. Wir werden deutsche Künstler nach Kanada holen.«

Claudine Debuisson schob den Teller von sich und lehnte sich zurück. »Er klang ein bisschen, als wenn er sich vielleicht fragt, ob es ein Unfall war.«

»Was?« Oshona stieß beinahe ihr Weinglas um. »Warum kommt er auf so einen Gedanken?«

Ihre Mutter zuckte die Achseln. »Der Mann war gesund, er hatte keinen Alkohol im Blut, die Straßenverhältnisse waren gut und ...«

»Er ist wahrscheinlich eingeschlafen«, sagte Lester. »Der Arme musste ja die Nacht durchfahren.«

»Ich weiß nicht. Herr von Hahn hat vielleicht mehr Informationen, als er preisgibt. Aber das bleibt unter uns.«

Oshona begann abzuräumen, und Lesters Stimme musste sich gegen klapperndes Geschirr durchsetzen.

»Wäre London nicht ein besserer Ort für eine Aufführung im Ausland? Das würde sich doch schon von der Sprache her anbieten.«

»Lester, du lebst ein bisschen hinter dem Mond«, rief Oshona, »die Deutschen verstehen doch fast alle Englisch.«

Ihre Mutter nickte. »Vor allem in Berlin. Das wäre der ideale Ort für dich. Die Leute dort sind ziemlich international. Roland hat gute Erfahrungen gemacht, als er die Ausstellung organisiert hat.«

Lester fuhr all seine Antennen aus. »Was hatte er denn mit Berlin zu tun?«

»Er brauchte Material für seine Kindersoldaten-Ausstellung. Irgendeine Organisation in Deutschland hat ihm Material zur Verfügung gestellt.«

»Weißt du, welche Kontakte er in Berlin hatte?«

»Keine Ahnung. Aber vielleicht können sie dir beim Museum für Internationale Beziehungen weiterhelfen.«

Claudine Debuisson reichte Oshona ihr leeres Weinglas und wandte Lester gleich wieder das Gesicht zu.

»Silver Shaughnessy scheint wirklich von deinem Talent überzeugt zu sein. Sie hat das Geld, um deine Truppe finanziell zu unterstützen. Aber das hat sie dir wahrscheinlich schon selbst gesagt, nicht wahr?«

Lester erforschte das Gesicht seiner Mutter. Wusste sie mehr, als sie zu erkennen gab? Er fühlte sich schuldig, dass er sie nicht ins Vertrauen zog. Aber er hatte keine andere Wahl.

So ruhig wie möglich sagte er: »Ja, sie hat kurz mit mir darüber gesprochen.«

Er stand auf, um Oshona beim Aufräumen zu helfen.

Seine Mutter drehte sich um und sprach weiter. »Randall Shaughnessy hielt viel von Roland. Er hat damals für den Katalog von Rolands Ausstellung das Vorwort geschrieben. Das hast du ja alles nicht mitbekommen, da warst du in London. Die Shaughnessys waren immer hilfsbereit uns gegenüber.«

Lester fing den Blick seiner Mutter auf. Wollte sie ihm etwas mit dieser Bemerkung zu verstehen geben? Aber Claudine Debuisson hielt die Augen auf den Kuchen gerichtet, den Oshona auf den Tisch stellte. Eine Schwarzwälder Kirschtorte.

»Black Forest Tart!«, rief sie entzückt. »Das gilt als Korruption, meine liebe Tochter.«

6

Tia gefiel das Zimmer auf Anhieb, das Elchgeweih an der Wand, die glänzenden Beschläge an den alten Ledersesseln, die dunklen Deckenbalken und der Kamin mit dem aufgeschichteten Holz. Am verlockendsten fand sie eine kleine Empore, die über eine Leiter zu erreichen war. Eine schmale Matratze füllte den Platz aus, und wer sich dort hinlegte, sah durch ein großes Dachfenster auf die schwarzen Umrisse der Hügel und den Himmel darüber.

Tia entschied sogleich, die erste Nacht auf der Empore zu verbringen. Von oben betrachtete sie das Doppelbett und versuchte sich vorzustellen, wie Xavier und sie bald dort eng umschlungen lägen. Sie konnte sich kaum mehr erinnern, wie es war, von ihm berührt zu werden. Xavier war zu einer Sehnsucht verkommen, zu einer Wunschvorstellung. Sie musste endlich wieder Haut auf Haut spüren. Ihn riechen und ertasten und in sich aufnehmen. Es konnte nur noch eine Frage von Tagen sein, aber sein Schweigen wühlte sie auf.

Sie hätte gewarnt sein sollen. Xaviers Beruf als Wasseringenieur führte ihn oft ins Ausland. Er erhielt immer wieder Aufträge von Entwicklungsorganisationen, und er nahm sie jedes Mal erfreut an. Xavier war ein Vagabund, der das Abenteuer genoss. Genau das liebte sie an ihm, so viel gestand sie sich ein. Nur mit den Folgen wollte sie nicht leben, denn seine Arbeit reduzierte ihr Zusammensein oft auf eine Fernbeziehung.

Sie hatte ihn vor sechs Jahren auf einer Party bei Freunden getroffen. Diesen Tag würde sie nie vergessen. Sie sah einen attraktiven dunkelhaarigen Mann unter den Gästen und beobachtete, wie er in der Ecke stand und die Anwesenden mit einer leicht distanzierten, aber aufmerksamen Art musterte, ohne sich gleich mit Händeschütteln und Grußfloskeln unter sie zu mischen. Sie fragte sich gerade, ob er vielleicht Franzose oder Italiener war, als sich ihre Blicke kreuzten. Abrupt drehte er sich um und verschwand. Enttäuscht sah sie ihm nach und trat durch die Terrassentür in den Garten hinaus. Wenige Minuten später stand er neben ihr, mit zwei Gläsern Sekt in den Händen.

»Sie sehen aus, als möchten Sie auf etwas anstoßen«, sagte er lächelnd und hielt ihr ein Glas hin. Seine Sprache verriet ihn: kein Franzose, er war ein waschechter Berner.

Zu ihrem Erstaunen hörte sie sich sagen: »Machen Sie doch einen Vorschlag, ich bin gespannt.«

Er betrachtete sie mit einer Mischung aus Neugier und Amüsiertheit.

»Auf die berauschende Schönheit des Lebens.«

»Und seine unerträgliche Grausamkeit«, erwiderte sie, rebellisch wie immer. Aber die Gläser klangen hell, als sie aneinanderstießen. In jenem Moment spürte sie die ungestüme Zuversicht, dass ihr Leben tatsächlich berauschend schön werden könnte.

Das war vor dem gewaltsamen Tod ihres Vaters gewesen.

Später erfuhr sie, dass Xavier aus einer wohlhabenden Bauernfamilie stammte. Sein Vater war ein rechtskonservativer Parteigänger. Xaviers Berufswahl war nicht, was die Eltern für ihren jüngsten Sohn vorgesehen hatten, der schon als Kind viel

lieber die genaue Bevölkerungszahl von Hauptstädten nach-
schlug, als den Traktor über die Wiesen zu führen. Tierarzt, das
hätte man ihm noch zugestanden, aber Wasseringenieur – das
war in den Augen seiner Familie ›dummes Zeug‹. Xavier kam
zugute, dass er das Nesthäkchen von acht Geschwistern war und
dass ein Cousin des Vaters in Genf wohnte, wo Xavier oft seine
Ferien verbrachte. Dort atmete er eine andere Luft als unter
dem mächtigen Walmdach und hinter den blumenbekränzten
Fenstern des Elternhauses. Xaviers Vater gab erst nach einigem
Widerstand nach. Der Bauernhof war sowieso schon an den
Erstgeborenen vergeben, das Gestüt an den Ehemann der ver-
heirateten Tochter verkauft, und der Zweitälteste war bereits
Tierarzt. »Na, dann geh halt«, hatte Xaviers Vater gemurmelt,
als der Sohn auf seiner Berufswahl beharrte, »ab in den Busch,
Bäume zählen.«

Vor dem Dachfenster des Zimmers war es dunkel geworden. Tia
kletterte von ihrer Plattform hinunter und zog sich eine Jacke
über. Sie wollte noch rasch ihre E-Mails auf dem Computer
abfragen. Um zum Eingang des Hauptgebäudes zu gelangen,
musste sie eine Außentreppe hinuntersteigen und ums Haus
herumgehen. Eine Lampe am Fuß der Treppe gab einen schwa-
chen Lichtschein von sich. Irgendwoher war leises Schnauben
zu vernehmen. Grillen zirpten. Grillen in Kanada! Es erinnerte
Tia an Ferien im Tessin.

Als sie sich an der Hauswand entlangtastete, hörte sie eine
Stimme aus einem Fenster, das nicht ganz geschlossen war. Sie
erkannte Alissa, die etwas wie »schlafende Hunde wecken« sagte.

Sprach sie von Sherlock und Holmes?

Tia blieb unwillkürlich stehen. Jetzt hörte sie alles deutlich.

»Man hat sie eingeschüchtert. Das kann doch nicht der
Zweck der Sache sein. Das darf nicht passieren. Sie soll doch
nicht misstrauisch werden.« Eine Pause entstand. Alissa schien

zu telefonieren. »Das schafft nur unnötige Probleme mit meinen Gästen. Das brauchen wir wirklich nicht. Ja, ihren Pass hab ich schon gesehen …«

Den Rest konnte Tia nicht mehr hören, denn das Fenster wurde zugestoßen.

Tia entschloss sich, den Rückzug anzutreten und das Haus in der Gegenrichtung zu umrunden. Sie wollte nicht als Lauscherin gesehen werden. Es war ihr klar, dass sich Alissa über die jungen Männer an der Bushaltestelle beschwerte, die ihren Pass verlangt hatten. Die Leute von der Rapture Ranch machten ihr vielleicht nicht zum ersten Mal Probleme. Sonderbare Dinge spielten sich dort ab, hatte der Greyhound-Angestellte Tia in Lost Horizons gesagt. Sie musste unbedingt mit Xavier darüber sprechen.

Der Esssaal war hell beleuchtet. Unterschiedliche Gerüche schlugen ihr entgegen, als sie ins Haus trat. Dazu Stimmengewirr und das Klappern von Geschirr. Im Korridor traf sie Liddy an, die T-Shirts mit dem Aufdruck *Golden Eagle Ranch* aus einem Karton klaubte und auf einem Tisch verteilte.

»Hallo Tia, wie gefällt Ihnen das Zimmer?«

»Es ist sehr schön, danke.«

»Haben Sie Hunger?«

»Es geht. Bin ziemlich müde.«

»Wir haben schon gegessen, aber Sie können sich trotzdem hinsetzen. Da kommt Beth. Sie ist unsere fantastische Köchin.«

Auf dem Korridor kam ihnen eine Frau mit einem geblümten Schal im Haar entgegen. Von ihrem offenen Gesicht ging ein Strahlen aus. Ihre melodiöse Stimme nahm Tia sofort für sie ein.

»Sie sind unser neuer Gast, nicht wahr? Ich bin Beth und ich bin für Ihr Wohl zuständig. Kommen Sie doch mit mir.« Die Köchin ging ihr voraus. Nichts an ihr war eckig oder abrupt, ihre Bewegungen flossen weich ineinander. Ihre Taille war schmal, Hüften und Oberkörper hingegen ausladend. Sie trug einen überknielangen, schwingenden Rock und eine taillierte Bluse. Wäre Beth in Bayern aufgewachsen, hätte sie wahrscheinlich ein modisches Dirndl getragen.

Später, im Licht des Speisesaals, bemerkte Tia Beths makellose helle Haut, das zarte Rot ihrer vollen ungeschminkten Lippen und die pechschwarzen Haare unter ihrem Schal. Schneewittchen, dachte sie. Eine verkleidete Königstochter. Aber wie kam sie ausgerechnet hierher auf diese Ranch?

Beth beugte sich über den Tisch, an dem Tia Platz nahm.

»Eine leichte Suppe vielleicht, ein kleiner Salat und dazu gedünsteter Fisch?«

»Das klingt wunderbar«, sagte Tia.

Die Tische im Saal waren bis auf zwei Gedecke am größten Fenster abgeräumt. Die Atmosphäre erinnerte Tia an die Wirtsstuben von Bauerngasthöfen in den Alpen.

Die Köchin lächelte und ihre Augen verschwanden fast unter den Lidern.

»Ich mache Ihnen Heilbutt an einer ganz leichten Weißweinsoße. Ich hab zufällig mitbekommen, dass Sie keinen Bärenhunger haben. Morgen werden Sie schon mehr essen, glauben Sie mir. Es ist die Luft hier draußen und die Bewegung, die machen Appetit.«

Sie verschwand in der Küche und kam mit einer dampfenden Suppenschüssel wieder.

Tia hörte die Eingangstür auf- und zugehen. Beth schaute kurz auf.

»Du kommst gerade rechtzeitig. Hol deinen Teller von dort drüben, Lucy. Setz dich doch zu Tia. Sie kommt aus der Schweiz. Sie ist heute angekommen und ziemlich müde.«

Ein Mädchen trampelte um den Tisch herum und ließ sich auf den Stuhl fallen, als wäre er die Rettung nach einem Zwölfstundenmarsch. Den Teller musste Beth holen.

»Hi«, sagte Lucy, ohne ihr Gegenüber anzusehen.

»Hallo.« Tia war etwas perplex. Vor ihr saß das Mädchen, das Liddy vor Desperado gerettet hatte.

Lucys Haar war an einer Schläfe wegrasiert, auf der anderen Seite stand es in alle Richtungen ab, was in Tias Augen nur mithilfe eines leimartigen Gels möglich war. Mit ihren schwarz umrandeten Augen und dem auberginefarbenen Mund glich Lucy einem Stummfilmstar, samt der weißen Schminke, die kleine Pickel übertünchte. In Nasenflügel und Ohrleisten steckten dünne Metallringe, in der Unterlippe ein glänzender Knopf.

Tia fragte sich, ob die Punk-Ära nicht schon längst vorbei war, aber vielleicht war es eine Neuauflage von Grunge.

Wie alt mochte Lucy sein? Dreizehn oder fünfzehn? Mit ihrem Make-up war es schwer zu erraten, aber Tia spürte die kindliche Verletzlichkeit über den Tisch hinweg.

Beth setzte sich zu ihnen und sprach ein Tischgebet. Dann schöpfte sie den beiden Suppe auf die Teller, und zu Tias Erstaunen rümpfte Lucy nicht einmal die Nase, sondern begann sofort zu essen.

Sogleich zog Beth sich wieder in die Küche zurück, es zischte und klapperte darin. Beths Tage mussten lang sein, überlegte Tia. Wenn dieser Speisesaal voll war, kam sie sicher kaum aus der Küche heraus. Tia ging meistens auswärts essen. Ihre moderne Einbauküche war mit vielen Geräten ausgerüstet, die unbenutzt blieben. Ihre Mutter hatte früher kaum je gekocht, sie brachte das Essen aus der Kantine mit und wärmte es zu Hause auf. Bei ganz besonderen Gelegenheiten hatte ihr Vater zum Kochlöffel gegriffen. Er ließ die Küche im Chaos versinken, aber das Resultat auf den Tellern war erstaunlich schmackhaft. Tia hatte diese Mahlzeiten immer als Fest empfunden.

Beth servierte den Fisch wie ein persönliches Geschenk. »Wunderbarer Heilbutt, Sie werden ihn lieben. Und für Lucy gibt's Spaghetti mit Fleischbällchen.«

Die Augen des Mädchens leuchteten auf, obwohl es versuchte, keine Miene zu verziehen. Tia beobachtete Lucy verstohlen. Der Teenager stopfte sich die Spaghetti ohne Rücksicht auf den Lippenstift in den Mund. Beth setzte sich wieder zu ihnen.

»Tia, ist das die Abkürzung von etwas? Wie Beth von Elizabeth?«

»Es ist die Kurzform von Tiamat.«

Beth sah sie fragend an.

»Tiamat war die große Göttin der Mesopotamier«, erklärte Tia.

Lucy schaute plötzlich interessiert auf.

»Die Göttin von wem?«

»Sie war die Göttin der Mesopotamier. Die lebten dort, wo heute der Irak ist. Sie hatten Götter, die ihnen halfen, die Entstehung der Welt zu begreifen. Tiamat war die See und sie gebar mehrere Götter. Aber zwischen Mutter und Kindern brach Krieg aus. Der Gott der Stürme, er hieß Marduk, teilte Tiamat mitten entzwei, und daraus entstanden Erde und Himmel.«

Lucy rollte ihre Spaghetti in einer Endlosschlaufe um die Gabel. »Cool. Und woher kommt mein Name?«

Tia dachte an die Legenden von Märtyrern, die heilige Lucia gehörte auch zu ihnen. Als Kind hatte sie diese Geschichten verschlungen, die sie in Büchern in Mutters Zimmer fand. Lucia wurde auf alle möglichen Arten gefoltert, zum Beispiel mit heißem Öl überschüttet, was Tia als Kind faszinierte. Das war grausamer als manche Videospiele heutzutage. Aber das konnte sie Lucy nicht erzählen. Glücklicherweise hatte sie einen besseren Einfall, gerade als Beth sagte: »Ich weiß es eigentlich nicht ...«

»Lucy ist doch die älteste Ahnin der Menschen, die man entdeckt hat.«

Rote Soße tropfte von Lucys Lippen.

»Was heißt Ahnin?«

»Das heißt, dass wir Menschen von ihr abstammen. Lucys Skelett wurde in der Wüste von Äthiopien gefunden, ich glaube, irgendwann in den Siebzigerjahren. Lucy hat vor etwa drei bis vier Millionen Jahren gelebt.«

»Kannst du dir das vorstellen, Lucy?«, rief Beth. »So lange gibt es schon Menschen!«

Tia sah, dass sie Lucys Aufmerksamkeit gewonnen hatte, und so fuhr sie fort mit ihrer Erklärung: »Wie du vielleicht weißt, haben Affen und Menschen dieselben Vorfahren. Aus einem Stamm, der sich verzweigte, haben sich zum einen die Menschen entwickelt und zum anderen die Affen, aber das brauchte Millionen von Jahren. Das ging ganz langsam. Und Lucy ist sehr wichtig, weil man an ihr sehen kann, wie das vor sich ging. Du hast also einen sehr berühmten Namen.«

Lucys durchstochene Nasenflügel bewegten sich. »Wie hat sie denn ausgesehen?«

»Es gibt sicher Bilder im Internet, die du abrufen kannst. Sie ist aufrecht gegangen und wahrscheinlich konnte sie auch gut auf Bäume klettern …«

»Cool«, sagte Lucy wieder und wischte sich die Essensreste samt Lippenstift mit der Papierserviette ab. »Es ist so langweilig hier, echt öde. Keine jungen Leute, nur Greise.« Sie schmiss die Serviette in den Teller. »Todlangweilig. Auf die Burg lässt sie mich nicht. Damit ich ja keine Jungs kennenlerne.«

Beth sah Tia vielsagend an.

»Was ist die Burg?«, fragte Tia.

»Die Rapture Ranch.«

In diesem Moment ging die Tür geräuschvoll auf. Jemand kam mit harten Schritten auf den Tisch zu. Tia registrierte, wie Lucy das Gesicht zumachte.

Alissa pflanzte sich neben Beth auf.

»Lucy, du gehst sofort auf dein Zimmer!«

Ihre Stimme war nicht laut, aber schneidend.

Lucy stand betont langsam auf, und mit einer kaum wahrnehmbaren Bewegung stieß sie das Glas mit der Cola um. Ein braunes Rinnsal floss rasch über den Tisch. Tia rückte weg, um ihm zu entkommen.

Beth eilte in die Küche und kam mit einem Lappen wieder. Die Cola tropfte bereits auf den Boden.

»Es ist wirklich nicht zu fassen«, sagte Alissa. Ihr schmaler Körper bebte vor Anspannung.

Lucy hatte bereits das Weite gesucht. Flucht vor dem Gewitter, dachte Tia.

Die beiden Frauen tauchten durch die Drehtür in die Küche, aber ihre Worte waren gut zu hören.

»Sie sollte ohne Essen aufs Zimmer, sie wusste das ganz genau!« Das war Alissa.

Beth erwiderte ganz ruhig: »Ich mache das Essen für alle, ohne Ausnahme. Essen ist eine Lebensnotwendigkeit. Menschen müssen essen, und wenn wir schon dabei sind, auch die Pferde brauchen ausreichend Futter.«

Sekundenlang war es still. Tia versuchte sich die Körpersprache der beiden Frauen vorzustellen.

Alissa sprach als Erste wieder. »Falsches Verhalten muss bestraft werden, als Mutter weiß ich das. Sie könnte tot sein, Beth! Desperado hätte sie zermalmen können!«

»Es gibt nichts anderes hier für Lucy als die Pferde. Sie möchte Desperado zum Freund haben.«

»Desperado ist kein Freund, er ist gefährlich. Das hab ich immer gesagt. Lucy will mich nur auf die Palme bringen, sie … sie will sich nur rächen.«

»Rächen? Wofür?«

Schweigen.

Nach einer Weile sprach wieder Alissa: »Sie soll auch diese Geschichten nicht hören, dass die Menschen von Affen abstammen. Das ist gegen den Glauben. Das sind Gottes Feinde, die so etwas behaupten. Die Menschen wurden von Gott geschaffen, so steht es in der Bibel.«

»Dann erklär Lucy doch, woher ihr Name stammt«, sagte Beth ganz sanft.

Alissa kam wieder in den Speisesaal, und sofort erschien ein Lächeln auf ihrem Gesicht.

»Na, wie hat's Ihnen geschmeckt?«

»Der Heilbutt war ausgezeichnet«, sagte Tia überrumpelt.

Alissa nickte. »Ja, Beth ist eine wunderbare Köchin – unsere größte Attraktion auf der Ranch. Morgen Abend wird es ein tolles Büfett geben, essen Sie nicht zu viel tagsüber.«

Sie wünschte eine gute Nacht und huschte hinaus.

Tia saß wie erschlagen da. Ohne Absicht war sie die Ursache eines Konflikts zwischen Mutter und Tochter geworden. Sie musste in Zukunft besser aufpassen, was sie sagte. Wieder vermisste sie Xavier, der bestimmt die richtigen Worte gefunden hätte, um die Wogen zu glätten.

Beth kam mit dem Nachtisch. Warmer Apfelstrudel mit Vanilleeis.

»Kaffee?«

Tia schüttelte den Kopf. Beth schien zu erraten, wie ihr zumute war.

»Diese Ranch bedeutet eine riesige Verantwortung«, sagte sie, als müsste sie Alissa entschuldigen. »Und sie macht alles ganz allein.«

Nicht ganz allein, dachte Tia. Was verband wohl diese beiden Frauen?

Sie aß den Nachtisch ganz auf.

Kälte breitete sich in ihrem Magen aus.

Ist nur das verflixte Vanilleeis, beruhigte sie sich.

7

Das Tor zur Einfahrt war geschlossen. Lester stieg aus und meldete sich über die Gegensprechanlage an. Eine Videokamera nahm ihn ins Visier. Er war sicher, dass es noch weitere Überwachungsgeräte gab, von denen Besucher keine Ahnung hatten.

Endlich öffnete sich das Gitter, und er steuerte seinen Wagen auf die pompöse Villa zu. Vor drei Wochen war die Residenz der Shaughnessys bevölkert mit Gästen gewesen. Bedienstete und Sicherheitsleute hatten den Eingang flankiert. Jetzt lag eine merkwürdige Stille über dem Anwesen, nur der weiße Kies knirschte unter Lesters Schuhen.

Es gab Momente, da wünschte er sich, Silver Shaughnessy hätte ihm den Karton mit Rolands Unterlagen nicht übergeben. Denn seither lebte er mit der Erkenntnis, dass Rolands Leben Geheimnisse barg, die sein eigenes Leben in Aufruhr versetzten. Seine Tage waren ohnehin hektisch, die Theateraufführungen nahmen ihn völlig in Anspruch. Aber er konnte all dem nicht ausweichen, auch den Fragen nicht, mit denen er Silver Shaughnessy endlich konfrontieren wollte.

Ein Bediensteter nahm ihm den Mantel ab und führte ihn in einen kleinen, spärlich möblierten Empfangsraum, wo ihn die Hausherrin in einem gestreiften Pullover und weißer Hose begrüßte. Sie brauchte keine dramatischen Abendroben, auch kein dickes Make-up, um zu beeindrucken.

Nichts in ihrer Miene deutete darauf hin, dass ihr Lesters Besuch unangenehm wäre. Als Schauspieler verstand er sich auf verborgene Signale.

»Ich habe gehört, dass Sie bald nach Deutschland reisen werden, um Gespräche über Gastspiele zu führen«, sagte Silver, während sie sich ihm gegenüber hinsetzte. »Ich drücke Ihnen die Daumen, dass alles klappt.«

Ihr Mann weilte, das hatte Lester in der Zeitung gelesen, in Uganda. Randall Shaughnessy reiste offenbar ohne seine Frau. Sie wandte sich dem Butler zu, der den Empfangsraum betrat. »Sie trinken doch Kaffee mit mir, einen Cappuccino?«

»Ich muss gestehen, dass ich Tee bevorzuge«, sagte Lester.

»Haben Sie einen bestimmten Wunsch?«

»Earl Gray wäre wunderbar.« Er öffnete den Knopf seines Sakkos. »Ich hatte nicht erwartet, dass es mit Deutschland so schnell geht, aber … interessierte Kreise haben mir viele Türen geöffnet. Das habe ich auch Ihnen zu verdanken. Ich schätze Ihre Unterstützung sehr.«

Sie betrachtete ihn mit Wohlgefallen. »Kanadische Kultur stößt auf großes Interesse im deutschsprachigen Raum, das muss man nutzen. Kanada produziert schließlich nicht nur Öl und Holz. Sprechen Sie ein wenig Deutsch?«

»Ich hab mich früher mal auf dem College in der deutschen Sprache versucht. Nicht sehr lange jedoch, was ich heute bereue. Die Sprache fasziniert mich. Sie ist wie geschaffen für die Bühne, eine Sprache, die Widerstand bietet, die nicht ineinanderläuft wie das Französische. Das gefällt mir.«

Der Tee wurde serviert, und sie plauderten eine Weile weiter, bis Lester den richtigen Zeitpunkt fand. Er zog das schwarze Notizheft hervor. Rolands Notizheft, das sie ihm mit den anderen Dokumenten ausgehändigt hatte. Sie ließ nicht erkennen, dass es ihr vertraut war.

»Dieses Heft habe ich bei Rolands Unterlagen gefunden. Er hat darin einige Namen von Wissenschaftlern notiert. Ich kenne den Grund nicht, und ich frage mich, ob er Ihnen etwas davon erzählt hat.«

»Wissenschaftler? Ich kann mich nicht erinnern, dass …« Sie rührte im Tee und sprach nicht weiter.

»Vielleicht sagen Ihnen die Namen etwas. Kurt Togg aus der Schweiz. Henning Kölln aus Deutschland. Giuliana Tramon aus Italien.«

Sie sah ihn einige Sekunden lang an, dann schüttelte sie den Kopf. »Wo haben Sie diese Namen gefunden, sagten Sie?«

»In diesem schwarzen Notizheft. Es war bei den Unterlagen.«

Sie zögerte. »Sind Sie sicher? Ich meine … ich habe die Namen nie gehört.«

»Mir sagen sie auch nichts, und ich musste …«

Sie unterbrach ihn. »Er hat sie ins Notizheft geschrieben? Hat er etwas dazugeschrieben?«

»Nein, deshalb hatte ich gehofft, Sie wüssten vielleicht etwas.«

Silver Shaughnessy sah ihn stumm an, als ob sie auf weitere Informationen wartete. Er gab sie ihr.

»Ich finde bemerkenswert, dass es europäische Wissenschaftler sind. Ein Astronom, ein Molekularbiologe, eine Astrophysikerin. Ich weiß nicht, was Roland an diesen Themen interessierte. Hat er mit Ihnen über solche Themen gesprochen?«

Sie zog die Augenbrauen hoch. »Warum sollte er? Zwischen Roland und mir … gab es keinen Erklärungsbedarf. Er … er war ein wundervoller Mensch, und das genügte mir.«

Lester stellte seine Tasse ab. »Alle drei sind vor fünf Jahren gestorben«, schob er nach. »Im selben Jahr.«

Sie änderte ihre Stellung auf dem Sessel, verschränkte ihre feinen, gepflegten Hände. »Vielleicht können Sie mir die Namen aufschreiben, vielleicht … es könnte mir ja noch etwas einfallen, wenn ich darüber nachdenke.«

Sie ist überrascht, oder besser – verwirrt, dachte Lester. Ihm dämmerte, warum. Sie hatte Rolands Unterlagen durchgesehen, auf Kompromittierendes abgeklopft, sie hatte sichergehen wollen, dass sie nicht persönlich in Rolands Schriften vorkam.

Aber die zugeklebten Seiten des Notizheftes waren Silver Shaughnessy entgangen. Und jetzt fragte sie sich, was ihr noch entgangen sein könnte.

Rainer Liebling, so fand er bei einer erneuten Internetsuche heraus, war Archivar einer internationalen Kinderhilfsorganisation in Berlin. Er schrieb Liebling eine E-Mail, als er jedoch nichts von ihm hörte, kontaktierte er die Organisation. Auf eine Antwort wartete er immer noch.

Zögernd rang er sich daher zu einer weiteren Frage durch.

»Ich entzifferte noch einen Namen, den sich Roland notiert hat: Rainer Liebling. Sagt Ihnen dieser Name etwas?«

Silvers Blick wanderte in die Ferne. Dann schüttelte sie den Kopf. Hatte er eine Grenze überschritten? Egal, er wollte die Gelegenheit nicht ungenutzt verstreichen lassen.

»Verzeihen Sie, dass ich so direkt frage, aber … kann es sein, dass er … dass sich in Ihrem Ferienhaus noch mehr Unterlagen befinden?«

Sie schüttelte erneut den Kopf, als ob sie bedauerte, ihm keine bessere Antwort bieten zu können. »Nein, ich habe alles durchsucht. Es ist ja nur ein kleines Chalet. Es tut mir wirklich leid, Lester, aber das war alles, was ich tun konnte.«

Lester spürte, dass es Zeit war zu gehen. Sie hatte ihm offenbart, so viel sie konnte. Weiter würde sie nicht gehen. Nicht heute. Und es würde ihm nicht helfen, sich das Wohlwollen dieser Frau zu verscherzen.

Sie standen auf. Etwas schien ihr noch auf der Zunge zu liegen.

»Hat Roland … hat er Ihnen denn nie von den Dingen erzählt, die ihm am Herzen lagen? Er hing doch sehr an Ihnen.«

Sie brachte Lester damit in Verlegenheit. Er runzelte die Stirn. Ihm fiel nur eine abgedroschene Floskel ein.

»Je mehr ich erfahre, umso mehr entzieht er sich mir.« Wahrscheinlich fand sich dieser Satz in einem seiner Rollentexte.

Silver Shaughnessy nickte nachdenklich.

»Ja, so geht es mir auch.«

Auf dem Weg in die Innenstadt hielt er an der Ampel. Sein Handy signalisierte eine Nachricht. Er schaute rasch auf den Text.

Rainer Liebling ist seit vier Jahren verschollen.

Er starrte das Display mit offenem Mund an.

Die Ampel schaltete auf Grün, und hinter ihm hupte jemand.

»Jaja, du Idiot!«, rief Lester und fuhr los.

Er konnte es nicht erwarten, nach Deutschland zu fliegen.

8

»Regel Nummer eins: *Sie* müssen das Pferd führen, und nicht das Pferd Sie«, rief John. »*Sie* sind der Boss, das Pferd muss gehorchen.«

Als er Tias zerknirschtes Gesicht sah, lachte er und schob den Cowboyhut in den Nacken. Sein breites Grinsen glättete die Furchen in seinem braunen Gesicht. Er sah plötzlich ganz jung aus.

Das Pferd, auf dem Tia saß, hieß Swansong. ›Ein liebes Pferd. Ein wenig träge, aber lieb‹, hatte Liddy gesagt, die sich um Patches kümmerte, eine Stute, die das rechte Hinterbein nachzog.

Swansong. Schwanengesang.

Tia fand das einen passenden Namen für die Blamage, die sie sich bestimmt mit ihren ersten Reitversuchen einfangen würde. Die Befürchtung, dass Swansong mit ihr durchbrennt, erfüllte sich indes nicht – im Gegenteil.

Als sie endlich in der Koppel auf dem Pferd saß und ihm nach Johns Anweisungen Befehle erteilte, blieb es mehrfach einfach stehen.

John zeigte sich sehr geduldig, als gelte es, die wichtigste Kunst des Lebens zu erlernen. »Sie geben ihr widersprüchliche

Signale, Tia«, rief er. »Sie ist verwirrt, sie weiß nicht, was Sie von ihr wollen. Fangen wir noch mal an.«

Tia war klar, dass dieses intelligente Tier unter ihr gleich erkannt hatte, was für ein Greenhorn sie war. Sie zog leicht am rechten Zügel, aber Swansong ging links und blieb wieder stehen. Tias Frustration wuchs.

»Warum tut sie das?«

John kam näher und sah sie mit gespieltem Ernst an, während seine Augen vor Vergnügen blitzten.

»Das ist Arbeit für Swansong und das mag sie nicht. Sie ist faul, wie Sie und ich, sie würde sich lieber auf der Weide mit den anderen tummeln. Aber das Leben ist ungerecht, und Sie sitzen oben.«

Obwohl Tia auf John hinunterschauen konnte, fühlte sie sich dumm und ungeschickt. Das war sie nicht gewohnt. Als Pianistin hatte sie Bewunderung und Applaus geerntet.

Eine sensationelle Begabung. Hat eine glanzvolle Karriere vor sich. Diesen Namen muss man sich merken.

Wie kannst du das alles wegwerfen, Carmen?

Weil ich kann.

»Hü«, rief sie und schnalzte mit der Zunge. Sie zog die Zügel ein wenig fester an. Swansong verfiel in Trab und Tia hielt sich instinktiv am Sattelknauf fest. Es dauerte nicht lange, und Swansong blieb wieder stehen.

»Sehen Sie, es geht doch schon ganz gut«, lobte John, als er ihr nach einer halben Stunde vom Pferd half. »Sie sind nicht ein einziges Mal runtergefallen.«

Tia war plötzlich froh, dass ihr noch eine Woche zum Üben blieb, bevor Xavier eintraf. Diesen Anblick wollte sie ihm ersparen.

Kurz vor ihrer Reitstunde hatte sie aufgebracht die Treppe zu ihrem Zimmer erklommen. Richtig wütend auf Xavier war sie gewesen. Er hatte ihr eine knappe, schnörkellose E-Mail geschickt: *Meine Abreise verzögert sich um eine Woche. Mach dir bitte keine Sorgen, es ist alles in Ordnung. Fang schon mit den Reitstunden an. Bis bald, ich freue mich, Xavier.*

Wieder stieg die Enttäuschung in ihr hoch, ein Gefühl wie Sand in nassen Schuhen. Wenn sie es rechtzeitig bis nach Kanada geschafft hatte, warum brachte *er* es nicht fertig?

Xavier machte sich nicht einmal die Mühe, den Grund für seine Verspätung zu nennen. Er konnte immer höhere Gewalt verantwortlich machen: Kriegswirren, korrupte Bürokratie, Überlastung bei der Arbeit. Einen Moment lang war sie versucht gewesen, ihren Koffer zu packen und Xavier ins Leere laufen zu lassen. Eine kindliche Rachefantasie, aber sie tat ihr gut.

Wenigstens war sie nach einer erholsamen Nacht ausgeruht, sie hatte sogar das Frühstück verschlafen. Sie warf einen Seitenblick auf John, der nicht bei der Sache schien. Er schaute in Richtung der Koppeln und Ställe.

Eine Gruppe von Leuten war dort aufgetaucht.

John schien ihren Blick zu spüren. Auf seinem Gesicht, über das sich ein Schatten gelegt hatte, erschien wieder dieses gewinnende Grinsen.

»Das ist genug für diesen Morgen, wir machen heute Nachmittag weiter. Sie müssen doch die tolle Sonne genießen. Vielleicht gehen Sie im See schwimmen.« Er zwinkerte ihr zu.

»Nur im Taucheranzug«, sagte sie, aber seine Aufmerksamkeit hatte sich bereits wieder zu den Leuten vor dem Stall verlagert.

Als sie näher kamen, konnte Tia drei Männer und zwei Frauen erkennen. Eine der Frauen redete ziemlich laut und gestikulierte herum, was die angebundenen Pferde nervös tänzeln ließ.

Die andere war hübsch, aber stark geschminkt und trug eine enge Reithose und blank polierte Stiefel. Tia erkannte in ihr die Fahrerin, die sich wie ein Rüpel auf der Straße breitgemacht und Liddys Jeep zur Seite gedrängt hatte.

Sie führte Swansong an den Zügeln in die Koppel, denn John war plötzlich nirgendwo mehr zu sehen.

Liddy sprach mit einem stattlichen Mann, während sie die verletzte Patches streichelte. Tia vermutete, dass der Besucher sein unnatürlich glänzendes Haar schwarz färben ließ. Mehrere Goldringe mit farbigen Steinen schmückten seine Hände, die sich nach Patches ausstreckten. Er trug ein weinrotes, mit Stickereien verziertes Hemd, wie ein Countrysänger während eines Auftritts.

»Die gefällt mir«, sagte er. »Die ist gerade richtig für mich.«

»Dieses Pferd hat ein entzündetes Hinterbein«, erwiderte Liddy ruhig und deutete auf das rechte Bein. »Es muss vorläufig geschont werden.«

Der Mann sah Patches einige Augenblicke schweigend an. Tia konnte seine Augen hinter der Sonnenbrille nicht sehen.

Dann wandte er sich an seine Gefolgschaft. »Habt ihr gehört, dieses Pferd braucht Hilfe, es hat ein entzündetes Hinterbein, es leidet.« Die beiden Frauen gingen näher heran, die Männer blieben neugierig stehen.

»Das Pferd braucht deine Hilfe, allmächtiger Herr im Himmel«, sagte der Mann mit der Sonnenbrille und breitete die Arme nach oben aus. »Lass mich dieses arme Tier heilen.«

»Amen«, antworteten die Frauen wie auf Befehl.

Der Mann fuhr mit der rechten Hand über Patches' Hinterbein, ohne es zu berühren. Einmal, zweimal, zehnmal. Tia warf einen Blick auf Liddy, die ihn nicht aus den Augen ließ.

Der Schwarzhaarige drückte die geballten Hände auf sein Herz und stöhnte, als sei er von einem bösen Geist besessen. Dann entspannte sich sein Körper.

»Das Pferd ist geheilt«, rief er inbrünstig, »danke, allmächtiger Herr im Himmel! Das Pferd ist geheilt!«

»Amen«, kam es im Chor.

Der Mann nahm der überraschten Liddy das Seil ab und führte Patches im Kreis herum. »Hinkt sie noch? Hinkt sie noch? Nein, wir können kein Hinken sehen. Der Herr hat uns seine Macht gezeigt und dieses Pferd geheilt!«

»Amen! Amen! Amen!«

Die Gruppe klatschte begeistert, was die Pferde wieder erschreckte. Jemand rief: »Dank dir, allmächtiger Herr!« Die anderen fielen in den Chorus ein.

Der Mann blieb vor Liddy stehen.

»Das Pferd ist gesund, ich werde es reiten.«

Liddys Stimme war so süß wie Honig. »Nein, das ist nicht möglich, das Pferd gehört einem Kunden aus Vancouver. Tut mir leid.«

Tia spürte, dass sie ihn anlog. Sie wollte Liddy beistehen.

»Sie können Swansong reiten«, rief sie und reichte ihm das Seil. Der Mann drehte sich zu ihr um, als ob er sie erst jetzt bemerkte.

»Ach, das ist aber ein vornehmer britischer Akzent.« Seine Lippen teilten sich und entblößten viel zu weiße, viel zu perfekte Zähne.

»Queen's English«, entfuhr es Tia.

»Eine Gabe aus zierlicher Hand«, sagte der Mann, und der Rest der Gruppe lachte, vor allem die Frau mit der lauten Stimme.

Der Mann sah Tia mit einem merkwürdigen Ausdruck an, sein Blick glitt von ihrem Gesicht auf ihre Hände, die immer noch die Zügel hielten. »Wenn Hände erzählen könnten«, murmelte er. »Wenn Hände erzählen könnten.« Tia wurde es ungemütlich.

In diesem Moment tauchte John in Begleitung eines anderen Wranglers mit zwei Pferden auf. Die Frau mit dem dicken Make-up stieß einen Schrei des Entzückens aus.

Liddy nutzte die Gelegenheit und verschwand mit Patches im Stall. Tia folgte ihr rasch mit Swansong. Sie musste erfahren, was das alles bedeutete.

»Ist der von der Burg?«

Liddy legte einen Finger auf die Lippen und nickte.

Sie verzogen sich in die Ecke des Stalls. Es roch nach Mist und Stroh und Wärme. »Ist er ein Wunderheiler?«, flüsterte sie.

»Von wegen Wunderheiler, ein komischer Prediger ist er.« Sie rollte die Augen. »Das Pferd hinkt nicht mehr«, äffte sie den Mann leise nach. »Schmerzmittel, meine Liebe, Patches hat Schmerzmittel bekommen. Und morgen früh kommt der Tierarzt.« Sie führte das Pferd in eine Box. »Alissa wird das nicht gern hören. Sie wartet immer viel zu lange, weil sie hofft, dass es von alleine heilt. Aber das kostet am Ende meistens mehr.«

»Ist Geld ein Problem?«

Liddy striegelte Patches' Flanken und Beine und tat so, als hätte sie Tias Frage nicht gehört. Tia realisierte, dass Liddy ihr zu viel verraten hatte und es jetzt bereute. Ihr fielen Beths Worte während der Auseinandersetzung mit Alissa ein. *Auch die Pferde brauchen ausreichend Futter.*

Liddy richtete sich auf.

»Wir hätten ihm Desperado geben sollen, den hätte er heilen können.« Sie grinste. »Desperado ist halb wild, der wirft alle Leute ab, die er nicht kennt.«

»Er ist ein wunderschönes Pferd«, sagte Tia und fuhr liebkosend über Patches' Nüstern. Sie war selbst erstaunt, dass sie sich das getraute. Aber leidende Tiere machten sie immer mutig.

»Wenn Hände erzählen könnten.« Liddy ahmte den Mann perfekt nach, während sie Patches festband.

Tia fröstelte plötzlich. Der aufdringliche Blick des Predigers hatte sie unangenehm berührt, und seine Worte trafen einen empfindlichen Nerv in ihr.

Ein junger Mann erschien im Türrahmen. Tia konnte sein Gesicht nur schlecht sehen, weil die Sonne in seinem Rücken stand.

»In der Küche gibt's zum Lunch belegte Brote und Suppe«, verkündete er. »Ich soll unseren Gast abholen.«

»Tia, das ist Bill, unser Rodeo-Star. Stimmt's, Bill?«

»Gib mir den Bullen, gib mir den Bullen«, rief Bill und ging in Stellung, als wollte er gleich einen Stier reiten.

Tia trat an ihm vorbei hinaus in die Sonne. Bill nahm seinen Stetson vom Kopf.

»So eine hübsche Frau hat uns noch nie beehrt. Kein Wunder, dass alle mit Ihnen reiten wollen.«

Tia sah ihn schräg an. »Bekommen Sie mehr Lohn für solche Komplimente?«

Sie fand, sein Gesicht war viel zu glatt für einen Mann, der in Wind und Wetter arbeitete.

Bill erwiderte etwas, aber sie sah in diesem Moment oben am Hang einen Wagen anhalten. Ein Reiter näherte sich dem Wagen und blieb stehen. Er beugte sich zum Fenster hinunter. Den Reiter erkannte sie am weinroten Hemd unter dem mit Fransen besetzten Ledergilet. Wer im Auto saß, konnte Tia aus der Entfernung nicht feststellen. Vielleicht war es Alissa, mit der er sich unterhielt.

Bill schien die beiden ebenfalls zu sehen. »Schön warm heute«, bemerkte er.

Zusammen liefen sie auf das Haupthaus zu. Bill hatte recht, es war warm, aber sie fühlte wieder eine Gänsehaut auf ihren Armen.

Warum nur? Sie war doch inkognito hier, verdammt.

9

Lester hatte die Angewohnheit, Städte mit Farben in Verbindung zu bringen, eine Reaktion, die er niemandem rational erklären konnte. London besaß für ihn die Farbe von Dijonsenf, Paris war ein verwaschenes Weiß, Toronto braun wie nasse Erde. Berlin verband er auf Anhieb mit Grau – keinem langweiligen, öden Grau, sondern einem eleganten, frischen Silbergrau. Eine souveräne Farbe, fand er.

Mit einem Handzeichen bat er den Taxifahrer, das Fenster zu öffnen, und nun konnte er Berlin auch riechen. Er hatte das Gefühl, ein renoviertes Haus zu betreten, in dem es nach gesägtem Holz, frischer Farbe und neuen Möbeln duftete. In dieser Stadt lag ein Neuanfang in der Luft, ein Aufbruch, die Scharniere waren noch locker und die Seile noch nicht festgezurrt. Berlin wollte entdeckt werden, und dass dieser subjektive Eindruck in einer so alten westeuropäischen Stadt möglich war, faszinierte ihn.

Er wäre gern in einem antiquierten Hotel im ehemaligen Ostberlin abgestiegen, mit Stasi-Mief und allem, aber durch die Einladung des deutschen Botschafters landete er im Hotel de Rome am Bebelplatz. Lester fand es klüger, dieses Geschenk nicht auszuschlagen, es ging ja nicht um ihn, es ging um den

Kulturaustausch zwischen zwei Ländern, wie ihn seine Mutter belehrt hatte. Zumindest, was die offizielle Seite seiner Reise betraf. Den Rest würde er ihr verheimlichen müssen.

Ein Berliner Hotel mit französischem Namen, dazu der italienischen Hauptstadt gewidmet – was für eine europäische Kuriosität. Noch überraschender fand er die Hotelpagen, die ihm vor der imposanten historischen Fassade mit dem Gepäck halfen. Der Schnitt ihrer Livrees erinnerte ihn an Maos Uniform, aber sie waren unübersehbar aus teurem, dickem Tuch gefertigt.

Die Pagen führten ihn über eine Treppe an gigantischen tomatenroten Urnen vorbei in die Empfangshalle, die nicht versteckte, was Lester vor seiner Abreise im Internet gelesen hatte: Dieses Hotel war einst die Zentrale der Dresdner Bank gewesen. Später hatten ihm italienische Innenarchitekten ein zeitgenössisches Design mit viel Stahl und Glas verordnet.

Der Steinboden und die massiven Wände in der Lobby erinnerten ihn ein wenig an eine Gruft, aber sein Zimmer war einladend und gemütlich – trotz des ultramodernen Umbaus. Er warf einen kurzen Blick durchs Fenster auf den Bebelplatz und brauchte nicht lange zu überlegen. Minuten später stand er mit zwei anderen Touristen mitten auf dem akkurat gepflasterten Platz vor einer erleuchteten Glasluke. Sie gab den Blick frei auf leere weiße Holzregale im Untergrund. Die beiden Touristen, ein junges Paar aus England, wandten sich nach kurzer Zeit ab, er jedoch verweilte vor dem Mahnmal. Hier auf diesem Platz hatten also die Nationalsozialisten im Jahr 1933 Bücher verbrannt, die ihnen nicht genehm waren. Was für eine absurde Tat. Als ob sich Bücher damit auslöschen ließen.

Neben dem Hotel de Rome befand sich eine Kirche. Eine Basilika, die katholische St.-Hedwigs-Kathedrale. Lester fragte sich, ob die Kirchgänger damals der Bücherverbrennung einfach zugesehen hatten. Oder hatten sie vielleicht sogar mitgeholfen?

Er schlenderte auf die andere Straßenseite. Gegenüber dem Bebelplatz, vor dem Hauptgebäude der Humboldt-Universität gruppierten sich junge Leute vor improvisierten Ständen. Die Studenten verkauften alte Schulbücher.

Lester lächelte in den graublauen Maihimmel. Nie war ihm ein verhangener Himmel in einer Stadt so verheißungsvoll erschienen. Bücher waren nicht unterzukriegen. Und das Theater auch nicht. Genauso wenig das Kino.

Mit diesem Gedanken steuerte er auf den Lustgarten zu, in dem nackte, dicke, sich lasziv rekelnde Frauenfiguren aus schwarzem Marmor zu sehen waren.

Da erreichte ihn der erste Anruf seit seiner Ankunft in Berlin. Als er das Handy wieder einsteckte, hatte er eine wichtige Verabredung in der Tasche.

Er machte kehrt und lief weiter zu Fuß zum Brandenburger Tor. Dabei ließ er sich von einer App auf seinem Handy führen. Er hielt kurz an einem Straßenstand und betrachtete die russischen Matroschkas und synthetischen Pelzmützen, aber noch mehr amüsierten ihn die Schirmmützen ehemaliger oder erfundener Offiziere der einstigen Ostblockstaaten. Er erreichte den Pariser Platz und strebte dem Café Tucher zu, wo ihn die Bezeichnung *Speisekabinett* über der Tür stutzen ließ. Offenbar konnte Kabinett noch etwas anderes bedeuten als *Regierung*. Im Innern des Restaurants nahm er den Aufgang zur Galerie, wie es ihm beschrieben worden war. Sein Blick blieb an den gerahmten Schwarz-Weiß-Fotos an der Wand hängen. Auf einer Aufnahme erkannte er Jackie Kennedy. Natürlich – die berühmte Rede von JFK vor dem Brandenburger Tor. *26. Juni 1963* stand darunter.

Lester hätte nicht sagen können, welchen Personentyp er zu sehen erwartet hatte. Aber bestimmt nicht diesen Mann, der sich an einem Tisch erhob. Ergrautes Haar fiel ihm auf die Schultern, und weil es nicht die Schwere einer jugendlichen Mähne besaß, wehte es bei jeder Bewegung, als ob es keine Erdanziehungskraft gäbe. Muskeln spannten sich unter dem leicht glänzenden Stoff seines Jacketts. Die rote Fliege am Hals drohte sich zu lösen und wie ein Pfeil über den Tisch zu schießen. Auf dem Gesicht des Mannes hatten sich Jahre des Kampfes eingegraben.

Lester hatte solche Kerle schon in amerikanischen Wrestling-Shows auf der Mattscheibe gesehen. Es hätte ihn nicht überrascht, wenn der Mann seinen Anzug aufgerissen und ein Ringertrikot darunter enthüllt hätte.

Stattdessen streckte er ihm eine Pranke von Hand entgegen. »Thomas Kellergast. Privatdetektiv. Ich habe Sie gleich von den Fotos her erkannt.« Lester bemerkte, wie gut die Menschen in dieser Stadt die englische Sprache beherrschten, von ihrem merkwürdigen Akzent einmal abgesehen. Das erleichterte ihm vieles. An das Händeschütteln musste er sich erst gewöhnen.

»Von welchen Fotos sprechen Sie, Herr Kellergast?«, fragte er und setzte sich.

»In den Klatschspalten kanadischer Zeitungen. Gefällt Ihnen das Restaurant?« In einem Satz hatte ihm Kellergast klargemacht, dass er viele Informationen über ihn besaß. Er konnte sich also eine lange Einleitung sparen. Frau Kölln verließ sich offensichtlich auf diesen Mann. Lester hatte die Witwe mithilfe der Universität, für die Henning Kölln zuletzt geforscht hatte, aufgespürt. Sie wimmelte ihn, obwohl sie der ungewöhnliche Anruf überraschte, nicht gleich ab. Als sie aber Lesters Erklärungen hörte, hatte sie ihn ziemlich rasch an Thomas Kellergast verwiesen.

»Ich weiß, hierher kommen fast ausschließlich Touristen«, sagte der Privatdetektiv, als sie sich gesetzt hatten. »Aber so werden wir nicht erkannt und können uns ungestört unterhalten. Eigentlich ist hier oben die Leselounge, unten war allerdings kein Platz mehr. Sie sprechen Deutsch, oder irre ich mich?«

Lester schüttelte den Kopf. »Ich bin *kein* Berliner«, sagte er auf Deutsch.

Kellergast lachte dröhnend. »Und ich bin kein Kanadier. Mein Englisch stammt aus meinen Jahren als internationaler Sportfunktionär. Im Weltskiverband, wenn Ihnen das was sagt.«

»Ihre Englischkenntnisse sind hervorragend«, sagte Lester, ein Kompliment, das seine Wirkung nicht verfehlte. Kellergast ließ sich bei der Bestellung des Essens Zeit. Lesters Gedanken schweiften ab zu den historischen Schwarz-Weiß-Aufnahmen. John F. Kennedy hatte nicht nur Berlin, sondern auch Kanada besucht. Das Datum, der 18. Mai 1961, konnte Lester mühelos aus seinem gewieften Schauspielergedächtnis abrufen. Der Kanada-Besuch würde sich in einer Woche jähren. Damals hatte der amerikanische Präsident zu der komplexen Beziehung zwischen Kanada und Amerika erklärt: ›Was uns eint, ist viel größer als, was uns trennt.‹

Er hoffte das auch von seinem Treffen mit Kellergast. Nur war er sich dessen nicht so sicher. Der Privatdetektiv fing an, über Museen zu sprechen, die Lester besuchen sollte, und über den Zoo – den Zoo unbedingt! – und die Stadtviertel Mitte und Prenzlauer Berg. Als wäre Lester auf Urlaub in Berlin.

Er bestellte der Einfachheit halber dasselbe wie Kellergast, da er keine Ahnung hatte, was *Gedämpfter Waller in der Papillote* oder *Vollwertsalat* bedeuteten. Salat zum vollen Wert? Er musste passen. Das Essen spielte für ihn in diesem Moment ohnehin eine untergeordnete Rolle.

»Herr Kellergast«, begann er, sorgsam beachtend, dass man in Deutschland formeller als in Kanada miteinander kommunizierte, »warum …«

»Zuerst wollen wir mal anstoßen«, unterbrach ihn Kellergast und hob sein Weinglas. »Weißburgunder Kabinett. Zum Wohl.« Schon wieder Kabinett, dachte Lester. Eine Wein-Regierung?

Nach lauten Schluckgeräuschen legte Kellergast los.

»Meine Klientin hat mich beauftragt, allen Spuren in dem Fall nachzugehen, denn sie glaubt nicht, dass es nur ein Unfall mit Fahrerflucht war.« Diese Eröffnung verblüffte Lester. Marie-Monika Kölln hielt also den Tod ihres Mannes für einen Mord? Kellergast konnte die Frage in seinem Gesicht lesen.

»Was ich Ihnen sagen kann, ist«, fuhr er fort, ohne den Kellner, der das Essen auftrug, aus den Augen zu lassen, »dass Henning Kölln an besagtem Tag am späten Nachmittag um sechzehn Uhr fünfundfünfzig das Landhaus der Familie in Elmsberg verließ. Elmsberg liegt in Schleswig-Holstein, in der Nähe der Nordseeküste, und der Name Elmsberg ist insofern ungewöhnlich, weil es dort überhaupt keine Berge gibt. Alles ist flach, flach, flach.« Kellergast zuckte mit seiner Hand hin und her, als wollte er auch alles auf dem Tisch flach drücken.

»Dieses Haus besaßen meine Klientin und ihr Mann schon seit vielen Jahren, und dort zog er sich oft zum Arbeiten zurück, wenn er absolute Ruhe brauchte.«

Lester beobachtete, wie Kellergast seinen Spargel mit dem Messer zerschnitt, also tat er es ihm gleich. Das hatte ihn Mutters Höflichkeit gelehrt.

»Er tritt also aus dem Haus, öffnet das Gartentor – das Haus ist von einer Naturmauer umgeben –, läuft auf der Landstraße etwa fünfzig Meter Richtung Osten. Der Mann meiner Klientin ging regelmäßig spazieren. Wie schmeckt Ihnen der Spargel?«

»Wunderbar«, sagte Lester, etwas benommen von Kellergasts detailliertem Bericht.

»Da kommt ein weißer Kastenwagen mit normaler Geschwindigkeit auf der Landstraße angefahren, es ist das einzige Fahrzeug auf diesem Abschnitt. Eine Nachbarin beobachtet durch ihr Küchenfenster, wie der Wagen plötzlich beschleunigt und auf Henning Kölln zufährt. Der Aufprall hebt ihn auf die Kühlerhaube und wirft ihn zurück auf die Fahrbahn. Der Wagen entfernt sich mit großer Geschwindigkeit. Der Ehemann meiner Klientin starb an seinen schweren Verletzungen im Krankenhaus.«

Kellergast verteilte ausgiebig flüssige Butter über seinen Spargel.

»Hat die Nachbarin den Fahrer gesehen?«, fragte Lester.

»Sie hat nur gesehen, dass es zwei Personen waren. Sie konnte keine brauchbare Personenbeschreibung abgeben.«

»Und das Auto?«

»Wahrscheinlich ein Mercedes.«

Lester räusperte sich. »Schließen Sie selbst einen Unfall völlig aus?«

Kellergast putzte die Buttersoße mit einem Stück Brot weg.

»Ganz klar, und zwar wegen der Art des Zusammenpralls. Der Wagen wurde nie gefunden, also hat man ihn in einer Garage sofort repariert und umgespritzt, was Planung erfordert.«

Lester stellte diese Argumentation nicht ganz zufrieden. Dass man den in den Vorfall verwickelten Wagen nie gefunden hat, bewies in seinen Augen gar nichts. Er hatte sich von Kellergast stichhaltigere Hinweise erhofft.

Aber dann kam ihm der Gedanke, dass er auch keine Beweise dafür hatte, dass Roland nicht einem spontanen Verbrechen zum Opfer gefallen war, sondern einem geplanten Mord – und trotzdem war er davon überzeugt.

Vorsichtig zuerst und dann immer frustrierter stellte er Kellergast Fragen: Wenn es kein Unfall war, wen vermutete man dann hinter dem Attentat? Hatte Henning Kölln Feinde? Stand er mit Giuliana Tramon und Kurt Togg in Verbindung? Wie weit waren die Ermittler in ihrer Untersuchung gekommen? Was sagt die Witwe dazu? Welche Theorie konnte Kellergast zu den Ereignissen offerieren? Hatte er eine mögliche Erklärung, warum Roland die drei Namen aufgeschrieben hatte?

Aber Kellergast stellte sich unwissend oder wich aus. Lester sah bald ein, dass der Privatdetektiv von Marie-Monika Kölln nur die Genehmigung hatte, ihn auszufragen, aber keine wichtigen Informationen freizugeben.

Kellergast griff zur Dessertkarte.

»Ihr Bruder Roland stand also vor seiner Ermordung in Verbindung mit Herrn Kölln?«

»Ich weiß es nicht. Das versuche ich ja gerade herauszufinden. Vielleicht können Sie mir dabei helfen. Wie ich Ihnen bereits sagte, steht der Name Henning Kölln in einem Notizheft meines Bruders ... mit zwei weiteren Namen von Wissenschaftlern, die ich Ihnen genannt habe. Ich finde es merkwürdig, dass alle drei im selben Jahr ihr Leben verloren. Wie Sie wissen, wurde Herr Togg erschossen, wie mein Bruder.«

Dass auch Rainer Liebling im schwarzen Notizheft aufgeführt war, hatte er Kellergast bisher nicht verraten. Er wollte zuerst mit Lieblings Mutter sprechen, bevor sich Kellergast einmischen würde.

»Ja, seltsam, nicht?«, murmelte der Privatdetektiv und zeigte mit einem Finger auf die Karte. Lester las *Gebranntes Grießflammerie mit jungem Rhabarber*. Er kannte nur das Wort Rhabarber, den Rest konnte ihm auch Kellergast nicht übersetzen. »Versuchen Sie's doch mit Käse, zum Beispiel mit Vacherin«, riet er Lester. »Als ich in der Schweiz war, hab ich diesen Käse mit dem Löffel gegessen, so flüssig war er. Es handelt sich um einen reifen Vacherin Mont-d'Or aus dem Valée de Joux im Waadtländer Jura. Einen höheren Genuss gibt es nicht, glauben Sie mir.« Dann erklärte er ohne Übergang: »Es gibt keine Verbindung zwischen den Fällen in Kanada, Deutschland, der Schweiz und Italien.«

Lester verschlug es die Sprache. Woher wollte Kellergast das wissen?

Der Privatdetektiv wandte sich dem Kellner zu und bestellte seinen Nachtisch.

Lester wählte einen exotisch anmutenden Tee namens Gaelic Heath. Schlimmer als die Ausbeute dieses Treffens konnte das Getränk nicht sein. Aber Thomas Kellergast überraschte ihn erneut.

»Ich kenne einen Beamten im Bundeskriminalamt. Vielleicht möchten Sie sich einmal mit ihm unterhalten. Ich weiß nicht, wie viel er Ihnen erzählen wird. Sie können's ja mal versuchen. Hier, das ist seine Nummer. Friedrich Elch heißt er. Passt doch irgendwie zu Kanada.« Kellergast lachte wieder dröhnend, es schüttelte ihn, und er entblößte dabei viel Zahnfleisch.

Auf der Rückfahrt zum Hotel bereute Lester, dass er dem Privatdetektiv nicht härter auf den Zahn gefühlt hatte. Er zweifelte, dass Kellergast ihn wirklich ernst nahm. Gewisse Herrschaften hielten Schauspieler für weibisch. Für Jüngelchen, die sich gern produzierten. Kein echter Beruf, sondern eine Persönlichkeitsschwäche sei die Schauspielerei. Diese Leute verschwendeten keinen Gedanken an den Schweiß und die Mühen, die hinter der Erarbeitung einer Rolle steckten. Sie konnten sich schon gar nicht eingestehen, dass es Mut brauchte, sich auf schwierige Rollen einzulassen, auf der Bühne sein Letztes zu geben, sich den Kritikern zu stellen und alles so aussehen zu lassen, als sei es ganz einfach.

Und dann sahen diese Schauspieler meist auch noch so verdammt gut aus. Männer sprachen selten von Neid auf die äußere Erscheinung anderer, sie projizierten solche Gefühle lieber auf Frauen. Aber Lester kannte das Phänomen nur allzu gut. Neider streuten gern wider besseres Wissen das Gerücht, der Konkurrent sei schwul. Oder er schnupfe Koks. Oder beides.

Zum Schluss hatte Kellergast noch Lesters Essen bezahlt. Als verdiente er mit seiner Schnüffelei mehr Geld als Lester mit dem Theater.

Für den Rückweg nahm er ein Taxi. Die Halle des Hotels de Rome summte von Konversationen angeregter Gäste, dabei war es schon fast Mitternacht. Er ging geradeaus zum Aufzug.

»Herr Debuisson?«

Er drehte sich überrascht um. Eine junge Frau kam auf ihn zu.

»Entschuldigen Sie, kann ich Sie kurz sprechen?«

Lester schaute sie prüfend an. Sie trug einen schwarz-weiß gemusterten Trenchcoat. Eine Journalistin?

»Woher kennen Sie meinen Namen?« Er war zu müde für Höflichkeitsfloskeln. In Kanada wurde er oft von wildfremden Leuten angesprochen. Er reagierte immer freundlich, das war er seiner Familie schuldig. Aber hier in Berlin hatte er nicht mit solchen Begegnungen gerechnet.

»Ich habe Ihr Stück *Kalter Wolf, blaue Spur* gesehen, in dem Sie die Hauptrolle gespielt haben.«

Er konnte ihren Akzent nicht einordnen. Auch nicht ihre Nationalität. Sie war mit Sicherheit keine Kanadierin. Auch keine Engländerin. Und für eine Deutsche wirkte sie zu ... französisch. Sie trug ein weißes Hütchen und kleine Silberreifen in den Ohren. Eine klassische Brünette. Oder das, was er dafür hielt. Dunkle Augen mit einem spöttischen Aufblitzen. Ein kleines ovales Gesicht. Eher mädchenhaft und schmal. Und nicht auf den Mund gefallen.

»Ich fand den Einstieg etwas problematisch, aber später hob die Handlung richtig ab, und das Tempo bis zum Schluss war absolute Präzisionsarbeit.« Sie lächelte nicht. Trotzdem wirkte ihr Gesicht liebenswürdig.

»Woher wissen Sie, dass ich in diesem Hotel bin?«

»Alle, die nicht gesehen werden wollen, steigen hier ab.« Sie sagte es in einem Ton, als gäbe sie ihm die Verspätung seines Flugs bekannt: Unangenehm, Sir, aber unvermeidlich.

Daraufhin reichte sie ihm ihre Karte. »Herr Debuisson, wenn Sie in die Schweiz reisen wollen, rufen Sie mich doch bitte an. Ich kann Ihnen die richtigen Kontakte verschaffen.«

Schweiz. Sie ist Schweizerin. Er warf einen kurzen Blick auf die Visitenkarte. *Corinne Voney. Kulturattachée. Schweizer Botschaft. Berlin.*

»Ich muss mich jetzt schlafen legen«, sagte die junge Frau und wandte sich dem Ausgang zu. »Rufen Sie mich doch bitte an.«

Sie lächelte kurz und geheimnisvoll und entfernte sich raschen Schrittes aus der Halle.

Lester sah ihr verwundert nach. Ihm fiel ein unbedeutendes Detail auf. Ein breiter, schwarzer Gürtel um eine schmale Taille.

Er drückte auf den Knopf des Aufzugs. Die Schweiz war an diesem Abend schon einmal erwähnt worden. Kellergast hatte sie besucht. Und mit Sicherheit nicht nur eines flüssigen Käses wegen.

Er hätte schwören können, dass ihm Kellergast etwas Wichtiges verheimlichte.

10

Die Sonne kroch über die Veranda des Partyhauses und leckte die Schatten weg. Tia zog sich einen Stuhl an die Hauswand, wo die Strahlen noch nicht hingelangten, und fixierte die Wälder und Hügel am Horizont. Einzelne Wolken zogen wie stolze Schiffe über den blauen Himmel. Sie fing an, die Landschaft mit Kreide auf einem Block zu skizzieren. In der Nähe bewegte sich etwas: Ein glänzend blauer Vogel verfolgte ein Eichhörnchen.

Die Worte des Predigers im bestickten Hemd gingen ihr nicht aus dem Sinn.

›Wenn Hände erzählen könnten.‹

Und dann dieser hintergründige Blick. Was wollte er damit sagen? Hatte er von Liddy erfahren, dass sie Klavier spielte?

Sicher hörte man sie, wenn sie im Partyhaus ihre Fingerübungen auf den Tasten durchlief und zum Schluss einige Stücke spielte. Es half ihr, sich die Zeit zwischen den Reitstunden zu vertreiben.

Auf ihrem Zeichenblock entstanden die Umrisse der Vegetation.

Plötzlich meldeten sich Stimmen in ihrem Kopf.

Können Sie uns bei der Skizzierung des Täters helfen?

Er trug eine Wollmaske. Ich konnte sein Gesicht nicht sehen.
Wie groß war der Angreifer?
Ziemlich groß.
Größer als Sie?
Ja, ich ... glaube schon. Es ging alles so schnell.
Ist Ihnen irgendetwas aufgefallen?
Er trug Handschuhe, das hab ich Ihnen schon gesagt.
Seine Stimme?
Er hat nichts gesagt. Kein Wort.
Wie war sein Gang? Seine Bewegungen?
Da war etwas ...
Ja?
Ein Geruch. Ein merkwürdiger Geruch.
Beschreiben Sie ihn.
Ich ... ich kann nicht. Ich hab's vergessen. Es ist ... weg.

Nein, vergessen hatte sie den Geruch nicht, sie konnte ihn der Polizei nur nicht beschreiben. Kein einziges Detail hatte sie vergessen. Ihr Vater, am Boden vor der Eingangstür. Überall Blut. All das Blut. Sein Schädel zerschossen. Hilfe, er braucht Hilfe! Schnell! Er stirbt, er stirbt. Mein Vater!

Die Kreide entglitt ihr. Sie bückte sich und hob sie auf.

Wie sie jetzt alles wieder einholte. Endete das nie?

Nach Vaters Ermordung hatte sie ihren Traum aufgegeben, als Pianistin Karriere zu machen. Sie gab sich irgendwie selbst auf. Ihre Mutter und ihre Freunde waren schockiert. *Das kann sie doch alles nicht einfach wegwerfen! So eine Begabung. Sie hat doch gerade die begehrte Auszeichnung der Luzerner Musikfestwochen erhalten! Carmen Togg, ein Name, den man sich merken muss.*

Ich bin ein Fluchttier geworden, dachte Tia, wie die Pferde, die im Stehen schlafen, um schnell vor der Gefahr weglaufen zu können. Im Leben muss man immer auf alles gefasst sein.

Aber doch nicht hier, Tia. Nicht so weit weg. Hier bist du sicher.

Alles schien ruhig auf der Ranch. Nur aus der Küche drangen klirrende Geräusche über den Hof. Vögel zwitscherten. Irgendwo ein Windspiel, das ab und zu klimperte, wenn ein weiches Lüftchen über die Veranda pustete. In der Ferne ein kaum wahrnehmbares Dröhnen.

Hier weiß niemand, wer ich bin. Hier bin ich nur ich.

Jemand rief ihren Namen. Tia fuhr zusammen.

Lucy stand am Fuß der Terrasse. Sie blinzelte in die Sonne. Ihre Hose hing tief unter ihren Hüften.

»Was machst du?« Ihre Stimme klang ruppig.

»Ich zeichne die Landschaft. Das entspannt mich. Komm doch rauf.«

Lucy blieb stehen. Tia sah sie fragend an.

»Möchtest du auch malen? Ich kann dir zeigen, wie.«

Lucy schmollte. »Das Partyhaus is' der einzige Ort, wo ich die Musik aufdrehen kann, und immer is' jemand hier.«

Sie ist noch so jung, dachte Tia. Ein Mädchen, das nach Aufmerksamkeit und Zuwendung dürstet.

»Lucy, ich möchte ein Porträt von dir zeichnen. Das ist mein Hobby, weißt du? Möchtest du mir Modell stehen? Du würdest mir damit einen großen Dienst erweisen.«

»Weiß nicht«, brummte Lucy so leise, dass Tia es fast nicht hörte.

»Es dauert nur eine halbe Stunde, ich kann das ziemlich gut.«

In Paris hatte sie sich während des Aufenthalts am Konservatorium etwas Geld verdient. Auf dem Trottoir und vor den Cafés bannte sie damals in schnellen Strichen die Gesichter von Touristen aufs Papier. Eine Technik, die sie im Zeichenunterricht in Bern gelernt hatte. Nicht dass sie das

Geld nötig gehabt hätte. Ihre Eltern finanzierten die musikalische Ausbildung der einzigen Tochter. Aber Tia wollte dazugehören, sie wollte wie ihre Kommilitonen leben, und die Straßenmalerei bereitete ihr Vergnügen.

Lucy stieg die zwei Stufen zur Veranda hinauf.

»Okay«, sagte sie, ohne Tia anzusehen. »Is' sicher besser als das doofe Kanufahren.«

Etwas widerstrebend nahm sie die von Tia gewünschte Pose ein und erklärte sich bereit, einige Strähnen hinters Ohr zu klemmen.

»Dein Gesicht ist sehr ausdrucksvoll, das muss man sehen können«, sagte Tia. Ein kindliches Antlitz war schwieriger einzufangen als eines mit Furchen, Dellen und Augenringen. Lucys Gesicht war glatt, aber Tia sah den Trotz in ihren Augen und den Kummer in ihren Mundwinkeln.

Ihre violetten Lippen bewegten sich vorsichtig. »Darf ich sprechen?«

»Mmmh«, bejahte Tia und folgte dem feinen Bogen von Lucys Augenbrauen.

»Darf ich dich was fragen?«

»Mmmh.«

»Hast du einen Vater?«

Tias Kreide verrutschte. Dann fiel ihr ein, dass bislang niemand Lucys Vater erwähnt hatte. *Ganz ruhig bleiben.*

»Ja, klar, sonst wär ich ja nicht geboren worden.«

»Leben dein Vater und deine Mutter zusammen?«

»Früher schon. Aber mein Vater ist tot.«

»Oh.« Lucy schwieg.

Das Windspiel auf der Veranda tanzte nach seiner eigenen Melodie.

Tia verstärkte die Schatten über Lucys Wangenknochen.

Ihre Lippen regten sich wieder. »Warum ist er gestorben, dein Vater?«

»Ach, darüber sprech ich nicht gern. Es war kein schöner Tod. Es macht mich nur traurig.«

»Mein Vater ist weggegangen.«

Tia schaute nicht von ihrer Skizze auf. »Was hast du gesagt?«

»Mein Vater ist weggegangen, als ich noch ein Baby war.«

»Siehst du ihn ab und zu?«

»Nein, Mummy will das nicht. Sie sagt, er sei verantwortungslos.«

»Möchtest du ihn sehen?«

Lucy überlegte. »Ja, ich denk schon. Aber ich weiß nichts über ihn.«

»Das ist aber schade.«

»Doch, ich weiß etwas. Er ist nicht gläubig. Er glaubt nicht an die Bibel.« Sie verzog das Gesicht, entspannte sich aber wieder, als Tias Kreide in der Luft hängen blieb.

»Da ist er sicher nicht der Einzige«, entschlüpfte es Tia.

»Mummy sagt, ich hätte einen Vater im Himmel, das sei wichtiger.«

Tia wusste, dass sie dazu lieber nicht Stellung beziehen sollte, trotzdem sagte sie: »Lucy, ich bin sechsundzwanzig Jahre alt, und jeden Tag wünschte ich, dass mein Vater noch lebte, denn ich bräuchte ihn oft, glaub mir.« Sie studierte Lucys Gesicht. »Eigentlich bin ich das Ebenbild meiner Großmutter, als sie jung war. Ich hab mal ein Foto von ihr gesehen, die Ähnlichkeit hat mich fast umgehauen.«

Das war, bevor sich Carmen Togg das Haar aschblond färben und die Nase verändern ließ. Jetzt glich sie einer Frau mit dem Namen Tiamat Brekmann.

»Wenn Elvis Presley ein Bild von Lisa Marie gesehen hätte, dann wäre es für ihn absolut klar gewesen, dass sie seine Tochter ist.«

Tia hatte noch nie so einen langen und komplizierten Satz von Lucy gehört.

»Was willst du damit sagen?«

Lucy kaute auf ihren violetten Lippen herum und beschmierte sich die Zähne. Sie schien verlegen.

Tia wollte es ihr einfach machen. »Du denkst also, wenn du berühmt bist wie Lisa Marie Presley und dein Bild in allen Magazinen oder im Fernsehen erscheint, dann würde dich dein Vater erkennen und kontaktieren?«

Lucy drehte ihr metallbespicktes Lederband am Handgelenk. »Ich bin doch nich' blöd, Mensch.«

Tia ließ es dabei bewenden. Teenager hatten ihren Stolz.

»Wollen wir mit der Zeichnung weitermachen? Du willst sie sicher heute noch mitnehmen.«

»Sieh«, flüstert ihr Vater, »das ist der Andromeda-Nebel. Und kannst du diesen weißen Punkt in der oberen Ecke sehen? Das ist eine Supernova, ein Stern, der explodiert und dann verglüht.«

»Haben die Sterne einen Geburtstag wie wir?«, fragt sie ihn.

»Weißt du, Sterne denken nicht in Tagen. Sie entstehen nicht in Tagen. In ihrer Welt gibt es keine Tage. Im Universum hat die Zeit keinen Anfang und kein Ende, so schwer das für uns Menschen zu verstehen ist.«

»Aber sie tragen doch Namen wie wir!«

»Nur ganz wenige Sterne tragen einen Namen. Es gibt einfach zu viele. Millionen und Abermillionen. So viele Namen könnte man gar nicht erfinden.«

»Tut es dem Stern weh, wenn er verglüht?«

»Nein, mein Käferchen, sie haben keine Schmerzen und keine Sorgen und sie fürchten sich vor nichts.«

»Ich möchte ein Stern sein, Papa.«

Ein Schuss zerriss die Stille. Tia zuckte heftig zusammen. Lucy sah sie erschrocken an.

Wieder ein Schuss. Und noch einer.

»Du lieber Himmel!« Tia drückte sich an die Holzwand der Veranda und zog Lucy zu sich heran.

Salve um Salve peitschte über die Hügel.

Aus den Augenwinkeln sah sie Beth auf dem Hof auftauchen, ihr Glockenrock schwang hin und her. Sie winkte Tia und Lucy zu.

»Keine Angst«, rief sie. »Das sind die Leute von der Burg, da bin ich sicher. Das kommt genau aus ihrer Richtung.«

John bog um die Ecke und näherte sich eiligen Schrittes. Hatte er sich die ganze Zeit hinter dem Partyhaus aufgehalten? Hatte er womöglich das Gespräch zwischen ihr und Lucy mitgehört?

»Was soll das bedeuten?«, rief Beth ihm zu.

John winkte ab. »Die schießen auf Wild.«

»Was? Die gehen auf die Jagd?«

»Ich hab gehört, dass sie Hirsche ausgesetzt haben, um sie zu jagen. Ihre eigenen privaten Hirsche. Sie leihen sich Pferde von uns für die Jagd. Soll alles legal sein.«

Tia rang nach Luft. Sie fühlte Lucys starren Blick auf sich, aber sie konnte nicht sprechen.

Johns Gesicht verriet nicht, was er von der Sache hielt.

Beth sah ihn mit gerunzelter Stirn an.

»Mein Vater war Jäger, aber wie Jagdgewehre klingt das in meinen Ohren nicht. Vielleicht schießen sie mit Kalaschnikows auf Rehe«, sagte sie.

John warf ihr einen undefinierbaren Blick zu.

»Kalaschnikows sind in Kanada nicht erlaubt.«

Tia erhob sich langsam. Die Kreide in ihrer Hand zerbrach. Ihre Stimme klang fremd in ihrem Ohr, als sie fragte: »Wie weit ist denn die Burg entfernt?«

»Von hier? Etwa zwanzig Minuten mit dem Auto«, antwortete Beth.

»Das ist weit. Und man hört die Schüsse so gut?«

»Die haben viel Land, Tia. Und zwischen der Rapture Ranch und der Golden Eagle Ranch gibt es keine Häuser.« John stemmte die Fäuste in die Hüften. »Die scheinen ihre Hirsche aber schnell erwischt zu haben.«

»Gottlob«, sagte Beth. »Alissa würde sonst ausrasten. Wir werben mit Ruhe und Erholung, und dann knallt es hier wie im Krieg.«

»Ist Alissa nicht hier?«, fragte Tia.

Beth lief bereits wieder in Richtung Küche. »Doch, doch, sie ist hier. Am Telefon mit ihrer Mutter wahrscheinlich. Da könnte die Erde beben, und ...« Sie sprach nicht weiter. Wahrscheinlich musste sie sich auf die Zunge beißen.

Manche Dinge blieben besser ungesagt.

»Heute gibt's Tagliatelle mit fünf verschiedenen Soßen«, rief sie über die Schulter zurück, »und Rotwein aus Sizilien.«

John blickte ihr nach, bis sie in der Küche verschwunden war. Dann sah er Tia an.

»Alles in Ordnung?«

Sie nickte wortlos, aber ohne große Überzeugung.

Kurz entschlossen stand sie auf und schritt auf das Haupthaus zu. Sie riss die Eingangstür auf und ging schnurstracks ins Büro. Alissa war nicht am Telefon mit ihrer Mutter, sie saß vor dem Computer. Sie drehte sich hektisch um, als Tia ins Zimmer trat.

»Alissa, haben Sie die Schießerei gehört? Was soll das? Kommt das häufig vor? Das ist mir nicht geheuer.« Sie stieß alles ohne Pause heraus.

Alissa stand auf und zog ihr enges blaues T-Shirt nach unten. »Oh, Tia, das tut mir aber schrecklich leid. Nein, das kommt sonst nie vor, außer ... sehen Sie, in der Gegend streunt ein Wolfsrudel herum, das ist ein großes Problem für uns, wegen der Pferde, verstehen Sie?« Sie sah Tia fast flehend an. »Und wegen unserer Gäste. Die Wölfe, die ... das sind gefährliche

Tiere. Die muss man in Schach halten. Die töten auch Hühner und … und Hunde. Und sie sind gefährlich für die kleinen Kinder.«

Sie legte Tia beruhigend eine Hand auf den Arm. »Sie arbeiten doch mit Kindern. Da wissen Sie bestimmt, dass man diese hilflosen Wesen beschützen muss, nicht wahr?«

Liddy hatte Alissa also von ihrem Beruf erzählt. Von jetzt an würde sie den Mund halten.

»John sagt, die Leute auf der Burg hätten Hirsche ausgesetzt«, konterte sie, »und die werden jetzt gejagt. Er hat nichts von Wölfen erzählt.«

Alissas Gesicht verdüsterte sich unmerklich, dann erwiderte sie: »Nein, nein, das hat John sicher falsch gehört. Es gibt viele Gerüchte über die Rapture Ranch, aber nicht alles trifft zu.« Sie strich ihr langes strohblondes Haar zurück. »Machen Sie sich keine Sorgen, das ist jetzt alles vorbei.«

Sie setzte ihr strahlendstes Lächeln auf.

Tia tat sie fast leid. Die Ranch war Alissas Einkommensquelle, und sie konnte wahrscheinlich nicht immer verhindern, dass es Probleme mit der Nachbarranch gab. So lenkte sie ein.

»Ich hoffe auch, dass nun Ruhe einkehrt«, sagte sie etwas versöhnlicher.

Sie kehrte zum Partyhaus zurück. Lucy hatte sich in eine Ecke verkrochen und starrte auf die Kreideskizze auf ihrem Schoß.

Sie sah hoch, als sie Tia bemerkte.

»Dein Vater wurde erschossen, nicht wahr?«

11

Lester stand mit einem jungen Familienvater und zwei Kleinkindern vor einem mehrgeschossigen Wohnblock, der haargenau so aussah wie alle Wohnhäuser rundherum: eine Fassade von der Farbe wässrigen Kaffees und halbhohe Gitter statt Balkone vor den Fenstertüren. Jan Koster, der Vater der Kinder, leitete eine Bühne in Berlin und war äußerst interessiert daran, mit Lester zusammenzuarbeiten. Die beiden hatten sich tags zuvor bis tief in die Nacht in Kosters Wohnung über ihre Ideen und das Theater im Allgemeinen ausgetauscht. Die gegenseitige Begeisterung war so schnell gewachsen wie Lesters Interesse an deutschem Bier. In einem Akt des spontanen Vertrauens, wie er sich manchmal zwischen Menschen ergibt, die man noch gar nicht lange kennt, hatte Lester den Deutschen um einen Gefallen gebeten. Er brauchte ihn als Übersetzer für ein Gespräch mit Rainer Lieblings Mutter.

»Ja klar, Mensch, da helf ich dir doch«, hatte Jan Koster ausgerufen. »Ich muss nur meine Kinder mitnehmen, denn meine Frau arbeitet morgen.«

Lester hielt das sogar für eine gute Idee. Männer mit Kindern sahen harmloser aus, das konnte seinem Vorhaben nur nützen.

»Da, Nummer vierundfünfzig«, sagte Jan und schob den Kinderwagen auf die Haustür zu. »Wenn wir Glück haben, steht der Name an der Klingel. Hier. *A. Liebling.* Das muss es sein. Sie heißt doch Alma, oder?« Und schon drückte er auf den Klingelknopf.

Nichts rührte sich. Lester bemerkte, dass die Gegensprechanlage offenbar defekt war. Aber in der dritten Etage öffnete sich ein Fenster. Eine Frau steckte den Kopf heraus. Jan erklärte ihr etwas auf Deutsch, Lester verstand nur das Wort Kanada. Die Frau blickte erst ihn prüfend an, dann die Kinder, die ganz still geworden waren. Sie verschwand und öffnete kurz darauf die Eingangstür. Nach einem weiteren Wortwechsel mit ihr erklärte Jan: »Sie kennt mich aus dem Fernsehen, ich habe den Assistenten eines Kommissars gespielt.« Sie erklommen das düstere Treppenhaus, das nach nasser Wäsche roch. Jan trug das Baby, Lester den Buggy, das dreijährige Mädchen an der Hand.

Alma Liebling führte sie ins Wohnzimmer und stellte frische Brezeln auf den Tisch. Sie trug eine bunt gemusterte Schürze, darunter eine altrosa Bluse. Jan teilte eine Brezel in kleine Stücke, während Frau Liebling ihre Besucher mit einer Mischung aus Neugier und Vorsicht betrachtete. Lester schätzte sie auf Anfang fünfzig. In ihren Augen las er die stille Verzweiflung einer Mutter, der niemand sagen konnte, was mit ihrem Sohn geschehen war. Lebte er noch? Litt er? War er freiwillig verschwunden oder war er einem Verbrechen zum Opfer gefallen? Eine grausame Tortur, die erst mit ihrem Tod enden würde.

Jan stellte sich und Lester kurz vor und erklärte ihr, dass sein Bruder mit ihrem Sohn Rainer Kontakt hatte. Es sei um eine Ausstellung über Kindersoldaten in Ottawa gegangen. Alma Lieblings Gesicht, das ein halblanger perfekter Pagenschnitt umrahmte, legte sich in Falten und sie begann zu sprechen, zuerst zögerlich, dann verkürzten sich die Pausen.

Jan übersetzte Lesters Fragen und Alma Lieblings Antworten und überwachte daneben seine Kinder, die der Brezel den Garaus machten. Alma Liebling schien das Schlachtfeld auf dem Tisch nichts auszumachen.

Ihr Sohn Rainer, sagte sie, habe für eine internationale Kinderhilfsorganisation gearbeitet. Sie habe regelmäßigen Kontakt zu ihm gehabt, und manchmal sprach er während seiner Besuche über die Arbeit. Sie könne sich aber nicht erinnern, dass er je Kanada erwähnt hätte. Allerdings habe er mit vielen Leuten im Ausland zu tun gehabt, das war nichts Außergewöhnliches. Der Name Roland Debuisson sage ihr indes nichts.

Und dann sei Rainer eines Tages einfach verschwunden. Im Winter vor vier Jahren. Er hatte einige Tage freigenommen, um einen Kurzurlaub zu machen, jedoch niemandem mitgeteilt, wohin er ging. Als seine Mitarbeiterin endlich bei ihr anrief, war er bereits zwei Tage nicht bei der Arbeit erschienen. Frau Liebling rief zuerst Verwandte und Bekannte an und dann Rainers Exfreundin, die sich einige Wochen zuvor von ihm getrennt hatte. Als diese Nachforschungen nichts ergaben, alarmierte sie die Polizei.

»Das letzte Handysignal kam am siebten Dezember aus Italien, von einem Punkt nahe der Grenze zur Schweiz«, übersetzte Koster. »Aber lange wurde nichts gefunden. Erst im Frühjahr hat man seinen Wagen auf einem Parkplatz entdeckt – in einer Schweizer Kleinstadt an der italienischen Grenze. Seine Kreditkarte war zuletzt in der Schweiz belastet worden. Aber sie war nicht im Wagen. Pass und Handy auch nicht. Und Rainers Laptop fand man nie. Die Polizei teilte ihr damals mit, ihr Sohn habe unmittelbar vor seinem Verschwinden tausend Euro von seinem Bankkonto abgehoben.«

Alma Liebling erhob sich und ging in die Küche, um Apfelsaft für die Kinder zu holen. Das Baby quietschte fröhlich, aber das dreijährige Mädchen quengelte auf seinem Stuhl.

Den Laptop fand man nie, dachte Lester. Genau wie bei Roland.

Die Gastgeberin kam mit zwei Gläsern zurück und strich dem Mädchen übers Haar. Lester fiel auf, dass sie Jan und ihm nichts angeboten hatte.

Sie richtete das Wort wieder an Jan, und er übersetzte ihre Frage, die für Lester bestimmt war: »Sie will wissen, ob du Rainers ehemaligen Arbeitgeber angerufen hast.«

Lester nickte. »Ja, sein Büro hab ich bereits von Kanada aus kontaktiert. Sie schrieben mir, dass Rainer vor vier Jahren verschollen sei. Und von denen hab ich Frau Lieblings Adresse.« Er verschwieg, dass er der Mitarbeiterin nichts über seine Pläne verraten hatte, weil er kein Aufsehen erregen wollte. Die Polizei würde noch schnell genug erfahren, dass er Nachforschungen in Deutschland anstellte.

Lester überlegte. Viel hatte das Gespräch mit Alma Liebling bisher nicht gebracht. Kein Hinweis auf Roland oder seinen Mörder.

Alma Liebling beobachtete, wie Jan versuchte, dem Baby Apfelsaft einzuflößen. Lester wollte noch einen Versuch machen, bevor sie aufbrachen.

»Jan, frag sie bitte, ob Rainer Zeitungsausschnitte hinterlassen hat.«

Zu seinem Erstaunen nickte die Frau und holte eine schwere Tasche aus dem Nachbarzimmer.

»Die hat sie von der Polizei zurückerhalten. Sie sagt, du kannst sie mitnehmen, bis du sie nicht mehr brauchst.«

Lester dankte Alma Liebling, die kurz das Baby in den Arm nahm und mit Koseworten bedachte, bevor sie ihre Besucher zur Tür begleitete.

Sie rief ihnen etwas nach, bevor sie die Tür hinter ihnen schloss.

»Was hat sie gesagt?«, fragte Lester.

Jan wartete, bis sie mit den Kindern wieder auf der Straße standen.

»Sie sagte, dass wir Roland Grüße ausrichten sollen. Es freut sie, dass es Leute gibt, die Rainer noch nicht vergessen hätten. – Mensch, sie weiß gar nicht …«

»Ist vielleicht besser so.«

»Ich hab ihr meine E-Mail-Adresse hinterlassen – für alle Fälle.«

Das Baby fing an zu weinen, als Jan es in den Buggy setzte. Auch das kleine Mädchen beklagte sich, es wollte nicht zur Straßenbahn laufen. Lester setzte es auf seine Schultern und packte die schwere Tasche. Beides wog weniger als die Last, die er auf seiner Suche nach Rolands Mörder fühlte.

Zurück im Hotel de Rome bestellte er sich einen Snack und leerte den Inhalt der Tasche auf das große Doppelbett. Viele deutsche Artikel waren unter den Papieren, aber auch englischsprachige Berichte. Er überflog die Seiten und hielt Ausschau nach vertrauten Namen. Nach zwanzig Minuten wurde er zum ersten Mal fündig. Kurt Togg. Sein Herz begann schneller zu schlagen. Es war derselbe Artikel, den er in Rolands Unterlagen gefunden hatte! Fieberhaft suchte er weiter. Es dauerte nicht lange, da fand er auch Artikel über Giuliana Tramon und Henning Kölln.

Seine Hände zitterten vor Aufregung. Hier hielt er das Bindeglied zwischen Roland und Rainer Liebling in Händen. Der Deutsche hatte seinem Bruder Informationen über die drei Wissenschaftler zugeschickt. Es musste kurz nach deren Tod gewesen sein.

Lester wedelte nachdenklich mit den Papieren. Liebling hatte Roland keine Internet-Links per E-Mail geschickt, sondern Informationen auf dem Postweg. Wollte er keine Spuren auf seinem Computer hinterlassen? Eine Frage blieb unbeantwortet:

Warum zum Teufel interessierte sich Roland ausgerechnet für diese drei Wissenschaftler?

Vielleicht war es auch umgekehrt. Vielleicht war es Rainer Liebling, der sich für sie interessierte. Aber dann – warum würde er Roland in die Sache hineinziehen?

Lester stand auf.

Sein Wecker zeigte fünf Uhr nachmittags. Er schickte seiner Schwester eine E-Mail und war gerade dabei, nochmals nach Rainer Liebling im Internet zu suchen, als Beethoven auf seinem Handy erklang.

»Lester, wie geht's? Wie ist Berlin? Kommst du voran?«

»Schwesterchen, du erwischst mich gerade zu einem guten Zeitpunkt. Wie schön, deine Stimme zu hören.«

»Mein Lieber, ich hab doch in der linken Zehe gespürt, dass du mich brauchst, wie geht es dir, Bruderherz?«

Oshona versprühte wie immer Lebensfreude und Ungestüm. So empfand er das wenigstens. Aber vielleicht kannte er sie gar nicht so gut. Vielleicht hatte auch sie wie Roland Geheimnisse, von denen er nichts wusste.

Er berichtete ihr von seinen Berliner Eindrücken und steuerte dann das Gespräch auf Roland. Er konnte nicht anders.

»Oshona, ich realisiere, dass ich gar nicht weiß, was ihn in den letzten Monaten seines Lebens beschäftigt hat, ich … wir haben damals … wir haben uns nur ab und zu gesprochen, aber …«

»Ich weiß, was du meinst, Lester. Ich hab auch oft gedacht, hätte ich doch nur mehr Zeit mit ihm verbracht. Aber er hat sich damals auch nicht viel blicken lassen. Und …« Sie machte eine Pause. »Wenn ich mit ihm zusammen war, habe ich ihm mehr Fragen über Vater gestellt als über ihn.«

»Das kann ich verstehen, Oshona, du hast Vater ja viel weniger gekannt als wir, du warst ja noch so klein.«

»Roland scheint mehr in Vaters Schatten gestanden zu haben als du, hab ich den Eindruck.«

»Warum denkst du das?«

»Er … er wurde viel mehr mit ihm verglichen. Und als er dann kein Weltumsegler oder so ein … so ein kanadisches Idol wurde, denk ich, waren die Leute irgendwie enttäuscht und ließen es ihn wohl auch spüren.«

»Vielleicht hätte er Eishockey spielen sollen.«

»Lester, jetzt wirst du wieder zynisch. Eishockeyspieler stehen wie Schauspieler unter hohem Leistungsdruck – du solltest das am besten wissen.«

»Ich weiß, ich weiß, ich kann einfach nie mein Maul halten.«

»Das gefällt mir ja auch an dir, Lester, so ist es nicht. Roland war wie im Fieber, als ich zum letzten Mal mit ihm gesprochen habe. Ja, wie im Fieber. Irgendetwas hat ihn sehr beschäftigt. Aber ich konnte ihn nicht dazu bringen, mir etwas zu verraten. Ich dachte, vielleicht ist es ein Projekt, das er geheim halten will. Oder … eine neue Freundin.«

Am liebsten hätte Lester seiner Schwester von Silver Shaughnessy und von den Unterlagen erzählt, die so viel Verwirrung stifteten. Aber er zügelte sich rechtzeitig. Es wäre nicht fair, sie zur Mitwisserin zu machen.

Ihre Stimme war nun ganz nah. »Lester, ich wollte dich noch etwas fragen. Roland hat … Ich habe ihn nach Papa gefragt. Und da sagte er so ganz nebenbei, dass unsere Eltern … dass sie ihre Differenzen hatten. Dass sie manchmal total gegensätzlicher Meinung über gewisse Dinge waren. Und über gewisse Personen. Ich hab ihn damals nicht gefragt, was er meinte … ich wollte ihn immer fragen, aber jetzt – jetzt muss ich dich fragen, um was es da ging.«

»Mmmmm«, machte Lester und dachte nach. »Auf Anhieb fällt mir jetzt auch nicht ein, was er … ich meine, sicher gab es Diskussionen zwischen den beiden, das ist normal.«

»Ich hatte aber das Gefühl, er dachte an etwas Bestimmtes, als er diese Bemerkung fallen ließ.«

»Ich werde darüber nachdenken«, versprach er ihr und wechselte das Thema. »Wo ist Sheldon?«

»In Pittsburgh. Stanley Cup. Hast du schon davon gehört, vom Stanley Cup, Herr Shakespeare?« Sie lachte und ersparte ihm eine Antwort. »Was hast du als Nächstes vor, Bruderherz?«

»Ich weiß es nicht, ich muss mich mal ein wenig ausruhen. In mich gehen, wie du immer sagst.«

Er verabschiedete sich von Oshona und legte sich aufs Bett.

Ein Anruf riss ihn aus seinen Grübeleien.

»Corinne Voney. Sie erinnern sich?«

Die Schweizerin. Ihre Stimme klang besorgt.

»Ich muss Ihnen ein Geständnis machen«, hörte er. »Aber nicht am Telefon.«

12

Tia lag wach. Ihr Herz hämmerte. Sie dachte, sie hätte auf der Empore endlich Schlaf gefunden, und jetzt lag sie schon wieder hellwach da. Im Dachfenster leuchtete der Mond so hell wie ein Scheinwerfer.

Lucys Frage hatte sie völlig aus der Fassung gebracht.

»Dein Vater wurde erschossen, nicht wahr?«

Sie fühlte sich, als hätte ihr jemand eine Ohrfeige versetzt.

»Was ... wie ... wie kommst du denn auf so was?«, hatte sie gestammelt. »Weißt du eigentlich, was ... was du da sagst?«

Lucy ließ die Schultern fallen. »Brauchst ja nich' gleich beleidigt zu sein. Du hast mir erzählt, er hat 'nen schlimmen Tod gehabt. Und dann biste fast umgekippt, als die Knallerei losging. Kann ja sein, nich'?«

Tia versuchte sich zu erklären. »Stell dir vor, ich würd so was über deinen Papa sagen. Da wärst du auch nicht happy.«

Lucy verstummte, und Tia tat ihre Tirade leid. Sie hatte den Teenager unterschätzt. Sie konnte nur hoffen, dass Lucy den Vorfall nicht auf der Ranch verbreitete.

An Schlaf war vorläufig nicht zu denken. Sie kletterte die Leiter hinunter und schlüpfte in Trainingshose und Windjacke.

Fröstelnd band sie sich einen Seidenschal um und steckte eine Taschenlampe ein. Sie öffnete die Tür und blieb auf der Treppe stehen. Von irgendwoher konnte sie Geräusche und Stimmen hören. Sie huschte die Hauswand entlang und bog um die Ecke des Gebäudes.

In der Nähe der Koppel nahm sie schemenhafte Gestalten wahr. Im gespenstischen Licht des Vollmondes schlich sie sich näher. Sie erkannte Alissas klagende Stimme.

Tia stellte sich hinter einen Anhänger. Von ihrem Schlupfwinkel aus konnte sie eine Frau sehen, die ein Pferd im Kreis longierte. Alissa kam zum Haupthaus gelaufen. Gerade als sich Tia wieder in ihr Zimmer schleichen wollte, ließ sie eine Stimme herumfahren.

»Hallo, zeigen Sie mal Ihr Gesicht!«

Sie war entdeckt. Zögernd näherte sie sich der Koppel.

»Wer sind Sie?«, fragte die Frau.

»Ich bin Gast hier.«

»Ich wusste schon, dass da jemand lauert. Windfall hat Sie schon längst gewittert.« Sie winkte Tia zu sich. »Stellen Sie sich neben mich, dann ist es besser für das Pferd. Ich bin Sandra.«

Von Nahem wirkte Sandra anders als ihre Stimme, weicher, freundlicher. Sie trug einen auffallend modischen Kurzhaarschnitt. Ihr Frisör befand sich mit Sicherheit nicht in einem Umkreis von hundert Kilometern um die Ranch.

»Was ist los mit dem Pferd?«, fragte Tia.

»Seine Eingeweide haben sich verdreht. Er hat eine Kolik. Jetzt müssen wir ihn bewegen, bis sich wieder alles gelöst hat. Er darf sich keinesfalls hinlegen.«

»Was würde sonst passieren?«

»Es würde ihn umbringen, und nicht auf eine sanfte Art, glauben Sie mir.« Sie seufzte. »Das könnte eine lange Nacht für uns werden.«

»Sie arbeiten also hier?«

»Ja, eine Ranch braucht viele Leute. Alissa muss ganz schön viel Geld reinholen, um uns alle zu bezahlen. Nicht dass wir viel verdienen – im Gegenteil. Was uns gefällt, ist das freie Leben mit den Pferden.«

Sie schwiegen. Nur das dumpfe Klopfen der Hufe und das Rauschen der Wälder war zu hören.

Tia war erstaunt, dass Sandra so freimütig mit ihr plauderte. Sie packte deshalb die Gelegenheit beim Schopf.

»Alissa hat offenbar das Talent, gute Leute für ihre Ranch zu gewinnen. Wie ist Beth hierhergekommen?«

Sandras Antwort kam ohne Zögern.

»Beth und Alissa stammen aus demselben Dorf. Sie waren Jugendfreundinnen. Ihre Vorfahren sind Mennoniten aus Deutschland, die wegen ihres Glaubens nicht zum Kriegsdienst wollten und sich in der Ukraine niederließen. Später sind sie nach Kanada ausgewandert, in die Provinz Saskatchewan.«

»Ich habe gehört, dass Alissa diese Ranch geerbt hat.«

»So ungefähr, sie hat die Ranch mit geerbtem Geld gekauft. Dann hat sie Beth hierhergeholt. Wollen Sie mal die Longe halten?« Bevor Tia antworten konnte, drückte ihr Sandra das Seil in die Hand.

»Drehen Sie sich ganz unmerklich mit ihm, geben Sie nie die Kontrolle ab. Ja, so ist's richtig. Immer rundherum.«

Windfall ließ sich nicht anmerken, dass er wusste, wie sehr Tia ihm ausgeliefert war.

»Hat er Schmerzen?«

»Bestimmt. Aber Pferde sind so was von stoisch. Richtige Helden sind das.«

Tia drehte sich mit dem Hengst. »Ich leide immer mit, wenn Tiere leiden.« Windfall spitzte die Ohren. Jemand näherte sich.

»Na, ihr beiden?«

Es war Bill. Er schien keine Spur verschlafen. Sandra wurde ganz lebendig. »Du kommst wie gerufen. Ich muss nämlich unbedingt mal austreten.«

Bill grinste sie an. Er war zweifellos eine Augenweide – und er wusste es.

»Sandra, was seh ich da? Du lässt unseren Gast arbeiten? Wenn das Alissa sieht.«

»Ach, da gibt es einiges, was sie besser nicht weiß, nicht wahr, Bill?« Sandra stupste ihn in die Rippen. »Pass mir schön auf die junge Dame auf, mein Lieber. Und schwatz ihr nicht die Ohren voll mit deinen Geschichten.«

Bill sah Tia verschwörerisch an.

Sandra war schon außer Sichtweite, als er eine Dose aus der Tasche zog, Schnupftabak auf den Handrücken häufelte und ihn durch die Nase einzog.

»Ich muss mir einen Kaffee holen, sonst schlaf ich noch ein. Können Sie zwei Minuten allein …«

»Keinesfalls«, sagte Tia sofort. »Was, wenn Windfall verrücktspielt?«

»Keine Bange, der hat gar nicht die Kraft dazu. Bin auch gleich zurück, hab nur meine Thermosflasche vergessen.«

Und schon lief er los.

Sandra muss gleich wieder auftauchen, tröstete sich Tia. Windfall trabte immer noch gleichmütig im Kreis, als hätte er sich in sein Schicksal gefügt.

Nach einer Weile fühlte Tia Kälte die Beine hochkriechen. Mücken schwirrten um ihr Gesicht. Sie zog den Schal quer über den Mund. Ihr war plötzlich mulmig so allein. Wo waren eigentlich die beiden Hunde?

Sie konnte Windfall unmöglich anbinden und stehen lassen. Das Pferd musste sich bewegen, sonst würde es qualvoll sterben.

Sie hörte Schritte näher kommen.

Ein Schatten. Leise Bewegungen.

»Hallo?«, rief Tia.

Ein Mann. Er beschleunigte seinen Gang. Als sie sein Gesicht erkennen konnte, atmete sie auf. Es war John.

Als Erstes nahm er ihr gleich das Seil aus der Hand.

»Was machen *Sie* denn hier? Was zum Teufel ist hier los?«

»Ich wollte … ich …«

Aber er wartete ihre Antwort gar nicht ab.

»Sie sollten nicht hier sein. Nicht zu dieser Stunde und schon gar nicht allein. Sie sollten schlafen gehen.«

Er schien aufgebracht, auch wenn er sich zu beherrschen suchte.

Wortlos marschierte sie auf das Haupthaus zu. Kaum war sie an der Treppe angelangt, fiel ihr der Schal ein. Er musste auf den Boden gefallen sein. Ein Geschenk Xaviers aus Afrika. Sie wollte ihn keinesfalls verlieren.

Vorsichtig schlich sie sich zurück. Da sah sie Sandra auf die Koppel zulaufen. Tia stand ganz still.

Sie vernahm Johns Stimme. »Warum war Tia allein hier? Warum hast du sie allein gelassen?«

»Tia? Die war doch gar nicht allein. Bill war bei ihr.«

»Bill? Ausgerechnet. Der …« Seine Worte gingen im Schnauben des Pferdes unter.

»Du erschreckst Windfall, John. Was ist denn passiert?«

»Tia darf unter keinen Umständen allein hier herumgeistern – und schon gar nicht nachts. Wir haben die Verantwortung für sie. Mensch, Sandra! Das darf doch nicht wahr sein!«

»Aber Bill …«

»Bill ist nicht geklärt. Wir haben Bill bisher nicht geklärt.«

»Du weißt doch, ich war einige Tage nicht hier, John. Ich wurde noch nicht gebrieft. Ich bin ja offiziell noch nicht mal im Dienst. Diese Nacht gehört noch zu meinen freien Tagen, verdammt noch mal!«

Tia wurde mulmig. Sie tastete sich so schnell wie möglich zum Haus zurück.

Am anderen Morgen ließ sie die Reitstunde ausfallen und verzog sich ins Partyhaus. Sie musste ihre Gedanken und die Szenen der vergangenen Nacht ordnen. Plötzlich bellten die Hunde aufgeregt. Vor dem Hauptgebäude stiegen Leute aus einem weißen Kleinbus und nahmen Gepäckstücke in Empfang, die jemand auslud. Dann standen sie etwas ratlos herum. Von Alissa keine Spur.

Tia ging auf die Gruppe zu. Ein langer dünner Mann sprach sie in gebrochenem Englisch an. »Sind Sie von der Ranch?«

»Ich bin Gast hier«, erwiderte Tia. »Aber ich kann jemanden holen. Sind Sie Deutscher?«

Der Mann nickte. »Und Sie?«

»Schweizerin. Kommen Sie doch mit, ich führe Sie ins Büro.«

»Ich bin der Reiseleiter.« Er blieb stehen und fuhr sich durch den wirren Haarschopf. »Die sollten hier einen besseren Wegweiser aufstellen. Wir haben die Abzweigung verpasst und sind einfach weitergefahren. Da haben uns ein paar dubiose Gestalten auf Geländemopeds angehalten.«

Die Burg, dachte Tia, aber sie schwieg und ließ den Deutschen weiterreden.

»Die waren in voller Kampfmontur. Ich meine, Schießeisen und alles. Uns ist ganz schön der Schrecken in die Glieder gefahren. Ich dachte, das gibt's nur in Amerika! Doch nicht in Kanada, Mensch. Sie sagten, wir seien auf Privatgelände eingedrungen. Dann mussten wir alle unter Drohungen aus unserem Kleinbus aussteigen. Ein Wunder, dass sie nicht ›Hände hoch‹

113

gerufen haben. Wie der Wilde Westen. Total verrückt, diese Leute.«

Eine junge Frau im Hippielook stellte sich neben ihn. »Wir haben denen gesagt, dass wir uns verfahren haben, aber die haben einfach nicht zugehört. Dann hab ich gesagt, ich ruf jetzt die Polizei, und sie wollten mir das Handy wegnehmen ...«

»Zu unserm Glück kam ein Lastwagen und musste wegen uns stoppen. Erst da haben sie uns zurückfahren lassen.«

»Na, gibt's denn so was?« Beide schüttelten den Kopf, als könnten sie nicht glauben, was ihnen da widerfahren war.

Tia wollte ihnen gerade raten, Alissa zu informieren, da sah sie Liddy vom Stall her kommen. Sie gab ihr ein Zeichen, und Liddy übernahm die Ankömmlinge.

Die neuen Gäste mussten Alissa von der Begegnung mit den aggressiven Burg-Leuten erzählt haben, vermutete Tia später, denn der restliche Tag war voll durchorganisiert, um die deutsche Gruppe von der negativen Erfahrung abzulenken.

Eine halbe Stunde nach ihrer Ankunft saßen die Touristen bereits auf den Pferden. Tia schloss sich ihnen an. Sie hielt die Zügel viel zu verkrampft, und ihre Magennerven machten sich bemerkbar.

Der erste längere Ausritt mit Swansong.

John, der abermals wie aus dem Nichts aufgetaucht war, führte die Gruppe an. Tia wich seinem Blick aus, als er ihren Sattel prüfte und fragte: »Alles okay?«

»Klar«, antwortete sie mit gespielter Gleichgültigkeit.

Swansong trottete brav hinter den ersten fünf Pferden her. Sie hatte sich wohl mit dem Schicksal abgefunden, dass sie keine wilde, stolze Stute in der freien Prärie war, sondern ein auf Touristen abgerichtetes Fortbewegungsmittel.

Zu Tias Erleichterung blieb sie wenigstens nicht mehr alle paar Meter stehen.

Einige der Deutschen erwiesen sich als geübte Reiter. Tia entging nicht, wie sich zwei sportliche Frauen an Johns Fersen hefteten und ununterbrochen mit ihm plauderten. Er musste ganz ihren Vorstellungen eines kanadischen Cowboys entsprechen, robust, sonnenverbrannt und mit einem ungehobelten Charme.

Sie versuchte, sich auf die Schönheit der Landschaft zu konzentrieren, die weich gerundeten Hügel, die kleinen Waldstücke, die das Licht wie Scherenschnitte filterten, die offenen, kargen Weiden dazwischen, darüber der Himmel, zartblau wie Seide.

Als sie die staubige Landstraße querten, donnerten zwei Lastwagen vorbei. Swansong scheute und bäumte sich auf. Aber Tia konnte sich oben halten.

»Die bauen eine Flugpiste da hinten«, sagte eine der deutschen Frauen zu ihr. »Wir haben Bauarbeiter und Fahrer in der Kneipe getroffen, die haben uns davon erzählt.«

Tia sah, wie Liddy mit John einen Blick wechselte.

Gegen Abend erhitzte einer der Wrangler ein Brenneisen über einem Lagerfeuer. Er hielt es in die Luft und winkte eine der deutschen Urlauberinnen heran. Sie beugte sich kichernd über eine Holzbank. Der Wrangler setzte das Eisen sekundenlang auf die Gesäßtasche ihrer Bluejeans. Großes Gelächter rundum. Die junge Frau zeigte stolz die eingebrannten Buchstaben auf ihrer Rückseite: G/E für Golden Eagle Ranch.

Tia entdeckte Lucy, die das Schauspiel verfolgte. Ihr lila getöntes Haar schimmerte in der Sonne.

»Kommen Sie«, rief der Wrangler Tia zu. Sie schüttelte den Kopf. Aber der Mann blieb hartnäckig. »Eine bleibende Erinnerung an Ihren Urlaub!«

Sie konnte nicht widerstehen und zog ihr T-Shirt bis zum Hosenbund hoch.

»Vornüberbeugen«, befahl der Wrangler.

Sie wartete auf das Zischen des Eisens.

Da hörte sie John sagen: »Halt, das ist mein Job.«

Wie von der Tarantel gestochen, richtete sich Tia auf. John hielt das Brenneisen bereits in den Händen.

Sie sah ihm direkt in die Augen.

»Wagen Sie's nicht«, zischte sie.

»Oh-oh-oh-oh«, machte jemand in der Runde.

John sah sie einen Moment lang an, dann reichte er das Eisen weiter. »Verzeihung, Tia, es war nur ein Scherz.«

Der Wrangler machte eine Handbewegung, und sie beugte sich wieder vornüber. Als sie sich aufrichtete, war John verschwunden. Die Gäste bewunderten gegenseitig die Brandmale auf ihren Jeans.

»Jetzt geht's ans Auslöschen«, rief der deutsche Reiseleiter. Er holte bunte Wasserpistolen aus Plastik aus einem Karton. Alle griffen unter Gejohle danach, auch Tia und Lucy. Sie füllten die Spielzeuge am Brunnen mit kaltem Wasser und begannen einander vollzuspritzen. Die Hunde sprangen japsend in die Luft. Tia, mit tropfendem Haar, hielt die Plastikpistole wie eine Trophäe in beiden Händen.

Sieh, es bringt dich nicht um. Es versetzt dich nicht mal in Panik.

Der Wrangler stockte das Feuer auf, und sie setzten sich im Kreis darum.

Eine Frau holte eine Gitarre, und zusammen sangen sie den Beatles-Song *Hey Jude, Can You Feel the Love Tonight* von Elton John und *You're Still the One* von Shania Twain.

Dann spielten sie im Partyhaus Billard bis in die späten Abendstunden hinein. Im Hauptgebäude sah Tia immer noch Licht im Büro, was ihr gelegen kam. Es war nicht Alissa, die über den Akten saß, sondern die unermüdliche Liddy.

Tia setzte sich an den Computer.

Eine der E-Mails in ihrem Posteingang war mit einem roten Ausrufezeichen markiert. Höchste Priorität. Eine Botschaft aus Afrika. Tia überflog sie mit rasendem Puls.

Dies ganz vertraulich. Die Person, nach der du dich erkundigt hast, hat das Land nach äußerst zuverlässigen Quellen bereits vor zwei Wochen verlassen. Sie ist nicht mehr in Afrika. Das ist alles, was ich dir sagen kann.

Dein Freund Filippo

13

Lester eilte zum Brandenburger Tor, wo gerade eine Bierwerbung mit einem tanzenden Kellner gefilmt wurde. Er umrundete eine Schar neugieriger Zuschauer und lief Richtung Tiergarten. Unterwegs widerstand er der Versuchung, sich ein Eis an einem Straßenstand zu kaufen. Aus irgendeinem Grund hatte er sich Berlin nicht so warm vorgestellt.

In diesem Moment sah er die Schweizerin vor der weiten Parkanlage. Ein heller Sonnenhut und eine dezent gemusterte Bluse verliehen ihr wieder dieses Pariser Flair. Auch Corinne Voney hatte ihn entdeckt. Anstelle einer Begrüßung hielt sie ihm zwei Klappstühle hin, als er die Straße überquert hatte. »Ich gehe nie ohne sie in einen Park.«

Sie steuerte auf den Schatten unter einem Baum zu, in sicherer Distanz zu anderen Parkbesuchern.

»Ich bin froh, dass Sie sich Zeit genommen haben«, sagte sie in diesem ziemlich gestelzten britischen Akzent, aber wunderbar weichgespült durch ein melodiöses Auf und Ab in ihrer Stimme.

Sie packte eine große Tüte aus. »Waren Sie schon mal einkaufen in Berlin? Nein? Das sollten Sie unbedingt einmal tun. Da lernen Sie die berühmte Berliner Schnauze kennen. Nein, nicht Schnauzer, es geht nicht um einen Hund. Schnauze heißt die direkte Art der Berliner, wissen Sie?« Sie lachte vergnügt. »Am Anfang, als ich hierherkam, hat es mir fast die Sprache verschlagen. Das Verkaufspersonal in Berlin ist ja so was von ungeduldig. Ich konnte mir nicht mal in Ruhe die Käseauswahl angucken, da sagte die Verkäuferin schon: *Wissen Sie endlich, was Sie wollen?*«

Ihr Lachen klang in Lesters Ohren wie eine fröhliche Tonleiter.

Diese Schweizerin hatte etwas Keckes an sich, was ihn ermutigte, gleich zu fragen, was ihn am meisten interessierte.

»Wie haben Sie erfahren, dass ich in Berlin bin?«

»Durch die Berliner Kulturförderung.« Sie streckte ihm einen Behälter mit schwarzen Oliven und ein Baguette entgegen. »Die Schweizer Botschaft arbeitet eng mit Berlin zusammen, was Theaterproduktionen betrifft. Wir glauben, dass ausländische Stücke im deutschsprachigen Raum gezeigt werden sollten, als Ideenaustausch und auch, um unseren Horizont zu erweitern.«

Die kleine Falte, die sich auf ihrer Stirn bildete, stand ihr. Sie zauberte gefüllte griechische Weinblätter und kleine Käsetörtchen aus den Tiefen ihrer Tüte hervor. Sie musste einen ganzen Delikatessenladen ausgeräumt haben.

»Das ist bestimmt richtig«, sagte Lester höflich, »die Jahre in London haben mich unheimlich inspiriert.«

»Ich hab Sie in London in der Rolle des Hector Vail gesehen. Ich war sehr beeindruckt, wie … wie wenig theatralisch Sie die Rolle gestaltet haben.«

Er stellte seinen Klappstuhl in ihre Richtung. »Sie sind wirklich gut über mich informiert.«

»Ja, das bin ich.« Sie richtete ihre dunklen Augen auf ihn. »Deswegen wollte ich Sie sprechen. Ich weiß, dass Sie noch aus anderen Gründen in Europa sind. Ich kann Sie mit Verena Togg, der Frau von Kurt Togg, bekannt machen.«

Er konnte seine Überraschung nicht verbergen. Corinne Voney reichte ihm eine Flasche Bier. Auch das überraschte ihn. In Kanada war es verboten, Alkohol in öffentlichen Parks zu trinken.

»Marie-Monika Kölln hat es Verena Togg erzählt. Die beiden stehen in Kontakt seit … seit dem Tod ihrer Ehemänner.«

Das erklärt einiges, dachte Lester. Und Kellergast hat seine Handynummer an Frau Kölln weitergegeben und so war sie schließlich bei Corinne Voney gelandet. Aber was hatte er erwartet? Frau Kölln bezahlte den Privatdetektiv, damit er etwas lieferte.

Ein kleiner Junge, der seinen Ball verfolgte, blieb vor ihnen stehen. Corinne Voney bot ihm eine mit Schokolade überzogene Erdbeere an. Nach kurzem Zögern griff der Junge danach und rannte davon.

Corinne lächelte Lester an. »Dieses Bier kriegen Sie nur hier. Es ist sehr speziell. Ich hoffe, es schmeckt Ihnen. Es ist das einzige Bier, das ich anrühre.«

Sie setzte die Flasche mit einer eleganten Bewegung an, ließ die Hand jedoch abrupt wieder sinken. Ihre sanft geschwungene Nase kräuselte sich. »Ich kann nicht trinken, wenn mir jemand zuschaut.«

Er wandte den Kopf zur Seite, wo sich in einiger Entfernung ein Liebespaar umschlungen hielt.

»Kennen Sie Thomas Kellergast näher?«, fragte er aus einem Impuls heraus.

»Ich weiß ein paar Dinge über ihn. Er ist ein ehemaliger Skirennfahrer. War einst ein ziemlich bekannter Sportler. Er hat mehrere Abfahrten gewonnen. Ich hab nur mal was im *Spiegel* gelesen, diesem deutschen Wochenmagazin. Er ist im selben Dorf aufgewachsen wie Marie-Monika Kölln. Das hab ich von Verena Togg. Sie waren Nachbarn und als Kinder offenbar unzertrennlich. Man sagt, er sei absolut loyal zu ihr. Und dann gab es auch schon Gerüchte, dass … nach dem Tod ihres Mannes, dass Kellergast ihr Begleiter sei, aber ich glaube nicht, dass es stimmt. Die Leute reden immer sofort über so etwas, aber in Wirklichkeit …«

»Das versteh ich sehr gut«, sagte Lester. »Meiner Mutter wurden alle möglichen Beziehungen angedichtet, aber kein Mann kommt gegen meinen verstorbenen Vater an.« Er verstummte. Das war ihm nicht ähnlich, so viel Privates zu erzählen. Er musste vorsichtiger sein.

»Ich möchte mit Frau Togg sprechen, natürlich, auch mit Marie-Monika Kölln. Vielleicht können Sie ihr die Angst vor mir nehmen?«

»Sie hat Kellergast vorgeschoben, nicht wahr? Ich werde versuchen, Ihnen zu helfen, aber ich kann nichts versprechen.«

Überall auf der Wiese wurden Decken ausgebreitet und Schuhe und Socken und weitere Kleidungsstücke abgestreift.

»Ich kenne Verena Toggs Tochter«, sagte Corinne unvermittelt. »Sie ist Pianistin. Sie hatte eine vielversprechende Karriere vor sich. Ich hab damals für eine Künstleragentur gearbeitet und einige Konzerte für Carmen organisiert. Aber nach dem Mord an ihrem Vater hörte sie schlagartig auf, Konzerte zu geben. Sie ist wahrscheinlich bis heute traumatisiert.«

Er trank vom Bier und mochte es. »Wie ist das genau … abgelaufen?«

»Die Tochter hat den Täter weglaufen sehen.« Corinne nahm ihren Sonnenhut ab und fuhr sich mit den Fingern durch das halblange brünette Haar. »Sie wohnte in der Altstadt von Bern mit einer Freundin zusammen. Die Freundin kannte ich auch. Die Wohnung befand sich in der obersten Etage, gleich unter dem Dach. Kurt Togg klingelte an der Haustür. Dann wurde ihm aus nächster Nähe in den Kopf geschossen.

Das hat die Tochter nicht mitbekommen, denn das Haus hat keine Gegensprechanlage oder eine automatische Türöffnung. Sie hatte ihren Vater durchs Fenster die Gasse herunterkommen sehen. Das Haus stand unten am Fluss, an der Aare. Sie wusste, dass die Haustür verschlossen war, deshalb lief sie von ihrer Dachwohnung die vielen Stufen hinunter. Sie konnte sich später nicht erinnern, einen Schuss gehört zu haben. Die Waffe hatte einen Schalldämpfer. Der Mord war also geplant.«

Er wartete. Die Sonne verschwand hinter einer Wolke. Ihm war trotzdem heiß. Er entschloss sich, mit offenen Karten zu spielen. Er konnte ja nichts verlieren. Hatte schon verloren, was es zu verlieren gab.

»Es gibt offensichtlich Parallelen zwischen dem Mord an meinem Bruder Roland und dem Mord an Herrn Togg«, sagte er. »Beide wurden auf dieselbe Weise umgebracht. Ein Schuss aus nächster Nähe in den Kopf.« Er suchte Corinnes Blick. »Entweder erkannten beide … beide Opfer den Mörder nicht als Bedrohung und sie ließen ihn zu nahe an sich heran. Oder sie kannten den Täter. Oder *die* Täter.«

Sie setzte ihren Hut wieder auf. »Im Falle von Kurt Togg war es mit großer Wahrscheinlichkeit nur einer. Die Tochter hat ihn weglaufen sehen.«

»Ja, das sagten Sie. Wie sah der Täter aus?«

»Er trug eine Gesichtsmaske. Wahrscheinlich war er jung, denn er konnte sehr schnell den steilen Hang hinaufeilen.«

»Es gibt noch eine zweite Parallele. Auch im Fall meines Bruders will niemand einen Schuss gehört haben.«

Sie nickte. »Carmen öffnete die Haustür und sah ihren Vater blutend am Boden liegen. Der Täter war noch in der Nähe. Sie bemerkte ihn erst, als er floh. Das Einzige, woran sie sich erinnerte, war eine dunkle Skimütze, die er übers Gesicht gezogen hatte. Und die Handschuhe. Wie war es im Fall Ihres Bruders?«

Lester ließ das Bier langsam in die Kehle rinnen. Es schmeckte frisch wie eine Meeresbrise.

»Die kanadischen Ermittler glauben, der Mörder könnte einer dieser verwahrlosten Teenager aus dem Viertel gewesen sein, die nachts Torontos Straßen unsicher machen. Schon Dreizehnjährige beschaffen sich dort Waffen.«

Er stand auf, um sich die Beine zu vertreten.

Sie sah zu ihm auf. Ihre Gedanken waren immer noch in Bern. »Der Täter muss sich die Mütze schnell über das Gesicht gezogen haben. Wäre er schon vermummt gewesen, als er sich Kurt Togg näherte, wäre Herr Togg sicher misstrauisch geworden. Deshalb – weil er sich die Mütze überstreifen musste, glaube ich, war der Täter noch so nah, als Carmen die Tür öffnete.«

»Carmen, ist das die Tochter?«

»Ja, aber heute trägt sie einen anderen Namen. Aus Sicherheitsgründen …«

Er betrachtete die graziösen Bewegungen ihrer Finger. Sie pflückte eine Erdbeere aus einem Behälter, den sie an ihn weiterreichte. »Ich könnte so was essen bis zum Umfallen.«

Mit kleinen Bissen reduzierte sie die Erdbeere bis auf ein grünes Blättchen. Er sah ihr fasziniert zu. Frauen verhielten sich ihm gegenüber immer befangen. Entweder flirteten sie offen mit ihm oder wollten ihn beeindrucken, um seine Aufmerksamkeit zu gewinnen. Er nahm es als gegeben hin. Auch bei Corinne Voney spürte er Befangenheit. Aber es war nicht seine Person, seine Anwesenheit, die sie befangen machte. Das ahnte er. Sondern das, was sie mit ihm vorhatte.

Lester beobachtete ihre Lippen, als sie weitersprach: »Die Polizei hat die Tochter anfänglich sogar verdächtigt.«

»Die Tochter?« Er setzte sich wieder.

»Ja. Sie wollte damals die Ausbildung am Konservatorium in Paris abbrechen und mit einer Jazzband auf Tournee gehen.

Ihr Vater war total dagegen. Ich glaube, er setzte sie ziemlich unter Druck. Sie war ein außergewöhnliches Talent. Und dann wollte Carmen plötzlich ausbrechen. Kurt Togg … ich weiß nicht, was er ihr genau angedroht hatte, aber … es muss hart auf hart gegangen sein.«

Zu seinem eigenen Erstaunen hörte er sich sagen: »Meine Mutter akzeptierte immer, dass ich Schauspieler werden wollte. Was meinen verstorbenen Vater betrifft – da weiß ich nicht, wie er reagiert hätte.«

Sie schwiegen beide. In der Nähe beschnupperten sich drei Hunde, die Besitzer standen daneben. Das Liebespaar, das sich eng umschlungen hielt, beobachtete die Szene ebenfalls.

Manchmal fand er sich auf der Bühne fehl am Platz. Aber das hätte er niemals öffentlich eingestanden. Er fühlte sich wie der legendäre Mel Ferrer, der sich als schreiender Schizophrener bezeichnete, als Introvertierter in der Verkleidung eines Extrovertierten. Die Bühne gab Lester den Rahmen, um sich vor das Publikum zu stellen, sich zu exponieren, Figuren zu verkörpern, sich zu entblößen. Der Rahmen musste sein. Er kontrollierte die Handlung, er wusste, wann das Stück vorbei war.

Aber jetzt agierte er ohne Manuskript, ohne sicheres Ende. Er wandte sich Corinne Voney zu.

»Was tut sie jetzt, die Tochter?«

»Sie hat ihre musikalische Laufbahn abgebrochen. Sie arbeitet als Musik- und Maltherapeutin mit Kindern.«

Lester konnte Mitgefühl aus ihrer Stimme hören. Aber da schwang noch ein anderer Ton mit. Undefinierbar.

»Sehen Sie«, brach es plötzlich aus ihr heraus, »sie hat das Gefühl, schuld an seinem Tod zu sein. Sie denkt, wenn er sie an jenem Tag nicht besucht hätte, wäre er noch am Leben.«

Er dachte an seine Mutter. Sie fand in der Version der kanadischen Polizei, die von einem zufälligen Mord ausging, ein Quäntchen Hoffnung. Sie sprach es zwar nie aus, aber wenn

Roland von einem Drogensüchtigen aus einem unerfindlichen Impuls heraus erschossen wurde, dann musste sie weniger um das Leben ihrer zwei anderen Kinder fürchten.

Corinne stand auf, ihr hübsches Gesicht leicht gerötet. »Das macht mich so wütend. Dass es Menschen gibt, die … die ihr Leben lang eine Schuld mit sich herumtragen müssen, obwohl sie nichts getan haben. Und die Täter, die fühlen keine Schuld, weil sie gar kein Mitleid empfinden können. Die spüren nichts. Die … die leiden nicht. Oder sie reden sich ein, sie hätten das Richtige getan. Ist das nicht absurd?«

Lester hätte ihr gern geantwortet, aber ihm fehlten die Worte. Sie verschränkte die Arme. Die Hunde, die sich erst beschnuppert hatten, rauften sich.

Lester stellte sich neben Corinne. »Seltsam«, sagte er langsam, »viele Bösewichte auf der Bühne zeigen irgendwann, in einem lichten Moment, dass sie ebenfalls leiden.«

Ein spöttischer Zug bildete sich um ihren schönen Mund. »Das ist die Bühne. Und die Bühne ist nicht das richtige Leben. Deswegen lieben wir das Theater so sehr.«

Sie blickte auf die Klappstühle, dann auf ihn.

»Sind meine Lippen mit Schokolade verschmiert?«

In diesem Moment hörte er sein Handy. Er schaute aufs Display.

Nummer unbekannt. Lester meldete sich trotzdem. Der Anrufer sprach perfekt Amerikanisch.

»Mein Name ist Friedrich Elch. Bundeskriminalamt Wiesbaden. Ich bin am Dienstag in Berlin. Können wir uns sehen?«

»Guten Tag … Dienstag, ja – ich … ja, das sollte gehen«, sagte Lester, während er auf Corinne Voneys Lippen blickte.

INTERMEZZO

Der Gerichtsmediziner hielt ein Röntgenbild ins Licht. »Hier haben wir einige Brüche. Dieser Knochen ist gebrochen und auch dieser Knochen hier und hier ebenso. Und was bemerkenswert ist, einige Knochen sind an zwei oder mehr Stellen gebrochen.«

Er richtete den Blick auf den Mann und die Frau, die stumm auf ihren Stühlen vor ihm saßen. Er kannte den Ausdruck auf den Gesichtern. Den Wunsch, möglichst alles zu wissen – und die Angst vor dem, was dieses Wissen mit sich bringt.

»Was mich besonders beschäftigt, ist die Tatsache, dass ich Spuren feststelle, die entstehen, wenn Knochen auseinandergerissen … oder zertrümmert werden. Diese Verletzungen sind nicht konsistent mit dem Sturz in eine Gletscherspalte – nicht wenn sie nur acht bis zehn Meter tief ist und Schnee den Fall abfedert, wie es bei Ihrem Sohn der Fall war.«

Er nahm ein zweites Röntgenbild zur Hand. »Sehen Sie …«, er richtete den Zeigestab auf eine dunkle Stelle, »zu erwarten sind diese Verletzungen an der Elle und an der Speiche, das ist konsistent mit einer harten Landung, wenn man fällt und den Fall stoppen will. Aber die Aufnahmen, die Sie aus Europa mitgebracht haben, zeigen unscharfe Bruchkanten, und diese gezackten Kanten sind recht ausgeprägt.«

Der Mann auf dem Stuhl räusperte sich. »Unser Sohn ist … ich meine, die Leiche hat ja sehr, sehr lange im Eis gelegen – und Gletscher bewegen sich ja ziemlich stark, nicht wahr? Kann es sein, dass der Gletscher … dass er mit seiner Bewegung die Glieder auseinandergerissen hat?«

»Es stimmt, dass sich Gletscher bewegen. Und sicher bewegen sich mit dem Eis auch die Knochen, wenn die Leiche verwest. Und dann haben wir das Auftauen und das Wasser und das Eis. All das hat eine Wirkung. Ein Knochen kann sich bestimmt auch auf natürliche Weise vom Körper lösen. Aber dann sieht man das an der Oberfläche der Gelenke, verstehen Sie, dann wird nicht das Innere des Knochens zerschmettert, wie wir es hier haben.« Der Stab wanderte auf dem Röntgenbild hin und her. »Solche Verletzungen sehe ich, wenn Gliedmaßen zum Beispiel in eine mächtige Maschine geraten, die … alles zerquetscht.«

»Wir hatten immer das Gefühl, hier stimmt etwas nicht, Doktor Shafter, deshalb wenden wir uns an Sie.«

Das war die Mutter, eine vielleicht fünfzigjährige Frau, die verstört auf die Röntgenaufnahme blickte. Vor dem Fenster strömte der Feierabendverkehr von Auckland vorbei. Alle wollten schnell nach Hause, denn ein Sturm war angesagt. Nur die beiden Besucher zog es nicht in die eigenen vier Wände, denn sie würden nie mehr ihren Sohn über die Schwelle treten sehen. Sie würden ihn nie mehr zu seinen Erfolgen an der Universität beglückwünschen können. Der Professor für forensische Medizin konnte das nachvollziehen, denn sein Sohn hatte kürzlich einen Platz an der Universität erhalten.

»Ich verstehe Ihre Besorgnis als Eltern, denn in diesem Fall gibt es viele merkwürdige … sagen wir Unterlassungen. Ich habe leider nur die Farbfotos, die Sie mir aus Europa mitgebracht haben, von der Leiche am Fundort. Die Röntgenaufnahmen sind leider unvollständig.« Er ging durch die Aufnahmen, als könnte er doch noch im letzten Moment etwas Entscheidendes finden. »Die Füße fehlen auf den Röntgenbildern und die Hände fehlen auch. Und Teile des Schädels. Das ist schon sehr merkwürdig. Die sollen Ihnen mal erklären, warum das alles fehlt.«

»Sie blocken uns immer ab, wenn wir mit Fragen kommen«, sagte die Frau. »Wir waren ja dort. Die Ermittler behaupten, der Fall sei sonnenklar. Auch unsere Botschaft hat interveniert, doch es nützte überhaupt nichts. Die Röntgenaufnahmen und die Fotos sind alles, was wir mitnehmen konnten. Und die Berichte der Behörden.«

Ihr Mann stand auf und setzte sich gleich wieder. »Auf dem Formular wurde angekreuzt, es sei eine Autopsie gemacht worden, aber das ist falsch, es wurde nie eine Autopsie gemacht. Und dann wurde … es ging so schnell, plötzlich wurde die Leiche für die Bestattung freigegeben.«

»Und Sie haben einer Kremierung zugestimmt.« Die Stimme des Gerichtsmediziners klang traurig.

»Ja, wir waren ja so weit von Neuseeland entfernt und – was sollten wir tun? Wir konnten es uns nicht leisten … wir konnten uns eine Überführung einfach nicht leisten.« Die Frau versuchte vergeblich, ihre Tränen zurückzuhalten.

Der Gerichtsmediziner nickte, während sich sein Blick am Horizont verlor. Die Eltern warteten.

Schließlich gab er sich einen Stoß. »Wie wurde Ihr Sohn denn identifiziert?«

»Sie haben seinen Personalausweis bei der Leiche im Schnee gefunden«, sagte der Vater. »Den Pass. Seine Studentenkarte auch. Und den Skipass. Alles war in Folie eingewickelt.«

»Das Amulett, ein Glücksbringer, den er immer trug, der wurde auch gefunden. Und sein Snowboard«, ergänzte die Frau.

»Das Snowboard, das er gemietet hatte?«

»Ja.«

Der Mediziner nahm ein Dokument zur Hand. »Hier steht: *Wegen dieser Begleitumstände muss angenommen werden, dass die Leiche jene von Charles Hutchinson ist.* Was ist denn das für eine Art von Identifizierung! Und ich lese, dass die Polizei den forensischen Pathologen beauftragte, der Leiche den Unterkiefer zu entnehmen, zum Zweck der Identifizierung. Aber der Experte hat es vorgezogen, nur die zahnärztlichen Unterlagen zu konsultieren, um die Leiche zu identifizieren.«

»Was soll das bedeuten?« Die Stimme des Mannes war heiser vor Stress.

Der Gerichtsmediziner strich sich über den Scheitel. »Ich finde dieses Vorgehen – ich finde es nach professionellen Standards ungenügend.«

»Ungenügend?«

Der Gerichtsmediziner sah, dass er nicht mehr um den heißen Brei herumreden konnte.

»Mit anderen Worten: Wie können die wissen, wer die Leiche ist, wenn sie sie nicht korrekt identifizieren? Aber da wir keine Leiche mehr haben, ist es für eine weitere Untersuchung zu spät.«

Im Raum wurde es totenstill.

14

Der schmale Pfad wand sich durch den Canyon. Die steilen Wände warfen lange Schatten auf die Gruppe, aber den Wanderern war die Abkühlung willkommen. Tia nahm ihren Sonnenhut ab. Sie fühlte sich nicht mehr wie in Kanada, sondern wie in einem mediterranen Land. Sie hatte allerdings in ihrem Reiseführer gelesen, dass es in British Columbia sogar Landstriche mit Sanddünen gab. Zwei Stunden lang waren sie über ein wüstenartiges zerklüftetes Plateau getrekkt, Sandra an der Spitze und Bill als Schlusslicht. Längst hatten sie die künstlich bewässerten Ebenen mit den grünen Ackerpflanzungen hinter sich gelassen und liefen nun auf Stein und Staub.

Tia sah Lucy zwischen zwei jungen Deutschen ausschreiten. Die Gruppe hatte es dem Mädchen offensichtlich angetan. Keine Rede mehr von Langeweile, seit sich die deutschen Touristen am Morgen entschlossen hatten, im großen Fluss Gold zu waschen. Lucy stand rechtzeitig bereit, mit Rucksack und allem.

»Bergziegen«, rief jemand, und alle schauten die Felsen hoch. Weiße Punkte kraxelten über die steilen Wände. Tia fragte sich, wovon sich diese Tiere ernährten. Sie sah nichts als Felsen und Geröll und Sand und ein paar stachlige Büsche.

Natürlich – von den Büschen!

Die Sonne stand hoch am Himmel, als sie sich zum Picknick auf einer Felsbrüstung niederließen. Von hier aus konnten sie den Fluss sehen. Braun und träge wälzte er sich durch die Talfurche. Sandra hatte ihnen am Morgen erzählt, dass er immer noch Gold mit sich führe, aber die Partikel seien so winzig, dass sich eine kommerzielle Förderung nicht lohne.

»Na, siehst du's schon funkeln?«, rief einer der Männer seiner Kameradin zu, die mit ihrem Feldstecher den Fluss betrachtete.

»Nö, wir sind nur nicht die Ersten, die sich da tummeln werden«, gab sie zurück. Sofort wurden mehrere Feldstecher gezückt. Tia, die gerade ein Sandwich verschlang, hörte Kommentare hin- und herschnellen.

»Die tragen alle Nachthemden! Weiße Nachthemden!«

»Ich glaub, die waschen sich. In dem Dreckwasser, igittigitt!«

»Einer drückt die anderen unter Wasser, immer wieder. Ist das 'ne Wasserfolter? Wo sind wir hier? In Guantanamo Bay?«

»Sieht mehr nach einer Taufe aus.«

»Was seht ihr da?«, fragte Sandra, die kein Deutsch verstand.

»Ich sehe …«, rief einer in niedersächsischem Englisch und fiel gleich wieder in seine Muttersprache zurück, »mich laust der Affe, ich seh Männer mit Maschinengewehren!«

Sandra sprang auf und spähte durch ihren Feldstecher.

Auch Tia holte nun das Fernglas heraus. Zuerst hatte sie Mühe, die Stelle am Fluss zu finden. Doch dann sah sie weiße Gewänder und das Planschen im Wasser. Sie konnte einen Mann ausmachen, der im Fluss stand und in regelmäßigen Abständen Menschen unter die Wasseroberfläche drückte. Einmal, zweimal, dreimal. Sie richtete das Fernglas auf das Flussufer. Dort standen Reihen von weiß gewandeten Menschen. Irgendetwas sagte ihr, dass es Jugendliche waren, wahrscheinlich weil sie so schlank wirkten. Und daneben beige-grün gekleidete Gestalten.

Tatsächlich – das konnten Gewehre sein, die sie geschultert hatten.

Sie vernahm Sandras Stimme. »Ach, das sind ein paar verrückte Hippies.«

Tia fand ihre Erklärung schwach.

»Aber ich hab Maschinengewehre gesehen«, widersprach einer der Deutschen.

Sandra schüttelte den Kopf. »Ach was. Das sind Jagdgewehre. Es gibt Bären und Pumas in dieser Gegend. Manche Leute fühlen sich sicherer mit einer Waffe.«

»Wir haben aber keine bei uns«, gab eine junge Frau zurück.

»Nein, wir sind eine Gruppe von zwölf Leuten. Ich hab noch nie gehört, dass eine so große Gruppe von einem Bären oder Puma angegriffen worden wäre.«

Die junge Frau ließ nicht locker. »Die da unten sind noch mehr als wir.«

Sandra antwortete nicht, doch sie fing an, ihren Rucksack zu packen. Tia schien es, als ob sie es plötzlich eilig hätte. Bill stand bereits wieder auf dem Pfad. »Wir nehmen die andere Route«, rief ihm Sandra zu. »Gehst du voraus?«

Als Antwort tippte sich Bill mit dem Finger an die Hutkrempe.

Tia schaute in die Runde. Alle sahen etwas betreten aus. Als hätten sie etwas Verbotenes beobachtet. Lucy hielt immer noch den Feldstecher an die Augen gepresst und bewegte sich wie von Fäden gezogen vorwärts. Tia war in wenigen Sätzen bei ihr und riss sie zurück. »Lucy, pass auf. Mädchen, schau, wohin du trittst! Das sind hundert Meter freier Fall!«

Lucy wand sich von Tia los und schmiss den Feldstecher auf den felsigen Boden. »Endlich läuft wieder mal was in dieser öden Gegend«, schrie sie, »und schon werden alle hysterisch!« Sie ließ auch ihren Rucksack fallen und stiefelte davon.

Der deutsche Reiseleiter las beides auf und sagte: »Das wird schon wieder. Die hat nur 'nen tüchtigen Schreck gekriegt.« Und auf den Feldstecher deutend: »Der ist nicht totzukriegen. Schweizer Fabrikat.«

Sandra und Bill führten ihre Schützlinge in einem großen Bogen in die entgegengesetzte Richtung, bis sie endlich am Flussufer ankamen. Das Goldwaschen konnte beginnen.

Einige Urlauber sahen hin und wieder tatsächlich etwas in ihren Goldwäscherpfannen glitzern, und der Vorfall mit den ›alten Hippies‹ rückte in den Hintergrund.

Auch Tias Aufmerksamkeit wurde nach der Rückkehr zur Ranch von etwas anderem gefangengenommen: einer E-Mail von Xavier.

Er befinde sich in den Vereinigten Staaten, schrieb er. In ärztlicher Behandlung. Bei der Zwischenlandung in Los Angeles habe er einen Arzt aufsuchen müssen. – Los Angeles? Sie wunderte sich. Er hatte nie von einem Flug nach Los Angeles gesprochen! – Er wäre auf dem Flug fast ohnmächtig geworden, die Ärztin habe die Ursache jedoch schnell herausgefunden: eine Lebensmittelvergiftung. Er werde mit Medikamenten behandelt. Sobald er wieder reisefähig sei, würde er nach Kanada kommen.

Und in einem Nachsatz: *Ich konnte dich leider nicht vorher erreichen, ich hoffe sehr, du hast dir nicht allzu große Sorgen gemacht. Wir werden uns bald sehen. Ich kann es nicht erwarten!*

Sie saß wie betäubt da. Sie konnte nicht fassen, was sie da las. Die Wut stieg wieder in ihr hoch. Ohne nachzudenken, antwortete sie ihm in einem Satz: *Greift eine Lebensmittelvergiftung auch das Gehirn an?*

Sie stürmte aus dem Büro und entfernte sich ziellos vom Haupthaus. Die Deutschen waren gleich nach der Wanderung abgereist. Da sah sie den Schimmel in seinem Pferch stehen, die Ohren in ihre Richtung gedreht. Desperado. Bedeutete *Desperado* nicht, dass jemand aus Verzweiflung leichtsinnig wird? Genauso fühlte sie sich.

»Lebensmittelvergiftung. So ein Unsinn!«, rief sie dem Schimmel zu, der die Ohren noch mehr spitzte und sie aufmerksam beäugte.

Ihr Vater hätte in seiner unnachahmlichen Art den Kopf geschüttelt, wie er es immer tat, wenn Leute sich Geschichten ausdachten.

Ihr Vater. Das Herz wurde ihr schwer. Wie konnte sie ohne ihn dieses Leben bestehen? Immer hatte sie ihn um Rat fragen können. Er war zwar manchmal für ihren Geschmack zu wenig emotional gewesen. Als Wissenschaftler stützte er sich auf Fakten. Oder wenigstens auf fundierte Annahmen. Oder auf mathematische Modelle. Aber immer zeigte er ihr das Mysterium dahinter, die überwältigende Schönheit und das Unbegreifliche.

An der Decke ihres Jugendzimmers hing viele Jahre ein Poster mit wallenden roten und grünen Wolken im unendlichen Schwarz, von Astronomen die *Pfeiler der Schöpfung* genannt. Es handelte sich um Wolken aus Gas und Staub in einer Weltraumregion mit dem Namen Eagle Nebula. Der gefiel ihr besser als der deutsche Ausdruck Adlernebel, eine Erscheinung siebentausend Lichtjahre von der Erde entfernt. Siebentausend Lichtjahre! In diesen riesigen Wolken entstünden neue Sterne, hatte ihr Vater erklärt.

Am liebsten hörte sie ihn immer wieder erzählen, dass sogar in ihr selbst Sternenmaterie steckte. Als die Sterne in den Anfängen des Universums explodierten, entstanden all die Elemente, die sie später im Chemieunterricht im Periodensystem wiederentdeckte. Diese Elemente, so erzählte ihr Vater, wurden von sterbenden Riesensternen in gewaltigen Explosionen ins All geschleudert. ›Du und ich und alle Menschen sind aus

Sternenasche gemacht‹, hatte ihr Vater erzählt. ›Die Luft, die wir einatmen, der Sauerstoff und die anderen Elemente, aus denen wir bestehen, wurden einst im Innern eines Sterns gebildet.‹ Zärtlich nannte er Tia Sternenstäubchen.

Bereits als Kind begriff sie, dass alles, wirklich alles zusammenhängt. Die Sterne und die Menschen. Und die Menschen untereinander. Alle waren Teil eines Ganzen.

Ihr hatte sich in solchen Momenten eine Welt aufgetan, in der alle Regeln der begrenzten menschlichen Existenz aufgehoben schienen. Raum, Zeit, Distanz – nichts war dort wie in ihrem kleinen Leben. In den unendlichen Räumen des Weltalls dehnte sich ihre Vorstellungskraft aus und machte sie leicht und frei wie ein tanzender Schmetterling.

Ob ihr Vater dieses Gefühl kannte, wusste sie nicht zu sagen. Sie hatte ihn nie danach gefragt. Eine der vielen Fragen, die sie ihm nie würde stellen können.

Sie besaß nur die Aufzeichnung einer Fernsehsendung, in der er die neusten Erkenntnisse über die Entwicklung des Kosmos erläuterte. Er war keiner dieser künstlich aufgeregten Schwätzer, die verbale Purzelbäume schlugen, um ihre Erklärungen aufzubauschen. Er verstand es, Laien komplizierte Sachverhalte nahezubringen. Zum Schluss des Interviews kam die unausweichliche Frage des Moderators: ›Und was war ganz am Anfang?‹

Tias Vater, dem diese Frage schon hundertmal gestellt worden war, zeigte keinen Überdruss.

›Wir sehen das Universum zu Beginn in einem unendlich winzigen Keim eingeschlossen, aus dem sich das All bis heute entwickelt. Die Indizien, die wir bislang kennen, lassen keinen anderen Schluss zu. Das war der Anfang. Ob das auch der Ursprung von allem war, vermögen wir nicht zu sagen.‹

›Sie machen also einen Unterschied zwischen Anfang und Ursprung?‹

›Ja, weil ich mir die Option offenlassen möchte, ob es doch noch etwas vor dem Urknall gab.‹

›Aber manche Experten sagen‹, wandte der Moderator ein, ›das Universum sei durch den Urknall vor knapp vierzehn Milliarden Jahren entstanden.‹

›Alle anerkannten Modelle stimmen heute darin überein‹, sagte Tias Vater.

›Werden wir es je wissen?‹

›Wir werden es sicher erfahren, wenn wir falschgelegen haben.‹ Er sagte es mit einem Lächeln.

Tia kannte dieses Lächeln gut. Es war seine Antwort, wenn ihre Mutter entnervt ausrief: ›Wird dieses Mädchen je vernünftig werden?‹

Oder wenn Tias Klavierlehrerin nach einem Konzert verzweifelt die Augen rollte und rief: ›Ich weiß nicht, von wem sie diese harsche Interpretation von Mozarts Klaviersonate Nummer neun in D hat – aber bestimmt nicht von mir!‹

Ihr Vater, so glaubte Tia, blickte in die Tiefen des Weltalls und entdeckte dort Kräfte, die das menschliche Handeln und Planen ziemlich bedeutungslos erscheinen ließen. Hätte er eine engere Perspektive gehabt, hätte er vielleicht seinen gewaltsamen Tod verhindern können. Dann hätte er sich vor dem Mann, der auf ihn zueilte, blitzschnell in Sicherheit gebracht.

Wie ein Pferd hätte er sich verhalten müssen, immer auf der Hut, immer zur Flucht bereit. Das sagte sie dem aufmerksam lauschenden Desperado.

»Na, das mag er aber gern«, sagte unvermittelt jemand hinter ihr.

Sie hielt die Augen weiter auf das Pferd gerichtet. »Tun Sie doch nicht so, als ob Sie mein Schweizerdeutsch verstanden hätten.«

John lehnte sich neben ihr über den Zaun, die Hände locker ineinander verflochten.

»Ich brauch nur auf den Tonfall zu hören, dann weiß ich Bescheid.«

Sie begegnete seinem Blick. »Warum hält man Desperado ständig in diesem Pferch eingesperrt und lässt ihn nicht raus wie die anderen Pferde?«

»Er ist noch zu wild, er muss zuerst lernen, sich zu fügen. Das braucht Zeit.«

»Lernt er das durch die Isolation?«

»Ja, und durch das Training. Durch den Umgang mit Menschen.«

»Aber er ist so oft allein. Pferde sind doch Herdentiere. Er muss Gesellschaft haben.«

»Glauben Sie mir, Tia, diesem Gaul geht es vergleichsweise gut. Das ist ein teures Pferd, das wird schon nicht vergessen.«

Desperado lief unruhig hin und her. Ein Bündel ungenutzter Energie.

»Wer trainiert ihn denn?«, fragte Tia.

»Meistens Bill, manchmal ich.«

Bill. *Wir haben Bill noch nicht geklärt.*

Laute Rufe drangen zu ihnen herauf.

Alissa kam mit wehendem Haar auf sie zugeeilt. »Habt ihr Lucy gesehen? Ich kann sie nirgends finden! Wo ist sie?«

Sie wedelte mit einem weißen Zettel, völlig aufgelöst. Ihre Stimme klang wie Kreide auf einer alten Wandtafel.

»Da!« Sie hielt John den Zettel hin. Tia las mit.

Sucht nicht nach mir. Ich werde mich melden. Lucy.

»Wo hast du das gefunden?«, fragte John.

»In ihrem Zimmer. Wir müssen etwas tun! Wo kann sie nur sein? Oh mein Gott!« Sie wandte sich ab, aber John stellte sich ihr in den Weg.

»Warte.« Seine Stimme wirkte wie ein Peitschenhieb. Alissa stand augenblicklich still.

»Die Pferde sind alle da. Sie kann nicht losgeritten sein. Zu Fuß ist sie auch nicht unterwegs, denn sie fürchtet sich vor Bären. Ein einziges Auto ist heute rausgefahren. Der Kleinbus der Deutschen. Hast du das Autokennzeichen?«

»Ja … ja, ich glaube …« Sie eilte davon, John folgte ihr.

Tia stand unschlüssig da. Plötzlich fiel ihr etwas ein. Sie rannte ihnen hinterher. Die beiden Hunde kamen ihr mit wedelnden Schwänzen entgegen.

Die Tür des Büros stand offen, sie hörte John sagen: »Ein weißer Ford-Minibus, Kennzeichen sechs – V – J – L – S – null … richtig.«

Er legte auf, als Tia im Türrahmen erschien. Alissa saß mit aufgestützten Armen am Schreibtisch. Sie war aschfahl.

»Die ersten Stunden sind die wichtigsten in einem solchen Fall«, platzte Tia heraus, »da hat man die größten Chancen, jemanden zu finden.«

Johns Stimme nahm einen ungeduldigen Ton an.

»Wir haben alles in die Wege geleitet, was nötig ist, Tia. Sie sind zu Gast hier. Ich werde Liddy auftragen, dass sie sich um Sie kümmern soll.«

Tia fühlte Blut in ihre Wangen schießen.

»Der Computer«, sagte sie. »Lucy sitzt doch ständig vor dem PC. Jemand sollte nachsehen, mit wem sie in den vergangenen Tagen Kontakt hatte. Im Internet tummeln sich allerhand windige Figuren. Verstehen Sie, was ich meine?«

»Ja, daran hab ich auch schon gedacht, wir haben ihre E-Mails bereits überprüft.«

Wir? Seine Antwort nahm ihr einen Moment lang den Wind aus den Segeln. »Und ihre Blogs? Und Facebook? Vielleicht hat sie jemanden über einen Chatroom kennengelernt.«

John rieb sich das Kinn. »Richtig ...« Er überlegte kurz. Dann tat er etwas Überraschendes.

Er strich bedächtig eine Strähne aus Tias Gesicht, als wäre es in diesem Augenblick die wichtigste Sache der Welt, bevor er sprach: »Ich werd mich darum kümmern. Danke.« Er führte sie mit sanftem Druck in ihrem Rücken auf den Hof und ging dann wieder hinein.

Sie blieb beunruhigt zurück. Rastlos lief sie zu dem kleinen See hinunter, Sherlock und Holmes im Schlepptau. Sie hüpfte in eines der Boote, die Hunde taten es ihr nach, dann ruderte sie bis zum anderen Ende und zurück. Es dauerte viel länger, als sie angenommen hatte. Ausgepumpt setzte sie den Fuß wieder auf den Holzsteg.

Die Hunde sprangen an Land und rannten den Hang hinauf. Auf der Kuppe spürte sie sofort, dass etwas Neues in der Luft lag. Alissa kam aus der Tür gestürmt, mit roten, verweinten Augen.

»Wir haben sie gefunden«, schluchzte sie und breitete die Arme aus. »Wir haben sie gefunden.« Die dünne Gestalt, die sich an Tia lehnte, schüttelte sich. Tia hielt sie fest und strich ihr beruhigend über den Rücken.

Den Rest erfuhr sie von Beth. »Lucy wollte so einen Typen treffen, den sie im Internet kennengelernt hatte. Sie ließ sich von den Deutschen bis zur Hauptstraße mitnehmen und machte ihnen vor, dass sie von Alissa abgeholt werde. Von dort ist sie mit dem Greyhound in die Stadt gefahren. Sie hat den Typen im Green Grass Café getroffen. Und dort hat sie ein Bekannter von John aufgespürt.«

»Was für ein Bekannter?« Tia war gespannt wie ein Flitzbogen.

»Fragen Sie mich nicht, fragen Sie Alissa oder John.«

»Hat nicht die Polizei Lucy gesucht?«

»Die Polizei? Nein, die Polizei weiß von der ganzen Sache nichts. Das hätte Alissa gerade noch gefehlt, dass die Polizei da reingezogen wird.«

»Aber – John hat doch ... hat er nicht die Polizei angerufen?«

»Das hätte Alissa niemals zugelassen. Die hat doch solche Angst, dass man ihr das Kind wegnimmt.« Beth warf sich das Geschirrtuch über die Schulter. »So, Zeit fürs Essen. Und Zeit, den Herrn zu loben.«

Lucy erschien abends nicht am Tisch. Auch John und Sandra nicht. Liddy machte sich ein Sandwich und verschwand mit einer Entschuldigung wieder. Tia aß allein am Fenster und verdrückte ihr Essen, ohne sich lange aufzuhalten.

Bei Anbruch der Dämmerung suchte sie nochmals das Partyhaus auf. Dort rief sie vom öffentlichen Wandtelefon mit ihrer Prepaid-Karte in der Schweiz an. Sie benutzte einen Code, damit die Nummer nicht auf dem Display erschien.

In der Schweiz musste es fünf Uhr morgens sein. Trotzdem meldete sich ihre Mutter sofort.

»Hallo?«

»Mama.«

»Mein liebes Mädchen. Wie geht es dir? Was machst du? Du hast schon länger nichts mehr von dir hören lassen.«

»Ich bin im Ausland. Im Urlaub.«

»Wo im Ausland?«

In Tia regte sich sofort Widerstand.

»Mama, ich möchte einfach mal von allem weg. Ich fühle mich immer so ... beaufsichtigt. Ich erzähl dir alles, wenn ich zurück bin.«

Am anderen Ende blieb es einige Sekunden lang still.

»Ich möchte dich nicht kontrollieren, mein Liebes, ich möchte einfach Anteil an deinem Leben nehmen. Ist das so schwer zu verstehen?« Die Stimme ihrer Mutter klang enttäuscht.

»Ich lerne reiten.«

»Reiten? Ich hätte nie gedacht, dass du dich dafür interessierst!«

Du hättest vieles nicht von mir gedacht, wollte Tia sagen, aber sie hielt sich rechtzeitig zurück.

»Geht es dir gut? Ist Xavier bei dir?«

»Er kommt bald nach. Wir treffen uns hier.«

»Ich vermisse dich sehr, mein Liebes«, sagte ihre Mutter.

Was sie nicht sagte, war: *Du bist alles, was mir noch bleibt.* Aber Tia hörte es trotzdem.

Sie brachte es nicht fertig, darauf einzugehen.

»Ich hab eine Neuigkeit für dich.« Verena Toggs Stimme nahm einen neuen Klang an. »Die Polizei hat sich wieder mal gemeldet. Sie hat vielleicht eine neue Spur.«

Tia sagte nichts. Aber ihre Mutter war es gewohnt, ins Schweigen hineinzureden.

»Ein anonymer Informant hat die Polizei in einer E-Mail auf eine Internetseite aufmerksam gemacht, auf der jemand schreibt ... Augenblick, ich habs gleich ... *Wer an den Urknall glaubt, dem sollte eine geknallt werden. Wer die Theorie vom Urknall verbreitet, gehört abgeknallt.* Der anonyme Absender schrieb nur dazu: *Das sollte Sie interessieren.*«

Tia wartete. »Ist das alles?«, fragte sie nach einer Weile, Gleichgültigkeit vorschützend.

»Das ist alles, was die Polizei mir sagt. Vielleicht wissen die mehr, als sie verraten.«

»Papa hat ja nicht die Urknalltheorie erfunden.«

»Liebes, ich ...«

»Und weshalb sollte man jemanden deswegen abknallen? Das ist ja lächerlich!«

»Ich glaube nicht, dass es darum geht.«

»Sondern?«

»Es war eine anonyme E-Mail. Die Computerexperten der Polizei haben jetzt eine elektronische Spur, die sie zurückverfolgen können, verstehst du? Ich dachte … ich wollte dir einfach zeigen, dass die Polizei die Untersuchung nicht aufgegeben hat. Sie wissen schon jetzt etwas mehr – aber bitte sag es auf keinen Fall weiter. Wir wollen die Untersuchung nicht gefährden. Die E-Mail kam nicht aus der Schweiz oder Deutschland oder Österreich. Sie war auf Englisch.«

»Woher kam sie dann?«

»Aus Kanada.«

15

Lester dachte immer noch an sein Treffen mit Corinne Voney, als er neben Thomas Kellergast im Auto saß, auf dem Weg zu Marie-Monika Kölln. Corinne hatte die richtigen Knöpfe gedrückt, nicht nur bei ihm, sondern auch bei der Witwe Kölln. Er wunderte sich, dass der Privatdetektiv ihm nicht gleich die Augen verband, so geheimnisvoll tat er während der Fahrt. Als ob Lester die Absicht hätte, der ganzen Welt zu verraten, wo in Berlin Marie-Monika Kölln lebte.

Sie fuhren durch ein gutbürgerliches Viertel mit ansehnlichen Einfamilienhäusern. Kellergast parkte vor einem Flachbau, der in den Sechzigerjahren modern genannt worden wäre. Eine ältere Frau, offenbar eine Hausangestellte, führte sie ins Innere. An den Wänden hingen zeitgenössische Gemälde, in der Eingangshalle erkannte Lester eine Skulptur des kanadischen Künstlers Brian Jungen.

Die Hausangestellte ging ihnen voran durchs Wohnzimmer und hinaus in den Garten, der im vorderen Teil aus einem puristischen Rasen und einer Reihe kubistisch geschnittener Hecken zwischen großen Steinplatten bestand. Ein Hund musste im Garten getollt haben, wie Lester an einem Häufchen im Gras erkannte. Er hatte aber noch kein Bellen gehört.

Im hinteren Teil des Gartens wuchsen Büsche und Sträucher wild durcheinander, als ob zwei völlig unterschiedliche Gärtner an der Arbeit gewesen wären. Lester entdeckte auch einen Teich mit einer kleinen Holzbank davor.

Die Hausangestellte zog sich zurück. Kellergast trat vor Lester in ein Atelier mit großen Fenstern. Eine groß gewachsene Frau in Jeanshemdbluse und Latzhose stand an einem Werktisch. Sie trieb mithilfe von Hammer und Meißel Löcher in einen riesigen, noch fast unbearbeiteten Steinblock. Ein iPod hing im Ausschnitt ihrer Jeansbluse, in ihren Ohren steckten die Stöpsel und eine Schutzbrille bedeckte ihre Augen. Ein bunter Reif hielt ihr gewelltes, grau meliertes Haar zurück. Erst als Kellergast an den Werktisch trat, hielt die Frau inne, legte das Werkzeug nieder, schob die Brille hoch und nahm die Ohrhörer heraus. Sie sah aus wie eine Pilotin in den Anfängen der Luftfahrt.

»Hello, hello«, sagte sie auf Englisch und streifte die Handschuhe ab. Sie reichte Lester die Hand, bevor Kellergast seinen Begleiter vorstellen konnte. »Ich bin Marie-Monika Kölln. Schön, Sie zu treffen. Sie kommen ja von so weit her, nicht wahr? Willkommen in Berlin.«

Ihr Gesicht wirkte fast spanisch mit dem olivenfarbenen Hautton und den kräftigen Augenbrauen. Ein eher sprödes Gesicht mit feinen Querfalten auf der hohen Stirn. Sie mochte Mitte oder Ende vierzig sein. Ihre Stimme war eher laut.

»Entschuldigen Sie, ich vergesse die Zeit, wenn ich im Atelier bin.« Sie sprach Englisch mit deutschem Akzent, aber fast fließend.

Lester machte ihr ein Kompliment.

Sie lächelte geschmeichelt. »Als junge Frau hab ich zwei Jahre in England gelebt, hab auf der Kunstakademie in London studiert.« Sie zeigte auf zwei Stühle in der Ecke des Ateliers.

Lester nahm es als Zeichen, dass sie den Besuch kurz halten wollte. Sie selbst nahm auf einem staubigen Hocker Platz.

»Wie Sie sehen, muss ich mich an harten Nüssen auslassen«, scherzte sie. »Ich liebe die Bildhauerei.«

Sie sah Lester an. »Sie sind Schauspieler, nicht wahr? Da sind wir ja beide Künstler, das trifft sich gut. Nur zu, fragen Sie mich Löcher in den Bauch.«

Er fand Frau Kölln sehr direkt, aber Corinne Voney hatte ihn gewarnt, dass viele Berliner so seien. Er betrachtete die kräftigen Hände, denen man den Umgang mit Hammer und Gestein ansah.

Er entschied sich, auch direkt zu sein.

»Sie wissen sicher von Herrn Kellergast, dass ich den Namen Ihres … verstorbenen Mannes in einem Notizheft meines Bruders gefunden habe. Zusammen mit den Namen Kurt Togg und Giuliana Tramon. Ich kann mir keinen Reim darauf machen. Gab es möglicherweise eine Verbindung zwischen Roland und Ihrem Mann?«

Sie schob die Unterlippe vor. »Nicht dass ich wüsste. Ich hab ehrlich gesagt erst durch Ihre Kontaktaufnahme von der Existenz Ihres Bruders erfahren.«

»Der Name Roland Debuisson sagt Ihnen nichts?«

»Jetzt schon, nachdem Sie und Thomas – Herr Kellergast – mich informiert haben.«

»Ich muss Sie … ich muss Ihnen diese Frage stellen: Glauben Sie, dass der Tod Ihres Mannes ein Unfall war?«

Sie richtete den Oberkörper auf, als müsste sie ihren Worten Nachdruck verleihen.

»Es war Fahrerflucht, Herr Debuisson. Das ist ein Kriminaldelikt. Ein Schuldiger wurde nie ermittelt. Ich habe keinen Anhaltspunkt, keinen Beweis, nicht die leiseste Fährte, die mir weiterhelfen würde.«

Er hielt ihrem fast trotzigen Blick stand. »Finden Sie es nicht merkwürdig, dass Ihr Mann, Frau Tramon und Herr Togg im selben Jahr das Leben verloren haben – unter tragischen oder kriminellen Umständen?«

Sie beugte sich vor. Ihre Augen, bemerkte Lester, schimmerten in einem dunklen Grün.

»Kurt Togg wurde erschossen. Und Giuliana Tramon ist irgendwo in den Bergen eine Felswand hinuntergestürzt. Wo soll ich da einen Zusammenhang sehen? Die Menschen nehmen oft Zufälle ernster, als sie es sind. Ich bin keine Anhängerin von Verschwörungstheorien. Die werden ja in der heutigen Welt geradezu inflationär verbreitet.«

»Sie denken also, dass es im Fall Ihres Mannes kein geplantes Verbrechen war?«

»Oh, es ist ein Verbrechen. So oder so. Fahrerflucht ist ein Verbrechen. Einen Menschen zu überfahren und dann sterbend liegen zu lassen, das ist ein schreckliches Vergehen.«

Sie drehte den Meißel auf der Tischplatte wie den Griff eines Roulettetellers. »Und sein Tod ist nicht aufgeklärt.«

»Denken Sie, dass er je aufgeklärt wird?«

Sie zuckte die Achseln. Nach einer winzigen Pause schien sie sich wieder an eine frühere Frage Lesters zu erinnern.

»Es gibt einen Zusammenhang zwischen meinem Mann und Kurt Togg und Giuliana Tramon, natürlich gibt es einen. Die haben sich gekannt. Sie haben sich auf Kongressen getroffen. Ich bin Künstlerin und kenne mich in wissenschaftlichen Gefilden nicht gut aus. Aber alle haben versucht, an einen Ursprung zu gelangen. Mein Mann wollte herausfinden, wie das Leben entstehen konnte. Kurt Togg wollte wissen, wie das Universum entstanden ist. Und Giuliana Tramon hat sich mit den unmittelbaren Vorfahren der Menschen und der Geburt von Sternen beschäftigt. Soweit ich weiß.«

»Kann man sagen, dass Ihr Mann mit Herrn Togg und Frau Tramon befreundet war?«

»Befreundet …« Sie ließ das Wort im Raum schweben wie eine Daune, die nirgendwo landen wollte. »Ich weiß nicht, ob man das so sagen kann. Wir haben die Toggs besucht, als wir zum Skifahren in die Schweiz fuhren.«

Lester erwartete noch mehr Informationen, aber es kam nichts nach.

»Und Frau Tramon, haben Sie sie später besucht?«

Marie-Monika Kölln antwortete mit einem trockenen Nein.

Das war Lester zu wenig. »Also kein privater Kontakt mit ihr?«

Kellergast räusperte sich. »Vielleicht sollten Sie Frau Kölln noch einmal die Verbindung zu Ihrem Bruder erklären.«

Lester gab sich einen Ruck. Kellergast störte ihn, aber er konnte nichts dagegen tun. »In den Unterlagen meines Bruders habe ich Zeitungsartikel gefunden, in denen Ihr Mann erwähnt wird. Was machte er eigentlich als Molekularbiologe?«

Marie-Monika Kölln schien froh über den Themenwechsel.

»Stand das nicht im Artikel? Mein Mann beschäftigte sich mit der genetischen Zusammensetzung der Zellen auf Ebene der Moleküle. Er untersuchte zum Beispiel, warum Pflanzen so aussehen, wie sie aussehen, wenn sie entsprechende Gene haben.«

Sie spulte die Erklärung mechanisch ab, als hätte sie das schon dutzendfach getan. Sie war Bildhauerin, das Fachgebiet ihres Mannes war ihr wahrscheinlich weitgehend verschlossen geblieben.

»Ich verstehe leider wenig von Molekularbiologie«, erklärte Lester.

Marie-Monika Köllns Gesicht entspannte sich plötzlich. »Henning war … Sie hätten ihn gemocht, Herr Debuisson. Er war ein wunderbarer Mensch. Er war kein Fachidiot. Er interessierte sich für Kunst. Er hätte sich mit Ihnen übers Theater unterhalten. Er war auch ein begeisterter Snowboarder. Wir haben den Winterurlaub oft in den Alpen verbracht. Die Welt in all ihren Facetten hat ihn fasziniert. Er ... er wollte dem Geheimnis des Lebens auf die Spur kommen.«

Sie schaute durchs Fenster in den Garten. »Eine Blume war für ihn ein Wunder. Nicht im streng religiösen Sinn, Religion hätte sein Denken zu stark eingeschränkt. Er konnte sich an unseren Pflanzen nicht sattsehen. Und an den Bienen und Vögeln und Libellen. Sie waren für ihn wissenschaftliche Objekte, sicher, aber immer auch ein Wunder. Große, große Wunder. Sie machten ihn ... ehrfürchtig, nein, nicht ehrfürchtig, Furcht kannte er kaum, aber ... demütig. Das Leben, ich meine, die Lebewesen begeisterten ihn über alle Maßen.« Ihre Stimme, die weicher und verletzlicher geworden war, je länger sie redete, brach ab.

Lester räusperte sich. Der wilde Teil des Gartens war wohl Henning Köllns Paradies gewesen. Die beiden mussten ihre Gegensätzlichkeit liebevoll toleriert oder sogar geschätzt haben.

»Hatte Ihr Mann Feinde?«, fragte er.

Sie presste die Lippen aufeinander. »Natürlich war er Wissenschaftler durch und durch. Da gab es für ihn keine Kompromisse, wie ich sie in der Kunst manchmal machen muss. Zuweilen hab ich ihn um seine Sachbezogenheit beneidet. Obwohl in der Wissenschaft natürlich auch viel gestritten wird.«

»War Ihr Mann in Streit verwickelt?«

»Ach, wissen Sie, manche Wissenschaftler sehen nur das, was sie sehen wollen. In der sogenannten wertfreien, objektiven Wissenschaft spielen natürlich auch Weltanschauungen eine Rolle.« Marie-Monika Kölln verschränkte die Arme und richtete die Augen direkt auf Lester.

»Warum, glauben Sie, besaß Ihr Bruder Presseartikel, in denen mein Mann genannt wird?«

Lester hatte mit der Frage gerechnet, aber eher gleich zu Anfang.

»Roland stand in Kontakt mit einem deutschen Archivar, der ihm bei einer Ausstellung über Kindersoldaten in Ottawa geholfen hat. Entweder er oder mein Bruder muss irgendwie auf das Thema gestoßen sein.«

Jetzt regte sich Kellergast zum zweiten Mal, seit sie hier saßen.

»Vielleicht können wir das nachher besprechen, Herr Debuisson.«

Marie-Monika Kölln hakte jedoch nach. »Wie hieß dieser Archivar?«

»Rainer Liebling.«

Sie wiederholte den Namen und schüttelte nachdenklich den Kopf. »Sagt mir momentan nichts, aber ...«

»Ich höre die Hunde«, sagte Kellergast. Er erhob sich.

Auch Marie-Monika Kölln rutschte sofort von ihrem Hocker. Sie schien überrascht. »So früh ... ich dachte ...« Dann fing sie sich wieder. »Ich kümmer mich kurz darum.«

Sie hatte die Klinke schon in der Hand, als Kellergast sagte: »Ich glaube, am besten, wir verabschieden uns jetzt.«

Sie drehte sich um, die dunklen Augenbrauen zusammengezogen. »Ja, natürlich, Verzeihung.« Sie reichte Lester die Hand. »Viel Glück bei Ihren Recherchen.« Und zu Kellergast gewandt: »Wir sprechen uns ja noch.«

Dann eilte sie durch den Garten aufs Haus zu.

»Die Hunde sind etwas ungezogen«, sagte Kellergast. »Noch im Flegelalter.« Er lächelte entschuldigend und setzte sich wieder. »Sie müssen mir noch mehr von dieser Sache mit Rainer Liebling erzählen.«

Lester studierte die unfertige Skulptur auf dem Werktisch. »Sagt Ihnen der Name etwas?«

Kellergast winkte ab. »Ich kenn nicht alle Leute in Berlin, guter Mann. Ein Archivar bei welcher Organisation, sagten Sie?«

Lester sah die Hausangestellte auf das Atelier zukommen. Wie kam Kellergast auf Berlin? Er konnte sich nicht erinnern, dass er eine Organisation in Berlin erwähnt hätte. »Ich muss das noch mal nachschauen«, erwiderte er. »An deutsche Namen kann ich mich nur schlecht erinnern.«

Die Hausangestellte gab Kellergast ein Zeichen und führte sie am Haus vorbei zum Gartentor. Marie-Monika Kölln und die Hunde schienen sich in Luft aufgelöst zu haben.

Später, als sie ins Stadtzentrum fuhren, dachte Lester darüber nach. Wer hatte die Hunde zurückgebracht und mit seinem Auftauchen sowohl Kellergast wie auch Marie-Monika Kölln beunruhigt? Kellergast gab vor, keine Ahnung zu haben, als Lester ihn vorsichtig befragte. Der Privatdetektiv wollte lieber mehr über Rainer Liebling erfahren, aber wieder spielte Lester den Ahnungslosen, bis dieser den Wink mit dem Zaunpfahl verstand und verstummte.

Er ließ sich in der Nähe der Grunerstraße mit der Ausrede absetzen, er habe noch weitere Termine. In der Thalia-Buchhandlung, deren Standort er mit seinem Handy geortet hatte, suchte er die Wissenschaftsabteilung auf. Von Kurt Togg konnte er nichts finden, dafür ein Werk von Henning Kölln. Das Porträt auf dem Umschlag war dasselbe, das er im Internet gesehen hatte. Er öffnete das Buch – und stieß gleich ganz vorn auf etwas Unerwartetes. Eine gedruckte Widmung. *Für Giuliana Tramon.*

Er benutzte den Computer neben dem Regal und suchte nach Togg. Der Schweizer Astronom hatte mehrere Bücher geschrieben, sie wurden auch ins Englische übersetzt. *Das Nichts ist kein Nichts* hieß eines davon.

Lester ließ sich von einer Buchhändlerin helfen, die Toggs Buch bei den englischen Büchern aufspürte. Er fragte sie nach Giuliana Tramon. Sie tippte den Namen in den Computer und stöberte etwas unter den Büchern für Jugendliche auf. Sie holte den Band und übersetzte den Titel für ihn: *Lucys Siegeszug.* »Lucy ist die berühmte Urfrau, die vor mehr als drei Millionen Jahren gelebt hat«, fügte sie hinzu. »Das Buch ist für Jugendliche geschrieben, es erklärt den Ursprung der Menschheit.«

Lester dankte ihr mit seinem schönsten Lächeln und nahm das Buch aus ihrer Hand entgegen.

Er blätterte durch Darstellungen von affenähnlichen Wesen in Urwaldlandschaften und Fotos von Schädelknochen. Natürlich waren ihm Darwin und seine Evolutionstheorie ein Begriff. So viel hatte er als Jugendlicher im Biologieunterricht mitbekommen. Er erinnerte sich vor allem an Dias von einer Reise seiner Lehrerin auf die Galapagosinseln, wohin auch Darwin eine Expedition unternommen hatte, allerdings schon im neunzehnten Jahrhundert. Damals verspürte Lester den Wunsch, eines Tages auch einmal die interessanten Tierarten auf den Galapagosinseln zu sehen. Vor allem die Schildkröten. Vergeblich hatte er versucht, seinen Vater zu überzeugen, ihm von einer seiner Segeltouren eine Schildkröte mitzubringen.

Und jetzt schaute er sich Fotos der Galapagos in einer Berliner Buchhandlung an. Das Leben ging manchmal verschlungene Wege.

Die grafische Übersicht in Giuliana Tramons Jugendbuch konnte er dank der Zeichnungen auch ohne Begleitkommentare verstehen. Für Darwin waren die Vögel auf Galapagos wichtiger als Lesters geliebte Schildkröten. An ihnen sah Darwin, dass sich Lebewesen an ihre Umgebung anpassten, um zu überleben. Je geschickter die Anpassung, umso größer die

Überlebenschancen. Einige Finken beispielsweise entwickelten besonders dicke Schnäbel, um Nüsse zu knacken, während die dünnschnabeligen Finken nur weiche Samen fressen konnten.

Lester musste schon als Kind keinen Salto im Gehirn machen, um zu begreifen, dass hinter der Geschichte der Menschen und Tiere eine längere Entwicklung steckte, eben die Evolution. Als Erwachsener hatte er vom Skelettfund einer Urahnin namens Lucy gehört, deren gemaltes Abbild den Umschlag von Giuliana Tramons Buch zierte. Und später dann von einem anderen Skelettfund. Ardi wurde das Skelett genannt und war noch älter als Lucy.

Er setzte sich auf eine Lesebank und fing mit Tramons Buch noch einmal ganz von vorne an. Und da sah er sie, die zweite Widmung. Er verstand sie auch ohne Übersetzung.

Für Henning Kölln.

16

Tia lag auf dem Bett, als es klopfte. Sie rührte sich nicht. Darin hatte sie Übung. Sich einschließen und alles ringsum ignorieren. Ganz ruhig, Tia, ganz ruhig. Die Gedanken wegschwimmen lassen wie Laubblätter auf einem trägen Fluss.

Es geht mir gut. Nichts kann mir etwas anhaben. Meine Mutter nicht, ihre Worte nicht, ihr Leben nicht.

Typisch Mama. Ein Informant aus Kanada. Warum will sie ihre Tochter immer aus der Fassung bringen?

In Kanada war sie sicher. Natürlich war sie sicher hier. Ihre Mutter mochte nicht, wenn sie sich aus ihrem Einflussbereich entfernte. Sie wollte ihre Tochter in der Nähe haben. Zwei Frauen, vereint durch das schwere Schicksal. Die Tochter als stärkste Stütze der leidgeprüften Witwe.

Ihre Mutter wirkte unbesiegbar. Sie hielt die Stellung.

Wie schwach schien Tia im Vergleich zu ihr.

Gab ihre Pianistenkarriere auf.

Verkroch sich.

Änderte ihren Namen. Verleugnete damit den toten Vater.

Dabei hätte sie auf der Konzertbühne triumphieren können. Ein Zeichen setzen: Ich lasse mich nicht unterkriegen! Mein Vater lebt in mir weiter! Er ist unzerstörbar!

Aber sie war zu schwach. Zu verwundet. Zu ohnmächtig.

Es klopfte wieder.

Ein zaghaftes, schüchternes Klopfen.

Tia glitt vom Bett und öffnete. Lucy heulte bei ihrem Anblick gleich los.

»Komm rein«, sagte Tia sanft.

Lucy warf sich aufs Bett und heulte weiter. Das schmächtige Mädchen bebte von Kopf bis Fuß. Die rosa und violetten Spangen in ihrem schwarzlila gefärbten Haar waren verrutscht. Als sie ihr nasses Gesicht vom Laken hob, ließ sie blaue Schminke darauf zurück.

»Ich hasse euch,«, schluchzte Lucy, »ich hasse euch alle.«

Und als ob sie ihren Punkt nicht deutlich genug gemacht hätte: »Dich auch.«

»Ich weiß«, sagte Tia.

Daraufhin schmiegte sich Lucy an ihre Schulter. Tia legte den Arm um sie. Lucys Schulterknochen fühlten sich zerbrechlich an.

Jetzt brach alles aus dem Mädchen heraus. Dass sie sich auf der Ranch wie in einem Gefängnis fühle, dass sich niemand für sie interessiere, dass sie nie ausgehen dürfe. Andere Mädchen könnten nach Mexiko in den Urlaub, und sie wolle nach Vancouver. Nicht mal Beyoncé habe sie im Stadion gesehen. Mummy behaupte immer, man müsse sich die Liebe von Jesus verdienen. Beth aber sage, Jesus liebe sie so, wie sie sei.

Sie schniefte, ihr Atem kitzelte Tias Kinn.

»Mummy verbietet mir alles. Sie verbietet mir, auf die Burg zu gehen. Aber sie trifft ihn heimlich.«

»Wen trifft sie heimlich?«

»Den Amerikaner. Ich weiß, dass sie ihn heimlich trifft.«

Den Prediger mit dem Glitzerhemd.

»Weiß Beth davon?« Die Frage war ihr herausgerutscht, bevor sie sich stoppen konnte.

Wieder ein Klopfen an der Tür. Lucy fuhr zusammen.

Auch Tia war überrascht. Sie hatte keine Schritte auf der knarrenden Holztreppe gehört. Wer immer dort stand, hatte vielleicht ihr Gespräch belauscht.

Sie öffnete die Tür. »Ihr Lieblingsdessert«, sagte Beth. Sie hielt ihr eine Glasschale entgegen. »Für Ihre Hilfe. Und weil Sie immer so gute Ideen haben.«

»Oh … danke«, stieß Tia hervor und nahm die Schale entgegen. Beth eilte davon.

Als Tia die Tür hinter sich schloss, konnte sie die Wasserspülung im Bad hören.

»Hast du Eyeliner und Wimperntusche?«, rief Lucy.

»Klar, und Lidschatten hab ich auch.«

Sie sah Lucy vor dem Spiegel stehen, wie sie ihre Würde mit Pinsel und Bürstchen wiederherstellte.

Sie bewunderte die Fähigkeit dieses jungen Menschen, sich vom Schrecken zu erholen und weiterzumachen, sich an das Vertraute zu halten und zu überleben, koste es, was es wolle.

»Du bist wunderschön, Lucy«, murmelte sie.

Sie tauchte den Finger in die Schale und leckte ihn ab. Mousse au Chocolat blanc.

Am folgenden Tag entdeckte sie dieselbe Glasschale auf einem mit weißen Papierbahnen bedeckten Klapptisch in der kleinen Schule von Lost Horizons. Auf weiteren Tischen standen Terrinen, Nudelsalate, Reisgerichte, rohe Gemüsesticks mit verschiedenen Soßen und unzählige Kuchen und Torten. In der mit Kinderzeichnungen tapezierten Halle drängten sich erstaunlich viele Leute. Die menschlichen Leiber strömten so viel Wärme aus, dass Tia in ihrem dünnen Baumwollpulli zu schwitzen begann.

Liddy erklärte ihr den populären Brauch des Potlucks: »Alle Gäste bringen etwas zu essen mit und meistens auch Bier und Wein, das ist praktisch und unkompliziert. So sind wir Kanadier, praktisch und unkompliziert.« Sie trank aus einer Bierflasche. »Möchtest du ein Bier?«

Tia war mit leeren Händen gekommen, ahnungslos, was sie hier erwartete. Ein Fundraising, hatte ihr Liddy auf der Fahrt zum Schulhaus erklärt: Man wolle Geld sammeln für die Schüler und auch für Heu für die Pferde der Golden Eagle Ranch. »Die Leute von der Burg haben das Fundraising organisiert. Die wollen etwas für ihr Image tun.« Sie verzog vielsagend die Lippen. »Wegen der Gerüchte, die herumgehen.«

»Was für Gerüchte?«

»Ach, dass dort Orgien gefeiert werden, mit Drogen und jungen Mädchen und so. Aber sag niemandem, dass du das von mir hast.«

Sie schien ihre lockere Bemerkung bereits zu bereuen.

Tia war unzufrieden. Liddy hätte ihr früher verraten können, dass Leute von der Burg kämen. Diese merkwürdigen Typen waren ihr nicht geheuer. Aber jetzt war es zu spät, sie konnte nicht einfach umkehren und zurück zur Golden Eagle Ranch laufen.

Die Gäste füllten ihre Plastikteller am Büfett. Tia war überrascht, wie viele Leute sich aus dieser scheinbar menschenleeren Gegend eingefunden hatten. Liddy kannte die meisten, es waren Farmer mit ihren Familien, Indianer aus der Siedlung am Fluss, die Lehrerin der drei Grundschulklassen, einheimische Teenager auf Besuch aus der nahen Stadt, wo sie einen Job gefunden hatten. Mitten unter ihnen erspähte sie eine strahlende Lucy. Sie fühlte sich bestimmt in ihrem Element.

Wo waren nur die Organisatoren der Burg? Tias Blick glitt über die Menge. Sie entdeckte Bill und John, aber andere Wrangler fehlten. Sandra zum Beispiel. Tia schlüpfte ins Freie. Kühle Luft schlug ihr entgegen. Und der Geruch von gegrilltem Fleisch.

An einem der Grillstände sah sie den Prediger stehen und mit ausholenden Gesten große Steaks auf Pappteller laden. Er trug einen steifen Cowboyhut, ein blau schimmerndes Hemd mit schwarzem Schlips und Jeans mit Stickereien. So auffällig wie seine Klunker an den Fingern.

Plötzlich hatte sie das Gefühl, beobachtet zu werden. Sie drehte sich und sah gerade noch, wie Alissa den Blick abwandte. Tia ging auf sie zu, um mit ihr zu plaudern, aber da stellte ihr sich jemand in den Weg.

»Keine Lust auf ein Steak?«

John sah frisch rasiert aus. Sein Gesicht wirkte entspannt. Er roch nach herber Männlichkeit.

»Es ist ziemlich unlogisch, mit einem Fundraising Geld für Pferde zu sammeln und gleichzeitig Rinder zu verzehren, finden Sie nicht?«

Er zog die Augenbrauen hoch.

»Unlogisch? Ich finde andere Dinge weit unlogischer, wenn Sie gestatten.«

»Was zum Beispiel?«, fragte sie schneller, als sie wollte. Dabei hatte sie sich doch vorgenommen, ihn links liegen zu lassen.

»Dass Sie eine Idiosynkrasie gegen mich haben.«

Seine Antwort verblüffte sie, aber sie fasste sich schnell.

»Ich finde es unlogisch, dass Männer als Wrangler arbeiten, die wissen, was eine Idiosynkrasie ist.«

Er lachte. »Was wollen Sie, Tia, ich bin nicht nur stark, sondern auch klug.«

In diesem Moment erklang Musik aus der Turnhalle. Liddy fuchtelte mit den Händen, um sie ins Innere zu locken. Tia nutzte die Gelegenheit und folgte ihr. Einige Paare hatten schon angefangen zu tanzen. Auch Tia wurde sofort von einem älteren Mann aufgefordert, und sie ließ sich von ihm die einfachen Tanzschritte zeigen. Von da an schlug sie keine Runde aus, weder mit den alten Farmern, den jungen Indianern noch mit Bill. Solange sie besetzt war, konnte John sie nicht zum Tanz auffordern, was sie unter allen Umständen verhindern wollte. Aber John machte gar nicht den Versuch. Er holte alle möglichen Frauen, aber nicht sie.

Die Musik verstummte und der Prediger betrat die Bühne. »Meine lieben Freunde und Nachbarn«, begann er. »Wie auf der Hochzeit zu Kana, so haben wir euch zur Tafel geladen. Und wie der Herr seine Gläubigen reich beschenkt, so wollen wir diese Schule beschenken und die Golden Eagle Ranch, unsere nächsten Nachbarn.«

Der Prediger machte eine Pause, sah bedeutungsvoll in den Raum, in dem selbst die Kinder verstummt waren. Seine Stimme nahm einen leicht bedrohlichen Ton an.

»Böse Zungen haben Lügen über uns verbreitet, Schändliches wurde gelästert, die Wahrheit des Herrn in den Dreck gezogen. Aber Gerechtigkeit wird denen widerfahren beim Letzten Gericht, belohnt werden jene, die nie an Gott zweifeln und sein Wort befolgen. Der Herr wird seine Widersacher verdammen und in der Hölle, im ewigen Feuer mit unbeschreiblichen Qualen untergehen lassen. Nur dreihunderttausend Gläubige werden es sein, die mit ihm in die Ewigkeit eingehen werden, das hat der Herr so bestimmt, und noch ist es Zeit für euch, zu den dreihunderttausend Auserwählten zu gehören.«

Schweißflecken zeigten sich unter den Achseln auf seinem Satinhemd. Er redete über Armageddon, was offenbar das Jüngste Gericht bedeutete, aber Tia hatte Mühe, seinem Weltuntergangsszenario zu folgen. Stattdessen suchte sie nach bekannten Gesichtern in der Menge. War Beth nicht gekommen? Alissa hing wie hypnotisiert an den Lippen des Mannes auf der Bühne. Einige Zuhörer, die offensichtlich zu seinen Anhängern gehörten, feuerten den Prediger mit Zwischenrufen an.

John stand an die Seitenwand gelehnt. Sie folgte seinem Blick und erkannte die stämmige Frau, die mit dem Prediger die Golden Eagle Ranch besucht hatte. Sie wurde von zwei muskulösen Männern flankiert, die sich keine Bewegung in der Halle entgehen ließen. Tia fragte sich, was sie unter ihrer Weste verbargen. Wozu brauchte dieser Bibel-Cowboy Leibwächter?

Mit halbem Ohr hörte sie ihn über den Chor der Engel sprechen, die Trompeten Jerichos und dass der Himmel mit wunderbarer Musik erfüllt sei. »Wir haben das Glück, einen Menschen unter uns zu haben, der die himmlische Gabe besitzt, den Herrn in der Musik auferstehen zu lassen. Nur wenigen Auserwählten erweist der Herr diese Gunst, durch die Musik haben sie einen direkten Draht zu ihm.«

Der Prediger stieg von der Bühne und bahnte sich unter den wachsamen Augen seiner Leibwächter einen Weg durch die Menge. Tia beobachtete, wie sich die Muskeln der Bodyguards anspannten, und plötzlich stand der Prediger vor ihr. So nahe, dass sie seine parfümierten Ausdünstungen riechen konnte.

Sie erstarrte.

»Diese junge Dame, meine lieben Freunde und Nachbarn, wird uns heute Abend mit ihrer einzigartigen Begabung beglücken. Für dieses Erlebnis …«, Kunstpause, »… für dieses Erlebnis spende ich aus meiner eigenen Tasche fünftausend Dollar für die Schule und fünftausend Dollar für die Golden Eagle Ranch.«

Die Menschen um sie herum fingen an zu klatschen. Der Prediger hatte das Publikum in der Tasche.

Tia sah sich Hilfe suchend um, blieb an Liddy hängen, die die Daumen nach oben richtete, als wollte sie sagen: Gut gemacht. Sie hatte doch Liddy gegenüber nur erwähnt, dass sie Klavier spielte, nichts weiter. Warum hatte sie nur im Partyhaus auf dem alten Klavier herumgeklimpert? Schwerer Fehler.

Der Prediger legte ihr den Arm um die Schultern.

»Die Dame ziert sich – zu Recht«, rief er. »Zehntausend sind zu wenig. Die Schule und die Ranch sind ihr mehr wert, meine Freunde. Gut, gut, ich biete zwanzigtausend. Was sagt ihr jetzt?«

Der Saal tobte. Eine Frau umarmte sie spontan. Die Lehrerin.

»Hier«, rief der Prediger und schwenkte ein Papier. »Hier ist der Scheck, ich muss ihn nur noch unterschreiben!«

Tia blickte an seinem schimmernden Hemd vorbei in Alissas erstauntes Gesicht. Zehntausend Dollar allein für die Ranch. Pferdefutter für viele Monate.

Sie hatte keine Wahl.

»Ich spiele nur nach Noten«, sagte sie, ein letzter Versuch, sich aus der Situation zu retten.

Der Prediger lächelte verschwörerisch. Seine künstlichen Zähne glänzten.

»Kein Problem. Es gibt Notenbücher. Ich werde sogar für Sie die Seiten wenden. Das habe ich immer für meine Mutter getan.«

Es gab keinen Ausweg. Wie betäubt erklomm Tia die Bühne, auf der ein einfaches Klavier auf sie wartete. Daneben stand bereits die Lehrerin mit einem Stapel Notenbücher. Tia suchte sich rasch zwei populäre Werke heraus, den Türkischen Marsch von Mozart und die Ungarischen Tänze von Johannes Brahms.

Das Klavier war erstaunlich gut gestimmt. Tia sah eine kleine Verschwörung hinter all dem. Der Prediger hatte nicht zu viel versprochen. Er kannte sich mit Noten aus und wendete die Blätter wie jemand, der es viele Male getan hatte. Falls er ihre kleinen Fehler bemerkte, so verzog er keine Miene. Das Publikum reagierte begeistert.

Zum Schluss konnte sie nicht widerstehen, der ganzen sorgfältigen Inszenierung einen Stoß zu versetzen. Sie hängte ein improvisiertes Potpourri an, für das sie keine Notenbücher brauchte: einen rockigen Song von Elton John, eine gefühlvolle Annie-Lennox-Ballade und zum Schluss *Back in the USSR* von den Beatles. Altmodisch, aber immer noch wirkungsvoll.

Den Schlussakkord setzte sie mit einer triumphierenden Geste, und sofort brandete ihr stürmischer Applaus entgegen. Sie verneigte sich, wie sie es früher so oft getan hatte. Ein Gefühl der Macht erfüllte sie. Die Macht, Menschen in andere Sphären zu entführen.

Noch ins Klatschen und Trampeln hinein rief der Prediger: »Diese junge Dame ist der Beweis dafür, wie Gott sich seine Instrumente aussucht!«

»Amen«, brüllte eine weibliche Stimme aus der Menge. Die stämmige Begleiterin des Predigers.

»Er hat sie auserwählt, er liebt sie ganz besonders!«

»Gott sei gelobt!« Wieder die weibliche Stimme.

»Nur wenige wird Gott mit dem Himmelreich beschenken, die Ungläubigen schickt er in die Verderbnis.«

»Zur Hölle mit ihnen!«

Tia schüttelte den Kopf. Das ging ihr zu weit. Sie hatte sich für einen wohltätigen Zweck einspannen lassen, aber genug war genug.

»Das muss ein Missverständnis sein«, sagte sie höflich, aber laut.

Der Prediger zuckte nicht mit der Wimper. »Oh, die junge Dame will noch mehr Geld?«

»Mit Verlaub, Sir, ich bin nicht auserwählt«, sagte Tia. »Kein Gott liebt mich besonders.«

»Gott liebt dich, du bist auserwählt!« Wieder die Stimme aus der Menge.

Der Prediger sah Tia mit gespieltem Staunen an, er hob theatralisch die Schultern, als wollte er sagen: Was hat sie nur, die Kleine?

»Nein«, wiederholte Tia, »niemand ist auserwählt, kein Mensch, kein Volk, kein Land. Wir sitzen alle im selben Boot. Manchen Menschen geht es gut und manchen schlecht, und wir sollten einander in der Not helfen. Das ist alles.«

»Das ist alles?« Der Prediger schüttelte ungläubig den Kopf. »Spüren Sie nicht Seine Präsenz in diesem Raum? Herr, gib Dich dieser jungen Frau, die Du als Dein Instrument ausgewählt hast, zu erkennen!«

»Herr, zeig ihr die Wahrheit!«, schrie die Frau.

Tia ärgerte sich. Sie fühlte sich manipuliert. Ihre Vorstellung war nun endgültig zu Ende. Mit einem Satz sprang sie von der Bühne, wühlte sich durch die Menge und stürmte hinaus.

In der Dunkelheit irrte sie zwischen den geparkten Pickups umher. Unvermittelt packte sie jemand am Arm. Es war John.

»Kommen Sie, ich bringe Sie zur Ranch zurück.«

Sie setzte ihm keinen Widerstand entgegen.

Sie fuhren durch die Nacht, die Scheinwerfer tasteten sich wie Schlangen auf dem Boden entlang.

Nach zehn Minuten hielt es Tia nicht mehr aus.

»Wer hat es ihm gesagt? Wer?«

»Was gesagt?« John hielt den Blick nach vorne gerichtet.

»John, verkaufen Sie mich doch nicht für blöd«, fuhr sie ihn an.

»Dass Sie hervorragend Klavier spielen? Das wissen doch alle auf der Ranch. Wir konnten es hören. Ist ja kein Geheimnis, oder?«

»Aber wer hat dem Prediger davon erzählt? Wer hat das Ganze eingefädelt?«

John schaltete einen Gang herunter und bog scharf ab.

»Sorry, fast hätte ich den Abzweig verpasst. Ist auch schwarz wie Tinte da draußen.«

Tia realisierte plötzlich, dass sie sich ganz allein mit John irgendwo in der Pampa befand.

Aber ihre Wut war größer als ihre Bedenken. »Weichen Sie mir nicht aus, John. Wer hat diesen Komplott geschmiedet?«

»Fragen Sie Alissa. Sehen Sie, so funktionieren Fundraising hier. Jeder trägt etwas dazu bei.«

»Man hätte mich vorher fragen können! Das wäre doch das Mindeste!«

»Tia, ich versteh Sie nicht. Jemand war bereit, zwanzigtausend Dollar für Sie springen zu lassen. Was für eine großzügige Geste. Ihr Konzert war ihm zwanzigtausend Dollar wert! Darauf sollten Sie doch stolz sein. Ist doch kein schlechter Stundenlohn.«

Er sah sie von der Seite an. »Den Pferden geht wirklich langsam das Futter aus.«

Und die Schulkinder konnten sich jetzt neue Bücher und neue Computer leisten. Und wer weiß, was noch. Sie schämte sich plötzlich.

Sie hatte wieder einmal überreagiert. Niemand kannte sie hier. Niemand konnte wissen, wer sie war.

Kurz bevor sie zur Ranch einbogen, begann John wieder zu sprechen.

»Es war fantastisch … die Musik und … Sie sind wirklich eine ganz spezielle Person.«

Jetzt fängt er auch noch damit an, dachte Tia. Aber sie sagte nur: »Ist schon gut, John, ich hab mich ja beruhigt.«

Auf der Ranch angekommen, schloss sie sich in ihrem Zimmer ein. Aber sie konnte keine Ruhe finden. An Schlaf war nicht zu denken.

Sie beschloss, Desperado Gute Nacht zu sagen.

Rasch zog sie sich eine Jacke über und lief mit der Taschenlampe zur Koppel hoch.

»Tia?«

Sie fuhr erschrocken herum.

»Ich bin's nur, Bill.« Wann war denn *er* auf die Ranch zurückgekommen? Sie hatte kein Motorengeräusch gehört.

»Tolles Konzert heute. Wirklich beeindruckend. Sagen Sie mal, was hat denn der Typ zu Ihnen gesagt?«

»Welcher Typ?« Tia leuchtete an Bills Gesicht vorbei.

»Der Prediger. Was hat er zu Ihnen gesagt vor dem Konzert?«

Sie versuchte sich zu erinnern. »Er hat gesagt, er wolle für mich die Noten umblättern. Ich kannte ja die Stücke nicht auswendig.«

»Merkwürdig – wo hat er das nur gelernt?«

»Was gelernt?«

»Noten lesen, das Umblättern.«

»Er hat gesagt, er habe es häufig für seine Mutter gemacht.«

»Für seine Mutter. Aha. Sie muss Pianistin gewesen sein.«

»Was ... warum fragen Sie?«

»Die Mutter ist also seine Schwachstelle«, murmelte er.

»Seine Schwachstelle? Was meinen Sie damit?«

»Nur so. War auf alle Fälle sehr interessant. Der hat einen Narren an Ihnen gefressen.«

Sie fröstelte in ihrer dünnen Jacke und wurde ungeduldig. »Narr ist wohl das richtige Wort.«

»Unterschätzen Sie den Mann nicht. Sie sind ihm zwanzigtausend Riesen wert.« Er redete schon wie John.

»Was soll das nun wieder heißen?«

Bill antwortete nicht sofort.

»Falls er Sie auf die Burg einlädt«, sagte er nach einigen Atemzügen, »dann nehmen Sie doch bitte mich und Sandra mit. Wir möchten unbedingt wissen, wie's da ausschaut.«

»Was fantasieren Sie da? Ich geh niemals auf die Burg. Da bringen mich keine zehn Pferde hin!«

»Wir können auch dreißig auftreiben, wenn's sein muss. Pferde gibt's hier im Überfluss.«

Während sie sich noch eine gepfefferte Antwort überlegte, hielt er ihr einen Gegenstand hin.

Sie richtete den Strahl der Taschenlampe darauf. Ein Hufeisen.

»Es bringt Glück«, sagte er. »Sie können es bestimmt gebrauchen.«

17

Beinahe wäre Lester verspätet zu seinem Treffen mit Friedrich Elch gekommen. Mitten in einer Diskussion mit Jan Koster fiel sein Blick auf die Uhr. Er hatte die Zeit völlig vergessen, absorbiert von der Leidenschaft für das Theater, die er mit Jan teilte. Sie hatten sich gegenseitig mit Vorschlägen und Einfällen für die Inszenierung seines Stückes angefeuert. Lester hätte gleich mit dem Projekt anfangen wollen, hier und jetzt.

Aber den Mann aus dem Bundeskriminalamt durfte er nicht warten lassen. Dank eines rasenden türkischen Taxifahrers schaffte er es, noch rechtzeitig am Hotel de Rome einzutreffen. Er stürzte in die Bar und sah sich suchend um. Niemand, der wie ein BKA-Beamter ausgesehen hätte. Durch die großen Fenster hinter der Theke fiel gleißendes Licht vom Bebelplatz herein. Zu viel Licht – natürlich! Lester drehte sich um und tauchte in den angrenzenden fensterlosen Raum mit dem schwarzen Flügel. Hier gab es auch am Nachmittag diskrete Ecken.

Ein Mann im Geschäftsanzug erhob sich sogleich von einem braunen Ledersofa.

»Herr Debuisson? Friedrich Elch, guten Tag.«

Ein Schwarzer. Lester ärgerte sich über seine Verblüffung. Er lebte in Toronto, wo es wahrscheinlich mehr schwarze

Gesichter gab als im ganzen übrigen Kanada. Und jetzt wunderte er sich über einen dunkelhäutigen Deutschen namens Friedrich Elch. Er kam sich wie ein Idiot vor.

»Wir könnten uns in die ruhige Ecke dort verziehen«, schlug der Beamte vor und zeigte zum Ende des Raums. Drei Dinge fielen Lester sogleich auf. Elch war so groß wie er – ein Meter achtzig. Er schien nur wenig älter als er selbst zu sein. Und Elchs amerikanische Aussprache war so perfekt, wie er sie vom Telefongespräch in Erinnerung hatte. Gehörte das zu seiner Agentenausbildung?

»Ich weiß nicht, ob Sie die Bedeutung meines Nachnamens kennen«, begann Elch, als sie sich gegenübersaßen. Als müsste er das gleich aus dem Weg räumen.

Lester schüttelte den Kopf und Friedrich Elch klärte ihn auf.

»Tatsächlich?«, sagte Lester betont locker. »Da kann ich mithalten, *buisson* in Debuisson heißt Strauch.«

Friedrich Elch lachte gutmütig. »Ich muss sagen, der Elch ist mir ganz sympathisch. Es ist nicht schlecht, ein großes Tier zu sein.« Er bestellte beim Kellner, der schon neben ihnen stand, ein Bier. »Was möchten Sie?«

»Dasselbe«, sagte Lester. Corinne Voney und Jan Koster hatten ihn auf den Geschmack des deutschen Biers gebracht. Er sah Elch aufmerksam an, während der Beamte mit dem Small Talk fortfuhr. In seinem Gesicht erinnerte ihn etwas an den amerikanischen Schauspieler Jamie Foxx.

Er konnte seine Neugier nicht länger zügeln.

»Sie sprechen akzentfrei, woher kommt das?«

Elch lehnte sich zurück. Sein Anzug konnte nicht billig gewesen sein, stellte Lester fest.

»Als Kind habe ich fließend Amerikanisch gesprochen. Mein Vater war G. I. und auf einer amerikanischen Militärbasis in Deutschland stationiert. Zwischendurch habe ich die

Sprache boykottiert, ich wollte wie die anderen in der Schule sein. Meine Mutter stammt aus Dortmund. Sie hat immer nur Deutsch mit mir geredet.«

Lester spielte mit seiner Armbanduhr. »Ihr Vorname ist mir geläufig. Sie heißen wie der Dichter Schiller, nicht wahr?«

»Meine Mutter hat den Namen ausgesucht. Ich wollte, ich könnte sagen, zu Ehren von Schiller oder Nietzsche, aber mein deutscher Opa hieß so. Er starb während des Krieges.«

»Ich wurde nach Lester B. Pearson benannt, das war ein kanadischer Premierminister, der den Friedensnobelpreis bekommen hat. Er hatte auch die Idee für die Friedenssoldaten als Teil der Vereinten Nationen. Das hat aber offenbar Ihrem Großvater nichts genützt.«

»Ach, der Opa, der ist nicht an der Front umgekommen. Er ist in ein Jaucheloch gefallen. Er war erst vierundzwanzig.«

Der Kellner brachte das Bier, und Elch hob sein Glas. Lester tat es ihm nach.

Dann war es mit der Gemütlichkeit vorbei.

»Ich wär nicht eigens nach Berlin geflogen, wenn ich nicht davon ausgehen würde, dass Sie mir weiterhelfen könnten«, sagte Elch. »Enttäuschen Sie mich bitte nicht.«

Lester beschloss, der deutschen Direktheit kanadische Diplomatie entgegenzusetzen.

»Ich werde alles tun, um den Mord an meinem Bruder aufklären zu helfen. Aber ich verstehe, dass das nicht Ihr dringendstes Anliegen ist.«

»Ich habe mich über den Mord an Ihrem Bruder informiert. Aber was hat Ihr Bruder mit Henning Kölln zu tun?«

»In Rolands Unterlagen habe ich die Namen Henning Kölln, Kurt Togg und Giuliana Tramon gefunden. Und auf derselben Seite seines Notizbuchs die E-Mail-Adresse eines Deutschen namens Rainer Liebling. In Rolands Handschrift. Roland hatte mit Liebling Kontakt, weil er Material für eine kanadische Ausstellung über Kindersoldaten brauchte. Rainer Liebling war Archivar bei einer Kinderhilfsorganisation in Berlin. Und das ist noch nicht alles. Unter Rolands Papieren waren auch Zeitungsartikel, in denen die Namen Kölln, Henning und Tramon vorkommen.«

Er zögerte, aber Elch blieb stumm. So fuhr er fort: »Ich habe hier in Berlin Rainer Lieblings Mutter besucht, und sie hat mir einen Stapel Presseberichte gegeben, die ihr Sohn zurückgelassen hat. Unter diesen Artikeln sind einige, die auch in Rolands Besitz waren. Ich weiß, dass Kölln, Togg und Tramon alle im selben Jahr umgekommen sind, vor fünf Jahren war das. Und Rainer Liebling verschwand vor vier Jahren. Also im selben Jahr, in dem mein Bruder ermordet wurde. Liebling ist nicht mehr aus dem Urlaub zurückgekehrt.«

Friedrich Elch ließ ihn nicht aus den Augen. »Sie haben auch Frau Kölln aufgesucht?«

Lester nickte.

»Konnte sie Ihnen weiterhelfen?«

»Sie meinte, Kölln und Togg hätten sich gekannt, beruflich, aber es gab offenbar mindestens auch einen privaten Besuch. Frau Tramon und Herr Kölln schätzten sich sehr. Sie haben sich gegenseitig Bücher gewidmet.«

»Was finden Sie daran so ungewöhnlich?«

»Die Vernetzung all dieser Dinge, vor allem mit Roland und Rainer Liebling. Warum haben sich die beiden für drei Wissenschaftler interessiert, die nicht mehr leben? Warum kamen die drei ungefähr zur selben Zeit um? Und nachdem sich Roland und Liebling mit den Toten befassen, wird einer von ihnen ermordet und der andere verschwindet.« Lester hörte seine eigene Stimme nachhallen. Klang er in Elchs Ohren zu dramatisch? Klang er wie ein Schauspieler?

»Sie glauben an eine Verschwörung?«, fragte Elch ganz ruhig.

Lester sah ihn an. »Haben Sie diese Möglichkeit in Betracht gezogen?«

»Sehen Sie«, sagte Elch und drehte sein Glas zwischen den Fingern, »in unsicheren Zeiten – und viele Leute erleben diese Zeit subjektiv als unsicher –, in unsicheren Zeiten haben Verschwörungstheorien Hochkonjunktur. Sie vermitteln Sicherheit im Chaos. Eine Ordnung sozusagen, eine Struktur hinter der Ungewissheit. Ordnung ist für viele Menschen besser zu ertragen als Zufälle, als voneinander losgelöste Ereignisse, die auf undurchschaubare Weise zusammentreffen. Die Menschen haben das Bedürfnis, dem Leben und den Ereignissen einen Sinn zu geben, koste es, was es wolle. Und manchmal kostet es die Wahrheit. Denn die Alternative, dass alles Zufall wäre, löst bei vielen Menschen Angst aus. Wir müssen deshalb vorsichtig sein mit solchen Theorien.«

Lester gönnte sich einen tiefen Zug von dem kühlen Bier, bevor er auf die lange Erörterung antwortete.

»Aber wenn es dringende Hinweise gibt, dann muss man denen doch nachgehen. Finden Sie Rainer Lieblings Verschwinden nicht verdächtig?«

»Die Polizei hat damals ihr Bestes getan, um ihn zu finden. Leider vergeblich. Aber wir gehen allen Hinweisen nach. Wir sind entschlossen, den Fall Kölln und – in Kooperation mit den internationalen Behörden – auch die anderen Fälle aufzuklären. Das kann auch für Sie von Nutzen sein.«

Gut, dachte Lester, jetzt haben wir die Regeln festgelegt. Ich gebe dir, du gibst mir. Nur – wer gibt zuerst?

Elch ergriff die Initiative.

»Wir wissen bereits, dass Ihr Bruder Kontakt zu Rainer Liebling aufgenommen hatte. Es gab nicht nur E-Mail-Kontakte und Telefonate. Sie haben sich vor viereinhalb Jahren getroffen, als Ihr Bruder in Berlin war.«

Lester, der gerade das Bierglas zurückstellen wollte, hielt in seiner Bewegung inne. »Roland war in Berlin?«

Elch nickte. »Wissen Sie nichts davon?«

Die Antwort las er in Lesters überraschtem Gesicht. »Sie haben sich in Berlin getroffen? Weswegen?«

»Das wissen wir nicht. Zuerst gab es Telefongespräche zwischen den beiden, deren Inhalt wir nicht kennen. Aber wir besitzen Informationen von den Telefongesellschaften über die Häufigkeit und den jeweiligen Zeitpunkt. Wir wissen auch, dass Rainer Liebling Ihren Bruder im Hotel abgeholt hat.«

»Meine Familie weiß sicher nichts davon. Wie haben Sie das herausgefunden?«

Friedrich Elch lächelte. Jetzt glich er Jamie Foxx noch mehr. »Fleißarbeit. Kriminalistische Knochenarbeit.«

»Weiß die kanadische Polizei davon?«

Elch nickte. »Wir tauschen Informationen aus, wenn es angebracht ist.«

Lester fühlte Ärger in sich aufsteigen. Warum hatten sie seine Familie darüber nicht informiert? Was hielt die kanadische Polizei sonst noch zurück?

Elch beendete die entstandene Pause mit einem Räuspern. »Könnten Sie uns die Presseartikel, von denen Sie sprachen, zur Verfügung stellen?«

»Selbstverständlich. Ich habe sie oben im Zimmer.«

»Welche Art von Artikeln sind das?«

»Sie handeln von wissenschaftlichen Erkenntnissen. Nicht von Togg und Kölln oder Tramon im Besonderen, sie werden nur erwähnt.«

»Und Ihr Bruder besaß mehrere davon?«

Lester nickte. »Teilweise Originale und teilweise Kopien aus Zeitschriften. Die meisten sind in englischer Sprache. Ich erinnere mich an *Science* und *Lancet*.«

»Hatte Ihr Bruder diese Zeitschriften abonniert oder regelmäßig gekauft?«

Lester überlegte. »Nein, abonniert – das kann ich mir nicht vorstellen. Er hat sich mit politischen Themen befasst ... Ich wüsste nicht, warum er diese naturwissenschaftlichen Zeitschriften über einen längeren Zeitraum hätte lesen wollen.«

»Sie denken also, er hat im Internet nach solchen Themen gesucht oder die Texte über Online-Archive bezogen?«

Lesters Gesicht drückte Skepsis aus. »Vielleicht hatte er sie von Rainer Liebling.«

Es war alles so verworren. Elch hat recht, dachte Lester. Im Chaos sehnt man sich nach Ordnung. Nach einem roten Faden. Ihm fiel das unvollendete Manuskript über die Erlebnisse eines Teenagers in einer obskuren religiösen Gemeinschaft wieder ein. Warum lag es bei Rolands Papieren? Auch so ein Rätsel.

Elchs Stimme unterbrach seine Gedanken.

»Kölln, Togg und Tramon haben vor fünf Jahren gemeinsam an einer internationalen Tagung von Wissenschaftlern in Brüssel teilgenommen«, sagte der Beamte und leerte sein Bier in einem Zug. »Die Konferenz war von einer Kontroverse begleitet, weil einige Wissenschaftler teilnehmen wollten, aber nicht eingeladen wurden. Sie fühlten sich zu Unrecht ausgeschlossen und haben Protestbriefe an verschiedene Regierungen und Institutionen geschickt. Togg und Kölln sprachen sich damals dezidiert dafür aus, die betreffenden Wissenschaftler abzulehnen. Sie hätten ihre eigene Teilnahme an der Tagung abgesagt, wenn die boykottierten Wissenschaftler zugelassen worden wären. Giuliana Tramon hat sich mit Togg und Kölln öffentlich solidarisiert.«

»Sie meinen, die drei haben sich dadurch Feinde gemacht?«

»Die Aktion von Togg und Kölln blieb nicht isoliert, andere Wissenschaftler wie Tramon schlossen sich ihnen an. Aber in den Medien sind vor allem ihre Namen aufgetaucht, weil sie prominent waren und sich öffentlich äußerten. Und alle drei haben populäre Bücher geschrieben.«

»In den Medien? Ich habe nichts dazu im Internet gefunden.«

Elch zeigte wieder sein Jamie-Foxx-Lächeln. »Wie hartnäckig haben Sie gesucht?« Sogleich wurde er wieder ernst. »Für die Öffentlichkeit war es keine große Sache. Ein Streit zwischen Wissenschaftlern um einen Kongress in Brüssel, das ist nicht gerade etwas, das viele Menschen bewegt.«

»Was verbindet die Wissenschaftler miteinander, die von dem Kongress ausgeschlossen wurden?«

»Sie lehnen Darwins Evolutionstheorie ab und wollen die wissenschaftlichen Kriterien nach der Bibel ausrichten.«

»Was heißt das denn?«

»Das heißt, die Welt wurde in ihren Augen in genau sechs Tagen erschaffen, und alle Menschen stammen von Adam und Eva ab. Ungefähr so, aber im Detail ist es natürlich komplizierter.«

Lester versuchte in Gedanken zu ergründen, was das mit Roland zu tun haben könnte. Plötzlich erinnerte er sich an den Artikel über den amerikanischen Wissenschaftler, der seine Doktorarbeit über ein Tier verfasst hatte, das vor fünfzig Millionen Jahren gelebt hat, der jedoch persönlich den Glauben vertrat, die Welt sei lediglich sechstausend Jahre alt. Trotzdem – Lester fand die Sache nicht klarer. Im Gegenteil.

Elch ließ sich die Rechnung bringen. »Das übernehmen wir. Wie fanden Sie das Bier? Es ist alkoholfrei.« Er grinste. »Ich darf im Dienst keinen Alkohol trinken.«

Wie zuvor verschwand sein Lächeln gleich wieder. »Wir wollen diese Sache klären. Wir *werden* sie klären, glauben Sie mir. Bitte teilen Sie uns alles mit, was Sie wissen. Und was Sie noch erfahren werden.« Er reichte Lester seine Visitenkarte.

Sie verließen die dunkle Lounge und blieben in der Eingangshalle des Hotels noch einmal stehen.

»Ihr Schwager ist doch Stürmer bei den Toronto Maple Leafs, nicht wahr?« Er wartete Lesters Antwort gar nicht ab. »Mein Sohn Benjamin ist Eishockey-Fan. Und ich natürlich auch. Sheldon Woodridge hat das Zeug zu einem zweiten Wayne Gretzky, davon bin ich überzeugt.«

»Dafür ist er wahrscheinlich zu alt«, bemerkte Lester trocken. Froh, dass ihn Oshona nicht hören konnte.

Er hatte überhaupt keine Lust, über seinen künftigen Schwager zu reden – am wenigsten mit einem deutschen Kriminalbeamten. Aber offenbar war Sheldon auch in Berlin bereits eine Berühmtheit.

Friedrich Elch lächelte. »Der wird es weit bringen«, sagte er, dann schüttelte er Lesters Hand. »Kann ich also die Artikel haben?«

Lester fuhr mit dem Aufzug nach oben und holte die Seiten, ließ sich aber am Empfang Kopien machen, bevor er sie dem Beamten übergab.

Elch verabschiedete sich und verschwand.

Lester sehnte sich nach einem heißen Bad. In der dampfenden Wanne blätterte er in Rolands Notizheft, las erneut einige der Filmkritiken durch, witzige und scharfzüngige und manchmal total begeisterte. Er hoffte, dadurch seinem Bruder näherzukommen, ihn besser zu verstehen als zu dessen Lebzeiten.

Da fiel ihm eine Randnotiz auf, die er bislang übersehen hatte. Wie war das möglich? Er hatte doch Seite für Seite sorgfältig durchsucht! Auf den beiden aufgeschlagenen Seiten bemerkte er rechts und links einen identischen blassen Tupfer. Ihm ging ein Licht auf. Diese Seiten hatten ebenfalls aufeinandergeklebt. Das musste ihm entgangen sein. Und im heißen Dampf über der Badewanne hatten sie sich gelöst.

Er starrte auf den Eintrag: *Kidkaboolue. Stongy. März. R. fragen.*

Was für ein merkwürdiges Wort. Kidkaboolue? Und wer oder was war Stongy? R konnte für Roland stehen, nur ergab das keinen Sinn. Oder für Randall Shaughnessy, Silvers Ehemann. Oder für Ray, seinen Onkel. Vielleicht hatte es mit Rolands Arbeit für sein Institut für Demokratische Praxis zu tun. Außerdem konnte es für *Rainer* stehen.

Er stand nackt im Bad und trocknete sich ab, als er das Handy hörte. Instinktiv wollte er auf die Uhr sehen, aber die hatte er abgelegt.

Es war kein Anruf aus Kanada.

»Bleiben Sie im Hotel«, sagte Friedrich Elch. »Ich muss Sie noch einmal dringend sprechen.«

Lester stutzte. »Gibt es einen bestimmten Grund?«

»Es geht um Thomas Kellergast. Auf ihn wurde ein Anschlag verübt.«

18

John knetete den Stetson in seinen Händen, als wäre der Hut aus Pizzateig. Das sonnengebleichte Haar hatte er sorgfältig gekämmt.

Der Wrangler sparte sich jegliche Einleitung. »Wir machen heute einen Ausflug zum Canyon. Das wird Ihnen guttun.«

»Wer ist wir?«, fragte Tia.

»Sie und ich. Sie sind der einzige Gast heute und erhalten eine Sonderbehandlung.«

»Was bin ich doch für ein Glückspilz.« Sie schüttelte den Kopf. »Meine Reitkünste reichen gerade aus, um ein Pferd von einer Kuh zu unterscheiden. Wie soll ich da einen Tagesausflug überstehen?«

»Überlassen Sie die Beurteilung Ihrer Reitkünste mal mir. Beth hält den Proviant in der Küche bereit. Um halb zehn geht's los.«

Tia drehte sich wortlos um.

Eine halbe Stunde später stand sie mit ihrem Rucksack bei der Koppel. John hatte Swansong schon gesattelt. »*Sie* ist heute gut gelaunt«, sagte er und warf ihr einen vielsagenden Blick zu.

»Pferde sind unkomplizierter als Frauen, wussten Sie das nicht?«, gab sie zurück.

John hielt Swansongs Zügel grinsend fest. »Sagen Sie das nicht zu früh.«

Es gelang ihr erst nach einigen Anläufen, ohne Hilfe aufzusteigen. Zu ihrer Verblüffung sah sie John auf Desperado zugehen, der ebenfalls gesattelt war. Der Schimmel schlug nicht einmal aus, als sich John näherte. Er redete auf das Pferd ein und nutzte einen günstigen Moment, um sich auf den Sattel zu schwingen. Desperado bockte ein bisschen, als er das Gewicht auf sich spürte. Aber dann folgte er den Befehlen seines Reiters erstaunlich willig.

Swansong trabte locker hinterdrein. Ferngesteuert wie ein Roboter. So viel zu meiner Autorität, dachte Tia.

Diesmal ritten sie gen Westen, durch ein ausgedehntes Waldstück, das kein Ende nehmen wollte, bis sie kahle Hänge erreichten, die steil anstiegen. Ein schmaler Pfad wand sich an ihnen aufwärts. Tia bewunderte, wie sicher Swansong die Hufe aufsetzte. Sie konzentrierte sich ganz auf die Bewegungen des Pferdes, wurde eins mit dem massigen Leib unter sich.

John hatte so gut wie kein Wort gesprochen, seit sie losgeritten waren. Ab und zu warf er einen Blick nach hinten, um sich zu vergewissern, dass sich Swansong gefügig verhielt.

Auch Tia verspürte keine Lust zu reden. Der Ausritt würde vielleicht der Höhepunkt ihres Aufenthaltes auf der Ranch sein. Wer weiß, wann sich wieder eine solche Gelegenheit böte. Sie wollte sich von Xavier den Urlaub nicht vermiesen lassen. Umso mehr, als die Kosten auf seine Kreditkarte liefen.

Der Pfad führte sie nun auf einem Grat entlang. Sie vermied es, nach unten zu schauen. So blieb ihr Blick an Johns starkem, aufrechtem Rücken hängen, der sich im Rhythmus der Hufe wiegte.

Es war merklich kühler geworden, und sie war froh, dass sie ihre Fleecejacke über dem T-Shirt trug. An manchen Stellen lag immer noch Schnee.

Plötzlich wurde Desperado unruhig. Er bäumte sich ein paarmal kurz auf. John brachte den Hengst rasch wieder unter Kontrolle.

Swansong reagierte nervös auf Desperados Sprünge. »Sachte, Mädchen, sachte«, raunte Tia und hielt die Zügel ein wenig fester.

John wandte sich um, aber sie schaute an ihm vorbei, als hätte sie nichts bemerkt.

Fast zwei Stunden waren vergangen. Sie erreichten eine Hochebene. Durch das spärliche Grasland mäanderte ein Bach. Weiter unten hatte sie vorher kurz einen Canyon vom Grat aus gesehen.

»Pause«, verkündete John.

Sie ließen die Pferde am Bach trinken und banden sie an einem Felsvorsprung fest. John entfachte im Nu ein Feuer mit Brennholz, das er mitgebracht hatte.

Er schaute zu ihr auf.

»Zuerst Kaffee oder Suppe?«

»Suppe, dann Kaffee.«

John salutierte wie ein Soldat.

Tia kletterte auf einen Felsen und schaute in das tiefe Tal hinab. Die weite Sicht machte sie stumm. Sie fühlte so etwas wie religiöse Ergriffenheit, als ihr Blick über die Hügel am Horizont schweifte, wo die Berge in einem bläulichen Schleier verschwammen.

Die unbändige Lust überkam sie, einem Vogel gleich auf Schwingen über diese großartige Landschaft zu segeln.

Leicht und frei zu sein. Alles abzuwerfen.

Warum war sie wie ein Pferd, das stets geduldig Lasten schleppte? Ein Tier wusste es nicht besser. Sie schon.

Plötzlich spürte sie John hinter sich.

Auch er nahm den Anblick still in sich auf.

Erst nach einer Weile sagte er: »Dafür lohnt es sich, hierherzukommen. Ich kann nicht genug davon kriegen.«

Sie setzten sich ans Feuer. John reichte ihr eine Tasse mit Nudelsuppe. Tia verteilte belegte Brote und Früchte aus Beths Proviantpaket. John beobachtete sie lächelnd. Sie warf ihm einen warnenden Blick zu.

»Arbeiten Sie deswegen auf der Ranch?«, fragte sie. »Um solche Ausflüge mit Touristinnen zu machen?«

Er biss in eine Brotscheibe und ließ sich mit der Antwort Zeit.

»Warum nicht? Es gibt schlimmere Jobs, meinen Sie nicht?«

»Ich würde sagen, es gibt wahrscheinlich besser bezahlte Jobs. Alissa hat offenbar nicht einmal genügend Geld, um die Pferde richtig zu füttern.«

Sie wusste, dass sie sich wieder in Angelegenheiten mischte, die sie nichts angingen. Aber sie wollte John aus der Reserve locken.

Der kaute jedoch seelenruhig weiter.

»Geld ist nicht immer das Wichtigste. Ich liebe Pferde und ich liebe die Natur. Wie schmeckt Ihnen die Suppe?«

»Sie ist lecker.« Sie ließ sich nicht ablenken. »Mit Ihren Computerkenntnissen könnten Sie sicher anderswo unterkommen.«

Das saß. Er hörte auf zu kauen. »Ich habe früher in der IT-Branche gearbeitet. Aber ich brauche öfter Abwechslung. Ewig werd ich hier bestimmt nicht arbeiten, aber im Moment ist es genau das Richtige.« Er begann mit der Suppe. »Wie sagt man doch: Das Einzige, was man im Leben nicht verlieren kann, sind Erfahrungen.«

Heimlich gab sie ihm recht. Menschen konnte man verlieren. Väter. Und Liebhaber. Aber Erfahrungen konnte einem niemand nehmen.

»Was hat Sie hierhergeführt?«, fragte er.

»Pferde und Natur, was dachten Sie denn?«

Anstelle einer Antwort schnitt er ihr ein Gesicht.

»Ach, kommen Sie, John. Alissa hat es Ihnen sicher erzählt. Mein Boyfriend hat den Urlaub gebucht und mich dann versetzt.«

Es wunderte sie selbst, dass sie diesen Satz einfach aussprach. Und nicht einmal mit Bitterkeit. Es war eher befreiend, ihn zu formulieren.

John setzte die Tasse vorsichtig auf den Boden.

»Selbst wenn Alissa es mir erzählt hätte, hätte ich ihr nicht geglaubt. Eine Frau wie Sie versetzt man nicht.«

Tia brachte ein schiefes Lächeln zustande.

»Ihnen ist das noch nie passiert?«

Er brauchte lange, bis er seine Tasse nachgefüllt hatte.

»Ich hab meine Hiebe abbekommen. Bin seit drei Jahren geschieden.«

»Vielleicht waren *Sie* der Bösewicht.«

»Sie kriegen jetzt einen Cowboy-Kaffee«, sagte er, gab schwarzes Pulver und Wasser in eine Blechkanne und stellte sie in die Glut. Währenddessen fragte er: »Wie war das mit dem Bösewicht?«

Tia tat so, als sei sie mit dem Durchwühlen des Proviants beschäftigt. Irgendwo hatte sie Kekse gesehen.

John ließ nicht locker. »Wenn Sie mich für einen Bösewicht hielten, wären Sie nicht mit mir auf diesen Ausflug gekommen.«

Ein fernes Rumpeln ließ beide auffahren.

John lauschte. Zuckte dann die Schultern.

»Wahrscheinlich Steinschlag. Es gibt wohl Bergziegen da drüben. Die lösen manchmal einen Steinschlag aus.« Nach einem Blick in Tias Gesicht fügte er hinzu: »Keine Bange, wir halten uns auf der sicheren Seite.«

Die sichere Seite. Wenn es doch immer so klar wäre, wo die sichere Seite ist.

Tia spülte im Bach die Suppenreste aus den Tassen. »Erst trinken, wenn sich das Kaffeepulver gesetzt hat«, erklärte John, nachdem er die schwarze Brühe eingegossen hatte. »Zucker?«

Tia fand etwas Tröstliches in der Art, wie er sich um sie kümmerte. Die sparsamen Gesten, die einfache Zubereitung des Essens gefielen ihr. Leben, auf das Wesentliche reduziert.

So schnell konnte man die Gesetze der alltäglichen Welt außer Kraft setzen.

Der starke, süße Kaffee schmeckte ihr besser als der teuerste Espresso in den Berner Cafés. Das Koffein beschleunigte ihren Herzschlag. Sie fühlte sich beschwingt. Schwenkte ihre Tasse, bis John aufblickte.

»Soll ich Ihre Zukunft aus dem Kaffeesatz lesen?«, fragte sie schelmisch.

Das hatte sie für ihre Freundinnen vom Gymnasium oft getan. Einmal war ihre Voraussage so präzise eingetroffen, dass sie erschrocken damit aufgehört hatte.

»Nur zu«, sagte John und setzte sich mit seiner Tasse neben sie. So nahe, dass sie ihren Einfall fast wieder bereute. Aber jetzt konnte sie nicht mehr zurück. Sie hielt die Tasse in Händen und versuchte sich zu konzentrieren, was in Johns Anwesenheit nicht ganz einfach war.

Sie atmete ruhig und tief und hielt den Blick gesenkt. Der Rhythmus ihres Atems wurde stetig. Sie musste sich Zeit lassen. Nach einer Weile stiegen Bilder aus den dunklen Umrissen des Kaffeesatzes auf. Vage zunächst, dann immer intensiver.

»Ich sehe Kinder«, begann sie, »Mädchen und Jungen. Sie tanzen und singen, sie sind glücklich ...«

»Heirate ich nicht zuerst, bevor die Kinder kommen?«, hörte sie John sagen.

»Sschschsch«, machte sie, ohne ihre Stellung zu verändern. Fast hätte sie die Vision verloren. Sie versenkte sich erneut. Jetzt war sie wieder mitten drin.

»Sie ... sie bewegen sich wie ... in Trance ... sie werfen sich zu Boden ...«

Plötzlich war das Bild weg. Sie wartete.

Vor ihrem inneren Auge erschien Johns Gesicht. Ein stolzes Gesicht. Ein triumphierender Mann.

Dann Menschen, am Boden liegend. Wunden. Blut. Ein Pferd, das sich aufbäumt. Immer wieder. Ein weißes Pferd. Es versucht, etwas mit den Hufen zu zertreten. Es verdreht die Augen, sie treten fast aus den Augenhöhlen.

»Tia? Tia!« Eine Stimme drang wie durch Nebel zu ihr.

»Tia? Was ist? Sprechen Sie mit mir!«

Eine Hand packte sie an der Schulter. Die Berührung brachte sie zurück.

»Tia, sehen Sie mich an!«

Johns Gesicht war ganz nah. Ein besorgtes Gesicht.

Sie kniff die Augen mehrere Sekunden lang fest zu. Dann tauchte die Tasse langsam auf. Der Kaffeesatz. Johns Stimme.

»Lassen Sie diesen Unsinn, sofort!« Er lockerte den Griff.

Sie zog die Schultern zusammen. Ein Schuldgefühl überkam sie.

»Ich hätte nicht damit anfangen sollen«, sagte sie schwach.

»Sie zittern ja am ganzen Körper.« Er legte den Arm um sie, drückte sie an sich. Sie ließ sich in seine Umarmung fallen.

Er fuhr ihr sanft übers Haar, strich es nach hinten, legte ihren Hals bloß. Sie fühlte seine Lippen auf ihrer Haut. Sie bewegte den Kopf kaum merklich. In diesem Augenblick wollte sie nichts anderes, als von ihm geküsst zu werden.

Nichts zählte mehr. Nur noch dieser starke Mund und das Verlangen nach ihm.

Sie küssten sich immer wieder, erstaunt, erregt, überwältigt. Sie musste dem Schrecken eine Realität entgegensetzen, und das war die mächtigste, die ihr möglich war.

182

Sie sanken ins Gras. John streichelte ihr Gesicht. Seine Hand zitterte. Sie umschlang seinen Rücken. Sein Atem ging stoßweise, nein, das war auch ihrer.

Sie hörte den Hubschrauber erst, als das Brummen lauter als ihre eigenen Geräusche wurde.

John rollte von ihr weg.

Sie war die Erste, die sprach.

»Was macht der hier?«

Er antwortete nicht, schaute nach oben. Dann auf die nervös tänzelnden Pferde.

Der Hubschrauber verschwand hinter einer Kuppe.

»Warte hier.« Er lief zu einigen Felsen und kletterte so weit, dass sie ihn nicht mehr sehen konnte. Neugier überkam sie. Sie rannte in die entgegengesetzte Richtung, den Feldstecher in der Hand, erklomm einen felsigen Absatz. Sie suchte die Landschaft ab, konnte aber nichts entdecken.

Plötzlich nahm sie weit unten etwas Dunkles wahr. Sie korrigierte die Schärfe und konnte den Hubschrauber erkennen. Er setzte im Tal zur Landung an. Sie beobachtete, wie sich Gestalten, klein wie Flöhe, von ihm entfernten.

Dann hob der Hubschrauber wieder ab. Die Punkte blieben zurück.

Das Brummen wurde wieder lauter. Sie ließ den Feldstecher sinken.

John rief ihren Namen.

»Hier oben«, rief sie zurück und schob den Feldstecher in die Brusttasche ihrer Fleecejacke. John kam herbeigelaufen, gewandt und schnell.

Sie konnte kaum glauben, was zwischen ihnen geschehen war.

Zuerst die Panik wegen der Bilder im Kaffeesatz. Und dann hatte sie sich diesem fremden Mann gleich in die Arme geworfen. Wer weiß, was noch alles passiert wäre, hätten sie nicht den Hubschrauber gehört.

Kaum war John bei ihr angelangt, sagte er: »Wir sollten uns hinsetzen, damit sie uns nicht von oben sehen.«

»Warum nicht? Ist das die Sittenpolizei?« Wie immer, wenn sie nervös wurde, rutschten ihr solche Sätze heraus.

Er schien zuerst verblüfft, fasste sich aber schnell.

»Nein, es könnte nur so aussehen, als bräuchten wir Hilfe, wenn wir gestikulierend auf einem Felsen stehen.«

Sie biss sich auf die Lippen und setzte sich mit ausgestreckten Beinen in deutlichem Abstand zu John hin. Der Felsen fühlte sich kalt an.

»Was macht ein Hubschrauber überhaupt hier?«

Er zuckte die Schultern. »Wahrscheinlich Heli-Hiking.«

»Heli-was?«

»Leute lassen sich vom Hubschrauber irgendwo absetzen und wandern dann über die Hügel.«

»Hier?« Tia hatte schon von Heli-Skiing gehört, aber hier gab es doch Pferde, um die Distanzen zu überwinden.

John schwieg. Das Brummen war kaum mehr zu hören. Nur die Pferde scharrten unruhig. Tia sah zu ihnen hinüber.

»Kriegen die nichts zu fressen?«

»Komm, setz dich zu mir, ich möchte mit dir sprechen.«

»Wenn es wegen vorhin ist …«

»Ich tu dir nichts, Tia, ich will nur nicht brüllen. Aber wir müssen das bereden.«

Sie rückte ein wenig näher und wartete.

»Ich bin mir bewusst, dass ich eine Grenze überschritten habe«, begann er, »ich …«

Sie unterbrach ihn gleich. »John, ich bin sechsundzwanzig Jahre alt, ich bin eine erwachsene Frau. Du brauchst dich für nichts zu entschuldigen.«

»Du verstehst mich nicht, Tia, ich bin der Tourenleiter und trage die Verantwortung für …«

»Ja, ich weiß, aber ich trage auch Verantwortung. Ich werde niemandem etwas sagen.«

»Himmel, Tia! Es geht doch nicht um die anderen. Es geht mir um dich.« Er stand plötzlich auf, und es blieb ihr nichts anderes übrig, als es ihm gleichzutun.

»Du sollst nicht denken, ich sei mit dir hierhergekommen, um … um …«

Sie sah, wie er nach Worten rang. Vielleicht war es dieser Augenblick seiner Verlegenheit, der ihr Stärke verlieh.

»Aber nein, John«, sagte sie so sanft, wie sie konnte, »ich bin doch eine dieser Europäerinnen, die es drauf anlegen, von einem richtigen Cowboy geküsst zu werden. Es gibt einen alten deutschen Schlager, der heißt *Ich will 'nen Cowboy als Mann*. Es steckt uns im Blut.«

Es gelang ihr sogar zu lächeln.

Er sah sie unschlüssig an, wollte etwas erwidern, da fiel sein Blick auf den Feldstecher, der aus ihrer offenen Brusttasche ragte. Er runzelte die Stirn.

»Nun, ich hoffe, dass die Sache die Anstrengung wert war«, brummte er.

Sein Gesichtsausdruck war schwer zu deuten. Meinte er die Küsse – oder etwas anderes?

Sie kletterten den felsigen Absatz hinunter und packten ihre Rucksäcke.

»Wir haben noch drei Stunden vor uns. Denkst du, dass du es schaffst, oder willst du lieber zurück?«

Tia überlegte. Noch drei Stunden im Sattel. Das würde sie hinterher spüren. Aber es gefiel ihr in dieser Landschaft, und Swansong hatte sich bislang gut verhalten. Sie überlegte.

»Ein bisschen können wir schon noch weiterreiten, bevor wir umkehren. Ich muss nur rasch verschwinden.«

Sie suchte Schutz hinter einem Steinbrocken. Als sie fertig war, entdeckte sie in geringem Abstand einen nasenförmigen Felsvorsprung. Sie duckte sich, damit John sie nicht sah, schlich sich zu der Felsnase und zog erneut ihren Feldstecher hervor.

Sie konnte die Gestalten immer noch in der Nähe der Stelle sehen, wo sie der Hubschrauber abgesetzt hatte. Sie bewegten sich zwar, aber nur in einem begrenzten Radius. Als ob sie sich nicht entscheiden konnten, wohin die Wanderung gehen sollte. Sie beobachtete die merkwürdige Szene noch einige Sekunden lang, bevor sie zu John und den Pferden zurücklief.

Er hielt Swansong bereit, und sie schwang sich in den Sattel. Sie querten das kleine Hochplateau. Diesmal hielt sich John an ihrer Seite. Er bemühte sich sogar, eine Unterhaltung in Gang zu bringen, fragte sie nach den Bergen in der Schweiz und nach dem Essen und ob sie Haustiere besitze. Obwohl sie auf der Hut war, kam sie ins Erzählen.

Erst als er sich nach ihren Eltern erkundigte, verstummte sie.

John fragte: »Ist alles in Ordnung?«

»Jaja«, sagte sie schnell. »Mir ist nur ein wenig warm.« Dabei wehte ein kühler Wind über die flache Ebene.

»Hier.« Er reichte ihr seine Wasserflasche.

»Es geht schon«, sagte sie.

»Du hast doch nicht etwa Fieber?«

Sie schüttelte den Kopf.

Wenig später ließen sie das Plateau hinter sich und stiegen zu einer schmalen Talsenke hinab, bevor sie den nächsten Hang querten. Von hier öffnete sich der Blick auf den Canyon. Plötzlich vollführte Desperado einen Tanz um die eigene Achse.

»Hey«, rief John. »Easy, boy, easy.« Tia zog die Zügel fester an, aber Swansong stand einfach still. Die Stute legte die Ohren nach hinten. Tia meinte, von irgendwoher Geräusche zu vernehmen.

»Komm, Tia, wir haben noch eine lange Strecke vor uns!«
John schien es plötzlich eilig zu haben und spornte Desperado
zum Weitergehen an.

Aber Tia holte ihren Feldstecher heraus und drehte sich nach
hinten. Wieder hatte sie zuerst Mühe, etwas klar zu erkennen.

Als sie es endlich sah, verschlug es ihr den Atem.

»Das ist doch nicht möglich«, rief sie.

Dann knallten mehrere Schüsse.

19

Friedrich Elch traf nach einer Stunde wieder im Hotel ein. Er blieb fünf Minuten, und Lester wunderte sich, warum der Bundeskriminalbeamte überhaupt persönlich erschienen war.

Elch teilte ihm knapp mit, dass jemand einen Sprengsatz unter Kellergasts Auto gezündet habe, das vor dessen Haus geparkt war. Kellergast wollte offenbar rasch einige Unterlagen aus der Wohnung holen und war nur wenige Minuten vor der Explosion aus dem Wagen gestiegen.

Elch sagte, es habe sich um eine stümperhafte Konstruktion gehandelt, die wenig Schaden anrichtete. Dann hängte er drei Sätze an, die er aber wie einen zusammenhängenden Satz aussprach, ohne Pause: »Kellergast ist erst mal untergetaucht. Es ist besser, Sie verlassen Deutschland. Wir sorgen uns um Ihre Sicherheit.«

Er gab keine weiteren Erklärungen, und Lester wusste, es hatte keinen Wert, darauf zu warten. Das las er in Elchs Gesicht, den zusammengepressten Lippen und dem entschlossenen Blick. Deutschland brauchte nicht auch noch Komplikationen mit dem Sohn einer kanadischen Generalgouverneurin.

»In diesem Fall«, sagte er, »werde ich den nächstmöglichen Flug nach London buchen.«

»Ausgezeichnet.« Elch reichte ihm wieder die Hand, er schien mit seinen Gedanken bereits woanders.

Lester starrte auf die Tür, die sich hinter dem Beamten schloss. Seine Gedanken fuhren Karussell. Elch hatte ihn nie zu der Begegnung mit Kellergast befragt. Ihm dämmerte, warum. Die Bundeskriminalpolizei wusste genau, was er und Kellergast und Frau Kölln besprochen hatten. Sie überwachte alle seine Schritte in Berlin. Und Elch würde auch überprüfen, ob Lester tatsächlich nach London abreiste.

Was das für seine Theaterpläne in Deutschland bedeutete, darüber wollte er lieber nicht nachdenken. Er sah aus dem Fenster. Die Dämmerung legte sich über den Bebelplatz. Eine Gruppe von Menschen umrundete den Lichtfleck über der leeren beleuchteten Untergrund-Bibliothek. Als stünden sie vor der Glut eines Feuers, um sich zu wärmen.

Dieses Land, schoss es Lester durch den Kopf, dessen Vergangenheit voller Gewalt und Schuld war, wusste wie kein anderes, was es mit allen Kräften verteidigen musste. Während sich die kanadischen Behörden vormachten, dass sein Bruder in einem Zufallsdelikt von einem Drogenabhängigen umgebracht worden war, gab man sich in Deutschland bestimmt keinen Illusionen hin: Marie-Monika Köllns Ehemann war Opfer eines gezielten Mordanschlags. Das, so erkannte Lester in diesem Moment, hatte ihm Elch gerade deutlich gemacht.

Vierzehn Stunden später umarmte ihn sein Onkel mit der Wucht eines Grizzlybären. Ray Debuissons Schnurrbart kam ihm noch verwegener vor als bei ihrer letzten Begegnung vor drei Jahren. Ray glich überhaupt nicht seinem Vater, fand Lester. Die älteren Gebrüder Debuisson trennte ein Altersunterschied von sechs Jahren. Aber eigentlich konnte er diesen Vergleich gar nicht machen, weil sein Vater mit siebenunddreißig Jahren ertrunken war, und Ray Debuisson war jetzt siebenundfünfzig.

Einmal war ihm ein Foto des jungen Ray in die Finger gekommen, das bewies, dass es doch eine Ähnlichkeit gab – aber mit Roland!

Auf der Fahrt vom Flughafen erklärte ihm der Onkel, dass er nicht mit Lester in der Londoner Wohnung übernachten, sondern direkt zum Landhaus in Lincolnshire fahren würde. Das überraschte Lester, denn er hatte sich darauf eingestellt, vielleicht einen seiner alten Londoner Freunde zu treffen. Ray besaß eine Absteige in der Nähe des Hotels Hazlitt's in Soho, aber die meiste Zeit verbrachte er in einem Weiler namens Heckington in der Nähe der Stadt Lincoln.

»Denkst du, ich sei sicherer auf dem Land als in London?«, fragte Lester, der seinem Onkel vom Anschlag auf Kellergast erzählt hatte.

»Quatsch«, rief Ray Debuisson. »Den Anschlag hab *ich* in Auftrag gegeben, damit dich die Deutschen endlich ausweisen und du dich an deinen alten Onkel erinnerst.«

Lester sah das vertraute Glitzern in Rays Augen.

»Ich hab mir ein paar Tiere zugelegt«, fuhr der Onkel fort. »Fünf Schafe, eine Schar Gänse und eine Sau. Ach ja, und ein Pferd.«

»Was, du bist Farmer geworden?« Lester traute seinen Ohren nicht. »Gut. Und mit einem Pferd kannst du vor allem fliehen, wenn es dir reicht.«

Ray räusperte sich. »Genau genommen bin nicht ich es, der die Tiere wollte.« Er machte eine vielsagende Pause.

Lester sah ihn an. Endlich verstand er. »Wie heißt sie und wie alt ist sie?«

»Antwort eins: Dorothy. Antwort zwei: fünfundvierzig. Und du?«

»Es gibt weder ein Pferd noch eine Frau in meinem Leben.«

»Und die kecke Dame im Park?«

»Im Park?«

»Die mit den Erdbeeren im Schokoladenguss, von der du mir am Telefon erzählt hast.«

»Ach, du meinst Corinne Voney. Sie ist Kulturbeauftragte der Schweizer Botschaft in Berlin und sie will mir zu einer Aufführung in Zürich verhelfen.« Lester fiel es leicht, seine Stimme ganz sachlich klingen zu lassen.

Ray schimpfte auf den Londoner Verkehr. Sein Leben in ländlicher Abgeschiedenheit machte ihn offenbar empfindlicher für urbanes Chaos. Erst als sie auf der A1 Richtung Lincolnshire fuhren, besserte sich seine Laune wieder. Ray Debuisson war ein Mann, der zumindest offiziell für sein diplomatisches Geschick geschätzt wurde. Er hatte im Dienste des kanadischen Staates Karriere gemacht, zuletzt als stellvertretender Handelsminister. Ray Debuisson war ein glänzender Stratege mit einer instinktiven Menschenkenntnis, die ihn fast nie im Stich ließ. Außer bei Frauen, die ihn interessierten.

Als Lester den Onkel einst fragte, warum er als eingefleischter Demokrat in einer Monarchie in England lebte, antwortete der: ›Genau deswegen. Damit ich immer wachsam bleibe und weiß, warum ich die Monarchie ablehne. Außerdem ist die britische Monarchin bekanntlich auch das Staatsoberhaupt Kanadas – wo ist also der Unterschied?‹

Der Unterschied war eine Engländerin namens Cathy, dann kam Samantha – und jetzt Dorothy. Und da gab es natürlich den Lehrauftrag in Cambridge, den er immer vorschieben konnte.

»Du wolltest mit mir über meinen alten Freund Randall Shaughnessy sprechen«, sagte Ray. »Aber bevor ich dir von ihm erzähle, will ich erst einmal alles hören, was du mir bislang verschwiegen hast.«

Lester sah auf einer Weide neben der Autobahn Kühe grasen. Er musste seine Gedanken sammeln. Bislang hatte er noch vor niemandem die Verbindung zwischen Roland und Silver Shaughnessy offengelegt.

Sein Schweigen dauerte Ray offensichtlich zu lange, denn er hörte ihn sagen: »Vielleicht sollte ich dir doch zuerst von Randall erzählen. Als er und Silver ... als ich Silver zum ersten Mal sah – ach, hol's der Teufel, ich hab mich sofort in sie verliebt. Ich war bestimmt nicht der Erste und Einzige, aber wahrscheinlich hatte es mich am schlimmsten erwischt. Sie war mit Randall verlobt, die Hochzeit stand kurz bevor. Du weißt, wie ich bin. Ich kann nicht um den heißen Brei reden. Randall war mein Freund. Ich mag keine Täuschungen. Das ist was für Leute, die sich selbst belügen. Also habe ich Randall über meine Gefühle für Silver ins Bild gesetzt. Er wirkte nicht im Geringsten überrascht. Auch nicht wütend. Er sagte lediglich: ›Wenn du denkst, ich heirate Silver, um ihr Fesseln anzulegen, dann irrst du dich. Silver braucht ihre Freiheit wie ein Vogel. Ich will, dass sie frei ist und ihre eigenen Entscheidungen fällt. Ich könnte nicht mit einer Frau leben, die sich einengen lässt.‹ So haben wir das untereinander ausgemacht. Solch ein Mensch ist Randall, und von ihnen gibt es nicht viele.«

Er hielt einen Augenblick inne und blickte konzentriert auf die Fahrbahn.

»Kein Wunder, dass sich Silver in ihrer Freiheit immer für Randall entschieden hat«, fuhr er fort. »Wenn man bedenkt, wie viele interessante Männer sie getroffen haben muss und wie oft Randall auf Reisen ist. Und – ich habe sie nie vergessen.«

Lester hörte ihm gebannt zu. Er versuchte, dieses Bekenntnis zu deuten. Es war wohl eine Aufforderung zu schonungsloser Offenheit. Er wusste, dass er seinem Onkel absolut vertrauen konnte.

»Ich glaube«, hörte er sich plötzlich sagen, »ich vermute, dass ... dass Roland ein Verhältnis mit Silver Shaughnessy hatte.«

Ray sah weiter auf die Fahrbahn und schwieg. Nach einer Weile fragte er: »Wie kommst du darauf?«

»Er hat immer wieder Zeit in ihrem Ferienhaus in Giorgian Bay verbracht, ohne dass jemand davon wusste. Er hat dort an … an irgendeinem Projekt gearbeitet. Silver Shaughnessy hat mir erzählt, dass zwischen ihnen eine ungewöhnliche Beziehung bestanden hätte.« In seinem Gedächtnis fand er ihre genauen Worte: *Er war ein ganz besonderer Mensch in meinem Leben – für kurze Zeit.*

Sein Onkel sagte immer noch nichts. Eine Minute verging. Dann wandte er ihm das völlig entspannte Gesicht zu.

»Mein lieber Lester, du bist noch nicht mal dreißig Jahre alt und immer noch ein Greenhorn in menschlichen Beziehungen.« Er schmunzelte. »Ist das alles, was es in deiner Vorstellung an Möglichkeiten zwischen Mann und Frau gibt? Entweder Ehen oder Verhältnisse, wie du es nennst? Was für eine armselige Welt wäre das, in der Tat!«

Lester wollte das nicht auf sich sitzen lassen.

»Was würdest denn du aus ihren Worten schließen, du Weiser aus dem Morgenland?«

»Genau das, was sie sagte. Dass er ein ganz besonderer Mensch in ihrem Leben war. Ist das so schwer zu kapieren?«

»Warum darf dann niemand davon wissen?«

Ray sah ihn an, als ob Lester schwer von Begriff sei.

»Vielleicht wegen der Art der Arbeit, der er in dem Ferienhaus nachging. Oder ist das so abwegig?«

Lester zögerte. Wie konnte er Ray von Rolands Manuskripten und Dokumenten erzählen? Sollte er deren Herkunft preisgeben?

Sein Onkel schien seine Gedanken zu erraten.

»Sag mir nichts, was ich nicht wissen soll, aber sag mir alles, was wichtig ist. So hab ich es immer mit meinen Mitarbeitern gehalten, und es hat wunderbar funktioniert.«

Das brachte Lester zum Reden. Ausführlich beschrieb er die Unterlagen, die ihm Silver übergeben hatte, und auf welche Spuren sie ihn geführt hatten. Zum Schluss zog er das schwarze Notizheft hervor und zeigte Ray die Seite mit den Namen Kölln, Tramon, Togg und Rainer Liebling. Dann las er seinem Onkel die Randnotiz vor.

»Kidkaboolue. Stongy. März. R. fragen.«

Ray Debuisson runzelte die Stirn. »Kidkaboolue. Klingt sehr exotisch. Wie eine schummrige Bar.«

»Ich hab den Namen gegoogelt. Hab nichts gefunden.«

»Keine Ahnung, mein Sohn, was das sein könnte. Mit mir hat es jedenfalls nichts zu tun, falls du das meinst.«

Lester erzählte ihm auch von dem mysteriösen Manuskript, das die religiöse Indoktrination eines Heranwachsenden durch einen fanatischen Prediger und später seinen Weg zum militanten Gotteskrieger beschreibt – mit Schusswaffen und allem.

Dann ließ er sich über die kuriose Palette von Zeitungsausschnitten aus, die er in Rolands Hinterlassenschaft gefunden hatte – über seltene Tierarten, einige davon ausgestorben oder viele Millionen Jahre alt oder gerade kürzlich entdeckt. Er redete über den Richter in Denver, der glaubt, dass die Welt in genau sechs Tagen erschaffen wurde. Und über den seltsamen Film *Die Hüter der Wahrheit*, in dem behauptet wird, sowohl die Relativitätstheorie von Albert Einstein als auch die Evolutionstheorie von Charles Darwin seien durch Lügen, Fälschungen und Verschwörungen entstanden.

Und dann dieser amerikanische Besitzer einer Pizzakette, der Millionen für obskure fundamentalistische Organisationen spendet, die sich Kirche nennen.

»Wie hängt das alles zusammen?«, fragte er schließlich.

»Kreationismus«, sagte sein Onkel. »Aber erzähl weiter.«

»Einen Zusammenhang konnte ich zwischen Kurt Togg und Henning Kölln ermitteln. Beide haben an einer renommierten

Konferenz in Brüssel teilgenommen. Beide haben sich vehement dafür ausgesprochen, dass einige Wissenschaftler aus den Vereinigten Staaten von der Konferenz ausgeschlossen werden, weil ihre Theorien nicht wissenschaftlich fundiert waren. Und Giuliana Tramon hat Togg und Kölln unterstützt.«

»Warum um alles in der Welt sollte das Roland interessiert haben?«

»Genau das ist mein Punkt. Was hatte er mit Molekularbiologie und Astronomie und Astrophysik zu tun? Und warum ist Roland eigens nach Berlin gereist, um Rainer Liebling zu treffen?«

»Heiliger Pfannendeckel! War das eben die Ausfahrt nach Heckington? Hab ich doch tatsächlich die blöde Ausfahrt verpasst! Mensch ... Tabatha!«

»Ich dachte, sie heißt Dorothy«, bemerkte Lester amüsiert.

»Ja, so heißt sie, aber sie wird heute und morgen nicht da sein, sie ist bei ihrer kranken Mutter, deshalb muss ich ihren Zoo hüten.«

»Und wer ist Tabatha?«

»Die Mähre.«

»Wer?«

»Das Pferd, du urbaner Kümmerling.«

Beide lachten.

Nach einer Stunde rollten sie durch den Dorfkern von Heckington, am Pub vorbei und auf der anderen Seite gleich auf der Landstraße weiter. Durch eine Toreinfahrt fuhr der Wagen vor ein stattliches Farmhaus.

Die Gänse begrüßten sie mit lautem Gezeter. »Wir haben sie anstelle von Wachhunden«, brüllte Ray. »Hunde können wir nicht essen.«

Im Wohnzimmer schob er ein großes Holzscheit in den Kamin und reichte seinem Neffen einen Brandy. Lester spürte, wie sein Kopf schwer wurde. Er war nach einer schlaflosen Nacht morgens um fünf Uhr aufgestanden.

Ray schlug ihm vor, ein Nickerchen zu machen, während er Rolands Papiere studieren wollte, die Lester ihm übergeben hatte. »Die jungen Leute haben ja heutzutage gar kein Durchhaltevermögen mehr.« Er zwinkerte ihm zu.

Als Lester im Gästezimmer aus seinem Schlummer erwachte, drang noch Tageslicht durch die Öffnung zwischen den schweren Gardinen. Er sah auf die Uhr: drei Stunden verschlafen. Er stellte sich unter die Dusche und zog sich abgewetzte Jeans und einen Pullover über. Im Haus war es verdächtig ruhig. Er fand seinen Onkel im Pferdestall beim Säubern von Tabathas Box. Sie war eine kräftige Holsteiner-Stute mit blonder Mähne.

»Wir sollten uns ein zweites Pferd anschaffen«, sagte Ray. »Pferde sind Herdentiere, keine Einzelgänger. Sie brauchen Gesellschaft. Wusstest du, dass die Stuten die Leittiere der Herde sind? Nur die stärksten Hengste dürfen sich mit ihnen paaren. Die jungen Hengste werden ausgestoßen und kriegen selten eine Braut ab.«

»Wie gut, dass es bei den Menschen anders ist«, entgegnete Lester.

»Komm, wir wollen uns mit ernsthaften Dingen beschäftigen. Was hat dir denn Frau Kölln erzählt?«

»Eigentlich nicht viel. Ich hatte den Eindruck, sie glaubt nicht, dass der Tod ihres Mannes ein geplanter Mordanschlag war. Aber vielleicht versucht sie sich auch nur vor einer schlimmeren … Annahme zu schützen. Dieser Privatdetektiv Kellergast, der mit der Autobombe, ist offenbar eine feste Institution in ihrem Leben. Sie scheint ihm blind zu vertrauen.«

Ray Debuisson stellte die Mistgabel in die Ecke. »Lass uns ins Warme gehen, bevor Tabatha wieder zu äpfeln anfängt.«

Während Ray seine Gummistiefel am Eingang abstreifte, nahm er das Thema wieder auf: »Manchmal ist wichtiger, was die Leute verschweigen, als was sie verraten. Und mein Bauch sagt mir, dass beide, Frau Kölln und ihr Detektiv, mehr wissen, als sie preisgeben. Setzen wir uns doch in die Bibliothek.«

In einem düsteren Raum mit übermannshohen Regalen ließen sie sich in zwei Ohrsessel fallen. Ray hielt ihm gleich einen Vortrag über Kreationismus, eine religiös motivierte Bewegung, deren Ziel es war, wissenschaftlich zu beweisen, dass die Erde – genau wie in der Bibel beschrieben – von Gott erschaffen worden und erst sechs- bis zehntausend Jahre alt sei. Tiere, Pflanzen, alle Lebewesen wurden in den Augen der Kreationisten genau so erschaffen, wie sie heute aussehen. Für sie gab es keine Entwicklung über Millionen von Jahren, in denen Wassertiere zu Landbewohnern wurden.

Die Kreationisten nannten ihre Theorie später *Intelligentes Design*, und den Begriff Gott ersetzten sie mit einem *intelligenten Designer*, um sie als wissenschaftlichen Ansatz zu verkaufen.

»Die Evolutionstheorie von Darwin, nach der sich die Lebewesen allmählich durch einen Selektionsprozess über Jahrmillionen entwickelt haben, halten sie für einen groß angelegten Schwindel«, erklärte Ray. »Manche Kreationisten möchten das Intelligente Design mindestens als gleichwertige Theorie im Biologieunterricht einführen und dann – so hoffen sie wahrscheinlich – die Evolutionstheorie verdrängen.«

Lester erinnerte sich an den Artikel über Tiktaalik, den kanadischen Fisch mit Flossen, die aussahen wie Füße und mit denen er an Land wandern konnte. Wie erklärten sich die Kreationisten wohl diese Kreatur?

Ray holte ein Buch weit oben aus dem Regal, auf dem Lester den Namen Darwin erkannte. »Du weißt schon, laut Darwin besitzen Menschen und Affen dieselben Vorfahren, und das können manche Kreationisten nicht verwinden. Sie meinen, das verstoße diametral gegen die Würde des Menschen. Persönlich fürchte ich, die Affen müssten sich manchmal der

Menschen schämen, wenn man bedenkt, wozu Menschen fähig sind.«

Lester streckte seine langen Beine aus.

»Natürliche Auslese, ich weiß. Hatten wir alles in Biologie. Aber – zum x-ten Mal – was hat das nun mit Roland zu tun?«

»Ich hab keine Ahnung. Vielleicht hat ihn das Thema interessiert. Die Kontroverse ist ja auch wichtig. Vielleicht wirst du eines Tages einen Sohn oder eine Tochter haben, denen man im Klassenzimmer erzählt, die Welt sei vor sechstausend Jahren innerhalb von genau sechs Tagen erschaffen worden.«

»Das glaubst du doch selbst nicht.«

»Lester, manche Experten fürchten, dass wir an der Schwelle zu einem neuen Mittelalter stehen, weil solche Theorien immer mehr Anhänger finden. Und so abwegig sind ihre Befürchtungen nicht. Es gibt starke und gut finanzierte Bestrebungen, Darwin als Schwindler und Bösewicht hinzustellen.«

»Bist du jetzt auch einer Verschwörungstheorie auf den Leim gekrochen?« Lester machte es Spaß, seinen Onkel herauszufordern.

Der reagierte indes nonchalant.

»Wir werden ja sehen, du Naivling. Nun zurück zu Togg und Kölln und der Signora aus Italien. Einer der Wissenschaftler aus den USA, die die anderen bei der Brüsseler Konferenz nicht dabeihaben wollten, ist Anthropologe. Er hat sich nie offiziell als Kreationist geoutet, aber er sagte in einem Interview, Darwins Evolutionstheorie sei nur eine Theorie wie andere auch, und sie sei überhaupt nicht bewiesen, weil wir ja am Anfang der Schöpfung nicht dabei gewesen seien und wir die Evolution im Labor nicht nachvollziehen könnten, so wie es bei wissenschaftlichen Experimenten sonst der Fall sei.«

»Da hat er recht, wir waren nicht dabei. Und sie heißt tatsächlich immer noch *Theorie*.«

»Darwin ist nicht das Theater, Lester. Darwins Theorie gibt es schon seit hundertfünfzig Jahren, länger als die meisten anderen revolutionären Theorien, und sie hat bis heute im Grundsatz Bestand. Je mehr wir herausfinden, desto mehr bestätigen sich Darwins Erkenntnisse. In der Wissenschaft bedeutet das Wort Theorie nicht dasselbe wie im Alltag.«

Ray Debuisson schenkte sich noch einen Brandy ein, Lester erbat sich einen Tee.

»Gleich, gleich. Lass mich noch zu Ende erzählen. Ich habe gelesen, dass es in den Vereinigten Staaten ein Museum der Kreationisten gibt, in dem auf Schautafeln behauptet wird, es gebe keine Beweise dafür, dass Fossilien Millionen von Jahren alt seien. Auf der anderen Seite halten es diese Leute allerdings für möglich, dass Dinosaurier auf Noahs Arche Platz fanden.«

»Wie denn das?«

»Noah habe einfach Dinosaurier-Babys mitgenommen.«

Lester lachte und schüttelte den Kopf.

»Die können von mir aus ja glauben, was sie wollen. Es geht doch nur darum, wie man sich die Welt und unsere Existenz erklären soll!«

Ray Debuisson schüttelte den Kopf. »Für dich ist es vielleicht nur eine Theorie, aber für viele Leute ist es eine absolute Glaubensfrage. Sie sehen Darwins Evolutionstheorie als Verrat an der Bibel, die sie wörtlich interpretieren. Als Verleugnung ihres fundamentalistischen Glaubens. Die Evolutionstheorie ist für sie ein Werk des Satans.«

»Aber Togg und Kölln und Tramon haben sich ja nicht direkt gegen den Kreationismus gewandt. Sie haben nur, wenn ich es richtig verstehe, die Wissenschaftlichkeit der Methoden dieser Forscher angezweifelt.«

»Das mag sein. Ich vermute aber, dass die Kontroverse um den Ausschluss dieses amerikanischen Anthropologen der Ausgangspunkt gewesen sein könnte.«

»Was meinst du damit?«

»Ich glaube nicht, dass die Attentate auf Kölln und Togg direkt damit zu tun hatten. Es ist jedoch vorstellbar, dass der Streit das Augenmerk gewisser Leute erst auf Togg und Kölln gelenkt hat. Mancher Leute, die vorher gar nichts von der Existenz der beiden wussten. Oder nicht ahnten, wie prominent und anerkannt sie waren. Zum Beispiel Extremisten, die die beiden nun plötzlich als mögliches Ziel für ihre bösen Absichten entdeckten.«

Die Worte seines Onkels erinnerten Lester an Friedrich Elchs Andeutungen. Vielleicht lag Ray Debuisson gar nicht so falsch.

»Du denkst also, militante christliche Fundamentalisten in den USA sind auf die beiden aufmerksam geworden? In Europa kannte man sie ja schon lange. Aber … das ist doch absurd! Wer interessiert sich schon in den USA für zwei europäische Wissenschaftler?«

»Nun, es gibt genügend religiöse Extremisten dort, die Europa für einen Sündenpfuhl halten. Die liberale Haltung mancher europäischen Regierungen sehen sie als gefährlich an. Denk nur an die gleichgeschlechtliche Ehe, die Emanzipation der Frau, Abtreibung, den entspannteren Umgang mit Sex, Aufklärungsunterricht an den Schulen, die liberalere Drogenpolitik. Das kam alles in Europa viel früher.«

»Das haben wir in Kanada aber auch«, wandte Lester ein.

»Heute schon. Einige Amerikaner nehmen offenbar Europa dennoch als Bedrohung ernster. Vielleicht, weil sie über Kanada gar nicht viel wissen. Kürzlich las ich ein interessantes Zitat. Da hieß es, in Europa hätten sich die Ideen der Aufklärung verbreitet, während die USA nach der Amerikanischen Revolution in der zweiten Hälfte des achtzehnten Jahrhunderts ein einzigartiges protestantisches Land geworden seien, in dem die Bibel eine entscheidende Rolle spiele.«

»Das kann ja auch sein Gutes haben«, sagte Lester, der sich in der Rolle des Advocatus Diaboli gefiel.

»Lester, ich spreche hier nicht von Menschen wie zwei meiner engsten Freunde, die ihren Glauben Tag für Tag durch gelebte Nächstenliebe ausdrücken. Meine Freunde betreuen Gefängnisinsassen, fahren mit ihrem Auto zu alten und gebrechlichen Leuten und verteilen Mahlzeiten, sie sammeln Geld für Obdachlose. Und sie laden mich zu ihren Gartenpartys ein, obwohl ich mich wie ein alter Heide benehme. Nein, ich spreche von extremistischen Fundis, die Gewalt und Intoleranz und Zerstörung predigen und ihren Gegnern den Tod wünschen. In diesem Fall denk ich aber, dass die Sache komplizierter ist.«

»Warum?«

»Ganz einfach. Weil weder die Ermittler in der Schweiz noch in Deutschland auf eine heiße Spur gestoßen sind. Wenigstens wissen wir nichts davon. Wenn die Sache so einfach wäre, hätten die den oder die Mörder schon längst gefasst.« Ray stellte Darwins Buch wieder ins Regal und redete dabei weiter: »Wenn Togg und Kölln Opfer von gezielten Mordanschlägen geworden sind, dann wirst du die Namen der Verbrecher nicht in den Medien finden oder im Internet lesen können. Die Drahtzieher wissen ihre Spuren zu verwischen. Sie legen sich ein Deckmäntelchen um. Sie verschwinden im Dickicht der Normalität.«

»Und was ist mit Roland?«

»Lass mir bis morgen Zeit. Du hast mir viel Material auf den Tisch gelegt, mein Lieber. Und ich muss jetzt den restlichen Zoo füttern. Du kannst dir einen Tee aufbrühen. Dorothy hat uns eine fertige Shepherd's Pie in den Kühlschrank gestellt. Die schieben wir nachher in den Ofen.«

Bei der Tür drehte er sich nochmals um. »Ach ja, was Rainer Liebling betrifft, da hab ich etwas herausgefunden – falls du das noch hören willst.«

20

Bei jedem Schuss bäumte sich Swansong auf und machte eine Vierteldrehung. Tia zog die Zügel an, so gut sie konnte. Jede Sekunde rechnete sie damit, dass die Stute in Panik losgaloppieren würde. Aber sie hob nur kurz die Vorderläufe und stand dann jedes Mal wieder fest. Pferd und Reiterin drehten sich im Uhrzeigersinn um ihre eigene Achse.

Aus den Augenwinkeln nahm Tia einen viel wilderen Tanz wahr. Desperado bockte und schlug nach allen Seiten aus. Und dann galoppierte er los.

Als die Schüsse verstummten, schien Swansong sich zu beruhigen. Tia schaute voller Schrecken um sich. John und Desperado waren aus ihrem Blickfeld verschwunden. Panisch suchten ihre Augen die Umgebung ab.

Nichts. Reiter und Pferd waren nirgendwo zu sehen. Wie war das möglich? Sie konnten sich doch nicht einfach ohne sie davongemacht haben. Noch bevor sich dieser Gedanke in ihrem Kopf festkrallen konnte, hörte sie einen Laut, der ihr durch Mark und Bein fuhr.

Einen Schrei. Dann rollende Steine und ein hartes Splittern. Ein dumpfer Knall. Swansong bäumte sich wieder auf. Diesmal wieherte die Stute laut. Tia ließ die Zügel nicht los. Instinktiv wusste sie, dass es ihre einzige Chance war, oben zu bleiben. Sie wollte nicht von einem galoppierenden Pferd in den Tod gerissen werden. Ihr Kopf, ihr Körper konzentrierten sich nur auf das eine Ziel: Swansong musste sich beruhigen. Und das konnte das Pferd nur, wenn sie die Oberhand behielt.

Sie war nicht mehr Tia, sondern verwachsen mit diesem Tier unter sich, ein Pferdemensch. Jetzt hörte sie keine Schüsse mehr, keinen Hufschlag. Auch Swansong lauschte, die Ohren nervös aufgerichtet. Stille. Sie kam Tia wie eine Ewigkeit vor. Das Pferd schüttelte die Mähne und hielt sich dann ruhig.

Tia nutzte den Augenblick. Vorsichtig löste sie den rechten Fuß aus dem Steigbügel. Swansong legte die Ohren nach hinten.

»Gutes Mädchen«, sagte Tia, »gutes Mädchen.« Dann zog sie das Bein über den Sattel und rutschte unsanft auf den Boden. Ihr Rucksack, den sie am Sattel befestigt hatte, hing schief am Pferd herunter. Mit zitternden Fingern griff sie nach ihm, und er plumpste hart auf dem Boden auf. Das war ein Fehler. Swansong scheute und trat einen großen Schritt zurück. Tia entglitten die Zügel.

Als sie rasch nach ihnen fassen wollte, zuckte die Stute nochmals zurück. Tia machte einen Satz. Ihre Hast, das erkannte sie im selben Moment, machte alles nur schlimmer. Swansong bäumte sich auf und ergriff die Flucht. Es ging so schnell, dass Tia nur noch Hufe hörte, die sich in Windeseile entfernten.

Ihr war, als sei ihr der letzte Schutz genommen. Der lebende Schild zwischen ihr und der Bedrohung, die sie erst jetzt richtig zu fürchten begann. Die Konzentration auf das Pferd, die sie zusammengehalten hatte, brach zusammen.

Sie schaute verzweifelt um sich, um eine Spur von John oder Desperado zu entdecken. In diesem Moment knallten wieder Schüsse.

Die Panik packte sie. Sie rannte los, auf ein paar Felsbrocken zu. Sie rannte auch noch, als sie längst keine Schüsse mehr hörte. Ihr Ziel schien unendlich weit weg und ihre Trekkingschuhe fühlten sich wie Bleigewichte an. Endlich erreichte sie eine Lücke zwischen zwei Felsen, dort sank sie in die Knie. Sie kauerte sich hin und schnappte ächzend nach Luft.

Irgendwoher hörte sie Pferde. Hufe auf Erde und Gestein. Sie kamen näher, und Tia drückte sich tiefer in die Nische. Unwillkürlich hielt sie den Atem an. Sie durfte sich nicht durch Geräusche verraten.

Jäh durchfuhr sie eine wilde, verrückte Hoffnung. Vielleicht war es John, der sie suchte! Vielleicht hatte er Swansong eingefangen. Es klang deutlich nach mehreren Pferden.

Aber John würde ihren Namen rufen, er würde ganz laut ihren Namen rufen.

Das Hufgeklapper wurde leiser. Es entfernte sich. Tia wartete.

Sie schrak zusammen, als ein Schuss durch die Stille peitschte.

Ihr Herz setzte aus. *Sie haben John. Sie haben ihn gefunden und erschossen. Das sind Killer. Mein Gott, sie haben John getötet!*

Tia fühlte kalten Angstschweiß auf ihrer Haut. Sie musste von hier weg, so schnell wie möglich. Sie musste in den Schutz des Waldes gelangen, den Weg zur Ranch zurückfinden.

Der Rucksack. Wo war ihr Rucksack? Sie hatte ihn vergessen! Dort, wo er vom Pferd gefallen war. Die Killer würden ihren Rucksack finden, nach ihr suchen. Sie musste weg.

Ihr Puls raste. Sie war keine Kämpferin, sie war ein Fluchttier wie Swansong. Flucht war ihre einzige Rettung.

Sie löste sich aus der Nische, tastete sich vorsichtig aus ihrem Versteck. Ihre Augen wanderten über den Grat, die Hügel, an den Felsen hoch. Sie schob sich an den Felsspalten entlang, immer bereit, sofort darin zu verschwinden. Meter um

Meter arbeitete sie sich vor, ohne die Umgebung aus den Augen zu lassen. Immer wieder hielt sie inne, versuchte, das leiseste Geräusch, die kleinste Bewegung wahrzunehmen. Aber sie hörte nur den Wind, der sich an der rauen Landschaft scheuerte.

Schon nach kurzer Zeit kam ihr ringsum nichts mehr vertraut vor. Lief sie überhaupt in Richtung Ranch? Sie besaß kein gutes Orientierungsvermögen, fand sich in unbekannten Städten schlecht zurecht. Hier sah alles so fremd aus. Sie entfernte sich vom Canyon, was ihr richtig erschien, aber eigentlich hätte der Grat längst hinter ihr liegen müssen. Gehetzt marschierte sie weiter.

Sie fühlte ihre Füße anschwellen. Der aufgewirbelte Staub kratzte ihr in der Kehle. Die Wasserflasche befand sich im Rucksack. Sie griff in die Brusttasche ihrer Fleecejacke. Feldstecher, Taschenlampe, Taschentücher. Schweizer Kräuterbonbons. Gierig steckte sie sich einen Bonbon in den Mund.

Sie wagte nicht anzuhalten, preschte weiter. Weiter. Weiter.

Hoffnungsvoll umrundete sie einen gezackten Vorsprung, und plötzlich lag die offene Landschaft vor ihr, die sie am Morgen durchritten hatten.

Am Morgen. Wie lange schien das her. Sie hatte das Gefühl, seit Stunden unterwegs zu sein.

Sie sah auch das Waldstück in der Ferne, von dem sie die Distanz zur Ranch auf etwa zwei Stunden schätzte. Auf dem Pferderücken. Aber sie war zu Fuß.

Sie musste einen Umweg gemacht haben. Einen großen Umweg.

Sie suchte die Linien und Flächen in der Landschaft sorgsam ab, konnte aber auch mit dem Feldstecher keinen Menschen entdecken. Auch kein Pferd. Wo war Swansong?

Ihre Augen schmerzten vor Trockenheit. Nicht weit von hier hatten sie einen Bach überquert. Sie versuchte, die Stelle zu orten. Doch was war das? Ein dumpfes Dröhnen, das den Wind übertönte.

Der Hubschrauber!

Sie lief hinter einen gezackten Vorsprung zurück und duckte sich. Hoch am Himmel erspähte sie den brummenden Punkt. Sie hörte, wie der Hubschrauber eine Schleife über der Landschaft zog und sich in die andere Richtung entfernte.

Sie konnte unmöglich die offene Ebene überqueren, die ihr keinerlei Deckung böte. Aber sie musste den Wald erreichen, es blieb ihr nichts anderes übrig. Der Gedanke, dort die Nacht mit wilden Tieren zu verbringen, schreckte sie weniger als die Gefahr, die von Menschen mit Schusswaffen ausging.

Den Hubschrauber konnte sie nicht mehr hören, nur noch den Wind.

Sie dachte an ihre Mutter. Nur kurz. Dann dachte sie an John. Ihr Herz fing an zu hämmern. Um sich abzulenken, knipste sie die Taschenlampe an. Die Birne leuchtete auf. Das kleine Ding ließ sie nicht im Stich.

Als es dunkelte, begann sie den Abstieg über die spärlich bewachsenen, zerfurchten Hänge. Unter der dünnen Erdschicht spürte sie den felsigen Untergrund. Sie fand sogar den Bach und trank gierig aus der hohlen Hand. Ein unerwartetes Glücksgefühl erfüllte sie. Wasser!

Sie lief weiter. Die Müdigkeit fraß sich in ihre Glieder. Immer wieder stolperte sie. Einmal fiel sie hin. Blutige Kratzer blieben auf den Innenflächen ihrer Hände zurück. Es war schon so dunkel, dass sie ihre Schritte langsamer setzen musste.

Der Wald schien nicht näher zu kommen, obwohl sie ihn nach ihrer Einschätzung schon längst hätte erreicht haben müssen. Die hügelige Landschaft täuschte über die wahren Distanzen hinweg. Der Wind blies ihr kalt durchs Haar. Erschrocken stellte sie fest, dass sich in der Ferne die Umrisse des Waldes aufzulösen begannen. Sie konnte ihr Ziel nicht mehr erkennen!

Wieder packte sie die Panik. Sie wollte nicht hier stecken bleiben. Sie wollte sich nicht verirren. Die Ranch lag irgendwo hinter diesen Hügeln. Dort war sie sicher. Dort musste sie hin.

Sie schaute zum Himmel hoch. Keine Sterne. Alles bedeckt. Nur tief über dem Horizont, weit entfernt, ein verschwommener Stern. Er bewegte sich. Ein Komet? Er flackerte, verschwand, erschien wieder. Nein, zwei Sterne.

Sie schaute angestrengt in die Richtung. Das war … das waren doch – Scheinwerfer! Ein Fahrzeug. Eine Straße. Das musste die Straße zur Ranch sein.

Diese Straße wäre für sie wahrscheinlich leichter zu erreichen als der Wald, überlegte sie.

Eine Stimme in ihr sagte: Fata Morgana. Aber sie wischte die Stimme weg. Sie war doch nicht in der Wüste. Sie war doch nicht durchgedreht. Da leuchteten Scheinwerfer.

Wie von einer unsichtbaren Hand gesteuert, hielt sie darauf zu. Sie spürte die Füße nicht mehr, die kalten Ohren nicht mehr, sie verdrängte Hunger und Durst. Sie lief wie ein Roboter auf die wandernden Lichter am Horizont zu.

Sie ließ ihre Taschenlampe nun ständig an, so dunkel war es geworden. Mechanisch bewegte sie sich vorwärts, Schritt für Schritt für Schritt. Sie hatte aufgehört zu denken. Sie war nur noch Materie. Eine erschöpfte, kämpfende Fortbewegungsmaschine.

Nicht aufgeben. Weiterlaufen. Die Lichter. Noch sind sie da.

Aber nein, sie sind weg! Das war ihre Taschenlampe gewesen. Hatte sie ihre Taschenlampe für Scheinwerfer gehalten?

Sie starrte wie betäubt auf den Lichtkegel vor ihren Füßen. Da war kein Gras. Da war festgestampfte Erde. Das waren Fahrrinnen. Die Straße. Sie stand auf der Straße.

Lautlos knickte sie zusammen. Zu erschöpft, um die Taschenlampe auszuknipsen.

Nur noch ausruhen. Nicht mehr laufen. Nicht mehr fliehen.

Sie hörte ein Motorengeräusch. Versuchte sich aufzurichten. Schwenkte ihre Taschenlampe auf und ab.

Ein Auto bremste. Eine Tür ging auf. Rasche Schritte.

Eine Person sprach auf sie ein. Arme packten sie.

Sie blickte auf.

Sie blickte in das Gesicht im Licht der Scheinwerfer.

Sie blickte in Xaviers Gesicht.

21

Am Morgen führte Lester in Lincolnshire zwei Telefongespräche.

Das mit seiner Mutter dauerte eine halbe Stunde, und es drehte sich zuerst um das Theater, die Schönheiten Berlins und sein Befinden. Darauf unterhielt sie ihn mit Anekdoten aus ihrem Berufsalltag und schließlich nahm sie amüsiert die Neuigkeiten von der Hobbyfarm ihres Schwagers Ray und dessen neuer Liebe zur Kenntnis.

Alles andere ließ Lester aus, er war überzeugt, dass er seine Mutter zu diesem Zeitpunkt nicht damit belasten konnte.

Das zweite Gespräch, mit Corinne Voney, war eine Sache von zwei Minuten. Er bat sie, ihm einen Besuch bei Verena Togg zu ermöglichen. »Ich rufe Sie in drei Stunden auf Ihrem Handy an«, erwiderte sie.

Als er später seinem Onkel dabei half, Tabatha zu striegeln, meldete sich Corinne wieder.

»Frau Togg verbringt gerade einige Tage Urlaub bei ihrer Mutter in der Zentralschweiz. Aber sie würde Sie gern treffen. Ich werde Sie auf dem Flughafen Zürich-Kloten abholen und mit Ihnen dort hinfahren. Geht Dienstag?«

»Ich denke schon. Ich werde den Flug gleich buchen. Das freut mich«, sagte Lester. »Beides freut mich.«

Ray Debuisson bedachte ihn mit einem vielsagenden Blick über den Rücken der Stute hinweg.

»Liebling heißt Darling auf Englisch, nicht wahr?«, fragte er.

Lester sah ihn verwirrt an, in seinen Ohren hallte Corinnes verführerische Stimme nach.

»Rainer Liebling, erinnerst du dich?«

»Ach, das meinst du«, sagte Lester und griff erneut zur Bürste.

Sein Onkel setzte sich auf einen Strohballen in der Ecke des Stalls.

»Ich konnte etwas durch einen alten Regierungskontakt herausfinden. Frag mich nicht, durch wen, ich kann es dir nicht verraten. Rainer Liebling arbeitete jedenfalls als Archivar für eine internationale Kinderhilfsorganisation. Es ist kein Zufall, dass Roland diesen Mann wegen seiner Ausstellung über Kindersoldaten kontaktiert hat. Liebling hat gegen den Missbrauch von Jugendlichen für militärische und politische Zwecke gekämpft. Die Leute seiner Organisation infiltrieren offenbar alle möglichen extremen Gruppen, wie es verdeckte Agenten tun. Sie haben auch eine radikale religiöse Organisation in den USA unterwandert, die Teufelsaustreibungen bei Jugendlichen durchführt und sie extremen Situationen aussetzt – mit Schlafentzug, Erniedrigungen, Isolation von ihren Familien und Psycho-Drogen.«

»Gehirnwäsche?«

»Ja, gemeinhin nennt man das Gehirnwäsche. Es gibt einen Dokumentarfilm darüber, gedreht mit versteckter Kamera, vielleicht erinnerst du dich ... es war die Sache mit Sal Merrick ...«

»Merrick? Der damals für das Amt des amerikanischen Präsidenten kandidiert hat? Ja, ich erinnere mich.«

»Merrick ist über die Sache gestolpert, weil er Schirmherr dieser umstrittenen Organisation war. Gutes Gedächtnis, Lester. Du beschäftigst dich also nicht nur mit König Lear und *Star Trek*.« Ray Debuisson lachte. »Also weiter mit Rainer Liebling ...«

»War Liebling an dem Dokumentarfilm beteiligt?«

»Ja, er und ein paar andere – ich weiß nicht genau, wer. Auf alle Fälle war er dabei.«

Tabatha schnaufte vergnügt. Sie genoss die Massage mit der Bürste. Lester wandte sich ihrer Mähne zu.

»Vielleicht ist ihm das zum Verhängnis geworden«, sagte er.

Sein Onkel erhob sich von dem Strohballen. »Wenn Roland ihn in Berlin besucht hat, dann ist er vielleicht dadurch ins Visier von Leuten geraten, die auch Liebling im Visier hatten.«

Zwei Tage später, auf dem Weg zum Flughafen Heathrow, hielten sie im Stadtzentrum von Lincoln. Lester brachte ein Paket mit den restlichen Kopien von Rolands Unterlagen zur Post, adressiert an Friedrich Elch. Sein Onkel hatte Lester überzeugt, dass die Papiere in die Hände von Fachleuten gehörten, denn er, Ray Debuisson, sei mit seiner Weisheit am Ende.

»Wenn Silver Shaughnessy nicht gewollt hätte, dass du die Dokumente an die Ermittler weitergibst, dann hätte sie dir die Papiere nicht überlassen«, lautete sein Urteil. In seinen Augen konnten die Unterlagen der Schlüssel zu Rolands Ermordung sein. Lester gab nach. Bei seiner Rückkehr nach Kanada wollte er die Originale der kanadischen Polizei RCMP zukommen lassen. Aber bis dahin hatte er vor, seine Nachforschungen weiter voranzutreiben.

»Pass auf dich auf«, sagte der Onkel, als er Lester auf dem Flughafen aus seiner bärenhaften Umarmung entließ. »Und lass es mich wissen, wenn dieser deutsche Elch sich bei dir gemeldet hat.«

Lester fiel noch etwas ein. »Sag mal, kannst du dich zufällig erinnern, worüber meine Eltern grundsätzlich unterschiedlicher

Meinung waren? Roland hatte mal gegenüber Oshona eine Bemerkung fallen lassen. Es muss ihn beschäftigt haben.«

Ray Debuisson legte die Stirn in Falten. »Und du willst auf der Stelle eine Antwort? Du liebe Güte, das ist die schwierigste aller Fragen, die du mir in den letzten Tagen gestellt hast.«

»Denk mal drüber nach und melde dich«, sagte Lester und drückte den Arm des Onkels, bevor er zur Sicherheitskontrolle eilte.

Im Flugzeug nach Zürich überwältigte ihn plötzlich das Verlangen, mit seinem toten Bruder zu sprechen. Antworten von ihm zu erhalten. Ihn viel besser kennenzulernen, als es ihm je ein Bedürfnis gewesen war, als Roland noch lebte. Die Gewissheit, dass es nicht mehr möglich war, erfüllte ihn mit tiefer Traurigkeit. Nur die Aussicht, Corinne Voney wiederzusehen, tröstete ihn etwas.

Auf dem Flughafen Zürich-Kloten fielen ihm die riesigen Leuchtreklamen der Banken, Versicherungen und Luxushotels auf, die ihre Botschaften auf Englisch kommunizierten. In der Untergrundbahn, die ihn zur Gepäckausgabe brachte, lauschte er einem seltsamen Klanggewirr aus Glocken, Hornstößen und einem urtümlichen Chor. »Welcome to Zurich«, tönte eine Computerstimme.

»Welche Sprache wird hier eigentlich gesprochen?«, fragte er Corinne, die noch hübscher aussah als in seiner Erinnerung. Sie trug eine hellgrüne taillierte Jacke, ein weißes T-Shirt und eine weich fallende schwarze Hose. Lester konnte sich nicht entsinnen, dass er je die Farbe Grün an einer Frau aufregend gefunden hätte – bis zu diesem Moment.

»In Zürich ist es Schweizerdeutsch, aber alle verstehen Hochdeutsch, wie es in Deutschland gesprochen wird.« In Lesters Ohren klang sie sehr geschäftsmäßig. Vielleicht hatte er sich zu viel versprochen.

Sie führte ihn zu einer unterirdischen Parkebene, wo ihr weißer Kleinwagen stand.

»Zürich kann ich Ihnen heute leider nicht zeigen, wir fahren direkt nach Luzern«, sagte sie.

Der zähe Verkehr durch Zürichs Randbezirke lag schon hinter ihnen, als sie auf Verena Togg zu sprechen kam. »Wenn Sie morgen Frau Togg treffen, wird Sie mit Ihnen sicher offen über den Tod ihres Mannes sprechen. Was ihre Tochter betrifft, sollten Sie aber zurückhaltend sein. Warten Sie am besten, bis sie von sich aus auf Carmen zu sprechen kommt. Ihre Tochter ist ein delikates Thema, wenn Sie verstehen, was ich meine.«

Lester verstand. Corinne erforschte sein Gesicht.

»Wahrscheinlich haben Sie diese Situation schon bei Frau Kölln angetroffen, nicht wahr?«

Lester sah sie fragend an.

»Ich meine«, sagte Corinne mit ihrer frischen Stimme, »Frau Kölln hat wahrscheinlich nicht über ihren Sohn gesprochen. Sie tut das nie, außer mit Freunden.«

»Wie – Frau Kölln hat einen Sohn?«

»Ja, wussten Sie das nicht?«

»Ich hatte keine Ahnung!«

»Oh.« Sie zögerte. »Eigentlich ist das nicht verwunderlich. Sie hat ihn immer gut versteckt.«

Sie rasten über die Autobahn, ein See und Siedlungen mit sehr alten Chalets und neuen Wohnblöcken flogen vorbei.

»Er ist ihr Adoptivsohn, Harald heißt er. Sie nennen ihn Harry – ich will sagen, Frau Kölln nennt ihn so. Ich hab mal gehört, dass er nicht mehr in Deutschland lebt, sondern in den USA, aber ich kann mich irren. Er war schon vor dem Tod seines Vaters dort, ein Austauschjahr für Studenten, und ist offenbar hängen geblieben. Als das mit seinem Vater passierte – ich denke, da war Frau Togg vielleicht ganz froh darüber, dass

Harry weit weg ist. Ich meine … wahrscheinlich denkt sie, dass er in Amerika sicherer ist als in Berlin.«

Lester erinnerte sich an Ray Debuissons Bemerkung: ›Manchmal ist wichtiger, was die Leute verschweigen, als was sie verraten.‹

Die Nähe zu Corinne verwirrte ihn irgendwie. Er konnte ihr dezentes Parfüm riechen. Besser, er konzentrierte sich auf das Gespräch.

»Ich hab gelesen, dass die Polizei in Bern den Verdacht hegt, ein Student hätte Herrn Togg umgebracht. Ist das so?«

»Offiziell ist das immer noch eine der Möglichkeiten. Der Student hat sich zwei Tage nach dem Mord an Kurt Togg aufgehängt. Er hinterließ seinen Eltern einen Brief. Wenn ich mich richtig erinnere, schrieb er, er würde von seinen Professoren diskriminiert werden, das seien alles Halunken und er halte den Druck nicht mehr aus. Aber inoffiziell, glaube ich, hält ihn die Polizei überhaupt nicht für einen potenziellen Mörder, weil … Der Student hat zwar Vorlesungen bei Kurt Togg besucht, ihn aber nirgendwo mit Namen im Abschiedsbrief erwähnt. Der Student hat schon früher … er hatte irgendwelche psychischen Probleme. Zwar weiß man nicht, wo er sich während der Tatzeit aufhielt. Aber bei ihm wurde weder die Tatwaffe oder sonst ein konkreter Hinweis gefunden. Die Eltern des Studenten sagten zudem aus, er hätte gar nicht mit einer Schusswaffe umgehen können, geschweige denn einen gezielten Schuss auf jemanden abgeben. Nur – ganz ausschließen kann man es natürlich nicht.«

Das Hotel, das Corinne für ihn gebucht hatte, lag an einem großen See in einem Ort namens Stansstad. Der Name erinnerte ihn an die kanadische Stadt Stanstead, in der die Grenze zu den USA mitten durch das Bibliotheksgebäude verläuft.

Die Rezeptionistin informierte ihn, dass die Gäste die Ruderboote des Hotels kostenlos benutzen dürften. Ihn packte die Lust, aufs Wasser hinauszurudern.

»Kommen Sie mit?«, fragte er Corinne.

»Leihen Sie mir einen Pullover aus?«, fragte sie zurück.

Der See war glatt wie ein Spiegel, wenn nicht gerade ein sanftes Lüftchen darüberblies. Die Dörfer und grünen Hänge und die Autobahn, deren dumpfes Rauschen nicht zu der Idylle passte, spiegelten sich auf dem Wasser. Es war, als ob die bewaldeten Berge ihre Nase ins glitzernde Wasser tunkten. Je länger sie ruderten, umso weniger formal sprach Corinne mit ihm, was ihn sehr erleichterte.

Sie erzählte von den Ferien mit ihrer Familie an diesem See, dem *Lake Lucerne*. Sie wuchs als einziges Mädchen mit vier Jungs auf. Ihr Vater, so verriet sie Lester, war ein bekannter Bühnenbildner. Robert Pless. Lester ließ die Ruder vor Überraschung auf die Wasserfläche klatschen. »Natürlich«, rief er. »Robert Pless ist mir ein Begriff.«

Schon wieder ein Name, der mit R anfing. Ein Satz blitzte in seinem Geist auf.

Kidkaboolue. Stongy. März. R. fragen.

»Meine Eltern haben sich scheiden lassen und ich habe darauf den Namen meiner Mutter angenommen«, erzählte Corinne. »Eine Protesthandlung. Aber heute komm ich mit Papa wieder gut aus.« Sie schaute nachdenklich in die Ferne, wo ein großes, altes Dampfschiff seine Bahnen zog. Interessiert sah sie ihn an. »Wenn Sie sich an Ihren Vater erinnern, woran denken Sie?«

Wie seltsam. Niemand hatte ihm je diese Frage gestellt. Als müsste man ihn schonen.

Sein Vater war oft weg gewesen, unterwegs auf seinen Segelabenteuern. Wenn er zu Hause war, wetteiferten die Kinder um Philippe Debuissons Zeit und Aufmerksamkeit.

Lester zog die Ruder kraftvoll durch. Bilder tauchten vor seinem inneren Auge auf. Sein Vater spielt Tischtennis mit ihm. Er lehrt Lester und Roland Karate. Er besucht mit Mama eine Theatervorstellung in Lesters Schule, als sein zwölfjähriger Sohn auf der Bühne steht. Früher noch: Sie bauen Drachen, füttern eine Igelfamilie im Garten, gehen zusammen zur Inlineskating-Anlage.

»Vater war Segler, aber wir waren oft mit dem Kanu unterwegs, in den Nationalparks, und haben irgendwo unser Zelt aufgestellt.« Lester lächelte. »Roland und ich, wir sind gepaddelt bis zum Umfallen, weil keiner von uns als Erster aufgeben wollte. Wir wollten beide Dad imponieren.«

Während sie weiterredeten, ruderte er auf das Ufer zu. Corinne sah in seinem Pullover, der ihr viel zu groß war, anrührend und bezaubernd aus. Ihr braunes Haar lockte sich weich um ihr Gesicht und gab ihr etwas Verschmitztes. Er konnte sich an ihr nicht sattsehen. Im Hotel lud er sie zum Essen ein, weil er sie noch länger um sich haben wollte.

Erst zu nächtlicher Stunde fand er sich ziemlich beschwingt in seinem Hotelzimmer wieder. Corinne hatte ihn diesmal nicht zu Bier, sondern zu einem edlen Tropfen vom Genfersee überredet. Vor dem Zubettgehen sah er seine E-Mails durch. Nichts von Friedrich Elch oder Thomas Kellergast. Aber Jan Kosters Name erschien im Posteingang. *Ich habe diese Nachricht von einem mir unbekannten Absender mit der Bitte erhalten, sie an den ›Kanadier aus Toronto‹ weiterzuleiten*, schrieb er. *Ich hoffe, dass es dir gut geht, wo immer du dich befinden.*

Lester überprüfte den Absender der Originalmail. Eine beliebige Adresse. Die Mail könnte einen Virus enthalten. Trotzdem öffnete er den Anhang. Ein Foto, das zwei Männer zeigte, einer vielleicht achtzehn Jahre alt, mit militärisch kurzem Haarschnitt, der andere ungefähr Mitte vierzig, das wallende Haar fast schulterlang. Lester überflog die englische Bildunterschrift: *Jacob Holes von der Kirche des Heeres der Unbesiegbaren Engel.*

Obwohl er nicht mehr so klar im Kopf war, kombinierte er ziemlich rasch, dass es nur eine Person gab, die seine Verbindung zu Jan Koster kannte und Jans E-Mail-Adresse besaß: Alma Liebling.

Er suchte den Namen Jacob Holes im Internet. Tatsächlich tauchten zahlreiche Einträge auf. Jacob Holes schien ein Förderer des Basketballs in den USA zu sein, und – wenn man den Berichten glauben wollte – er war ein bekannter Wohltäter auch auf anderen Gebieten. In einem Zeitungsartikel tauchte er als Kritiker von vorehelichem Sex, Eheschließungen zwischen Homosexuellen und der Filmindustrie in Hollywood auf. Nichts, was ihn in Lesters Augen von vielen anderen selbst ernannten Kirchenführern unterschied. Erwähnt wurde auch, dass Holes eine erfolgreiche Investmentfirma, einen exklusiven Golfplatz, Immobilien in Dubai und beträchtliche Beteiligungen an einer bekannten Rüstungsfirma besaß.

Er beschloss, der Sache auf den Grund zu gehen, wenn er ausgeschlafen hatte.

22

Am Morgen holte ihn Corinne Voney ab und fuhr gleich mit ihm los. Sie parkte das Auto am Rande eines großen Platzes in der Kleinstadt Stans.

»Von hier geht's am besten zu Fuß weiter«, rief sie fröhlich und strich sich ein paar widerspenstige Locken aus der Stirn. Ihre Augen leuchteten. Lester hoffte, dass die Nachwirkungen des gestrigen Tages schuld an ihrer guten Laune waren.

Sie führte ihn an der Barockkirche und an einer monumentalen Marmorskulptur am oberen Ende des Platzes vorbei. Lester fand das Monument gruselig: Ein Strauß von Speeren bohrt sich in eine liegende muskulöse Gestalt in mittelalterlichem Gewand. Die Männergestalt presst sich die Speere mit den Armen gegen die eigene Brust. Über ihr schwingt ein Krieger einen Morgenstern.

»Das Denkmal erinnert an eine Schlacht vor über sechshundert Jahren«, erklärte Corinne und erzählte ihm die Legende des Helden Winkelried. Lester fand die Darstellung ziemlich brutal für so ein hübsches Schweizer Dorf, dazu in einem Land, das Kanadier für den Inbegriff einer friedlichen Nation hielten.

»Es war nicht immer so friedlich in der Schweiz«, sagte Corinne, als sie Lesters Gesichtsausdruck sah. »Der letzte

Bürgerkrieg fand 1847 statt. Eigentlich ist das noch gar nicht so lange her, wenn man es sich so richtig überlegt. Und in Kanada?«

Er wandte sich von dem durchbohrten Helden ab. »Es hat nie einen Bürgerkrieg gegeben, seit Kanada als Nation existiert. Es hat überhaupt nie seit der Staatsgründung im Jahr 1867 einen Krieg auf kanadischem Boden gegeben. Zum Glück.«

»Da seid ihr Kanadier sicher die große Ausnahme«, erwiderte sie. »Aber es gab ja auch eine kanadische Ära vor 1867, nicht wahr?«

»Ja, natürlich, nur weiß der Durchschnittskanadier leider viel zu wenig über die Tausenden von Jahren Geschichte unserer Ureinwohner. Roland hat sich sehr dafür interessiert, er hat sogar eine Sprache der Mohawk-Indianer in Quebec gelernt.«

»Waren Sie beide sehr unterschiedlich?«

»Roland und ich, meinen Sie? Bestimmt. Ich wollte, ich hätte mehr Zeit gehabt, um unsere Gemeinsamkeiten herauszufinden.«

Sie berührte ihn spontan am Ärmel und zog ihre Hand gleich wieder zurück. Auf der Rückseite der Kirche liefen sie durch eine Gasse mit Kopfsteinpflaster und betraten ein altes Haus mit mehreren Geschossen. Die frisch gebohnerten Holzstufen im Treppenhaus knarrten unter ihren Schritten. Lester fühlte sich in eine andere Welt versetzt. Oben öffnete sich wie von unsichtbarer Hand eine Tür mit Holzschnitzereien. Eine kleine weißhaarige Frau, die Corinne als Verena Toggs Mutter vorstellte, begrüßte sie.

»Vreni«, rief die alte Dame. »Sie sind da.«

Eine sportliche Frau erschien, das dunkelblonde Haar kurz geschnitten, das Gesicht ungeschminkt. Sie begrüßte Lester mit einem zurückhaltenden Lächeln und ging ihren Besuchern voraus. Sie bewegte sich mit elastischer Entschlossenheit, als sie Corinne und Lester in einen spärlich möblierten Raum mit

Holztäfelung an Wänden und Decke führte, in dessen Mitte ein riesiger runder Holztisch viel Platz einnahm. Unter den vielen Fenstern waren gepolsterte Sitzbänke eingebaut. An den Wänden hingen alte Stiche, ein starker Kontrast zu der ultramodernen Stehlampe und dem abstrakten Teppichdesign. Corinne zog sich diskret zurück.

»Macht es Ihnen etwas aus, wenn wir Französisch sprechen?«, fragte Verena Togg. »Mein Englisch ist passabel, aber Französisch liegt mir mehr.« Sie wusste also, dass Lester beide Sprachen beherrschte.

Er schätzte Verena Toggs Alter auf achtundvierzig Jahre. Sie versprach ihm Schwarztee, »meine liebe Mutter ist an der Vorbereitung«. Corinne hatte ihr offenbar auch von seiner Vorliebe für Tee erzählt. Aus einem eingebauten antiken Schrank nahm die Gastgeberin Tassen und Besteck.

Er bemerkte die Perlenkette um ihren Hals. Weiße Perlen, weiße Bluse, weißes Geschirr. Trotzdem wirkte Verena Togg wie eine Frau in Trauer. Ganz anders als Marie-Monika Kölln, die vielleicht Trost in der Kunst gefunden hat, dachte Lester.

»Sie kommen also aus Kanada«, begann sie. Sie schaute konzentriert auf die Tischplatte mit den Intarsien, als ob sie dort etwas lesen könnte. »Ich … ich habe zufällig vor einigen Tagen in einer Zeitschrift etwas über Ihre Mutter gelesen«, fuhr sie fort, »von ihrem Engagement … von ihrem Leben. Sie ist eine bewundernswerte Frau.« Sie hob den Blick, sah zum Fenster hinaus auf das Dorf. »Ihre Mutter und ich … wir mussten beide lernen, mit persönlichem Schmerz umzugehen und nach außen Stärke zu zeigen.« Sie sah ihn an. »Und Sie natürlich auch«, fügte sie fast entschuldigend hinzu.

Ihr Gesicht hellte sich kurz auf, als ihre Mutter Tee, Milch, Zitrone, Zucker und Gebäck auf den Tisch stellte. Die Küchlein dufteten, als kämen sie gerade aus dem Ofen.

»Corinne sagte mir, Sie glauben, dass die Ereignisse, über die Sie sprechen möchten, möglicherweise zusammenhängen. Und dass Sie mehr darüber herauszufinden hoffen.«

Über die Sie sprechen möchten. Verena Togg wollte vielleicht lieber nicht darüber sprechen. Lester wurde sich plötzlich bewusst, dass sein Auftauchen alte Wunden aufriss. Er wollte und konnte jedoch nicht zurück.

»Erst war es nur so ein Gefühl im Bauch«, erwiderte er. »In den Unterlagen meines Bruders bin ich auf Artikel gestoßen, in denen sowohl Ihr Mann wie auch Henning Kölln erwähnt werden, in Verbindung mit bedeutsamen wissenschaftlichen Erkenntnissen. Wie Sie wissen, wurde mein Bruder ein Jahr nach Ihrem Mann ermordet. Ich finde es merkwürdig, dass Roland ausgerechnet Zeitungsartikel über Ihren Mann, Herrn Kölln und Frau Tramon aufbewahrt hat. Später habe ich erfahren, dass die drei gemeinsam Teilnehmer an einer Konferenz in Brüssel waren.«

Sie nahm das Stichwort sofort auf.

»Mein Mann und Henning Kölln haben sich, wie Sie wahrscheinlich wissen, gekannt. Nicht nur beruflich, die beiden waren … befreundet, ja, das kann man so sagen. Die Köllns haben uns in Bern besucht und wir haben sie in Berlin besucht.«

Sie zeigte auf das Gebäck. »Bitte essen Sie, es würde meine Mutter sehr freuen. Sie hat extra gebacken.«

Lester ließ sich das nicht zweimal sagen. Sie schob ihm gleich zwei von den Küchlein auf den Teller.

Während er zur Gabel griff, fragte er: »Hat Ihnen Ihr Mann von der Konferenz in Brüssel erzählt?«

Ihr Blick verdunkelte sich. »Sie haben also von dieser Geschichte gehört. Ja, wir haben häufig darüber gesprochen. Was für ein … Mein Mann wurde nicht fair behandelt. Er wurde herausgepickt. Sehen Sie, es waren etwa dreißig Wissenschaftler, die damals die Forderung unterschrieben haben, dass Burt Stiller von der Konferenz ausgeschlossen werden sollte …«

»Burt Stiller – ist das der amerikanische Professor, der Kreationist?«

Sie nickte. »Ich glaube, heute nennen sie das Intelligentes Design und nicht mehr Kreationismus … aber wie auch immer, es ging gar nicht darum. Die Vereinigung dieser Wissenschaftler hatte sich aus freien Stücken verpflichtet, immer offenzulegen, wer ihre Forschung finanziert. Transparenz war für sie überaus wichtig. Burt Stiller aber weigerte sich, er und zwei andere Amerikaner. Das war der Grund des Konflikts, nichts anderes. Das Perfide an der Auseinandersetzung war, dass sich Burt Stiller lediglich über meinen Mann und Henning Kölln beschwerte. Und Giuliana Tramon hat er auch schlechtgemacht.«

»Bei wem hat er sich beschwert?«

»Beim amerikanischen Wissenschaftsrat, der von konservativen Milliardären in den USA Geld bekommt. Stiller hatte sogar eine Gerichtsklage geplant, alle seine Aktionen liefen darauf hinaus, dass mein Mann und Henning und Giuliana nicht mehr an Wissenschaftskongressen in den USA hätten teilnehmen können.«

»Das ist ja absurd«, entfuhr es Lester.

Sie nickte. »Vergessen Sie nicht, dass es einen amerikanischen Präsidenten gab, der sich dafür aussprach, dass an den Schulen Intelligentes Design neben Darwins Evolutionstheorie gelehrt wird. Aber das wurde ja damals glücklicherweise von einem Gericht verhindert.«

Lester trank vom heißen Schwarztee – einem Darjeeling –, dann wagte er den Sprung ins kalte Wasser.

»Wer, denken Sie, steckt hinter dem Mord an Ihrem Mann?«

Sie schloss kurz die Augen, als müsste sie allen Mut sammeln, um noch einmal an den dunklen Ort des Grauens zurückzukehren.

»Mein Mann hat immer wieder Drohungen erhalten. Keine schlimmen, ich meine, keine Todesdrohungen. Aber bösartige, gemeine Verleumdungen. Er ... hat einmal in einem Interview einen Fehler gemacht. Es war nur ein Nebensatz, aber ... er erklärte, dass er unsere Tochter als Atheistin erzogen hätte, wenn seine Frau ... wenn ich nicht interveniert hätte. Wir hätten beschlossen, unsere Tochter solle, wenn sie so weit ist, selbst über ihren Glauben entscheiden. Wissen Sie, ich bin Mitglied des Ökumenischen Kirchenrates. Alle christlichen Kirchen arbeiten in diesem Rat zusammen. In den Schweizer Medien waren Kurts Äußerungen ein Riesenthema, ein paar Leute haben sich furchtbar aufgeregt.«

Lester nahm einige Kuchenkrümel mit der Gabel auf. »Hat die Tatsache, dass sich Ihr Mann als Atheist bekannte, bei Ihrer ... kirchlichen Arbeit Probleme verursacht?«

»Nicht bei der Arbeit. In diesen Kreisen kennt man mich schon lange. Mein Mann hatte nie verheimlicht, dass er nicht gläubig ist – ich meine, im traditionellen Sinn gläubig. Mich hat das auch nicht gestört, denn er hat an vieles geglaubt, woran ich auch glaube. Zum Beispiel, dass Taten wichtiger als Worte sind. Und der Glaube an die Menschlichkeit, den haben wir auch geteilt. Wenigstens bis ... bis er getötet wurde. Kurt hätte jederzeit den Satz unterschrieben, der für mich der Kern meines Glaubens ist. *Wie ihr wollt, dass euch die Menschen tun, so tu auch ihnen.*« Ihre Finger spielten mit der Perlenkette. »Nach seinem öffentlichen Bekenntnis gab es Briefe und Anrufe, meistens anonym – und E-Mails, in denen stand, mein Mann werde in der Hölle schmoren und Gottes Zorn werde auf ihn niederkommen und ... was weiß ich, er werde verdammt sein in alle Ewigkeit. *Quelle horreur!* Kurt war kein Missionar des Atheismus, wissen Sie. Auch kein Kämpfer gegen die organisierten Religionen. Ich glaube, er war es einfach leid, dass die Leute ... weil er ein bekannter Astronom war, dass die Leute immer von ihm den ultimativen Gottesbeweis erwarteten. Im Sinne von: Wir wissen nicht, was vor dem Urknall war, also steht Gott hinter allem. Und er … Kurt hat sich einfach geweigert. Er hat immer gesagt, wir wissen es nicht. Und dass die Leute lernen sollten, mit der Ungewissheit zu leben. Er meinte, Gewissheit gebe es letztlich nur im Glauben, und er habe sich für die Ungewissheit entschieden.«

Sie sah Lester nachdenklich an. Ihren Tee hatte sie nicht angerührt. »Kurt war … Sie hätten meinen Mann kennenlernen sollen. Er war der Mann, den ich mir immer gewünscht hatte.« Ihre Augen füllten sich mit Tränen.

»Warten Sie einen Augenblick«, sagte sie dann.

Sie verließ das Zimmer und kam kurz darauf mit einem Fotoalbum wieder.

»Ich möchte Ihnen ein Bild meiner Tochter Carmen zeigen.«

Sie blätterte im Album und legte es dann vor ihn hin. »Das ist sie.«

Er beugte sich über das Foto. Ein äußerst anziehendes Gesicht, ein sensibler Mund, der Blick hell und stolz, prachtvolles langes Haar.

Die Tochter sah der Mutter überhaupt nicht ähnlich, fand er. Sie musste die Züge ihres Vaters geerbt haben. Auf dem Foto trug sie ein festliches Kleid und hielt einen Blumenstrauß in den Armen.

»Da hat sie gerade den Preis der Luzerner Festwochen erhalten«, sagte Verena Togg, ihre Stimme klang weich und ungeschützt. »Sie hätte eine große Konzertpianistin werden können.«

»Wie alt war sie da?«

»Zwanzig, das war vor sechs Jahren.«

Also vor dem Mord an ihrem Vater, dachte Lester.

Verena Togg blätterte weiter.

»Hier«, sie deutete auf ein kleines Bild, das in einem Garten vor einem Einfamilienhaus entstanden war, der Lester bekannt vorkam. »Da sehen Sie die Familie Kölln bei unserem Besuch. Das ist Harry.«

Lester war elektrisiert. Er sah genauer hin und erkannte Maria-Monika Kölln mit ihrem markanten Gesicht. Sie hatte sich nicht viel verändert. Ihr Mann Henning hielt den Arm um ihre Taille. Beide lächelten. Harry stand neben seiner Mutter, die Hände in den Taschen der beigen Cargohose, das Gesicht überschattet von einer Baseballkappe, unter der sein langes Haar hervorquoll.

»Die beiden Männer verstanden sich gut, sie hatten ja vieles gemeinsam.« Verena Togg lächelte. »Und beide hatten Probleme mit widerspenstigen Teenagern. Harry war nicht immer einfach, glaube ich. Er hätte sich gern mit Carmen unterhalten, aber sie ignorierte ihn meistens. Sie war manchmal …«

Abrupt wechselte sie das Thema. »Sie vermissen Ihren Bruder bestimmt sehr, nicht wahr? Ich wollte, ich könnte etwas für Sie tun.«

Lester überlegte.

»Sie kennen sich mit kirchlichen Organisationen aus. Sagt Ihnen der Name Jacob Holes etwas? Er steht einer merkwürdigen Kirche in den USA vor.« Er musste den Namen buchstabieren. Sie verneinte, erhob sich jedoch und notierte *Jacob Holes* auf einem Block neben dem Telefon.

»Und der Name Rainer Liebling?«

Sie sah ihn an, dann wanderte ihr Blick in die Ferne. »Rainer Liebling … Rainer Liebling … irgendetwas – ich will nichts Falsches sagen, aber irgendetwas sagt mir der Name.« Sie zückte erneut den Kugelschreiber und schrieb auch diesen Namen auf. »Sie müssen mir Zeit lassen. Ich muss erst in meinem Gedächtnis wühlen.«

Sie kam mit dem Block an den Tisch zurück.

»Wer ist Rainer Liebling?«

»Er hat für eine Kinderhilfsorganisation in Berlin gearbeitet und stand in Kontakt mit meinem Bruder. Er ist vor vier Jahren verschollen.«

»Könnte er etwas mit ... mit dem Tod meines Mannes zu tun haben?«

»Er war wie Roland im Besitz von Presseberichten über die Arbeit Ihres Mannes. Und über Giuliana Tramon und Henning Kölln.«

»Warum denn?«

»Ich hab keine Ahnung. Das möchte ich herausfinden.«

»Und Rainer Liebling ist verschollen, sagen Sie?«

Lester nickte. »Er fuhr in den Skiurlaub, wahrscheinlich in die Schweiz. Sein Auto wurde auf einem Parkplatz in einer Schweizer Stadt unweit der Grenze zu Italien gefunden. Das letzte Handysignal kam aus Italien.«

Verena Togg schwieg, Lester sah ihr an, wie sie sich konzentrierte, um einen Sinn in den neuen Informationen zu erkennen.

»Stehen Sie mit Giuliana Tramons Familie in Verbindung?« Lester wollte nichts unversucht lassen.

»Mit ihrer Schwester, ja. Die Eltern kenne ich nicht. Aber die Schwester ist sehr zugänglich. Eine Lehrerin. Möchten Sie mit ihr sprechen?«

»Ja, ich möchte sie ebenfalls besuchen, wenn es geht.«

»Ich werde sie fragen. Ich kann mir nicht vorstellen, dass sie nicht offen dafür ist. Sie spricht ebenfalls Französisch.«

Als sie sich verabschiedeten, las er Mitgefühl in Verena Toggs Augen.

»Ich wünsche Ihnen und Ihrer Mutter alles Gute«, sagte sie.

Schweigend stieg er hinter Corinne die knarrende Treppe hinunter.

Auf der Gasse vor dem Haus sog sie die frische Luft ein und lächelte ihn an. Ihre kleinen, geraden Zähne verschwanden fast unter den vollen Lippen.

Für Lester hellte sich mit diesem Lächeln alles auf.

»Ich entführe Sie jetzt auf diesen Berg, das Stanserhorn«, verkündete sie. »Man kann mit einer Bahn hinauffahren.«

»Na klar, das machen wir.« Mit Corinne wäre er überall hingegangen.

Sie liefen los und Lester schaltete sein Handy wieder ein. Sofort wurde der Eingang einer SMS signalisiert. Er warf rasch einen Blick darauf.

Ein halbes Dutzend Worte.

Randall tot. Ruf mich an. Ray

23

Xavier redete ununterbrochen. Selbst in ihrer Erschöpfung bemerkte sie, wie nervös er war.

Im Auto flößte er ihr süßen, aromatischen Tee ein, der in warmen Wellen bis in ihre Zehen strömte.

Er stellte ihr eine Frage nach der anderen.

»Bist du verletzt? Hast du Hunger? Ist dir warm genug? Soll ich die Heizung höherstellen? Möchtest du noch etwas Tee?«

Warum fragt er mich nicht nach meinem Pferd, nach John, nach den Schüssen, dachte sie verwirrt.

Sie beobachtete, wie er ihr mehr Tee einschenkte. Sie trank gierig, den Metallbecher zwischen den klammen Fingern. Sie fürchtete, ihn fallen zu lassen.

Warum hatte er eine Thermoskanne bei sich? Und diese Wolldecke, in der sie eingewickelt war? Wie hatte er sie gefunden?

Er schien ihre Gedanken zu lesen. Das konnte er schon immer gut.

»Ich bin die Straße auf- und abgefahren. Schon den ganzen Abend. Ich dachte, sie muss das Licht sehen. Dann weiß sie, wo die Straße ist. Und es hat geklappt. Du hast die Scheinwerfer gesehen, nicht wahr?«

»Ja.« Das erste Wort, das sie laut aussprach, und dann: »Woher ...« Ihre Stimme versagte.

»Sie haben es mir gleich gesagt, als ich auf der Ranch angekommen bin. Dass du vermisst wirst, dass man dich sucht.« Er nahm ihr den Becher ab, weil ihre Hände zu stark zitterten. »Du sollst dich nicht aufregen, Carmen ...«

»Tia, nicht Carmen«, flüsterte sie, ließ sich aber von ihm umarmen. Sein Hals war warm, besonders dort, wo das Ohr anfing. Er ließ sie sanft los.

»Pardon. Ich weiß, Tia. Es ist die Aufregung. Aber jetzt ist alles gut. Du bist in Sicherheit.«

»Und John?«

Er schien einen Moment lang zu überlegen. »Du meinst den Cowboy, der dich begleitet hat?«

Sie nickte.

»Er wurde ins Krankenhaus geflogen. Von den Nachbarn, mit dem Hubschrauber. Von der anderen Ranch. Ich hab gehört, dass er ziemlich übel aussah. Er muss tief gestürzt sein.«

»Sie haben geschossen«, sagte sie, »sie haben ununterbrochen geschossen. Sie haben auf John geschossen.«

Er legte den Arm um ihre Schulter und drückte sie wieder an sich.

»Nein, Tia, sie haben John nicht erschossen. Die Leute, die ihn gefunden haben, mussten sein Pferd erschießen. Es war zu schwer verletzt. Es konnte nicht gerettet werden, verstehst du? Es hatte nur noch Schmerzen.«

»Aber sie haben schon vorher geschossen, sie ...«

»Tia, Liebes, du musst dich ausruhen. Du hast dich total verausgabt. Lass uns jetzt zur Ranch fahren.«

Er löste die Handbremse und trat aufs Gaspedal.

Nach wenigen Metern fing sie an zu fragen.

»John lebt?«

»Ja, das ist das Letzte, was ich gehört habe.«

»Wer hat ihn gefunden?«

»Die Leute von der großen Ranch.«

»Von der Burg?«

»Von welcher Burg?«

Sie sparte sich eine Erklärung. »Sie hatten Schusswaffen?«

Xavier musterte sie von der Seite. Sie schaute auf den Lichtkegel auf der Fahrbahn.

»Ja, ich nehme es an. Sie haben damit das Pferd von seinen Schmerzen erlöst.«

Erlöst. Desperado von seiner Unfreiheit erlöst. Armer Desperado.

Xavier verlangsamte das Tempo. »Tia, diese Leute haben John gerettet. Sie hatten nichts Böses im Sinn.«

Die Schlaglöcher brachten den Wagen zum Hüpfen. Sie mussten bald ankommen.

»Ich bin so glücklich, dass ich dich gefunden habe«, hörte sie Xavier sagen. »Der Nachbar hat seinen Hubschrauber losgeschickt, um dich zu suchen.«

»Wer?«

»Der reiche Nachbar mit der riesigen Ranch.«

Bilder explodierten in ihrem Gehirn. Der Hubschrauber. Menschen, die herausklettern. Die herumstehen wie verloren. Der Hubschrauber, der abhebt.

»Aber …«, begann sie … und brach wieder ab. Etwas in ihrem Inneren hielt sie zurück, Xavier davon zu erzählen.

»Besitzt er einen Hubschrauber?«, fragte sie stattdessen.

»Dem gehört offenbar auch eine Flugpiste in der Nähe.«

Was Xavier schon alles wusste.

Das Auto zog eine weite Schleife, die Umrisse der Golden Eagle Ranch erschienen im Licht der Hoflampen. Die Hunde bellten. Xavier drückte auf die Hupe.

Von überall kamen Menschen herbeigeeilt. Bill öffnete die Beifahrertür und half Tia beim Aussteigen.

»Oh mein Gott!«, rief Alissa. »Sie ist zurück! Dem Himmel sei Dank!«

»Sie scheint nicht verletzt zu sein, nur sehr erschöpft.« Xaviers erleichterte Stimme.

Er löste Bill ab und Tia stützte sich auf ihn.

Sie blickte in Liddys besorgtes Gesicht. »John? Wie geht es John?«

Liddy antwortete nicht. Aber Bill reagierte. »Er wird's überleben, glaub mir, der Kerl ist zäh.«

Liddy stützte sie auf der anderen Seite.

»Swansong …« Jetzt flossen Tias Tränen.

»Swansong ist zurück. Sie hat ganz allein zurückgefunden! Genau wie Sie.«

Tia konnte den emotionalen Aufruhr in Liddys Stimme hören.

Sie erreichten das Hauptgebäude, die Tür öffnete sich. Beth breitete stumm die Arme aus, und Tia legte den Kopf auf ihre Schulter.

»Sie armes Geschöpf«, murmelte Beth, »Sie armes, armes Ding.« Von da an übernahm sie die Regie. Zusammen mit Xavier brachte sie Tia aufs Zimmer, und dort bat sie Xavier, seiner Freundin Zeit und Ruhe zu lassen. »Das ist alles zu viel auf einmal für sie.«

»Aber natürlich«, sagte Xavier und küsste Tia auf die Stirn.

Im Zimmer wusch Beth Tia Gesicht, Hände und Füße, verarztete Schürfungen und Blasen und packte sie mit mehreren Wärmflaschen unter die Decke. Bevor sie zur Tür hinaus verschwand, stellte sie fest: »Sie müssen essen.«

Sie kam mit einem Tablett aus der Küche wieder und polsterte Tia den Rücken mit vielen Kissen.

Sie faltete die Hände. »Wir danken dir, Herr, dass du Tia gerettet hast …«

»Es waren die Leute von der Burg, Beth«, unterbrach Tia sie.

»Ja, das waren sicher Gottes Engel. Essen Sie jetzt, mein Herz.«

»Beth, sie haben die ganze Zeit geschossen! Deswegen ist Desperado ganz wild geworden.«

»Schmeckt Ihnen die Quiche nicht?«

Tia sah ein, dass Beth nicht reden würde, wenn sie nicht aß. Sie häufte ihre Gabel voll und merkte plötzlich, wie hungrig sie war.

Die Köchin sah ihr mit Wohlgefallen zu. »Die haben einen Puma gejagt, soviel ich weiß.«

»Sie haben ganz lange geschossen, Beth.«

»Alissa ist sauer. John hätte Desperado nicht reiten sollen. Nicht, wenn er mit Ihnen unterwegs ist.«

»Es hat Desperado ganz verrückt gemacht. Swansong hat nicht so wild reagiert wie Desperado.«

»Swansong ist für die Jagd trainiert, Tia. Sie wurde früher oft auf die Jagd mitgenommen.«

Plötzlich hörten sie ein herzzerreißendes Heulen, wie von einem verwundeten Tier. Tia erschrak.

»Wer ist das?«

Beth seufzte. »Lucy. Sie weint um Desperado.«

»Weiß sie …«

»Ja. Sie ist ausgerastet, als sie es erfahren hat.«

Beide schwiegen. John hatte sich viele Sympathien verscherzt. Armer John.

Unvermittelt sagte Beth: »Ihr Boyfriend war sehr besorgt, als er von der ganzen Sache gehört hat.«

»Wann ist Xavier angekommen, Beth?«

»Am Nachmittag stand er plötzlich vor der Tür. Niemand wusste, dass er kommt. Sie etwa?«

»Nein, ich hatte keine Ahnung.«

»Er war außer sich, als wir ihn informiert haben, dass Sie vermisst werden. Alissa hatte schon befürchtet, er würde die

Polizei einschalten. Aber dann erfuhr er, dass die Leute von der Burg Sie mit dem Hubschrauber suchen. Und dass Bill und Sandra mit den Pferden unterwegs sind, und Liddy und ein Wrangler ebenfalls. Da hat er sich etwas beruhigt. Gegen Abend ist er mit dem Auto losgefahren, weil er die Idee mit dem Licht auf der Straße hatte.«

»Ist er auch ein Engel?«, fragte Tia und legte die Gabel zur Seite.

Beth nahm die Wasserflasche vom Tablett und stellte sie auf Tias Nachttisch.

»Es sieht zumindest so aus, als sei er vom Himmel eingeflogen worden.«

»Was meinen Sie damit?«, fragte Tia schläfrig.

Von weither erklang Beths Stimme: »Schlafen Sie gut, mein Herz, wir reden morgen weiter.«

24

Lester versuchte es mit Ray Debuissons Handynummer, aber sein Onkel meldete sich nicht. Daher hinterließ er eine Nachricht auf der Mailbox.

Corinne hatte ihn sofort ins Hotel zurückgefahren, obwohl er ihr nicht verraten konnte, was los war. Er versprach, ihr Bescheid zu geben, wenn er die nötigen Anrufe erledigt hatte.

Seine Gedanken drehten sich um seine Mutter. Claudine Debuisson saß im Flugzeug nach Sidney, darüber hatte sie ihn im letzten Telefonat informiert. Wahrscheinlich hatte sie keine Ahnung von Randall Shaughnessys Tod. Oshona wollte er anrufen, nachdem er mit Ray gesprochen hatte. Er wusste nicht, ob sie schon informiert war. Gespannt setzte er sich vor seinen Laptop, um zu sehen, ob es schon Meldungen über Shaughnessys Ableben gab. Die Nachrichtenagentur Canadian Press hatte tatsächlich eine knappe Nachricht im Netz.

Der Kanadier Randall Shaughnessy, UN-Sonderbeauftragter für Flüchtlingsfragen, verstarb gestern, Dienstag, in Toronto. Die Ursache seines Todes wurde nicht mitgeteilt. Shaughnessy wurde 54 Jahre alt. Er galt als aussichtsreichster Kandidat für das Amt des Präsidenten des neu geschaffenen Büros der Weltnationen für

Internationale Entwicklung (OWID). Es folgte eine Aufstellung der Stationen seiner Karriere in Kanada und bei den Vereinten Nationen. Erwähnt wurde auch, und dieses Detail berührte Lester, dass Shaughnessy ein exzellenter Frisbee-Spieler gewesen war.

»Warum schreibt Canadian Press, ›die Ursache seines Todes wurde nicht mitgeteilt‹?«, fragte Lester als Erstes, als sein Onkel endlich zurückrief.

»Ich weiß nicht, woran er gestorben ist, Lester, aber ich habe von meinen Kontakten gehört, dass die RCMP die Todesursache untersucht.«

»Die Polizei untersucht? Warum?«

»Ich weiß es nicht.«

»Wirst du Silver Shaughnessy anrufen?«

»Ich hab's schon versucht, aber ich bin nicht zu ihr durchgedrungen. Hast du schon mit deiner Mutter gesprochen?«

»Sie ist auf dem Weg nach Australien.«

»Und Oshona?«

Ein Unterton in Ray Debuissons Stimme ließ ihn aufhorchen.

»Glaubst du, dass sie in Gefahr ist?«

»Nein, aber sie soll sich von den Medien fernhalten.«

»Sie hat doch Randall nur oberflächlich gekannt, Ray, sie …« Dann schlug es bei ihm ein. »Du glaubst doch nicht, dass die Sache etwas mit Roland und Silver …«

»Ich weiß nicht, wer davon weiß, Lester«, unterbrach ihn sein Onkel.

»Derzeit wissen nur vier Personen davon, du und ich, Silver und …«

»Jetzt sind es noch drei«, sagte Ray.

»Du denkst, sie hat ihm davon erzählt?«

»Das ist anzunehmen. Aber ich ruf dich an, wenn ich mehr weiß, ich muss noch einige Telefonate machen.«

Nach dem Gespräch mit seinem Onkel wählte Lester Oshonas Nummer. Sheldon Woodridge meldete sich. Sein künftiger Schwager. Der berühmte Eishockeyspieler.

Sheldon teilte ihm mit, dass Oshona schon im Bett lag, sie sei oft müde – und dann erfuhr Lester, dass seine Schwester ein Baby erwartete. Diese Mitteilung entwaffnete ihn. Rasch erklärte er seinem Schwager die Lage, ohne Roland und Silver zu erwähnen. Sheldon verstand sofort. »Mach dir keine Sorgen, ich schirme sie ab«, versicherte er.

Lester wusste, dass er darauf zählen konnte. Er begriff auch endlich, was Sheldon seiner Schwester bot: Schutz in unsicheren Zeiten. Und er war froh darüber.

Eine Stunde später saß er Corinne in einem Restaurant mit geblümten Tischdecken und tief hängenden rustikalen Lampen gegenüber. Als er in ihr zartes, schmales Gesicht blickte, hätte er ihr beinahe von Randall erzählt. Und von Silver, und überhaupt hätte er ihr so viel erzählen wollen.

Stattdessen erklärte er ihr, es handle sich um eine Familienangelegenheit, über die er schweigen wolle.

Sie half ihm aus der Verlegenheit, indem sie gleich den Namen Giuliana Tramon ins Gespräch brachte.

»Es ist alles in die Wege geleitet«, erklärte sie. »Die Schwester ist bereit, mit Ihnen zu sprechen. Sie heißt Cecilia Tramon und lebt in Florenz.« Sie griff nach ihrer Handtasche.

»Da ist noch etwas …« Sie hielt einen Zettel zwischen ihren grazilen Fingern.

»Dieser Name«, sagte sie. »Der Name auf dem Zettel, Sie wissen schon.«

Jacob Holes. Sie sprach ihn nicht einmal aus, so diskret war sie.

»Frau Togg hat damals Hunderte von Kondolenzschreiben erhalten. Es waren so viele, sie hat sie nicht gezählt. Sie kamen nicht nur aus der Schweiz, sondern aus der ganzen Welt. Wie bei Ihrer Mutter wahrscheinlich. Von vielen Menschen, die einfach entsetzt über den Mord waren und mit ihr fühlten.«

Er nickte. Die Familie Debuisson war damals förmlich von Beileidsschreiben überschwemmt worden.

»Frau Toggs Sekretärin hatte eine Computerliste mit den Namen und Adressen erstellt. Um niemanden zu vergessen. Schweizer Präzisionsarbeit.« Sie zog die Mundwinkel sekundenlang nach oben.

»Ich habe den Namen gefunden.«

Lester erstarrte.

»Ich habe auch das Beileidsschreiben gefunden. Ich bin den ganzen Haufen durchgegangen, es hat fast eine Stunde gedauert, aber ich hab es gefunden.«

Sie schob ein gefaltetes Blatt mit einem Briefumschlag über den Tisch. Er überflog die handschriftlichen Zeilen. Ihr Finger klopfte auf eine Stelle im Text. Dabei beugte sie sich so weit zum ihm hinüber, dass ihm ein betörender Duft in die Nase stieg. »Der Brief wurde in den USA abgesandt, in Detroit. Hier ist eine Kopie für Sie. Sehen Sie, was er schreibt? ›Jacob Holes, Bischof der Kirche des Heeres der Unbesiegbaren Engel, betet für Sie, um den Zorn des Allmächtigen zu besänftigen.‹«

Lester nahm ihr das Schreiben aus der Hand und las weiter. »›Ein Mensch, der abirrt von der Einsicht Pfad, wird bald im Reich der Toten ruhen.‹«

»Ja, das ist es. Es handelt sich um ein Bibelzitat. Ich hab's nachgeschaut. Da er auf Englisch schreibt, ist wohl niemandem in der Hektik aufgefallen, was für merkwürdige Aussagen das sind.«

Sie zog die Originalfassung des Schreibens zurück und ließ es rasch verschwinden, als die Bedienung an den Tisch trat. »Wollen Sie bestellen?« Beide schüttelten synchron den Kopf.

Lester konnte sich nur mit Mühe auf die Speisekarte konzentrieren. Zu sehr beschäftigten ihn die Neuigkeiten der vergangenen Stunden.

Es gab also einen Zusammenhang zwischen dem Foto, das Alma Liebling an Jan Koster gesandt hatte, und einem merkwürdigen Kondolenzschreiben an Verena Togg. Der gemeinsame Nenner hieß Jacob Holes.

Corinne wählte einen Fisch aus dem Vierwaldstättersee, dessen Namen er nicht verstand. Er schloss sich ihr einfach an. Bisher war er damit gut gefahren. »Eine ausgezeichnete Wahl«, sagte die Bedienung und entfernte sich.

»Wer ist dieser Mann?«, fragte Corinne. »Kennen Sie ihn?«

»Nein«, sagte Lester. »Ich habe nur den Namen im Zusammenhang mit seiner Kirche gesehen. In einer anonymen E-Mail.«

»Dieser Jacob Holes hat das nicht mal anonym gemacht«, warf sie ein, »er hat seinen Namen daruntergesetzt.« Ihre Wangen röteten sich.

Lester fand ihren Eifer aufregend. »Weiß die Schweizer Polizei von diesem Schreiben?«

Sie ignorierte seine Frage. »Ich bin noch nicht fertig. Sie haben Verena Togg nach Rainer Liebling gefragt? Es kann sein, dass einmal jemand mit diesem Namen in ihrem Büro beim Ökumenischen Kirchenrat angerufen hat. Es ist schon Jahre her. Ihre Sekretärin, die damals den Anruf entgegennahm, dachte, es handle sich um einen Scherz. Wegen des Namens Liebling. Sie dachte, es sei unmöglich, dass jemand so heißt.«

Lester stand unter Strom. Noch eine heiße Spur. »Das ist ...« Er suchte nach dem passenden Wort, war aber zu ungeduldig. »Was wollte Rainer Liebling von Frau Togg?«

»Sie kann sich nicht erinnern. Sie hat nie zurückgerufen. Sie hatte damals mit so vielem fertigzuwerden.«

Lester überlegte fieberhaft. »Weiß die Polizei von Lieblings Anruf?« Er gab sich die Antwort gleich selbst. »Natürlich nicht. Verena Togg hatte ja keine Ahnung, wer er ist. Falls es wirklich Rainer Liebling war.« Er klopfte mit den Fingern auf den Tisch, als ob er Klavier spielte. »Und der Brief von Jacob Holes? Hat die Polizei je die Beileidsschreiben unter die Lupe genommen?«

»Ich weiß es nicht. Ich müsste Frau Togg fragen. Sollte die Polizei davon erfahren?«

»Ja«, sagte Lester.

»Und was soll ich Frau Togg sagen? Oder der Polizei?«

Lester sah ihr direkt in die Augen. »Dass Jacob Holes' Schreiben möglicherweise eine bereits ausgeführte Morddrohung darstellt – post mortem.«

25

Corinne Voney fuhr Lester nach Luzern, wo er den Nachtzug nach Florenz bestieg.

In seiner privaten Schlafkabine lag er lange wach. Schnell wechselnde Gedanken zermarterten ihm das Gehirn. Der Drohbrief von Jacob Holes. Randall Shaughnessys plötzlicher Tod. Rainer Lieblings Versuch, Verena Togg zu kontaktieren. Und Corinne. Der Abschied von ihr kam ihm nicht ungelegen. Die Anziehung, die sie auf ihn ausübte, machte ihn zu gleichen Teilen euphorisch und besorgt. Er brauchte eine Denkpause.

Die Wagen ratterten laut auf den Schienen, später hörte er es immer weniger. Er musste endlich eingeschlafen sein, denn nach sieben Stunden hatte er sein Ziel schon erreicht. Der Bahnhof von Florenz glich einem Ameisenhaufen. Lester stand in der Ankunftshalle und suchte die Menge ab. Plötzlich sah er eine Gestalt winken, sie sah aus wie auf dem Foto, das ihm Cecilia Tramon mit der elektronischen Post geschickt hatte: eine schwarzhaarige Frau Ende vierzig. Das Haar trug sie streng nach hinten gekämmt. Die bunte Brille dagegen fand er erstaunlich unkonventionell.

Als sie vor ihm stand, sagte sie: »Niagara Falls im Winter.« Es war der Code, den sie miteinander ausgemacht hatten.

»Ein Regenbogen über Turin«, antwortete er, und beide lachten.

»Florenz ist verrückt, mit all den Touristen und dem Verkehr, *pazzo*«, sagte sie – in gut verständlichem Amerikanisch, trotz der italienischen Einfärbung und ihres schwindelerregenden Sprechtempos. »Wenn wir in Ruhe reden wollen, dann am besten in einem Hotel in der Nähe, das ich kenne.«

Lester sah sie verblüfft an. »Frau Togg hat mir gesagt, dass Sie auch Französisch sprechen. Aber Ihr Englisch ist fantastisch.«

Sie nickte. »Ich bin mit Giuliana in die USA gegangen. Das erkläre ich Ihnen alles beim Frühstück. Sie müssen Hunger haben. Wenn Sie nichts dagegen haben, gehen wir zu Fuß zum Grandhotel Minerva, das ist nicht weit von hier. Die haben ein anständiges Frühstücksbüfett. Möchten Sie Ihr Gepäck hier im Bahnhof einstellen?«

Cecilia Tramons Redeschwall ebbte nicht ab, während sie zum Hotel spazierten, das sich als Teil eines lang gestreckten historischen Gebäudekomplexes an einer weiten Piazza erwies. Ein Ort, den Lester am liebsten gleich mit dem Handy von allen Seiten fotografiert hätte. Aber er wollte nicht als Tourist erscheinen, er war schließlich in einer ernsten Mission unterwegs.

Cecilia deutete auf eine große Kirche, deren auffällige Fassade Lester sofort gefangen nahm. »Das ist die Basilica di Santa Maria Novella.«

Sie hielt sich aber nicht weiter mit Informationen zur Kirche oder zu anderen Sehenswürdigkeiten auf. Als sie das Portal des Hotels erreicht hatten, war Lester schon bestens über Cecilias und Giulianas Familienverhältnisse informiert.

Die Schwestern Tramon, beide unverheiratet, hatten offenbar in einer symbiotischen Beziehung gelebt. Giuliana, die Jüngere, entpuppte sich schon früh als mathematisches Wunderkind. Wofür sie sich als Teenager am brennendsten interessierte, das war die Beobachtung von Sternen. Dass einer ihrer

Onkel ein Teleskop besaß, trug zu Giulianas Obsession bei. Sie wurde schließlich eine bekannte Astrophysikerin. Cecilia, nur zwei Jahre älter, ordnete sich dem Genie ihrer Schwester mit Vergnügen unter. Sie nahm Giuliana alle Aufgaben des täglichen Lebens ab – Haushalt, Rechnungen bezahlen, Kleider kaufen, Reisen organisieren –, während sich die Wissenschaftlerin immer tiefer und immer erfolgreicher in ihre Materie stürzte.

Die beiden schienen einen unausgesprochenen Pakt geschlossen zu haben: Kein Mann drang je in diese Symbiose ein, von der beide profitierten. Cecilia, die Lehrerin, begleitete Giuliana auf Kongresse und lebte zeitweise mit ihr in den Vereinigten Staaten, nachdem die Weltraumbehörde NASA der Italienerin eine Stelle angeboten hatte. Vor sieben Jahren waren die beiden nach Florenz zurückgekehrt, da die Amerikaner keine Millionen mehr für Forschungsprogramme vergaben.

Wo Giuliana sich aufhielt, da fand man auch Cecilia. Nur auf die verhängnisvolle Bergtour, bei der ihre jüngere Schwester das Leben verlor, war Cecilia nicht mitgegangen, dachte Lester.

Bei dieser Tragödie, die Cecilia in den Grundfesten erschüttert haben musste, war sie jedoch noch nicht angelangt, als sie im Restaurant des Grandhotels Minerva Platz nahmen. Cecilia bestellte einen Ristretto und Lester einen Schwarztee.

Sofort nach der Bestellung zeigte sie ihm ein Foto. Zwei strahlende dunkelhaarige Frauen, die eine mit eher kantigem Gesicht und schmalen Lippen – Lester erkannte Cecilia –, die andere mit weichen Zügen und vollen Lippen.

Auf dem Bild sah Giuliana Tramon jünger und fröhlicher aus als auf dem Umschlagfoto, das er in dem Jugendbuch in Berlin gesehen hatte.

Cecilia nahm das Bild mit einem wehmütigen Ausdruck zurück. Dann wies sie nach hinten. »Ran ans Büfett«, raunte sie ihm zu, »ich sterbe vor Hunger. *Andiamo!*«

Zwischen Bissen von Prosciutto und Brioche erzählte sie ihm, dass sich ihre Schwester auf die Erforschung von Exoplaneten spezialisiert hatte. »Das sind Planeten, die einen Stern außerhalb des Sonnensystems umkreisen. Sagt Ihnen Proxima Centauri b etwas?« Er schüttelte den Kopf. Seine Kenntnisse in Sternenkunde waren rudimentär.

Cecilia schlüpfte in die Rolle der geduldigen Lehrerin.

»Proxima Centauri b ist ein Himmelskörper, der einen Stern namens Proxima Centauri umkreist. Es ist nicht ausgeschlossen, dass auf Proxima Centauri b erdähnliche Bedingungen herrschen.«

Lester, der gerade ein weiches Ei köpfte, merkte auf. »Es könnte auf ihm Leben geben? Wie weit ist dieser erdähnliche Exoplanet denn von uns entfernt?«

»Vielleicht könnte man dort flüssiges Wasser finden, was die Voraussetzung für die Entstehung von Leben ist. Proxima Centauri ist von der Distanz her der nächste Nachbarstern unserer Sonne. Er ist vier Komma zwei Lichtjahre entfernt. Oder vierzig Billionen Kilometer, wenn Ihnen das mehr sagt. Sein erdähnlicher Begleiter Proxima Centauri b ist genauso weit entfernt. Theoretisch könnte man dorthin Nanosonden mit Laserantrieb schicken und schauen, ob man etwas findet. Proxima Centauri b könnte theoretisch eine dünne Atmosphäre besitzen und bewohnbar sein. Aber zuerst muss man Exoplaneten direkt beobachten können, was bislang schwierig ist, weil sie sehr lichtschwach sind. Die Sterne, die sie umkreisen, sind viel, viel heller als sie und überstrahlen die Exoplaneten.«

»Sie stehen also in deren Schatten«, bemerkte Lester.

Im wahren Leben war Giuliana ein Stern gewesen und Cecilia ein Exoplanet.

Er musste ein Lächeln unterdrücken. Cecilia hatte wahrscheinlich dieses Wissen über Himmelskörper ihren Schülern Dutzende Male nähergebracht. Als ob sie seine Gedanken erraten hätte, fuhr sie fort: »Meine Schüler fragen mich jedes Mal sofort, ob es auf Proxima Centauri b Außerirdische gibt. Und ich muss sie jedes Mal enttäuschen. Giuliana war der Ansicht, dass man eines Tages herausfinden wird, ob dort erdähnliche Bedingungen herrschen. Aber wir sind zu weit von den Exoplaneten entfernt.« Sie seufzte und schüttelte wie in Trance den Kopf. »Giuliana hat so viel zu ihrer Erforschung beigetragen, aber dann gab es in ihrem Institut in Massachusetts plötzlich fast kein Geld mehr für die Forschung. Unsere Eltern waren gebrechlich geworden, und so sind wir nach Europa zurückgekehrt.«

»Ich habe ein Buch von Ihrer Schwester in einer Buchhandlung in Berlin entdeckt. Es handelte aber nicht von Sternen, sondern von prähistorischen Menschen.«

Cecilia nickte erfreut. »Ja, es ist ein Jugendbuch und wurde in viele Sprachen übersetzt. Wissen Sie, meine Schwester war eine Universalgelehrte, ein Renaissance-Mensch. Sie hat sich auch für Anthropologie, Archäologie … und für Molekularbiologie interessiert. Für alles, was sie zum Ursprung des Lebens und des Universums bringen könnte.«

Er goss sich Tee nach. Cecilia hatte noch fast nichts gegessen, trotz ihres angeblichen Heißhungers. Vorsichtig tastete er sich vor: »Das Buch hat sie Henning Kölln gewidmet. Und Kölln hat ihr eines seiner Bücher gewidmet.«

Cecilia Tramon schien seine Andeutung nicht zu bemerken, oder sie wollte sie nicht hören. Unbeeindruckt erklärte sie: »Giuliana hielt viel von Henning Kölln, sie hat sich häufig mit ihm ausgetauscht, und auch mit Kurt Togg. Das war einer der Gründe, warum sie den Protest gegen die amerikanischen Kreationisten unterstützt hat. Sie kannte diese Leute, die hatten sie schon in Massachusetts aufgeregt. Diese sogenannten Wissenschaftler – dass ich nicht lache, die arbeiten alles andere als wissenschaftlich, die werden ja immer extremer in ihren

Ansichten. Und sie werden noch von Politikern unterstützt. *Incredibile.*«

»Gab es Konfrontationen mit diesen ... Fachleuten, während Ihre Schwester in Amerika war?«

Sie überlegte. »Sie meinen, persönliche Angriffe auf Giuliana? Nein, davon ist mir nichts bekannt. Aber alle Forscher, die herausfinden wollen, ob es Leben auf anderen Planeten geben könnte, sind der erklärte Feind dieser religiösen Fundamentalisten. Die sagen, das sei gegen die Bibel. Es gebe nur eine Welt mit Lebewesen, sonst stünde es anders in der Bibel. Für die ist die Erde nicht älter als maximal zehntausend Jahre – und nicht vier Komma fünf Milliarden. Und warum? Weil es so in der Bibel steht. Stellen Sie sich das vor! Und in den Staaten, sag ich Ihnen, haben diese Scharlatane viele, viele Anhänger.« Ihre Stimme nahm einen dringlichen Klang an. »Wie können Leute nur so eingeschränkt in ihrem Denken sein? Wie kann man die Bibel, jede einzelne Zeile darin, wortwörtlich nehmen? Das war doch nie die Absicht der Verfasser. Das ist doch absurd. Als Lehrerin sag ich Ihnen: Es fehlt an Wissen, an Information, an der Erziehung zu kritischem Denken.«

Lester hörte ihr aufmerksam zu. Sie hat mich noch nichts gefragt, dachte er. Etwa warum ich hier bin oder was ich ihr erzählen könnte. Vielleicht muss sie sich dem Todestag ihrer Schwester langsam nähern, jenes Menschen, mit dem sie wie mit einem siamesischen Zwilling verbunden gewesen war. Und sie muss ihre Wut loswerden, die sie innerlich auffrisst.

»Wie kann man Wissenschaftlern wie Giuliana vorwerfen, dass sie Gott negieren – was man sich auch immer unter *Gott* vorstellt. Im Gegenteil, Genies wie meine Schwester machen uns mit jeder Entdeckung deutlicher, was für unfassbare Mysterien die Erde und das Universum sind. Und hinter jeder einzelnen wissenschaftlichen Erkenntnis steckt ein neues, noch größeres Geheimnis. Die Wissenschaftler entzaubern die Welt nicht, *al contrario*. Es sind die religiösen Fundamentalisten, die Gott kleinmachen, limitieren, ihn auf ein kümmerliches Wesen reduzieren.«

Lester begann die Frau zu bewundern. Sie mochte keine berühmte Kapazität sein, aber sie besaß den Mut, ihren Standpunkt mit Verve und gesundem Menschenverstand zu vertreten.

Cecilia Tramon sprach genauso lebhaft mit den Händen wie mit ihrer Stimme.

»Gleich nach der Brüsseler Konferenz, die schließlich ohne die amerikanischen Kreationisten stattfand, ging es los. Wir bekamen Drohungen am Telefon und böse E-Mails, Giulianas Facebook-Seite wurde bombardiert mit wüsten Beschimpfungen. Sie musste die Seite einstellen, es war so schlimm. Aber sie hat sich nicht einschüchtern lassen, sie hat die Entscheidung öffentlich verteidigt.«

Lester bestellte eine zweite Kanne Tee. »Die Polizei hat sich bestimmt für die Angreifer auf der Facebook-Seite interessiert«, merkte er an.

Sie warf die Hände theatralisch in die Luft. »Ich hab's aufgegeben, mit denen zu kommunizieren. Bei den Carabinieri versandet alles. Die behaupten, es sei ein Bergunfall gewesen.«

»Warum wurden vor allem Ihre Schwester und Herr Kölln und Herr Togg angegriffen?«

»Die religiösen Extremisten brauchten Sündenböcke.«

Sie biss in ein Gebäck und verstummte für einige Sekunden.

Lester ergriff die Gelegenheit. »Waren Todesdrohungen unter den …«

»O ja«, rief sie mit vollem Mund. »Ich hab der Polizei sämtliches Material gegeben, aber die unternehmen ja nichts.«

»Und was glauben *Sie,* was auf dem Berg passiert ist?«

»Giuliana ist nie wandern gegangen, Herr Debuisson. Sie hätte sich nie, nie auf einen solch exponierten Pfad gewagt.

Einfach unmöglich. *Impossibile.* Dass sie mit der Bahn auf diesen Berg fährt, das ist schon denkbar. Aber dann würde sie sich oben auf die Terrasse setzen und einen *Aperitivo* trinken. Sie würde sich nicht über einen Abgrund stellen. Leider habe ich damals gerade eine Verwandte in Bologna besucht. Sonst wäre ich mit ihr zusammen gegangen.«

Die Sonne und der Platz draußen spiegelten sich in den Gläsern ihrer extravaganten Brille. »Wissen Sie, was ich denke? Irgendjemand hat sie auf den Pfad gelockt, unter irgendeinem Vorwand, vielleicht mit der Lüge, sie vor dem Panorama fotografieren zu wollen. Und dann wurde sie runtergestoßen.«

Ihre Stimme zerbröselte. Tränen liefen ihr plötzlich über die Wangen. Sie entschuldigte sich und lief hinaus.

Der Kellner brachte frischen Tee. Lester strich sich gedankenverloren mit der Hand über Lippen und Kinn. Cecilias Damm war gebrochen, ihre Gefühle hatten sie überwältigt. Sie war so ganz anders als die beiden anderen Frauen. Marie-Monika Kölln und Verena Togg hatten nicht vor ihm geweint. Sie hatten einen Schutzwall um sich gebaut, damit sie weiter funktionieren konnten. Genau wie seine Mutter. Er hörte Verena Toggs Worte in seinem Kopf. *Ihre Mutter und ich … wir mussten beide lernen, mit persönlichem Schmerz umzugehen und nach außen Stärke zu zeigen.* Verena Togg hatte ihren Schutzschild etwas gelockert, als sie ihm ein Foto ihrer Tochter Carmen vorlegte. Marie-Monika Kölln zeigte die Liebe zu ihrem Mann, indem sie ihn voller Bewunderung beschrieb. Nur Harry, den einzigen Sohn, hatte sie mit keinem Wort erwähnt.

Cecilia kam zurück. Ihre Augen hinter den Brillengläsern waren gerötet. Sie sah plötzlich abgekämpft aus.

»Sie spüren bestimmt Zorn in sich«, sagte sie mit rauer Stimme. »Sonst würden Sie nicht diese Reise auf sich nehmen. Es ist der Zorn, der Sie antreibt.«

Er schwieg. Er hätte es ihr nicht erklären können. Er hätte ihr nicht verständlich machen können, dass er an dieses Gefühl gar nicht rühren wollte. Starke Emotionen, die sparte er sich für die Bühne auf. Dort hatte er sie unter Kontrolle.

Es war Roland, der ihn antrieb. Er war in Rolands Leben geschlüpft wie in eine Rolle. Er konnte ihn nicht wieder lebendig machen, aber er konnte erfahren, was seinem Bruder wichtig gewesen war. Dann würde er vielleicht auch den Mörder finden.

Cecilia Tramon sprach in sein Schweigen hinein: »Erzählen Sie mir, warum Sie hier sind.«

Das brachte ihn zum Reden. Er packte alles aus. Den Mord an Roland. Die Verbindung zu den drei Wissenschaftlern. Den Kontakt zu Rainer Liebling. Dessen Verschwinden. Das Treffen mit Friedrich Elch. Jacob Holes. Die E-Mail von Alma Liebling mit dem Bild von Holes, die ihm Jan Koster zusandte. Er gab Cecilia einen Ausdruck des Bildes, aber sie erkannte weder Holes noch den jungen Mann neben ihm. Er sprach von dem Beileidsschreiben mit der Drohung und erwähnte Lieblings Anruf in Verena Toggs Büro.

Als er endete, sagte sie: »Rainer Liebling. Er hat mich auch kontaktiert. Ich erinnere mich an den Namen. Rainer. Mein Lieblingsdichter. Rainer Maria Rilke.«

Lester hielt vor Aufregung den Atem an.

Nickend bekräftigte sie ihre Worte. »Wir haben sogar am Telefon kurz miteinander gesprochen. Er wollte mich besuchen. Aber dann habe ich nichts mehr von ihm gehört.«

»Hat er Sie wissen lassen, warum er Sie besuchen wollte?«

»Er hat erzählt, dass er für eine Kinderhilfsorganisation in Berlin arbeitet. Er habe Informationen über Giuliana für mich, wolle aber nicht am Telefon darüber sprechen. Er komme zum Skifahren nach Italien und werde sich wieder melden. Und dann habe ich nie mehr von ihm gehört.« Sie holte Luft. »Ich hatte mit anderen Krisen zu kämpfen. Einige Monate später fand ich seinen Namen auf einem Post-it-Zettel wieder. Aus Neugier rief ich die Organisation in Berlin an and und erfuhr, dass er während eines Urlaubs verschwunden sei. Ich googelte Lawinentod in Italien, Skiunfall, solche Dinge. Da stieß ich auf einen Bericht. Auf der Webseite einer regionalen Zeitung. Ich hab den Journalisten kontaktiert. Er hat mir einige interessante Dinge erzählt.«

»Kam Rainer Liebling dabei vor?«

Sie kramte in ihrer Tasche und reichte ihm einen Zettel und ein gefaltetes Blatt.

Die Kopie eines Zeitungsartikels. Nicht schon wieder ein Zeitungsartikel, hätte er am liebsten gerufen, biss sich aber auf die Zunge. Sie deutete auf den Zettel.

»Über die Nummer können Sie ihn erreichen. Reden Sie direkt mit ihm.«

Lester zögerte. »Spricht er Englisch? Oder Französisch?«

»Wahrscheinlich Englisch, er arbeitet in einer Region mit vielen amerikanischen Touristen, weil man dort bis weit in den Mai oder sogar Juni hinein Ski fahren kann.«

Unerwartet huschte ein kleines Lächeln über ihr Gesicht.

»Diesen Schurken werden wir es zeigen! *Questi odiosi criminali.*«

26

Spontan buchte Lester ein Zimmer an der Rezeption. Zwar hatte Corinne eine andere Unterkunft für ihn reserviert, aber er hatte Lust, im Grandhotel Minerva zu bleiben. In einem Zimmer mit Sicht auf den schönen Platz und die Basilika. Er legte sich aufs Bett und versuchte, den Zeitungsartikel zu entziffern, den Cecilia Tramon ihm gegeben hatte. Der Text war italienisch, und er verstand zu wenig vom Inhalt, obwohl er dank seiner Französischkenntnisse und mithilfe des Internets einige Ausdrücke übersetzen konnte. Es ging offenbar um undurchsichtige Ereignisse auf der Skipiste eines Bergkurortes namens D'Embraggio im Nordwesten Italiens, verfasst vom Journalisten Franco Cordenons. Derselbe Name stand neben der Telefonnummer auf dem Zettel in seiner Hand. Er wählte die Nummer und hinterließ eine Nachricht auf dem Anrufbeantworter.

Dasselbe tat er bei seiner Mutter, bevor er sich ein Bad einlaufen ließ. Noch während er sich rasierte, rief sie zurück.

»Ich hab leider nicht viel Zeit, mein Herz«, sagte sie. »Ich befinde mich auf dem Flughafen von Melbourne. Sag mir rasch, wo du bist und wen du getroffen hast.«

Lester ignorierte die Frage, er fing gleich mit Randall Shaughnessy an.

Sie war bereits im Bild.

»Er ist freiwillig aus dem Leben geschieden«, erklärte sie. »Eine Überdosis Schlaftabletten, dann hat er sich eine Plastiktüte über den Kopf gezogen. Aber das ist noch nicht öffentlich.«

Lester erschrak. »Hat er ... einen Abschiedsbrief hinterlassen?«

»Ja, aber offenbar ist das Schreiben nur vage, was den Grund betrifft.«

Wenn er die Reaktion seiner Mutter richtig interpretierte, kam Rolands Name darin nicht vor. Lester fühlte trotz der Tragödie ein Gewicht von seinen Schultern fallen.

»Es ist furchtbar«, sagte Claudine Debuisson, »es ist eine Tragödie, für Silver, aber auch für Kanada. Der Zeitpunkt ist so merkwürdig ...«

Lester verstand, was sie meinte. Warum sollte ein Mann, der vor der Krönung seiner Karriere stand, Selbstmord begehen? Seit Jahren hatte Shaughnessy auf seine Ernennung zum Präsidenten des Büros der Weltnationen für Internationale Entwicklung hingearbeitet, hatte sich Respekt selbst bei seinen Gegnern erworben und sich nur jene Personen zu Feinden gemacht, auf die es nicht ankam.

»Ich wollte nur sichergehen, dass du dich nicht ... dass du die Sache richtig einordnen kannst.« Er wusste, was sie damit meinte: Es war kein Mord. Kein Grund, eine Gefahr für ihre Familie darin zu sehen.

»Wie geht es Silver Shaughnessy?«, fragte er.

»Ich konnte noch nicht persönlich mit ihr sprechen. Es heißt, sie brauche Ruhe und werde ärztlich betreut.« Es entstand eine kurze Pause. »Ich wollte, ich wär in Toronto und könnte ihr helfen. Es ist so schrecklich, diese ...«

»Mama«, unterbrach er sie, »Mama, du bist in Australien. Blende alles andere aus. Jetzt ist keine Zeit dafür.«

»Du hast recht, *Sweetheart*. Aber weißt du, für Trauer ist nie die richtige Zeit. Sie kommt meistens, wenn man sie am wenigsten erwartet.« Ihre sonst so lebhafte Stimme klang plötzlich müde.

Um sie aufzuheitern, sagte er: »Vergiss nicht, Oshona ist schwanger.«

»Sie hat es dir also gesagt! Wann kommst du zurück nach Kanada?«

Lester überlegte. »Vielleicht in einer Woche.«

»Geht alles gut mit dem Theaterstück?«

»Ich denke schon.«

»Ich vermisse dich, mein Lieber. Und ich freue mich auf unser Wiedersehn.«

»Du fehlst mir auch, Mama. Viel Erfolg in Australien.«

Am Nachmittag schlenderte er durch die engen Straßen der Altstadt von Florenz, vorbei an imposanten Renaissance-Palästen und geheimnisvollen Portalen. Manche Gassen erschienen ihm düster und bedrohlich, als sei die Stadt dazu angelegt worden, ihre Bürger einzuschüchtern. Aus alter Gewohnheit verlieh er dieser Stadt eine Symbolfarbe: dunkles, schlammiges Grün. Vielleicht war es auch einfach eine Spiegelung seiner Gemütsverfassung.

Als er aber in der Kunstsammlung der Uffizien mit Scharen anderer Besucher vor den Gemälden des Renaissance-Künstlers Tizian paradierte, überraschten ihn die intensiven Farben. Von ihnen ging ein betörendes Leuchten aus, das ihn beinahe festlich stimmte.

Am späten Nachmittag erreichte ihn der Rückruf des Journalisten Franco Cordenons.

Lester sprach langsam und deutlich, während er sein Anliegen erklärte.

»Ich will nicht am Telefon darüber sprechen«, erwiderte der Journalist in gebrochenem Englisch. »Das ist mir zu heiß. Können Sie nach D'Embraggio kommen?«

27

Lautes Geplapper und Lachen weckte Tia auf. Sie schleppte sich ans Fenster und sah eine Gruppe von Leuten die Pferde satteln. Touristen. Sie kniff die Augen wegen der hellen Sonne zu. Auf der Ranch ging der Betrieb weiter, als ob nichts geschehen wäre.

Sie verkroch sich noch einmal unter die Bettdecke und versuchte wieder einzuschlafen. Nichts wissen, nichts denken, einfach wegtreten.

Zwei Stunden später begab sie sich in den Esssaal. Beth war nirgendwo zu sehen. Und wo war Xavier? Ihr Herz pochte schneller. Am Büfett deckte sie sich mit Kaffee, Brot, Wurst und Käse ein. Es gab keine Pfannkuchen, keine Eier mit Speck, kein Früchtekompott, wie an anderen Tagen.

Im Büro fand sie eine junge Frau, die sie noch nie gesehen hatte. Beth, Alissa und Lucy seien zum Einkaufen gefahren, informierte sie Tia, vierzehn Gäste hätten drei Tage Reiten gebucht, »die Zimmer sind voll und auch die Chalets«.

Tia schlenderte zum Stall hinauf. Sie traf Liddy, die Swansong versorgte.

»Gut geschlafen? Alles in Ordnung?« Sie wartete nicht auf Tias Antwort. »Ich hab Swansong auf Herz und Nieren geprüft.

Sie hat keine einzige Schramme. Sie brauchen sich also keine Sorgen zu machen.«

»Ich mach mir mehr Sorgen um John«, sagte Tia.

Liddy legte eine Decke auf Swansongs Rücken.

»Jemand von seiner Familie hat angerufen. Was ich gehört habe, hat er ein paar Knochenbrüche, aber sein Schädel und seine Wirbelsäule sind intakt. Er hat Glück gehabt.«

Merkwürdig, dass Liddy Desperados Tod mit keinem Wort erwähnte. Stattdessen sagte sie: »Entschuldigen Sie, ich bin ziemlich im Stress. Sandra und zwei Wrangler sind mit der Truppe los, wir sind hier nur zu zweit. Setzen Sie sich doch in die Sonne und ruhen Sie sich aus.«

»Haben Sie Xavier gesehen?«

»Ihr Verlobter ist ausgeritten. Er hat den Lunch mitgenommen. Sieht so aus, als ob er eine Weile unterwegs sein wird.«

»Allein?«

Liddy zuckte die Schultern. »Alissa hatte nichts dagegen. Sie konnte wohl einem so attraktiven Mann nichts abschlagen.« Sie grinste. Tia floh verwirrt aus dem Stall. Als sie an der Koppel vorbeikam, hörte sie ihren Namen.

Sie sah Bill, der das Hinterbein eines Pferdes festhielt, während er sich an dem Huf zu schaffen machte.

»Was tun Sie da?«, fragte sie mehr verdrossen als neugierig.

»Der Huf hat sich entzündet«, erklärte er. »Der Tierarzt hat keine Ursache gefunden. Dabei muss man nur unter dem Hufeisen nachsehen.«

»Und – was ist da?«

»Das war ein Kiesel, der sich in die mittlere Strahlfurche gegraben hat.« Er stellte das Bein des Pferdes vorsichtig auf. »Armes Tier. Muss höllisch schmerzen. Aber jetzt geht's bergauf. Ich hab den Eiter rausgespült, das Ganze sauber gemacht und jetzt kommt ein Schutzumschlag drüber.«

Er bedeckte den Huf mit einem Tuch und umhüllte es mit einer Plastiktüte.

Beruhigend strich er über die Flanken des Pferdes und sah Tia an.

»Was war denn los da oben? Weshalb ist Desperado durchgebrannt?«

Tia seufzte. Endlich jemand, der etwas erfahren wollte. Sie holte tief Luft, und dann strömte alles aus ihr heraus.

Bill hörte ihr aufmerksam zu, ohne sie ein einziges Mal zu unterbrechen. Geistesabwesend strich er weiter über das glänzende Fell des Pferdes.

Am Ende fragte er: »Sie glauben also, dass es Jäger waren?«

»Beth sagt das.«

»Und was glauben *Sie*?«

»Ich weiß nicht … Mir kommt das alles sehr merkwürdig vor. Wenn man einen Puma jagt – ich versteh ja nichts davon, aber … es waren viele Schüsse, hin und her, verstehen Sie? Der Puma wäre längst tot gewesen. Oder über alle Berge.«

»Eine richtige Schießerei also?«

»Und Desperado – der ist richtig durchgedreht.«

Bill verscheuchte eine lästige Fliege. »Also, das sieht mir nach einem durchgedrehten Schützenverein aus. Fanatische Ballermänner.«

»Aber …« Tia suchte nach Worten. »Das sind doch … das ist doch eine religiöse Gemeinschaft.«

»Das eine muss ja das andere nicht ausschließen. Heute wird doch wegen allem Möglichen geballert. Öl, Land, Hautfarbe, Religion, Hass.«

»Vielleicht sollte die Polizei …«

»Haben Sie schon mal die Polizei hier oben gesehen? Das sind doch nur Jäger, wie Beth sagt. Jagen darf doch jeder. Dazu noch auf dem eigenen Land.«

»Sicher muss man einen Jagdschein dafür haben.«

Bill lachte. »Die Behörden von British Columbia sind doch ganz scharf drauf, dass die Leute den Jagdschein erwerben. Die machen sogar eine Werbekampagne dafür. Vor allem den jungen Leuten und Frauen werfen sie den Schein direkt hinterher.«

Er ging um das Pferd herum und begutachtete die andere Seite. »Auf einer privaten Ranch gibt's keine Kontrollen. Außer jemand zeigt die Leute wegen illegalen Waffenbesitzes an.« Er legte seine Hand flach auf den Pferderücken. Das Tier drehte die Ohren. »Wir wissen ja nicht, ob sich da drüben etwas Verbotenes abspielt.«

»Man könnte es aber herausfinden«, sagte Tia. Und bereute ihre Worte sofort. Sie wollte in nichts hineingezogen werden.

Bill band das Pferd vom Pfosten los.

»Ich hab am Mittwoch frei. Ich will mal sehen, was da oben los ist. Kommen Sie mit und zeigen Sie mir, wo es passiert ist?«

Tia streckte sofort beide Hände abwehrend von sich.

»Nein, nein, keinesfalls. Das hat mir gereicht. Das ist mir zu gefährlich. Ich bin froh, dass ich noch am Leben bin.«

Dann fiel ihr der Rucksack ein. Ihr Fotoapparat und einige persönlichen Dinge waren darin. Vielleicht lag er noch an der Stelle, wo er hinuntergefallen war.

Bill packte mit der einen Hand die Zügel, mit der anderen den Eimer.

»Sie sind doch eine zähe Nudel, Tia. *Sie* bringt so schnell nichts um. Der arme John dagegen …«

Sie lief neben ihm her. »Sie denken, die Leute von der Burg haben etwas mit Johns Unfall zu tun?«

Er schien sich seine Antwort gut zu überlegen.

»Ich glaube, die waren sicher nicht glücklich darüber, dass Sie sich da oben rumgetrieben haben.«

»Weil wir in ihr Grundstück eingedrungen sind?«

Bill schnaubte fast wie ein Pferd. »Grundstück ist gut. Das ist so groß wie die Hälfte von Vancouver Island. Nein, wir reiten ja ab und zu da oben durch. Ich denke, dass wir sie vorher zuerst um Erlaubnis fragen, aber das hat John offenbar nicht getan.«

Er blieb stehen, weil Liddy auf sie zukam.

»Ich versuche Tia gerade zu überreden, mir beim Aufladen der Strohballen zu helfen«, rief er.

»Ist er nicht ein fauler Kerl?« Liddy klopfte Bill auf den Rücken.

Tia nahm Bill beim Wort. Sie fuhren in seinem Pick-up zur Scheune mit dem Wellblechdach, und sie schichtete mit ihm Strohballen auf die Ladefläche, bis ihr der Rücken schmerzte. Die Arbeit machte sie hungrig. Sie aß Suppe und belegte Brote, die ihr die junge Frau aus dem Büro hinstellte. Wo blieb nur Xavier?

Plötzlich fühlte sie sich todmüde. Sie suchte ihr kühles Zimmer auf. Im Nu war sie eingeschlafen und erwachte erst, als es an der Tür klopfte.

»Entschuldige, ich wollte dich nicht aufwecken«, sagte Xavier. Er nahm sie in die Arme und ließ sie lange nicht los. Sie spürte die Wärme und Stärke seines athletischen Körpers. »Soll ich dir einen Kaffee holen?«

Tia nickte schlaftrunken.

Sie kroch wieder ins Bett und stopfte sich ein Kissen in den Rücken. Xavier erschien mit zwei Tassen.

»Dein Haar ist voller Stroh. Wo hast du dich herumgetrieben?« Er pflückte einen kleinen Halm aus ihrer Mähne.

»Ich hab Bill geholfen. Sie haben zu wenig Leute für die viele Arbeit.« Xavier ließ sich auf dem Stuhl neben dem Bett nieder. Er trug sein welliges Haar ganz kurz geschnitten. Es machte ihn jünger, sein Gesicht aber auch härter. Ihr Blick glitt auf seinen Mund. An diesem männlichen Mund, den eckigen, klaren Konturen konnte sie sich nie sattsehen.

»Du hast dich demnach gut eingelebt hier«, bemerkte er.

Sie blies in den aufsteigenden Dampf aus der Tasse.

»Ja, es blieb mir ja auch viel Zeit dafür. Ich war tagelang der einzige Gast.«

Er beugte sich zu ihr. »Tia, ich weiß, dass ich dich einige Tage im Ungewissen gelassen habe …«

»Einige Tage? Um Himmels willen, Xavier, du hast mich angelogen und dann hast du gar nichts mehr von dir hören lassen!«

»Jetzt bin ich hier, und jetzt können wir reden. Ich war im Krankenhaus, ich hatte keinen Zugang zum Internet. Ich war eine Woche lang sehr krank, Tia.«

»Warum hast du überhaupt einen Flug in die USA gebucht?«

»Ich habe an einer Tagung unserer Organisation teilgenommen. Plötzlich ging es mir nicht gut, und es stellte sich heraus, dass ich mir eine Lebensmittelvergiftung eingefangen hatte.«

Ihre Tasse fühlte sich glühend heiß an.

»Was für eine Tagung? Warum hast du mir nichts davon gesagt?«

Er rückte seinen Stuhl näher ans Bett.

»Es ging um ein Treffen mit Vertretern von *Ärzte ohne Grenzen*, über das ich nicht sprechen darf. Wir müssen die Ärzte in Kriegsgebieten schützen.«

»Du bist doch Wasseringenieur, nicht Arzt.«

»Auch mobile Krankenstationen brauchen Wasser, und dafür bin ich zuständig, mein Liebes.«

»Dann schreib mir das doch und verkauf mich nicht für dumm.«

»Ich verkauf dich nicht für dumm, ich habe mich nur ungeschickt angestellt. Es tut mir leid, mein Liebes.«

Sie hielt ihre Tasse krampfhaft fest. »Es war doch deine Idee, diese Ranch … und alles. Du wolltest doch unbedingt mit mir hierher. Und ich … ich bin hierhergekommen – und wo warst *du*?«

Xavier hörte ihr geduldig zu. Das war schon immer seine Stärke gewesen.

»Wo warst du die ganze Zeit?«, fuhr sie fort. »Weshalb willst du so weit weg? Willst du weg von mir?«

Xavier räusperte sich.

»Ich hab mich in den vergangenen Jahren oft einsam neben dir gefühlt, Tia. Du hast meine Nähe nie wirklich zugelassen. Du warst immer … absorbiert, wie weggetreten. Ich hab das ja auch verstanden, nach … nach allem, was passiert ist. Aber ich habe mich oft auch hilflos gefühlt.«

Seine Worte trafen sie mitten ins Herz.

»Warum hast du nie etwas gesagt, Xavier? Wir konnten doch immer miteinander reden.«

»Ich hatte Angst, du würdest es falsch auslegen. Ich … ich hatte auch Angst vor deinem Zorn. Ja, das überrascht dich, nicht wahr? Du warst voller Zorn – auf alle. Auf den Mörder deines Vaters, natürlich, aber auch auf deine Mutter. Und auf die Leute, die von deiner Mutter etwas wollten … auf mich – und ich glaube, auch auf dich selbst. Und auf deinen Vater. Weil er nicht mehr für dich da ist.«

Tia schwang die Beine über den Bettrand. »Du hast es dir einfach gemacht, Xavier. Bist einfach geflohen. Im nächsten Leben wirst du sicher als Pferd geboren.«

Nun schlich sich die Anspannung auch in Xaviers Stimme.

»Ich habe alles versucht, um dich an mich zu binden. Aber du warst nicht frei, Tia. Du hast dich abgeschirmt von tiefen Gefühlen. Ich war nur ein Komparse in deinem Leben.«

Sie setzte sich ans Fußende, weg von ihm.

»Warum fliehst du denn ausgerechnet nach Afrika, wenn du mit Tragödien nicht umgehen kannst? Afrika ist doch eine einzige Tragödie.«

Er stellte die Tasse auf den Nachttisch. »Ich weiß, du wirst mich auslachen, aber es zog mich schon immer dahin … die Menschen in Afrika brauchen mich.«

»Xavier auf dem Helfertrip. Und ich – ich brauche dich nicht?« Sie wollte nicht sarkastisch klingen, aber er hatte recht, tief in ihr drin brodelte eine grollende Wut. Und die traf immer die Falschen.

»Manchmal bist auch du über Hilfe froh, Tia. Der Nachbar zum Beispiel hat viel dafür getan, um dich zu finden. Er und seine Leute haben John gerettet. Ich glaube, du solltest dich bei ihm dafür bedanken, findest du nicht? Hubschrauber sind eine teure Sache.«

»Xavier, dieser Nachbar hat Leute, die tragen Gewehre mit sich herum. Wir haben sie schon am Fluss gesehen mit ihren Schießeisen. Du kannst dir nicht vorstellen, wie das war … dort oben!«

»Schschsch, mein Schatz, beruhige dich wieder.« Er setzte sich neben sie, nahm ihre Hände in die seinen und drückte sie sanft. »Du weißt doch, dass alles, was mit Schusswaffen zu tun hat – das ist dein Trauma, Carmen, ich meine, Tia. Das kommt jedes Mal in dir hoch, wenn du einen Schuss hörst. Du bist dann augenblicklich wieder … in Bern, wie an jenem Tag. Verstehst du?«

»Es war nicht nur ein Schuss, es war eine Schießerei«, wandte sie ein, aber sie merkte, wie ihr Widerstand schwächer wurde. Es stimmte wohl, ihre Reaktion war vielleicht unangemessen. Sie musste sich ihrer Angst stellen, nur so würde sie sie überwinden können. Hatte ihr das Spiel mit den Wasserpistolen nicht Spaß gemacht, hatte sie nicht die Wrangler und die deutschen Touristen mit großem Vergnügen nass gespritzt?

»Nun soll ich ihm den Treibstoff bezahlen, oder was?«, fragte sie trotzig.

»Nein, aber er würde sich beispielsweise über ein kleines Privatkonzert freuen.«

Sie sah ihn überrascht an. »Du hast mit ihm gesprochen?«

»Ja, ich fand es angebracht, ihm zu danken, das ist doch selbstverständlich.«

Xavier, wie sie ihn kannte. Höflich, umsichtig, versöhnlich.

»Ich brauch jetzt eine Dusche«, sagte sie. Was sie wirklich brauchte, war Zeit, um sich zu beruhigen. Die Dinge klarer zu sehen.

Er erhob sich sofort. Sie betrachtete ihn. Wie hatte Liddy gesagt? Ein attraktiver Mann. Der müde Ausdruck in seinem Gesicht machte ihn noch anziehender. Wie hatte sie sich nach diesem Moment gesehnt. Er beugte sich zu ihr hinunter, umschloss ihr Gesicht mit beiden Händen.

»Jetzt weiß ich wieder, warum ich dich nie aus dem Kopf kriege.«

Er lächelte voller Sehnsucht. Dann küsste er sie zärtlich. Sie schloss die Augen.

Warum hatte sie diesem Mann nur begegnen müssen? Warum musste sie sich nur in ihn verlieben?

Seine Hand lag schon auf dem Türknauf, als er sagte: »Du bist es auch John schuldig.«

28

Die Aussicht durch die hohen Fenster des Gasthofes machte Lester beinahe schwindlig. Eine wuchtige Bergkette kesselte das Tal ein, Titanen aus Stein und Schnee. Die unteren Lagen zum Dorf hin hatte die Frühsommersonne sauber gewischt. Lester packte das Verlangen, mit Brettern in das glitzernde Weiß hochzusteigen und dieselbe Euphorie zu fühlen wie im Dezember beim Heli-Skiing in den Rocky Mountains. Was für ein Rausch!

»Ich war gestern oben«, sagte der Mann, der ihm gegenübersaß. Eine Mütze verdeckte die Hälfte seines Gesichts und ein gestutzter Bart fast den gesamten Rest. Selbst eingepackt in einen dicken Pullover sah er schmächtig aus. »Guter Schnee da oben, aber trotzdem nicht annähernd so gut wie früher. Wir kommen nicht mehr ohne künstliche Beschneiung aus. Wir hatten so viele schlechte Winter in den vergangenen Jahren. Sooo viele schlechte Winter. Ich glaube, es ist die globale Erwärmung. Es gibt einfach keinen Schnee mehr! Manchmal helfen nur Schneekanonen. Es ist eine Misere, glauben Sie mir. D'Embraggio ohne Schnee ist tot!«

Franco Cordenons redete so schnell und dramatisch, dass Lester zu einem Trick greifen musste. Er lieh sich den Schreibblock des Journalisten aus und begann sich Notizen zu machen. So hoffte er, für sich mehr Klarheit und Übersicht in dieser verschlungenen Geschichte zu schaffen.

»Cecilia Tramon hat mich vorgewarnt, dass Sie mich wahrscheinlich anrufen würden«, fuhr Cordenons fort. »Sie hat mich darüber informiert, dass Sie beim Film arbeiten. Dass Sie Filme machen über Rettungsaktionen in den Bergen.«

Lester nickte, denn die Lehrerin hatte ihm geraten, einen Vorwand für seinen Besuch in D'Embraggio zu finden. Aus Vorsicht, hatte sie gemeint. Die Welt dort oben sei klein und Neuigkeiten würden sich rasch verbreiten. Es war nicht einmal eine Lüge: Er hatte die Hauptrolle in der kanadischen Fernsehserie *Rettungsteam 268* gespielt.

Cordenons wurde noch lebhafter.

»Ich will, dass diesen armen Eltern geholfen wird. Es ist eine Schande, *che vergogna*! Alle stecken unter einer Decke, der Geschäftsführer der Bergbahnen, die Besitzer des Skigebiets, die Polizei, die Richter, das Büro für Tourismus, alle wollen die Sache vertuschen.«

Er zog seine Skimütze bis zu den Augenbrauen hinunter. »Alle wissen es. *Tutti*! Aber vielleicht kommt nun etwas in Bewegung. Sogar in Kanada interessiert man sich also für diesen Skandal hier. Gut so!«

Lester nippte freudlos an seinem Tee, der ihm lauwarm an den Tisch gebracht worden war.

»Erzählen Sie mir doch bitte, worum es geht.«

»Die wollen einfach verheimlichen, dass es Tote gibt in diesem Skigebiet. Dass Touristen in Gletscherspalten fallen, weil viel weniger Schnee auf dem Gletscher liegt. Globale Erwärmung, *ecco*! Ich bin überzeugt, es liegen noch einige da oben, von denen die Öffentlichkeit nichts weiß!«

Lester beobachtete, wie junge Leute mit Snowboards zur Talstation der Bergbahn liefen. Cordenons folgte seinem Blick und senkte die Stimme. »Die haben allen Grund, sich zu fürchten.«

Lester bat ihn, die Ereignisse ganz langsam und chronologisch zu erzählen.

Er notierte in Windeseile, was ihm der Journalist anvertraute.

Vor viereinhalb Jahren im Dezember verschwand ein Neuseeländer. Seine letzte Ansichtskarte an die Eltern stammte aus D'Embraggio. Aber die örtliche Polizei behauptete, keine Spuren des Vermissten finden zu können. Vier Monate später entdeckte ein Freund der Familie den Leihwagen des Neuseeländers auf dem Parkplatz am Skilift – das Auto musste die ganze Zeit dort gestanden haben! Der Freund fand auch einen Eintrag mit dem Namen des Vermissten im Gästebuch eines Hotels. Trotzdem unternahmen die Behörden von D'Embraggio nichts, um den Eltern zu helfen. Auch die Betreiber des Skigebietes kümmerten sich nicht, obwohl alle Indizien darauf hindeuteten, dass der Neuseeländer beim Skifahren auf ihren Pisten verschollen war. Die Eltern finanzierten eine Suchmannschaft, die jedoch nach drei Tagen ohne Ergebnisse zurückkehrte.

»Jetzt wird es spannend«, kündigte Cordenons an. »Vor einem Jahr haben Skifahrer Leichenteile gefunden, die aus dem Schnee ragten.« Die ungewöhnliche Wärme der vergangenen Jahre habe den Gletscher schmelzen lassen und sein Opfer preisgegeben.

Lester versuchte, mit dem Drama, das der Journalist vor ihm ausbreitete, mitzuhalten. Die Eltern reisten demnach sofort von Neuseeland nach D'Embraggio. Es war ihnen unmöglich, den in mehrere Teile zerschnittenen Leichnam zu identifizieren, da der Kopf bis zur Unkenntlichkeit zerschmettert war und Teile fehlten. Aber die Polizei teilte den Eltern mit, sie habe auf dem Gletscher eine Plastiktüte mit dem Skipass ihres

Sohnes gefunden, dazu den neuseeländischen Pass und andere Ausweisdokumente sowie ein Amulett, das er immer bei sich getragen hatte.

Die Behörden von D'Embraggio ließen die Leichenteile fotografieren und röntgen, aber der Staatsanwalt ordnete keine Autopsie an und der Tote wurde mit dem Einverständnis der Eltern eingeäschert. Später erhielten diese den Schlussbericht der Polizei, in dem sie aber verstörende Unstimmigkeiten entdeckten. Darauf baten sie die Polizei von D'Embraggio um die Röntgenbilder und Fotos von der Leiche, mussten aber einen Anwalt einschalten, um sie zu erhalten. Ein Gerichtsmediziner in Neuseeland diagnostizierte, dass die Verletzungen des Toten nicht von einem Sturz in eine Gletscherspalte herrühren konnten. Das Opfer hatte sich nach seinen Erkenntnissen aus eigener Kraft aus der Spalte retten können, wurde dann aber mit großer Wahrscheinlichkeit von einer Pistenraupe erfasst und zermalmt. Der Gerichtsmediziner in Auckland kam darüber hinaus zu dem Schluss, dass die Leiche vielleicht gar nicht der Neuseeländer war. Die neuseeländische Botschaft in Rom bat die italienischen Behörden um Aufklärung, aber die Polizei, die Politiker und die Betreiber des Skigebietes mauerten und verweigerten jegliche Kooperation.

Franco Cordenons kratzte sich am Kopf unter der Mütze. »Ich bekam Wind von der Sache und schrieb den Artikel, den Sie vor sich haben. Das ließ mein Chef noch durchgehen. Ein bisschen Skandal ist verkaufsfördernd. Italiener sind an Skandale gewöhnt. Aber dann ...«, der Journalist zog den Hals wie eine Schildkröte ein, »dann vernahm ich Gerüchte.«

Lester hörte auf zu schreiben, um sich aufs Zuhören zu konzentrieren.

»Ich vernahm Gerüchte, dass manche Leute genau wüssten, wessen Leiche es in Wirklichkeit sei. Man habe damals nämlich noch andere Gegenstände oben auf dem Gletscher gefunden.

Aber die wahre Identität der Leiche sollte für immer verschleiert bleiben.«

»Haben Sie einen Namen gehört?«

»Ja, aber ich habe ihn bisher noch nie ausgesprochen. Ich habe ihn selbst Frau Tramon gegenüber nicht ausgesprochen. Trotzdem weiß sie genau, wen ich meine.«

»Warum wagen Sie nicht, den Namen zu nennen?«

»Mein lieber Herr – ich bin nur ein armer Schreiberling bei einer Regionalzeitung. Ich kann mir keinen Anwalt leisten und keine Leibwächter. Ich muss hier in D'Embraggio weiterleben und meine Familie auch. Ich hab getan, was ich konnte. Jetzt sollen andere weitermachen. *Ecco*!«

Lester zeichnete Männchen auf das Papier. Er vermutete, dass Franco Cordenons von Rainer Liebling sprach. Aber es war ihm auch klar, dass dieser nie seine Position bei der Zeitung mit einer Veröffentlichung seiner Recherchen gefährden würde. Er akzeptierte die Bedingung des Journalisten.

»Okay. Nennen wir keine Namen. Das Auto der Person, von der wir sprechen … das Auto wurde auf einem Parkplatz in der Schweiz nahe der Grenze zu Italien gefunden.«

»Aha. Es sind ungefähr drei Stunden von hier bis zur Grenze. Vielleicht ist er in einem anderen Auto hierhergefahren.«

Lester rieb sich die Nase.

»Es kann doch für die Polizei nicht so schwierig gewesen sein, den Weg dieser Person nachzuverfolgen.«

Franco Cordenons sah sich im Restaurant um, dann senkte sich seine Stimme zu einem Raunen.

»*Mamma mia*, das Opfer ist von einem Pistenfahrzeug zermalmt worden! Diese Pistenfahrzeuge werden jeden Abend eingesetzt, um die Gletscherspalten mit Schnee zu füllen. Stellen Sie sich den Skandal vor! Und dann möglicherweise einen Prozess. Und Schadenersatzforderungen! Nicht zu vergessen die politischen Konsequenzen! Wer weiß, welcher Rattenschwanz von … von Verwicklungen da noch herauskommen könnte. Da hat es genügend Leute gegeben, die bereit waren, so was zu vertuschen, glauben Sie mir.«

Natürlich hatte Cordenons recht. Aber alles, was Lester erfahren hatte, war ein Gerücht über Rainer Liebling, das dem Journalisten zugetragen wurde. Nicht mehr.

Sein Informant war jedoch noch nicht am Schluss angelangt. »*Guardi*, sehen Sie, es war ein Leichtes, die Sache zu vertuschen. Der Polizeifotograf sagte aus, er habe die Fundstelle überflogen und Luftaufnahmen gemacht. Dann landete er und machte Bilder von der Leiche und den Gegenständen im Schnee. Er wurde von einem Angestellten des Skilifts begleitet. Später wurde der Pilot zu einer anderen Rettungsaktion gerufen. Deshalb beauftragte er Angestellte des Skilifts, die Leiche zum Tal zu transportieren. Können Sie sich das vorstellen? Nicht die Polizei – Angestellte des Skilifts! Sie mussten den Toten und andere Fundstücke in den Leichensack legen. Verstehen Sie? *Capisce*? Es ist unglaublich!«

Lester stimmte ihm zu. »Es wurde also nie eine Autopsie gemacht, und die Fundstelle wurde nicht von der Polizei gesichert«, fasste er zusammen. »Jeder hätte dort hingehen und zum Beispiel Indizien fälschen können.«

»*Ecco! Ecco!*«, rief der Journalist und vergaß sich nun ein wenig. »Man hat den Eltern in Neuseeland eine fremde Leiche untergejubelt, denn diese Ganoven dachten, Neuseeland ist weit weg und die Eltern sind einfache Leute. Die merken das nicht.«

Er schlug beide Hände flach auf die Tischplatte. »Ich muss nach Hause, meine Frau will, dass ich ihr beim Packen helfe. Wir fliegen in die Dominikanische Republik. Sonne, Strand – kein Schnee! Hoffentlich streiken die Fluglotsen nicht. Es ist eine Misere mit diesem Land!«

»Bitte beantworten Sie mir noch eine Frage«, sagte Lester rasch. »Wie finde ich den passenden Drehort?« Und mit

Nachdruck in der Stimme fügte er hinzu: »Sie verstehen, was ich meine?«

»*Finalmente*«, sagte der Journalist. »Endlich ist bei Ihnen der Groschen gefallen. Ich verstehe genau, was Sie meinen. Hier, nehmen Sie das mit. Und nehmen Sie Ihre Filmleute mit, das wird sicher spannend. Nie war der Gletscher nackter als jetzt. Der gibt vieles her mit diesem ganzen Eisschwund, *capisce*? Sagen Sie niemandem, dass Sie die Angaben von mir haben. Ich mache mich jetzt aus dem Staub. *Ciao*!«

Lester schaute seiner schlaksigen Gestalt mit der blau-roten Mütze nach, als er aus dem Gasthof eilte. Dann glitt sein Blick nach oben auf die sonnenbeschienenen Schneehänge und die kantigen Gipfel. Er brauchte nicht lange zu überlegen, beglich die Rechnung und machte sich auf den Weg. In einem Sportladen mietete er sich Skier und die gesamte restliche Ausrüstung für ein kleines Vermögen.

In der Pension, wo er sein Zimmer hatte, stürzte er sich in den Skianzug.

Kurz darauf reihte er sich in die Warteschlange an der Luftseilbahn ein. Von der Zwischenstation ließ er sich mit dem Sessellift zur Gipfelstation tragen. In der Brusttasche seiner Skijacke trug er Rolands schwarzes Notizheft mit sich, von dem er sich nie trennte, und den Bericht des Hubschrauberpiloten sowie Einzelheiten der polizeilichen Ermittlungen, die er von Franco Cordenons erhalten hatte. Außerdem ein funkelnagel-neues GPS-Gerät.

Minuten später stand er neben dem Gipfelrestaurant und ließ seinen Blick über die im Sonnenlicht funkelnde Piste glei-ten. Am liebsten wäre er in großen Schwüngen losgesaust. Aber es blieb ihm nicht viel Zeit, bis es dunkel wurde.

Zunächst schaute er auf sein Handy, hier gab es noch Empfang. Im Sportgeschäft hatte man ihm erklärt, dass an manchen Orten Funkstille war. Er solle in dieser Situation seinen Standort ändern, um aus solch einem ›Loch‹ herauszukommen.

Er zog das GPS-Gerät heraus und versuchte, seine Position zu bestimmen. Zwei Stunden zuvor hatte er im Pensionszimmer die Gebrauchsanweisung studiert, hier oben sah alles jedoch verwirrend aus.

Immer wieder gab er seine Position neu ein und dann die Koordinaten, die er dem Polizeibericht entnahm. Die Polizeiangaben unterschieden sich allerdings von den Zahlen, die der Hubschrauberpilot zu Protokoll gegeben hatte. Lester vermutete dahinter ein weiteres Täuschungsmanöver der Verantwortlichen in D'Embraggio.

Er wollte gerade die Gebrauchsanweisung für das GPS-Gerät hervorholen, da schob sich ein Schatten an seine Seite.

»Kann ich Ihnen behilflich sein?«

Lester fuhr zusammen. Ein vermummtes Gesicht wie viele hier, Sonnenbrille, Mütze und der Kragen hoch bis zum Kinn.

Aber die Stimme war unverkennbar.

29

Bill steuerte den großen Pick-up, in dem alle Platz fanden: Sandra vorne neben ihm, Xavier und Tia hinten. Irgendwie war es Xavier gelungen, den Prediger zu überreden, noch ein paar Leute von der Golden Eagle Ranch einzuladen. Alissa und Beth ließen sie zurück, denn die beiden mussten eine holländische Gruppe versorgen. Liddy arbeitete den neuen Wrangler ein, der John vertrat. Lucy wollte unbedingt mit, aber Alissa hatte es ihr verboten. Lucys Schreien und Toben änderte daran nichts. Tia fand, das Mädchen hatte es eigentlich nicht verdient, von dem Konzert auf der Burg ausgeschlossen zu werden. Es hätte Lucy wenigstens für einige Stunden von Desperados Tod abgelenkt. Alissa blieb indessen hart.

Sie kannte den Guru von der Burg offenbar besser, als sie ihre Mitarbeiter wissen lassen wollte. Tias Laune verschlechterte sich, als sie daran dachte. Während sie sich die Finger würde wund spielen müssen, durften sich die Holländer im Whirlpool auf der Veranda des Partyhauses vergnügen, auf den See hinausrudern oder mit den Pferden ausreiten. Und sicherlich gäbe es hinterher noch eine Verfolgungsjagd mit Wasserpistolen.

Der Pick-up stob über die trockene Landstraße. Die Sonne, die hoch am Himmel stand, brannte durchs offene Fenster auf

Tias rechten Arm. Sie schwitzte trotz des Lüftchens, das über ihre Haut blies. Mit halbem Ohr hörte sie die anderen plaudern. Xavier hielt ihre Hand und lächelte ihr aufmunternd zu.

Noch war keine Burg zu sehen, denn die Straße wand sich um Hügel und über Kuppen und setzte zu einer stärkeren Steigung an. Tia zog eines der Notenbücher mit Musikstücken aus dem Rucksack, den sie sich von Beth geliehen hatte, denn ihrer lag immer noch an der Unglücksstelle über dem Canyon. Diesmal nahm sie ihre eigenen Noten mit, so hatte sie sich wenigstens vorbereiten können. Heimlich war sie gespannt, was für ein Klavier sie ihr auf der Burg vorsetzen würden. Wahrscheinlich wieder so ein verstimmtes Camping-Piano, wie sie es abschätzig nannte.

Tia fühlte Feuchtigkeit in den Achselhöhlen. Hätte sie doch nur ein T-Shirt statt der weißen Bluse angezogen. Das hätte für diese Ballermänner genügt. Sie rechnete jeden Moment damit, dass ein paar motorisierte Wächter auftauchten, so wie es der deutschen Reisegruppe widerfahren war.

Plötzlich, nach einer engen Kurve, tauchte ein Palisadenzaun mit einem monumentalen Tor auf. Tia kam es vor wie der verschlossene Eingang zur Verbotenen Stadt in Peking, nur dass die Palisaden zu einem Fort aus der Pionierzeit gepasst hätten. Bill bremste gerade noch rechtzeitig.

»Verdammt, was brauchen die einen Zaun, wenn sie doch keine Rinder und Pferde haben?«, fluchte er.

»Es muss einfach Eindruck machen«, bemerkte Sandra trocken.

»Für mich sieht es aus wie der Eingang zu einem Tempel«, sagte Tia. »Seht mal, was darüber geschrieben steht.«

»›Sind doch die Reichen in der Stadt voll Verbrechen‹«, las Sandra laut vor, »›ihre Bewohner verbreiten Lüge, und deren Zunge ist Betrug im Munde. Michäas sechs, zwölf.‹«

»Da haben wir ja Glück gehabt«, sagte Bill. »Wir wohnen auf dem Land.«

Sandra lachte. »Und reich sind wir auch nicht.«

Reich ist, wer sich Hubschrauber leisten kann, dachte Tia, aber sie hielt den Mund.

Dafür meldete sich Xavier. »Wir sind noch etwas früh, etwa zehn Minuten. Am besten, wir warten einfach.«

»Bill, du bist wieder mal zu schnell gefahren.« Sandra lachte erneut. Nervöser diesmal, bemerkte Tia.

Vielleicht setzte allen die Hitze zu. Erst Ende Mai und schon so warm. Nur Xavier wirkte gelassen. Er war an afrikanische Temperaturen gewöhnt.

Tatsächlich öffnete sich das Tor nach zehn Minuten wie von Geisterhand.

Es waren indes keine Geister, die erschienen. Vier junge Männer, sicher nicht einmal zwanzig Jahre alt, kamen auf den Pick-up zu. Sie wiesen Bill an, den Wagen vor dem Tor zu parken.

Bill protestierte.

»Wir ziehen es vor, nur unsere Fahrzeuge auf dem Gelände einzusetzen«, sagte einer der jungen Männer. »Hier rennen viele Kinder herum, und wir tragen die Verantwortung.«

Bill und Sandra tauschten Blicke. Sekunden des Zögerns folgten.

Schließlich sagte Bill: »Kein Problem, Leute.«

Sie stiegen in einen grauen Kleinbus um, der sie über eine lange Zufahrt an mehreren Gebäuden vorbeifuhr, die umgebauten Scheunen glichen. Kein Mensch war zu sehen. Auch keine herumflitzenden Kinder.

»Wo sind die Kinder?«, platzte Tia heraus.

»In der Schule«, sagte der junge Fahrer.

Xavier drückte beruhigend ihre Hand. Der einzige Mensch in diesem fremden Land, der wusste, wer sie war, und ihre

Geschichte kannte, dachte sie. Der Kleinbus hielt, und für einen Augenblick herrschte Schweigen – bis Bill rief: »Wow!« Tia erhaschte zuerst nur einen Blick auf die weite Treppe. Den Rest sah sie erst, als sie ausgestiegen waren.

Es nahm ihr den Atem. Die breit angelegte Steintreppe hätte einem französischen Schloss alle Ehre gemacht. Eine Balustrade mit geschwungenem Sims und erkerähnlichen Vorsprüngen grenzte eine dahinterliegende Terrasse ein. In Tias Augen war es ein misslungener Versailles-Verschnitt, denn hinter der Terrasse erhob sich die Fassade eines luxuriösen Blockhauses. Es glich einem protzigen Wellnesshotel in den Rocky Mountains, das Tia in einer Reisebroschüre gesehen hatte. Wenn nur die hohen griechischen Säulen nicht gewesen wären. Angesichts dieses grässlichen Stilwirrwarrs war Tia versucht zu kichern. Unwillkürlich suchte sie Xaviers Blick. Dieses Gebäude musste ihm in den Augen schmerzen. Was Architektur, Kunst und Filme betraf, teilten sie denselben Geschmack. Aber Xavier fasste sie nur kurz am Arm und warnte auf Deutsch: »Nein.« Sie wusste gleich, was er damit meinte: Wir sind hier zu Gast, wir verhalten uns höflich und lassen uns nichts anmerken.

Der Hausherr empfing sie auf der Terrasse. Seine bestickte Tunika glänzte in der Sonne, sein gegeltes Haar und das Weiß seiner Zähne ebenso. Er breitete die Arme aus. »Willkommen im Paradies des Herrn.«

Tias weiße Bluse klebte unangenehm. Sie war zu modisch und zu eng geschnitten, was ihr bewusst wurde, als sie den Blick des Predigers auf sich fühlte. Sie versuchte, in der Nähe der Gruppe zu bleiben, und Xavier schien ihre Nervosität zu spüren. Er übernahm die Rolle des geschliffenen Gastes, erwies dem Hausherrn gewandt seine Referenz und bewunderte das Anwesen, ohne sich selbst zu verleugnen. Die vier jungen Männer standen breitbeinig auf den oberen Treppenstufen und ließen die Besucher nicht aus den Augen. Bill fragte sie, woher sie kämen und ob es ihnen hier gefalle, aber er erhielt nur einsilbige Antworten.

Der Prediger führte sie ins Innere seines Palastes. Tia wappnete sich innerlich gegen weitere Monstrositäten. Sie betraten einen Raum, der zwei Stockwerke hoch war. Ein Kamin aus Natursteinen reichte bis zum Dach. In der Mitte plätscherte ein Wasserfall über künstliche Felsen in ein Becken, in dem Goldfische schwammen. Tia schaute an den Wänden hinauf. Dort hingen die üblichen ausgestopften Schädel von Bär, Elch, Hirsch, Puma und Karibu. Dazwischen Gemälde von irgendwelchen Schlachten. Sie trat ein paar Schritte näher. Auf einem der Bilder fielen riesige Heuschrecken über Ansammlungen von winzigen, fliehenden Menschen her. Die Heuschrecken glichen Pferden, besaßen aber menschliche Antlitze und wallendes Haar. Sie besaßen das dolchartige Gebiss eines Raubtieres, und ihr geschuppter Stahlpanzer lief in einem Stachel aus, ähnlich dem eines Skorpions. Einer dieser Stachel bohrte sich in ein schreiendes Kind, dessen Gesicht zu einer schmerzverzerrten Fratze geworden war. Auf dem verschnörkelten Goldrahmen prangte ein Schild in gotischer Schrift: *Unser Herr ist der König des Abgrundes.*

Tia wandte sich schaudernd ab. Die anderen schienen die merkwürdigen Gemälde noch nicht bemerkt zu haben. Xavier hörte sich geduldig den Wortschwall des Predigers an, der ihm den Wasserfall vorführte. Sandra ließ ihre Augen unruhig umherschweifen, und Bill hielt sich mit verschränkten Armen zwischen ihr und den jungen Männern, die mit ihnen hereingekommen waren.

»Lasst uns in den Konzertsaal gehen«, rief der Prediger. Warum sagt er nicht gleich Orpheum, wollte Tia Xavier zuflüstern, aber der küsste sie blitzschnell auf die Lippen und brachte sie so zum Verstummen.

Der Prediger hatte nicht übertrieben. Sie stiegen wieder eine ausladende Treppe hoch und gelangten zu einem reich verzierten Portal, das zwei junge Männer aufstießen.

Der Saal war beeindruckend, das musste selbst Tia zugeben. Schwere Kronleuchter warfen ein festliches Licht auf den glänzenden Parkettboden und die mit rotem Samt bezogenen Stühle. Am Ende des Saals entdeckte Tia einen schwarzen Flügel. Sie konnte nicht anders, sie musste darauf zugehen und den Namen des Herstellers lesen. »Fazioli«, flüsterte sie.

Sie konnte es nicht fassen. Ein Konzertflügel von Fazioli mitten in der kanadischen Steppe.

Sie fühlte den Blick des Predigers auf sich. »Ein Geschenk des Himmels«, hörte sie ihn sagen, zitternd vor Besitzerstolz. Sofort begann er den Gästen die Herkunft des Instrumentes zu erklären: »Aus Italien, diese Flügel werden von Hand hergestellt, und man verwendet dazu Holz aus demselben Tal, wo Stradivari, der berühmte Geigenbauer, das Holz für seine Instrumente geschlagen hat. Es dauert zwei Jahre, einen solchen Flügel herzustellen und …«

Tia hörte ihm nicht mehr zu. Ihr Blick blieb an einer kleinen Markierung an der Seite des Flügels hängen, einer magischen Zahl, und ihr Herz fing an zu hämmern. »Cinque.« Das war doch nicht möglich!

Sandra stellte sich dicht neben sie. »Was kostet so ein Ding?«, raunte sie, sodass nur Tia sie hören konnte.

»Sehen Sie das Wort rechts an der Seite?«, flüsterte Tia zurück. »Cinque heißt fünf. Fazioli hat ganz besondere Flügel hergestellt, die alle anderen Flügel übertreffen. Man weiß nicht, was das Geheimnis dieser Pianos ist, aber sie sind … sie klingen absolut göttlich. Es gibt nur zwölf Stück davon.«

»Nur zwölf Stück auf der ganzen Welt? Wie kommt dann dieses Exemplar hierher?«

»Das frag ich mich auch.« Sie zog Sandra etwas abseits. »So ein Flügel kostet ein Vermögen – das ist … unglaublich.«

»Wie viele Millionen?«

»Mehr als eine – aber … es ist nicht nur der Preis, Sandra, man muss überhaupt drankommen, verstehen Sie? Der hat Sammlerwert. Und Normalsterbliche wie ich dürfen schon gar nicht darauf spielen.«

»Welche Nummer haben wir hier, sagten Sie?«

»Nummer fünf.«

Tia sah in Sandras angespanntes Gesicht. Sicher musste die Vorstellung, dass jemand so viel Geld für ein Instrument ausgeben konnte, ein Ärgernis für sie sein. Sandra arbeitete für einen bescheidenen Lohn auf der Golden Eagle Ranch, von morgens früh bis abends spät, und Tia fragte sich manchmal, ob die Liebe zu den Pferden und das Leben unter freiem Himmel genug Kompensation dafür waren.

»Wer ist das?« Sandra zeigte auf ein Foto, das in einem goldenen Rahmen auf dem Flügel stand.

Tia schaute verblüfft auf das altmodische Porträt einer jungen hübschen Frau. »Vielleicht seine Mutter, sie soll Pianistin gewesen sein.«

»Sie gleicht Ihnen«, bemerkte Sandra.

In diesem Moment kam der Prediger mit einem triumphierenden Lächeln auf sie zu. »Nur ein Engel darf auf diesen Tasten spielen«, rief er.

Es muss eine Fälschung sein, dachte Tia. Unmöglich, dass dieser Mann wusste, was er da vor sich hatte. Es war sicher eine Fälschung.

»Dann sollte ich vielleicht gar nicht darauf spielen«, erwiderte sie.

Xavier legte den Arm um sie. »Alle freuen sich auf dein Konzert, Carmen, deshalb sind wir doch hier.«

Tia erstarrte. Der Name. Er hatte ihren Namen verraten!

Sie hoffte nur, dass es niemandem aufgefallen war.

Aber sie hatte nicht mit dem Prediger gerechnet. »Carmen, das klingt nach einer wunderschönen Oper. Ja, Musik ist in Ihrem Blut, nicht wahr?«

»Ich habe sie Cara genannt«, sagte Xavier schnell, um seinen Patzer wiedergutzumachen, »Cara ist italienisch für *meine Liebe*.«

»Ich werde auch etwas Italienisches spielen«, warf Tia ein, sie zeigte auf die Noten der *Toccata* von Prokofjew, die sie aus dem Rucksack zog, aber sie konnte den Prediger nicht überlisten.

»Prokofjew ist meines Wissens ein Russe und kein Italiener, aber das Stück ist großartig, ganz großartig.« Er klatschte wie ein Maestro in die Hände.

Später, als sie auf dieses Konzert zurückblickte, leuchtete es trotz der unglückseligen Umstände wie eine warme Lampe im Dunkel der Ereignisse. Denn schon bei den ersten Tönen, die sie anschlug, war ihr klar: Der Fazioli cinque war keine Fälschung.

Die Klarheit, die Präzision des Klanges, die Artikulation, die Schönheit und Harmonie der Töne – sie konnte nicht glauben, dass ihr so etwas vergönnt war. Sie schmolz dahin. Sie spielte nur noch für sich. Eine Euphorie überkam sie, eine Schwerelosigkeit, die sie forttrug in eine andere Welt. Vielleicht hatte er recht, der Pomaden-Guru: Dieses Instrument musste im Himmel geschaffen worden sein.

Sie schaute kaum auf, als sie wie von weit her begeistertes Klatschen hörte.

Nach Prokofjew wählte sie Chopin und dann Mozart, sie tauchte erst wieder beim Schlussapplaus langsam aus ihrer Trance auf. Als sie sich dem Publikum zuwandte, um sich zu bedanken, nahm sie zum ersten Mal ihre Zuhörer bewusst wahr – und wie wenige es waren. Vielleicht zwei Dutzend Leute, die Gruppe von der Golden Eagle Ranch eingeschlossen. Sie bemerkte auch die vier jungen Männer, die hinten im Saal standen.

Also Leibwächter, dachte Tia. Selbst hier im eigenen Haus.

Plötzlich konnte sie es nicht erwarten, diesen Ort möglichst schnell zu verlassen. Ihre Hoffnung verflog, als den Gästen auf der Terrasse Erfrischungen und Häppchen angeboten wurden. Tia hatte Durst. Die Bluse rieb auf ihrer Haut, und sie sehnte sich nach Schatten. Der Prediger führte jedoch die gefeierte Pianistin den Anwesenden wie eine Trophäe vor, allen voran einem älterer Herrn im Geschäftsanzug, »... ein großzügiger und wundervoller Freund unserer Kirche«.

Tia gelang es nicht, den Namen des Gönners zu verstehen, und sie warf Bill, der in der Nähe stand, einen Hilfe suchenden Blick zu. Der machte aber ein ernstes Gesicht, so als ob er ein spannendes Experiment beobachtete. Mit ihr als Versuchskaninchen.

»So wundervoll spielen kann nur, wer den rechten Glauben besitzt«, sprach der Gönner. »Wer den rechten Glauben besitzt, wird von Gott belohnt. Unser Gebieter weiß, welche Gaben seine Gläubigen verdienen.«

Tia schielte zur offenen Tür ins Haus. Sie suchte Xavier.

»Womit wurden *Sie* denn beschenkt?«, entwischte es ihr, bevor sie sich zurückhalten konnte.

Der Gönner fuhr sich mit der Zunge über die Lippen. »Also sagen wir es mal so: Ich kann es mir leisten, jedes Jahr einige Millionen Dollar für gute Zwecke zu spenden. Die *richtigen* guten Zwecke natürlich, nicht wahr, Terry?« Er lächelte selbstgefällig.

Der Prediger hob sein Champagnerglas. »Simon besitzt die stärkste Waffe gegen die Feinde des Glaubens.« Der Ärmel seiner schimmernden Tunika rutschte hoch und entblößte eine Rolex. »Er vernichtet sie mit der Saat seines Vermögens.

Niemand kann so weise mit Geld umgehen wie er. Deshalb hat ihn unser Gebieter mit Reichtum beschenkt.«

»Amen«, sagte der Gönner.

»Erlauben Sie mir die Frage, da Sie das Thema ja so offen angesprochen haben«, sagte Tia, »womit verdienen Sie denn Ihr Geld?«

Der Gönner schien erfreut über ihr Interesse.

»Mit den Früchten der Erde«, erwiderte er.

»Er besitzt eine Pizzeria-Kette«, schob der Prediger nach. »Fast fünfhundert Restaurants in ganz Amerika. Die sind voller als die Säle der liberalen Kirche.«

Beide lachten laut.

Tia fühlte immer noch das Adrenalin des Auftritts in ihren Adern. »Heißt es nicht in der Bibel, es sei für ein Kamel leichter, durch ein Nadelöhr zu schlüpfen, als für einen Reichen, in den Himmel zu kommen?« Sie erinnerte sich an diese Weisheit, weil ihre Nählehrerin in der Grundschule sie immer zitierte, wenn Tia den Faden nicht durchs Nadelöhr brachte. Und das geschah oft.

Der Gönner legte die Hand auf ihren Arm, als sei er ihr väterlicher Freund. »Es ist eine Sünde, nicht das Geld zu vermehren, das der Gebieter uns gegeben hat«, sagte er, und dabei neigte er sich ihr zu, als ob er ein Geheimnis weitergäbe, »denn jedem, der hat, wird gegeben, so steht es in Matthäus fünfundzwanzig, neunundzwanzig.«

Tia dachte an Afrika, an die hungernden, kranken, verzweifelten Kinder. Sie wich zurück. Die väterliche Hand glitt von ihrem Arm. »Sie glauben doch nicht etwa, dass die Armen der Erde selbst schuld an ihrer Misere sind?«

Die Stimme des Predigers verriet keine Ungeduld. »Wer den rechten Glauben hat, dem wird geholfen.«

»Und nur die Auserwählten kommen ins Himmelreich«, ergänzte der ältere Herr. »Aber keine Angst – Sie werden bestimmt eine davon sein, obwohl Sie Schweizerin sind.«

»*Obwohl* ich Schweizerin bin?« Tia konnte ein ungläubiges Lachen nicht unterdrücken. Der Champagner war ihr in den Kopf gestiegen.

Der Prediger sah sie nachsichtig an. »Amerika ist das Gelobte Land. In den Augen unseres Gebieters kommen wir an erster Stelle.«

Tia blinzelte. Es war jetzt wirklich Zeit zu gehen. Sie schwenkte ihr Glas.

»Ich sollte nicht auf leeren Magen trinken. Entschuldigen Sie mich bitte.«

Sie streifte Bill beim Vorbeigehen, der das Signal sofort verstand. Am Büfett sah sie Sandra im Gespräch mit zwei Frauen. Von Xavier keine Spur.

»Hast du den Mann erkannt?«, raunte ihr Bill zu.

»Den Pizzakönig? Nein, noch nie von ihm gehört.«

»Simon Shenkar. Er hat seine Milliarden mit afrikanischen Diamantminen verdient. Erst hat er die Armen dort ausgebeutet, jetzt sieht er sich als Wohltäter von obskuren Organisationen.«

»Ich dachte, er besitze eine Restaurantkette?«

»Ja, die hat er auch. Von den Minen redet er natürlich nicht so gern.«

»Woher weißt du das alles?«

Bevor Bill antworten konnte, erschien Xavier wie aus dem Nichts hinter ihnen.

»Wo warst du?«, fragte Tia.

»Ich musste etwas abklären. Wie sind denn die Lachsbrötchen? Hast du …«

Eine Stimme, laut wie ein Trompetenstoß, unterbrach ihn. Es war die Frau, die Tia schon auf der Golden Eagle Ranch und im Schulhaus von Lost Horizons aufgefallen war. Sie schob sich mit ihrem ganzen Gewicht zwischen Xavier und Bill und pflanzte sich vor Tia auf.

»Sie haben ja so wundervoll gespielt, es war ein Glück, Sie persönlich zu erleben! Sie müssen unbedingt noch die Kinder singen hören, bevor Sie uns verlassen.«

Tia zögerte einen Moment, und als sie gerade antworten wollte, sagte Bill: »Natürlich, die Kinder, wir möchten unbedingt die Kinder singen hören, nicht wahr, Tia?«

Heute hatten sich offenbar alle gegen sie verschworen.

»Die Kinder sind unsere große Hoffnung im Kampf gegen die bösen Mächte«, erklärte die Frau. »Sie sind die Sieger von morgen. Man muss sie schon ganz früh in Obhut nehmen, bevor sie der Versuchung des Bösen erliegen.«

»Natürlich, da haben Sie sicher recht«, sagte Bill, und Tia wunderte sich über seine Gesprächigkeit. Die Frau hätte diese Aufmunterung gar nicht gebraucht.

»Wir geraten in Rückstand, wenn wir die Kinder nicht frühzeitig zu Jüngern des Gebieters machen. Die bösen Mächte, die haben das längst erkannt. Sie machen ihre Kinder zu Soldaten und zu Selbstmordattentätern. Unsere Kinder sehen wie Schwächlinge neben ihnen aus, dabei sind sie bereit ...«

Eine bekannte Stimme fuhr wie ein Fallbeil dazwischen. »Sind die Kinder bereit für die Lobpreisung?«

Tia fuhr herum. Der Prediger. Sein ewiges Lächeln kam ihr gespenstisch vor. Sie blickte zu Xavier. Er nickte ihr zu. Warum hatte er sie nur überredet, hierherzukommen?

Wieder mussten sie den grauen Kleinbus besteigen. Er brachte sie zu einer Ansammlung von bescheidenen Bungalows mit Bäumen dazwischen und bunten Sitzbänken davor. Tia fand, sie sahen wie eine gemütliche Version von Schweizer Militärbaracken aus. Ein Gebäude, das einer riesigen umgebauten Scheune glich, stach wegen seiner Höhe heraus. Sie hielten auf dem Platz davor, gleich neben dem Geländewagen des Predigers. Aber nur die Frau mit der imposanten Lautstärke und drei junge Männer stiegen aus. Tia konnte den Prediger nirgends entdecken. Musik erfüllte die Luft, rockige Klänge und helle Stimmen, die lauter wurden, als sie sich dem Gebäude näherten.

Die Frau öffnete eine Seitentür und schleuste die Besucher ins Innere. Sie befanden sich am Rand eines Raumes, der als Auditorium diente. Auf einer erhöhten Bühne spielte eine Band, zu der mehrere Reihen von Kindern hochschauten, die mit einstudierten Armbewegungen und Gesang die Musik begleiteten.

Manche Kinder, deren Alter Tia auf acht bis dreizehn Jahre schätzte, hielten die Augen geschlossen, ihre Gesichter wirkten entrückt, ihre Bewegungen mechanisch.

Die Frau gab den Gästen ein Zeichen, sich an der Wand aufzureihen. Bill und Sandra tauschten wieder stumme Blicke, während Xavier die Arme vor der Brust verschränkte.

Der Gesang verstummte, aber die Band, die aus älteren Teenagern bestand, spielte weiter, nur bedeutend leiser als zuvor.

Ein junger Mann brüllte in ein Mikrofon: »Reicht einander die Hände!«

Die Kinder taten sofort wie geheißen.

»Spürt ihr die Kraft des Gebieters?«

»Ja!«, brüllten die Kinder zurück.

»Bittet den Gebieter, euch noch mehr Kraft zu geben!«

Ein Durcheinander von Stimmen erhob sich, Flehen und Schreien.

Wieder der Mann am Mikrofon. »Bittet Ihn, euch MACHT zu geben!«

Ein vielstimmiges Rufen antwortete ihm.

»Mit dieser MACHT könnt ihr alles besiegen! Ihr seid die SIEGER!«

»Sieger! Sieger! Sieger!«

»Seid ihr bereit, für den Sieg zu kämpfen?«

»Ja, wir sind bereit!«

»Seid ihr bereit, euer Leben für den Gebieter zu geben?«

»Wir sind bereit!«

»Seid ihr bereit, für Ihn zu sterben?«

»Wir sind bereit!«

Die Musik pulsierte dumpf.

Der junge Mann mit dem Mikrofon trat an den Rand der Bühne. »Aber unter uns sind Sünder. Unter uns sind Zweifler.« Seine Stimme klang bedrohlich. »Wir müssen ihnen helfen. Sie müssen bereuen. Sie müssen den Gebieter um Vergebung bitten.«

Tia sah die nackte Angst in manchen der kleinen Gesichter.

»Kommt nach vorne und bittet den Gebieter um Vergebung.«

Die Frau mit der Trompetenstimme ging zur Bühne, warf die Hände in die Höhe und ließ sich auf die Knie fallen.

»Gebieter, lass diese Kinder zu Deinen willenlosen Instrumenten werden!«

Sie brauchte kein Mikrofon, um im ganzen Saal gehört zu werden. Sogleich warfen sich die Kinder, eins ums andere, schreiend auf den Boden, um sich gleich wieder zu erheben.

In diesem Moment setzte die Musik erneut ein, der Boden vibrierte im Rhythmus der Bässe und die Kinder klatschten inbrünstig mit.

Tia wünschte sich, das alles wäre bald vorbei. Die aufgepeitschten Emotionen machten ihr Angst.

Sie sah die anderen von der Seite an. Sie schauten gebannt auf das Geschehen.

Wieder rief der junge Mann die Zweifler auf, um Vergebung zu bitten. Die Musik verstummte. Ein Mädchen mit Pferdeschwanz trat vor. Sein Gesicht glänzte unnatürlich rot, die Ponyfransen klebten ihm auf der Stirn. Tias Herz verkrampfte sich. Dieses Mädchen war vielleicht zehn Jahre alt. Die Frau reichte dem Kind sofort ein Mikrofon.

Plötzlich war es völlig still.

»Ich ... ich vertraue dem Gebieter zu wenig«, begann das Mädchen mit gequälter Stimme. »Es ... ist so schwer, manchmal ... ich versteh Ihn nicht immer.«

Die Kleine kauerte sich zusammen, hielt das Mikrofon wie eine gefährliche Handgranate, die gleich in ihrer Hand explodieren würde.

»Er ... Er hat mir meine Eltern weggenommen, aber ... ich darf das nicht denken. Er hat sie nicht weggenommen ...«

»Vergebung für die Sünderin!«, rief der junge Mann in sein Mikrofon.

Das Mädchen sank noch tiefer. »Er hat sie sterben lassen, damit ich ... ich war kein gutes Kind, Er will mir zeigen, dass ich Ihn noch mehr lieben muss ...« Tränen strömten dem Mädchen übers Gesicht.

Die Frau schien davon nicht beeindruckt, ihre Stimme gellte kalt: »Was der Gebieter tut, ist immer richtig, Er tut immer das Richtige – aus Liebe! Siehst du das jetzt?«

»Ich weiß ...« Die Kinderstimme erstickte fast. »Aber ... sie mussten meinetwegen sterben und ich vermisse sie so sehr.«

»Halt!« Tia sprang auf. »Nein, nein!«

Köpfe drehten sich zu ihr. Wie von einer unsichtbaren Kraft gezogen, eilte sie zu dem weinenden Mädchen. Kniete sich vor den kleinen gekrümmten Körper. Strich über das zerzauste Haar.

Die Worte strömten aus ihr heraus. »Nein, du bist nicht schuld. Glaub mir, du bist nicht schuld am Tod deiner Eltern. Du bist doch noch ein Kind! Du kannst nichts dafür, meine Kleine. Glaub mir! Ich weiß es ganz sicher!«

Sie sprach leise in das rot glänzende, gequälte Gesicht, aber das Mikrofon zwischen ihnen schickte Tias Worte in alle Winkel des Auditoriums. Niemand wagte sie zu unterbrechen.

»Mein Vater starb, wir hatten einen Streit vorher und ich war böse auf ihn. Er kam zu meinem Haus, um mit mir zu

284

sprechen, und vor meinem Haus wurde er von einem bösen Mann getötet. Aber es ist nicht meine Schuld, diese Dinge passieren, das Leben ist manchmal hart und brutal, und es tut schrecklich weh. Deine Eltern sind gestorben, aber das ist nicht deine Schuld. Lass dir von niemandem einreden, es sei deine Schuld, glaub mir. Deine Eltern lieben dich sehr, meine Kleine. Sie hören nie auf, dich zu lieben. Niemals! Alles ist gut. Du kannst jetzt aufstehen.«

Als sie das Mädchen mit beiden Händen aufrichtete, stürmte einer der jungen Männer auf sie los. Er riss dem Mädchen das Mikrofon aus der Hand. Sie hörte ein Raunen im Saal. Auch Xavier sprang herbei, mit besorgtem Gesicht, nahm sie am Arm, als wolle er sie wegziehen.

In diesem Moment verschwamm alles vor ihren Augen. Eine glühend heiße Welle schlug über ihr zu. Sie schnappte verzweifelt nach Luft.

Ein Geruch. Ganz nah. *Der Geruch.* Wie in Bern.

Gefahr. Hilfe. Hilfe!

Sie griff nach Xaviers Hand. Sie fing an zu hyperventilieren.

Von weit weg eine Stimme: »… sie hat nichts gegessen … nur Champagner getrunken … völlig erschöpft …«

30

Lester brauchte nicht lange, um seine Überraschung in den Griff zu bekommen.

Er musterte den Skifahrer neben sich.

»Wollen Sie nicht Ihr Gesicht zeigen, Herr Kellergast?«

Der Privatdetektiv nahm seine Skibrille ab und lächelte.

»Wie haben Sie mich gefunden, Herr Kellergast?«

»Das sollten Sie einen Mann mit meinem Beruf nicht fragen, Herr Debuisson.«

»Ich dachte, Sie seien untergetaucht.«

»Für meine Feinde bin ich untergetaucht, aber nicht für meine Freunde.«

»Wie lange sind Sie mir schon gefolgt?«

»Lange genug, um neugierig zu sein, was Sie hier suchen.«

»Und was suchen Sie?«, gab Lester zurück.

»Rainer Lieblings Leiche. Und vor allem, was er bei seinem Tod bei sich trug.«

Die unerwartete Antwort verfehlte ihre Wirkung auf Lester nicht.

»Warum vermuten Sie, dass Rainer Liebling hier zu finden ist?«, fragte er.

»Ich habe meine Quellen. Und was tun Sie hier?«

»Auch ich habe meine Quellen.« Wenn Kellergast Katz und Maus spielte, dann konnte er das ebenso.

»Ich weiß, der Journalist Franco Cordenons …«

Lester kombinierte rasch. Wusste Kellergast, was Cordenons ihm im Gasthaus erzählt hatte? Wahrscheinlich kannte der Detektiv nicht die ganze Wahrheit. Und vor allem nicht die Gerüchte, dass den verzweifelten Eltern aus Neuseeland anstelle der leiblichen Überreste ihres Sohnes die Leiche Rainer Lieblings übergeben wurde. Und er konnte auch nicht wissen, dass die Leiche eingeäschert wurde. Dann würde Kellergast nicht hier oben nach dem toten Liebling suchen.

Der Privatdetektiv bohrte weiter. »Sie waren bei Cecilia Tramon in Florenz?«

Lester ignorierte die Frage. »Herr Kellergast, glauben Sie, dass der Schlüssel zu den Attentaten in Italien liegt?«

»Sollen wir's gemeinsam herausfinden?«

Lester betrachtete die verlockende Piste, die in der Sonne funkelnden Schneekristalle, die Skifahrer, die in knalligen Farben elegant und leicht über die weißen Hänge glitten. Das Blau des Himmels glänzte wie Nagellack. Lester konnte sich diese berückende Szenerie nur schwer als Ort des Grauens vorstellen.

»Wir sollten uns auf den Weg machen, bevor jemand anderes davon Wind bekommt«, drängte Kellergast. »Ich weiß, dass wir in einem gesperrten Gebiet auf dem Gletscher suchen müssen. Dort darf man nicht rein wegen der gefährlichen Spalten. Aber ich bin dafür ausgerüstet.« Er deutete auf seinen Rucksack. »Ich hab alles bei mir. Pickel, Seil, Getränke und eine Notration.«

Lester überlegte. Er hatte keine Lust, sein Leben aufs Spiel zu setzen. Das war er seiner Mutter schuldig. Zu zweit würde sich das Risiko beträchtlich reduzieren. Kellergast war ein erfahrener Skifahrer, das wusste er von Corinne. Diese Chance konnte er sich nicht entgehen lassen. Im Rucksack hatte er eine Thermosflasche mit heißem Tee. Nach dem lauwarmen Gesöff am Morgen traute er den Italienern nicht mehr.

»Ich habe ein GPS-Gerät und die Positionsdaten von der Stelle, wo die erste Leiche gefunden wurde.«

»Ein GPS-Gerät hab ich auch. Von wem haben Sie den Rest?«

Wieder ignorierte Lester die Frage. »Das Problem ist nur«, fuhr er stattdessen fort, »dass der Hubschrauberpilot und die Polizei zwei unterschiedliche Positionen angegeben haben.«

Kellergast rammte seine Skistöcke in den Schnee. »Damit beschäftigen wir uns am besten an Ort und Stelle. Geben Sie mir die Koordinaten von dem Piloten. Die sind sicher zuverlässiger. Wir müssen auf jeden Fall ziemlich weit hinaufsteigen. Sind Sie bereit? Haben Sie Steigfelle für die Skier?«

Lester nickte. Er verbiss sich die Bemerkung, dass auch in Kanada Ski gefahren wurde, und folgte dem zügig ausholenden Exskirennfahrer. Glücklicherweise war Kellergast nicht mehr so in Form wie zu seinen erfolgreichen Zeiten, und Lester hatte keine Mühe, ihm dicht auf den Fersen zu bleiben. Sie mussten zweimal einen steilen Hang hochstapfen, dazwischen tiefe Schneisen überwinden und dann eine Felsnase weiträumig umgehen. Die Skilifte im abgesperrten Gletscherbereich hatten die Betreiber stillgelegt. Fast zwei Stunden vergingen, bis sie die orangen Plastikbänder einer Absperrung erblickten.

Sie blieben stehen, um Atem zu holen. Von ihrem Standort aus konnten sie weder das Berggasthaus noch die Sesselliftstation sehen. Lester blickte auf die Uhr. Schon drei Uhr nachmittags.

Kellergast gab ihm ein Zeichen und querte zur Gefahrenzone hinüber. Lester folgte ihm. Er bekam Durst. Aber Kellergast preschte voran, bis sie an der Absperrung anlangten. Tiefe Risse durchzogen die Oberfläche des Gletschers. In ihnen glänzte es bläulich. Kellergast löste das Seil von seinem Rucksack. »Das befestigen wir am besten gleich«, sagte er.

Ehe Lester es sich versah, war er fest mit dem Detektiv verbunden und musste ihm folgen, ob er wollte oder nicht.

»Solange wir die Spalten sehen, geht's«, rief ihm Kellergast zu. »Die gefährlichen liegen versteckt unter dem Schnee.«

Lester zögerte. Er wagte Kellergast nicht zu sagen, dass es ein Double war, das die riskanten Szenen in der Fernsehserie *Rettungsteam 268* für ihn übernommen hatte. Auch eine Gletscherüberquerung. Es hätte ihn allerdings nicht gewundert, wenn der Privatdetektiv auch darüber Bescheid wüsste.

Skilänge um Skilänge arbeiteten sie sich an gähnenden Spalten vorbei. Lester war froh, dass Kellergast vorausging. Aber was, wenn der Detektiv in eine Spalte fiele? Würde er das Gewicht dieses Mannes halten können? Er hoffte inständig, dass er es nicht herausfinden musste.

Immer wieder kontrollierte Kellergast die Anzeige auf seinem GPS-Gerät. Lesters Empfänger steckte ungenutzt in seiner Brusttasche.

»Vorsicht!«, hörte er Kellergast plötzlich brüllen. Sein Skistock war zur Hälfte im Schnee versunken. Er stocherte an der Stelle herum und entschied sich für den Rückzug. Lester fühlte sich durch Kellergasts Vorsicht beruhigt, aber sie kamen nur im Schneckentempo voran. Die Schatten an den Bergflanken wurden länger. Da sah Lester etwas Rotes aus dem Schnee ragen. Er machte Kellergast, der sich der Stelle näherte, lautstark darauf aufmerksam. Ein roter Skihandschuh. »Kindergröße«, rief der Privatdetektiv und fingerte wieder an seinem Sender herum. »Es ist nicht mehr weit.«

Lester war sich bewusst, dass sich der Fundort von Rainer Lieblings Leiche nach fünf Jahren erheblich verschoben haben musste. Dieser Gletscher bewegte sich unentwegt. Sie mussten einen großen Umkreis absuchen. Aber Franco Cordenons hatte ihm versichert, dass die Chancen jetzt auf der schmelzenden Eiszunge so gut wie nie waren.

Nach zehn Minuten hob Kellergast den Arm. »Stopp!«, rief er. Lester schob seine Skibrille hoch und schaute um sich. Keine Gletscherspalte. Sie suchten die Stelle in einem Radius von dreißig Metern ab, fanden aber nichts.

»Ist das der Ort, den der Hubschrauberpilot zu Protokoll gab, oder die Position im Polizeibericht?«, fragte Lester.

»Das ist die Position, die Sie mir angegeben haben.«

Lester schüttelte den Kopf.

»Es gibt zwei unterschiedliche Positionen. Können wir uns hier irgendwo hinsetzen? Ich möchte noch mal in die Unterlagen sehen. Und Durst hab ich auch.«

Er hatte den Verdacht, dass Kellergast mit seinem GPS-Gerät nicht zurechtkam. Wann war dieser Mann wohl zum letzten Mal mit so was in den Bergen unterwegs gewesen?

Sie zogen sich auf einen felsigen Vorsprung am Rand des Gletschers zurück. Er fiel jäh in die Tiefe ab. Aber auf dem steinigen Grund fühlten sie sich sicher genug, um die Skier abzuschnallen und sich hinzusetzen. Kellergast löste das Seil. Die Bretter steckten sie aufrecht in den Schnee. Auffällig genug, um von unten gesehen zu werden, fand Lester. Nur dass da niemand war.

Er wärmte sich mit Tee aus der Thermosflasche auf, während Kellergast etwas nach hinten kippte, das unverkennbar nach Schnaps roch. Zugleich wehte Rauch zu ihm herüber. Kellergast hatte sich eine Zigarette angezündet, während er einen Flachmann in Händen hielt.

Er begegnete Lesters Blick. »Damit wird einem nie kalt«, sagte er grinsend. Lester blieb eine Antwort schuldig und machte sich an seiner Brusttasche zu schaffen. Er fischte einen Energieriegel heraus und wühlte umständlich in seinen

Papieren. Ein Blatt fiel heraus und landete im Schnee. Kellergast griff behände danach.

»Was ist denn das?«

Lester blickte auf. *Shit.* Das Foto aus Jan Kosters E-Mail. Jacob Holes und der junge Unbekannte. Er hatte es sich im Hotel ausdrucken lassen und mit in das Notizheft gesteckt.

Er streckte die Hand aus, um nach dem Ausdruck zu greifen. Aber Kellergast rutschte weg, und wie aus dem Nichts schossen kleine Flammen an dem Papier hoch. Sekunden vergingen, bis Lester begriff, was vor sich ging. Kellergast verbrannte das Bild!

»Was zum Teufel …!«, rief Lester und versuchte aufzustehen. »Was … was tun Sie da?«

Kellergast hielt die Hand mit dem brennenden Papier weg von Lester, der das Gleichgewicht verlor, als er ihm in den Arm fallen wollte. Asche rieselte in den Schnee. Kellergast zuckte mit den Schultern.

»Dieses Bild gibt es besser nicht.«

Lester war sprachlos.

Und plötzlich schlug die Erkenntnis wie ein Blitz in sein Gehirn ein. Natürlich! Warum war er nicht schon längst darauf gekommen?

Er packte die Papiere wieder ein, während er Kellergast nicht aus den Augen ließ, und setzte sich wieder. Der Deutsche musste seine Ruhe für eine Finte halten.

»Es ist ihr Sohn, nicht wahr.« Keine Frage, eine Feststellung. »Der junge Mann neben Jacob Holes ist Harry Kölln.«

Kellergast blies Rauch gen Himmel, dessen Blau langsam in ein blasses Grau überging.

Lester biss in den Energieriegel. Er spürte eine perverse Lust, seinen heißen Tee über Kellergasts Kopf zu gießen.

»Sie hat es nicht verdient. Nicht sie.«

»Das ist doch dumm, Herr Privatdetektiv, es gibt doch sicher noch andere Bilder.«

»Aber jetzt ist es eines weniger.«

Lester schnaubte durch die Nase. »Sie sollten am ehesten wissen, wie stupid das ist. Ich hab das Bild in meinem Computer gespeichert.«

Schweigen folgte.

Wie kommen wir hier wieder raus?, überlegte Lester. Wie kommen wir heraus aus diesem Schlamassel?

Kellergast rührte sich. »Woher haben Sie das Bild?«

»Ich weiß es nicht«, sagte Lester wahrheitsgemäß. »Die Quelle war anonym.«

Er hörte Kellergast das Nikotin einsaugen, als brauche er es wie Sauerstoff.

»Harry hat nichts damit zu tun, glauben Sie mir. Absolut nichts.«

»Womit, Herr Kellergast? Womit?« Lester spürte, dass sich seine Geduld langsam erschöpfte. Der Geruch von Schnaps stieg ihm erneut in die Nase. Kellergast trank sich Mut an.

»Sie hat Harry adoptiert, als er drei Jahre alt war. Sie hat ihn beim Besuch eines Kinderheims gesehen, und da hat sie ihn spontan adoptiert. Harry sollte eine glückliche Kindheit haben.«

Lester fiel nicht zum ersten Mal auf, dass es in Kellergasts Universum nur Marie-Monika Kölln gab, keinen Henning Kölln.

Kellergast hustete. Seine Stimme wurde rauer.

»Mit sechzehn ging Harry für ein Jahr in die Vereinigten Staaten. Ein Austauschjahr für Gymnasiasten. Die Gastfamilie wurde sorgfältig ausgesucht. Natürlich ließ Frau Kölln ihn überwachen, aber sie wollte ihm auch eine gewisse Freiheit lassen. Er sollte dieses Jahr genießen. So wie ein normaler Teenager halt. USA-Fan war er sowieso schon immer gewesen. Basketballfan. Er spielte dort in einer Mannschaft. Am Wochenende besuchte er Sportcamps. Dort hat er sie wahrscheinlich kennengelernt.«

»Sie? Ein Mädchen?«

»Ja, das auch, ein Mädchen, und durch sie diese Extremos. Eine komische Sekte. Aber dort drüben nennt man sie nicht Sekte, sondern Kirche. Er hat seiner Mutter davon erzählt, von den Massenveranstaltungen dieser Pseudokirche in Fußballstadien. Was das für eine tolle Atmosphäre sei. Das hatte sie auch nicht weiter beunruhigt. Wer hat schon etwas gegen den Glauben? Er hat ja weiter Basketball trainiert. Wahrscheinlich hat sie gehofft, dass Harry mal ein großer Star wird. Ist ja auch menschlich. Welche Mutter will nicht, dass ihr Sohn was Besonderes wird?«

Lester holte eine Tafel Schokolade aus dem Rucksack und bot die Hälfte dem Privatdetektiv an, der sofort zugriff. Er fragte sich, was aus dessen angeblichem Notproviant geworden war.

Kellergast sprach, während er kaute. »Die Probleme haben angefangen, als er aus den USA zurückkam. Er warf vor allem dem Vater vor, gottlos zu sein. Er war überzeugt davon, dass seine Eltern schlecht seien. Dass sie in der Hölle landen würden. Er redete auf sie ein, sie müssten von ihrem falschen Weg umkehren. Sein Vater dürfe nicht behaupten, dass Affen und Menschen dieselben Vorfahren hätten. Solches Zeug.«

Er stopfte sich mit Schokolade voll, machte sich nicht einmal die Mühe, kleine Stücke abzubrechen.

»Frau Kölln war völlig von den Socken. Sie war nicht naiv, was Teenager betrifft. Sie hatte an alles gedacht, Drogen … oder dass er ein Mädchen schwängern könnte, schlechte Gesellschaft, wilde Partys. Dass er sich mit irgendetwas anstecken könnte.« Kellergast lachte heiser. »Aber nicht mit diesen Extremos. Darauf war sie nicht gefasst gewesen.«

»Wie hat sein Vater reagiert?«

Kellergast ließ sich mit der Antwort Zeit.

»Der hat das überhaupt nicht ernst genommen. Der dachte, das sei eine Phase. Harry wolle sich abgrenzen von den Eltern, sagte er. Wenigstens sei er kein Skinhead. Oder ein Nazi. Oder einer, der sich wie ein Vampir fühlt. Das war seine Standardantwort. Der war so rational. Der konnte sich gar nicht vorstellen, an welche Absurditäten Leute glauben können. Ich meine – nicht nur Teenager.«

»Ist Frau Kölln gläubig?«

»Ja, ich glaub schon. Sie geht regelmäßig in die Kirche, aber das hängt sie nicht an die große Glocke. Religion ist für sie eine persönliche Sache, kein Dogma. Sie ist liberal – im besten Sinne, wenn Sie mich verstehen. Oder soll ich sagen ... pragmatisch?«

»Und Henning Kölln?«

»Wenn seine Frau in die Kirche gegangen ist, dann ging er sicher mit.«

Er betrachtete das Schokoladenpapier. »Italienisch. Wusste gar nicht, dass die Italiener was von Schokolade verstehen.«

Lester ließ den Faden nicht los.

»Ging die Phase vorbei?«

»Nein, Harry wurde immer schlimmer. Die Auseinandersetzungen häuften sich. Seine Mutter litt sehr darunter. Sie liebte Harry heiß und innig. Aber der – er sah seine Eltern offenbar als Verkörperung des Bösen. Besonders den Vater, weil er Wissenschaftler war. Als jemanden, der andere Menschen ins Verderben reißt. In die ewige Verdammnis. Das sagte er. Ewige Verdammnis. Können Sie sich vorstellen, was das für Frau Kölln bedeutet hat?«

Lester stand auf. Die Kälte aus dem Felsen war ihm bis in die Knochen gedrungen.

Kellergast redete weiter.

»Sie schickte Harry zum Therapeuten und zum Pfarrer, aber der ... kurz gesagt: Harry stellte sich stur. Alles Zureden nützte nichts. Wenn Sie mich fragen: Diese Extremos haben ihn einer Gehirnwäsche unterzogen. Oder er hat eine eigene Identität gesucht, eine, die sich von den Eltern unterscheidet, etwas, womit er sich stark fühlt. Hat aber die falsche gefunden. Dann ist er mit achtzehn wieder in die USA abgehauen.«

Kellergast kippte erneut einen Schnaps hinter.

»Ich muss mal austreten«, sagte Lester. »Wo ist der Sohn denn jetzt?«

»Das kann ich Ihnen nicht verraten.«

»Bei Jacob Holes?« Lester beobachtete mit Genugtuung, wie Kellergast sich am Schnaps verschluckte. Er entfernte sich ein Dutzend Schritte, drehte seinem Begleiter den Rücken zu und öffnete den Reißverschluss seiner Skihose.

Hinter sich hörte er Kellergast ächzend aufstehen, hörte ihn auf Deutsch fluchen – diese wütenden Zischlaute konnten nur Schimpfwörter sein.

Er hörte Skier auf den Schnee fallen, während er den Reißverschluss hochzog, und eine Kaskade von Geräuschen. Er fuhr herum. Kellergast streckte die Arme aus nach etwas, das im Begriff war, über den Felsvorsprung in die Tiefe zu kippen.

Lester durchfuhr es heiß und kalt. Seine Skier! Es sah sie rasend schnell und unaufhaltsam den steilen Hang hinuntergleiten und aus seinem Sichtfeld verschwinden. Ein Schrei entfuhr ihm wie einem verwundeten Tier. »Noooooooo.«

Kellergast stieg bereits auf seine Bretter.

»Sie bleiben hier«, sagte er, »ich geh sie suchen und bring sie zurück.«

Lester sah ihn fassungslos an. »Sie sind wohl übergeschnappt!«, brüllte er. »Wissen Sie, wie lange Sie brauchen, bis Sie wieder hier sind? Das sind vier, fünf Stunden – oder mehr!«

»Es tut mir leid, Herr Debuisson, ich bin beim Aufstehen dagegengeprallt. Das hätte auch Ihnen passieren können. Aber ich löffle die Suppe ja aus, ich hol die Skier. Ich hole sie, keine Frage.«

Lester schüttelte heftig den Kopf. »Mister, das schaffen Sie nie bis zum Einbruch der Dunkelheit!« Er suchte in seiner Brusttasche nach dem Handy. »Wir brauchen Hilfe.«

Kellergast gestikulierte mit den Skistöcken, als er das Handy in Lesters Fingern sah.

»Das kommt nicht infrage. Das wäre idiotisch. Oder wollen Sie morgen in der Zeitung stehen? Sohn der kanadischen Generalgouverneurin aus der verbotenen Zone vom Gletscher gerettet? Wollen Sie, dass die ganze Welt erfährt, was Sie hier treiben? Das würde Ihrer Mutter gerade noch fehlen.«

Lester blickte auf das Display. Kein Empfang. Er war in eines der ›Löcher‹ geraten, vor denen er im Sportgeschäft gewarnt worden war. Er hatte keine Ahnung, wie weit er gehen müsste, um telefonieren zu können. Ohne Skier. Auf einem Gletscher mit tödlichen Spalten. Er war Kellergast ausgeliefert.

Der zog seine Jacke aus und reichte sie Lester. »Hier, ziehen Sie die über. Ich werde sie nicht brauchen, ich werde sicher genügend ins Schwitzen kommen.«

Kellergast stieß sich ab und glitt in die Tiefe.

Schon bald konnte ihn Lester nicht mehr von seinem Standort aus sehen. Er war allein in einem Gelände, nicht viel sicherer als ein Minenfeld. Neben ihm lag das aufgerollte Seil, das Kellergast zurückgelassen hatte. Lester erschien es wie ein schlechter Scherz.

Er stand wie eine Salzsäule da, unfähig, einen vernünftigen Gedanken zu fassen. Kellergasts Jacke im Schnee. Der Mann war verrückt geworden! Der Schnaps hatte ihn jeglicher Vernunft beraubt.

Er saß hier fest, praktisch ohne Proviant und nur mit einer halben Kanne Tee. Noch knapp vier Stunden, bis es dunkel wäre. Großartig, einfach großartig.

Er konnte nicht glauben, dass er sich in solch eine Situation manövriert hatte. Wenigstens gab es keine wilden Tiere hier, keine Pumas oder Wölfe. Oder Bären.

Mit Widerwillen zog er sich Kellergasts Jacke über. In der Seitentasche spürte er etwas Hartes: eine Taschenlampe. Kellergast war nun auch noch ohne Licht.

Lester tigerte auf dem Felsvorsprung hin und her. Fünf Schritte nach links, fünf Schritte zurück.

Vielleicht kannte Kellergast tatsächlich den Weg ins Tal. Aber zwei Skier in dieser Berglandschaft waren die berühmte Nadel im Heuhaufen.

Er griff erneut in seine Brusttasche, um zu prüfen, ob er wirklich keinen Empfang hatte. Vielleicht war das Loch nur vorübergehend. Aber er konnte sein Handy nicht finden.

Er durchwühlte alle Taschen des Skianzugs und den Rucksack. Er öffnete jeden Reißverschluss, jeden Klettverschluss, jede Tüte. Kein Handy.

Das durfte doch nicht wahr sein!

Es musste irgendwo im Schnee liegen. Er schaute um sich, wagte sich einige Schritte vom Felsen weg. Seine Augen glitten über jeden Zentimeter Schnee. An dem Handy hing vielleicht sein Leben. Er musste es finden.

In diesem Moment fiel sein Blick auf etwas Dunkles. Eine kleine Silhouette im Schnee.

Aufgeregt tat er einige Schritte darauf zu.

Bis der Boden unter ihm wegrutschte.

31

Tia atmete in die Papiertüte, die ihr Xavier über die Nase hielt. Einatmen, eins-zwei-drei, Ausatmen, eins-zwei-drei-vier. Sie wusste, dass sie den eigenen Atem inhalieren musste, um sich zu beruhigen. Das hatte sie früher auch so gemacht.

Die Stimmen im Auto hörte sie wie durch eine Wand.

»Was hat sie so aufgeregt? Es kam so plötzlich.« Das war Sandras Stimme.

»Sie hat seit dem Frühstück nichts gegessen.« Xavier. »Das Konzert hat sie angestrengt, das schwächt die Nerven.«

»Was hat sie gesagt über den Geruch? Was für ein Geruch?«

»Ihr ist einfach schlecht geworden. Das kann vorkommen.«

Bill verhielt sich still.

Die Szene mit dem weinenden Mädchen im Auditorium erwähnte niemand.

»Geht's?«, fragte Xavier. Tia nickte. Ausatmen, eins-zwei-drei-vier.

Auf der Ranch flößte ihr Beth eine Kartoffelsuppe ein, obwohl sich Tia sträubte.

»Sie hat solche Anfälle schon früher gehabt«, sagte Xavier aufgewühlt. Beth gab Tia eine Beruhigungstablette, und Xavier führte sie aufs Zimmer, wo er sie im Bett behutsam zudeckte.

Das leise Gemurmel um sie herum entfernte sich. Irgendwann hörte Tia nichts mehr.

Sie träumte von Xavier, der eine schöne Schauspielerin heiratet. Sie begegnet den beiden auf der Straße, einen Kinderwagen vor sich her stoßend. So schöne Menschen. Sie sehen so glücklich aus. Wie geht es dir?, fragt Xavier. Sie bricht hilflos in Tränen aus und schleppt sich krumm vor Schmerz nach Hause, mithilfe von Xavier, der sie unter den Achseln hält und stützt. Die schöne Schauspielerin lässt er auf der Straße stehen. Die Trauer erstickt sie fast.

Als sie am nächsten Morgen aufwachte, trockneten Tränen auf ihren Wangen. Sie tastete mit der Hand über das Bett. Xavier hatte nicht darin geschlafen.

Ihr dämmerte nur langsam, wo sie sich befand. Die Ranch.

Schuhgetrampel. Türenknallen. Zurufe.

Natürlich. Die Holländer reisten ab.

Dann kamen die Erinnerungen. Die Burg. Das Konzert. Der Prediger. Die kleine wimmernde Gestalt. Der junge Mann, der auf sie zukam. Der Geruch.

Was war das für ein Geruch?

Ich kann mich nicht erinnern.

Ich kann ihn nicht beschreiben.

Weil ich diesen Geruch nicht beschreiben kann, wird der Mörder nie gefunden.

Benommen stellte sie sich unter die Dusche.

An eines erinnerte sie sich ganz klar: Der Prediger war nicht ins Auditorium mit den Kindern gekommen. Hatte ihn jemand später noch gesehen?

Sie musste Xavier fragen.

Als sie Beth im Speisesaal traf, erwartete sie Freude auf dem Gesicht der Köchin, Erleichterung, dass es der Patientin besser ging, dass sie sich erholte.

Aber Beth empfing sie mit einer schlechten Nachricht.

»Lucy ist wieder getürmt.«

Tia musste sich setzen. Beth erzählte hastig. Alissa hatte Lucy am Morgen nicht in ihrem Zimmer gefunden. Das Federbett war nicht aufgeschlagen, aber auch nicht warm. Darauf lag wieder eine Nachricht von Lucy: Sie sei spätestens übermorgen wieder zurück.

Swansong fehlte.

Tias Herz pochte.

»Haben Sie den Computer gecheckt?«

»Sie darf gar nicht mehr an den Computer – seit letztem Mal.«

»Ist sie zur Burg?«

»Ihr Verlobter ist bereits losgeritten.«

»Xavier? Kann er nicht anrufen? Und warum nimmt er ein Pferd?«

»Ich weiß es nicht, wahrscheinlich hat er niemanden erreicht, ich hab Alissa nicht gefragt. Sie sucht nach ihr, alle suchen, Bill, Sandra, Liddy. Nur ich und zwei Wrangler sind hier. Und die Neue im Büro. – Dieses Mädchen! Wenn Lucy nur wüsste, was sie ihrer Mutter antut!«

»Und Alissa hat natürlich nicht die Polizei benachrichtigt.«

Beth fuchtelte mit den Armen. »Nein, um Himmels willen, ihr Exmann wartet doch nur darauf, ihr das Sorgerecht wegzunehmen.«

Tia stand auf. »Ich geh mal und …«

»Nein, mein Herzchen, Sie essen erst Ihr Frühstück, damit Sie nicht noch mal umkippen. Noch mehr Probleme können wir nicht gebrauchen.«

Beth ließ sich davon nicht abbringen. Als sie ihr ein deftiges Frühstück vorsetzte, sagte Tia: »Sie sind ein guter Mensch, Beth.«

»Sie doch auch Tia, Sie sind doch auch einer. Tief in Ihrem Herzen wissen Sie das, nicht wahr?«

Was Tia in diesem Moment tief in ihrem Herzen wusste, verriet sie Beth nicht.

Nach dem Frühstück half sie ihr in der Küche und begab sich dann zum Stall.

Zu ihrem Erstaunen war Bill da und schaufelte Pferdemist in eine Karre.

»Sind Sie nicht weg? Beth hat gesagt, Sie seien mit den anderen auf der Suche nach Lucy.«

»Ich bin zurück, wie Sie sehen«, erwiderte er trocken. »Ich geh nachher noch einmal los.«

Er hatte kaum Zeit aufzuschauen, da sagte sie schon: »Ich komme mit – ich komme mit zum Canyon.«

Bill stützte sich auf die Mistgabel.

»Wie fühlen Sie sich überhaupt?«

»Viel besser als gestern. Diese Panikattacken gehen schnell vorbei.« Sie versuchte überzeugend zu klingen.

»Sie haben es sich also anders überlegt?«

»Ja. Wegen Lucy.«

»Sie wollen Sie dort suchen?«

»Ich vermute, dass sie dort hinwill. Sie denkt, Desperado liegt im Canyon. Ich glaube, dass sie hofft, Desperado dort zu finden.«

Bill sah sie mit gerunzelter Stirn an, aber Tia gab nicht auf. »Sie will ihn beerdigen, ich weiß es. Ich wollte meine toten Katzen früher auch immer bestatten, ich hatte sonst keine Ruhe.«

Bill zögerte.

»Sie sind hier zu Gast. Warum fühlen Sie sich für Lucy verantwortlich?«

Er hatte ins Schwarze getroffen.

Es ist nicht deine Schuld, diese Dinge passieren, das Leben ist manchmal hart und brutal, und es tut schrecklich weh. Das ist nicht deine Schuld.

»Weil ich … ich hab ihr die Stelle genau beschrieben, wo es passiert ist. Sie hat mich ausgefragt. Ich konnte doch nicht wissen …«

»Sie hat danach gefragt? Das ist ja merkwürdig.«

Sein Blick schweifte an den Horizont.

»Also gut. Wir gehen in einer Stunde los. Lassen Sie sich von Beth ein Lunchpaket geben. Und nehmen Sie vor allem genügend Wasser mit.«

Er schob die Karre an. »Und sagen Sie niemandem was, Tia. Wir wollen nicht die ganze Truppe dort oben herumschwärmen sehen.«

Sie eilte in die Küche und bereitete sich mit Beths Hilfe Proviant für Bill und sich selbst zu. Sie ließ Beth im Dunkeln über ihren Plan. Im Zimmer zog sie die Trekkingschuhe an und packte den Rucksack, den sie immer noch von Liddy geliehen hatte. Sie band sich das Haar im Nacken zusammen und setzte sich eine Baseballkappe auf.

Der Rucksack fühlte sich leicht an. Richtig, sie hatte die Wasserflaschen in der Küche vergessen. Sie stürzte in den Esssaal, als die neue Hilfskraft im Büro ihren Namen rief. Xavier war am Telefon.

»Hast du Lucy auf der Burg gefunden?«, rief sie atemlos.

»Nein, die haben mich gar nicht reingelassen. Aber ich bin fast überzeugt, dass sie nicht dort ist.«

»Warum nicht?«, fragte Tia.

»Ich erklär dir das später. Wie …«

Die Verbindung brach ab. Xavier versuchte es nochmals, aber sie konnte ihn nicht hören. Wo war er? Welches Telefon benutzte er? Sie konnte ihn nicht fragen, denn ein erneutes Klingeln blieb aus. In diesem Moment redete sich Tia ein, dass es vielleicht so sein musste. Xavier würde sie nur zurückhalten wollen. Aber sie konnte Lucy nicht im Stich lassen. Und was hatte sie zu verlieren? Selbst wenn man sich vorsah, wenn man nie ein Risiko einging, war man vor Verlust und Tod nicht gefeit. Das hatte sie in ihrem kurzen Leben gelernt.

Mit den Wasserflaschen im Arm durchquerte sie den Esssaal. Auf dem Vorplatz wartete Bill bereits im Pick-up.

Glücklicherweise waren die Hunde nicht zu sehen.

»Los geht's«, sagte sie.

Er trat aufs Gaspedal.

Ihr Herz klopfte schneller als der Hip-Hop-Rhythmus von der CD, die Bill abspielte. Der Pick-up raste über Schlaglöcher und sie musste sich am Griff über dem Seitenfenster festhalten. Der bedeckte Himmel verhieß Regen, aber Tia hatte sich schon vor Tagen in ihrer Prognose getäuscht.

Bill schaute immer wieder in den Rückspiegel.

»Warum sollte uns jemand folgen?«, brüllte sie über die Musik hinweg.

Er senkte die Lautstärke.

»Beth weiß doch nichts, oder?«, fragte er.

Tia schüttelte den Kopf. Er drehte die Musik wieder auf.

Sie war ganz überrascht, als der Pick-up plötzlich hielt.

»Hier steigen wir hoch«, sagte Bill. »Ich kann den Wagen in diesen Büschen verstecken.«

Tia sah auf die Uhr. Kurz vor elf.

Drei Stunden später war sie in Schweiß gebadet. Sie hatten schon mehrere Hügel erklommen und ebenso viele Talsenken durchschritten. Die Luft war schwül. Sie atmete schwer. Der Wasservorrat ging rapide zur Neige. Ihre Augen suchten die Umgebung ab. Nichts erkannte sie wieder. Die Waldstücke sahen alle gleich aus, und die Lichtungen hatte sie damals in Panik durchquert.

Sie griff einmal mehr nach der Wasserflasche. Die Landschaft sah aus, als hätte jemand eine stoppelige Haut über Erdwälle gezogen, die unkoordiniert ineinanderliefen. Tiere konnten sich hier gut verstecken. Tiere und Menschen.

Sie packte ein Sandwich aus. Bill prüfte erneut ihre Position. Über seiner Schulter hing ein Jagdgewehr. Zum Schutz vor wilden Tieren.

»Sie haben mich übrigens gestern schwer beeindruckt«, sagte er unerwartet.

»Womit?«, fragte sie mit vollem Mund.

»Wie Sie das traurige Mädchen getröstet haben.«

»Ach so … Ich konnte nicht anders. Mir tat die Kleine so leid.«

Er setzte sich neben sie. »Was ist eigentlich mit Ihrem Vater passiert?«

Zu ihrer eigenen Überraschung antwortete sie nach kurzem Zögern.

»Irgendein Verrückter hat ihn umgebracht. Wir wissen nicht, wer und warum.«

Sie dachte an Xavier.

Wo war er jetzt? Was ging ihm durch den Kopf? Ihr Magen krampfte sich zusammen. Sie kämpfte verzweifelt gegen die überwältigende Liebe zu ihm, weil sie fürchtete, dass sie ihn verlieren könnte, wie sie ihren Vater verloren hatte. Ihr Techtelmechtel mit John war nur ein Versuch gewesen, diese Gefühle zu verdrängen.

Sie wandte sich wieder Bill zu. »Und Ihr Vater?«

»Ich habe meinen Vater nicht gekannt. Der hat die Kurve gekratzt, als ich noch in den Windeln lag. Meine Mutter war kaum zu Hause. Mein Opa und meine Oma haben mich großgezogen. Opa war wie ein Vater zu mir.«

Er biss in einen Apfel, sah in die Ferne. »Er hat mich gelehrt, für Kinder, die sich nicht wehren können, einzustehen. Ihm hätte Ihr Eingreifen gestern gefallen.«

»Mein Vater war auch so. Er wollte, dass Menschen nicht arm und unterdrückt sind. Er wollte nicht, dass unnötig grausame Tierversuche für die Wissenschaft gemacht werden. Er ... er glaubte, dass wir die Natur nicht dem Geld opfern sollten. Er liebte die Menschen – ganz einfach. Für meinen Vater kamen die Menschen an erster Stelle. Aber dafür wurde er angegriffen. Es ist absurd.«

»Warum wurde er angegriffen?«

»Er war ... eine bekannte Persönlichkeit in der Schweiz. Und er war Atheist. Wenn man ihn danach fragte, hat er nie ein Geheimnis daraus gemacht. Er war kein Prahler, er war ein ... bescheidener Mensch. Er konnte im Schatten anderer stehen. Das hat ihm nichts ausgemacht. Er fand andere Menschen viel, viel wichtiger.«

»Kann ich mir gut vorstellen«, sagte Bill. »Als ob Atheisten a priori böse Menschen wären und Gläubige a priori gute Menschen.«

»Genau. Ich glaube, an Gottes Stelle würde ich darauf pfeifen, ob man an mich glaubt oder nicht. Als ob Gott – wie man ihn auch immer definiert –, als ob Gott ein ... ein selbstverliebter Politiker wäre, der es für sein Ego nötig hat, von seinen Anhängern verehrt zu werden. Wenn, dann würde ich mir einen Gott wünschen, dem einzig wichtig ist, wie Menschen andere Menschen behandeln.«

Sie hatte sich in ein Feuer geredet, was sie selbst verblüffte. Manchmal war es leichter, sich Unbekannten gegenüber zu öffnen als den Menschen, die einem nahestanden. Sie hatte ihren Vater verteidigt! Diese Erkenntnis erfüllte sie mit Stolz. Ihr Vater war zwar tot, aber sie konnte ihn verteidigen. Das konnte sie für ihn tun. Sein Andenken verteidigen.

»Ja, und vor allem die schwächsten Mitglieder der Gesellschaft«, sagte Bill. »Kinder. Schon kleine Gesten sind wichtig, wie das Mitgefühl, das Sie gestern gezeigt haben.«

»Aber dem Mädchen wird es wenig nützen. Die werden ihm wahrscheinlich weiter Angst machen.«

»Vielleicht sollten wir denen zur Abwechslung mal ein bisschen Angst einjagen.«

Sie sah ihn verwundert an.

Er winkte ab. »War nur Spaß. Sind Sie bereit für den nächsten Aufstieg?«

Wenig später begann es zu nieseln. Tia zog sich die Regenjacke über, in der schwitzte sie aber noch mehr. Jedes Mal, wenn sie den Canyon in Reichweite glaubte, erhob sich vor ihnen eine weitere Hügelkette.

»Dort«, rief Bill plötzlich. »Da ist ein Felsplateau.«

Tia wischte sich über die Stirn und spähte durch den Feldstecher. Tatsächlich, sie erkannte die Umgebung. Sie befanden sich gar nicht weit von der Stelle entfernt, wo sie und John ihre Rast eingelegt hatten.

Die Erinnerung versetzte ihr einen Stich in der Herzgegend. Nur wenige Tage war das her, aber es kam ihr wie eine Ewigkeit vor. Wie es John wohl ging? Die anderen konnten ihr nicht viel sagen, sie waren auf Informationen von Johns Verwandten angewiesen.

Die Steigung verflachte sich leicht, und sie war stolz, dass sie immer noch mit Bill Schritt halten konnte, der viel trainierter war als sie. Ab und zu blieben sie stehen und Bill suchte mit Tias Feldstecher die Landschaft ab. Nichts fiel ihnen auf. Als ob alles nur ein böser Spuk gewesen wäre.

Sie bewegten sich an einem Felsband entlang, die Sicht auf den Canyon war verdeckt. Sie hatten den Punkt noch nicht erreicht, wo die Felsen in einen flachen Platz übergingen.

Tia wollte gerade ihre Regenjacke wieder ausziehen, weil es aufgehört hatte zu nieseln, als sie Bill leise ihren Namen rufen hörte. Er drückte sie zwischen zwei Steinbrocken und legte einen Finger auf die Lippen. Mit dem Kinn wies er ein Stück den Weg hinauf.

Dort – vor ihnen bewegte sich etwas.

Ihr Herz tat einen Sprung.

Eine Gestalt mit einer Schusswaffe. Sie trug so etwas wie einen Tarnanzug. Und ein riesiges Gewehr. Wie in einem Rambo-Film. Tia verfolgte die katzenhaften Bewegungen.

Die Gestalt drehte ihnen den Rücken zu. Plötzlich war sie aus ihrem Gesichtsfeld verschwunden. Sie sah Bill an.

»Wer ist das?«, flüsterte sie.

Bill zuckte mit den Schultern.

Tias Instinkt drängte sie zur Flucht.

»Das ist mir zu gefährlich, ich will zurück!«

Als Antwort drückte Bill sie noch tiefer zwischen die Steine.

»Jetzt nicht«, raunte er. »Hinter uns sind vielleicht auch welche.«

»Wer sind die?«

»Sicher keine Pumajäger.«

32

Seine Gesichtshaut brannte. Er steckte mit dem Oberkörper im Schnee. Ihm war schwindlig. Er musste mit dem Kopf aufgeprallt sein. Aber er war noch oben. Nicht im Abgrund, nicht dort, wo sich seine Füße befanden. Langsam wandte er den Kopf, um besser atmen zu können. Er ortete seine Arme, den rechten, den linken. Sie lagen nach vorne gestreckt, parallel zum Kopf. Die bloßen Finger in den Schnee gekrallt. Die Handflächen aufgeschürft. Die Handschuhe nicht zu sehen.

Gestürzt. Meine Beine. Die Füße.

Sie baumelten nicht in der Luft. Er musste irgendwo draufstehen. Auf etwas, das ihn gebremst hatte.

Ganz vorsichtig testete er den Untergrund mit dem rechten Schuh. Schnee. Ein Absatz aus Schnee. An den Rest mochte er nicht denken. Die Gletscherspalte konnte tief sein. Ein unendlicher Abgrund.

Noch hielt ihn die Brücke aus Schnee.

Ein Bein schmerzte. Hatte er es sich beim Sturz verrenkt?

Keine hektischen Bewegungen, Lester, nur nicht in Panik verfallen.

Eine falsche Bewegung, und die Brücke konnte einbrechen.

Aus dieser Spalte kam er nicht allein heraus.

Das hatte er sich alles selbst eingebrockt.

Er versuchte, die schneeverklebten Augen zu öffnen. Er blinzelte und blinzelte, bis er klarer sehen konnte.

Etwas Dunkles lag in seinem Gesichtsfeld. Seine Hand. Nein. Seine Hand war hier, viel näher, kalt und klamm. Er blinzelte heftiger.

Eine Hand. Ohne Zweifel. Er sah Fingernägel. Einen gekrümmten Daumen.

Eine fremde Hand!

Er schloss die Augen wieder. Gütiger Himmel! Hilf mir. Nur dies eine Mal.

Die Kälte kroch ihm in die Eingeweide. Durch zwei Skijacken hindurch. Seine Beine fühlten sich an, als wären sie verkeilt. Nur dumpfer Schmerz. Er fühlte Erschöpfung. Müdigkeit. Er fühlte sich unendlich müde.

Das nächste Mal, als er die Augen öffnete, war die fremde Hand kaum mehr zu erkennen. Es war dunkel geworden.

Er musste an seine Mutter denken. Wie konnte er ihr das antun? Und seiner Schwester.

Er gab sich innerlich einen Stoß. Noch lebte er. Noch hielt die Schneebrücke unter seinen Füßen.

Ein Debuisson gab so schnell nicht auf. Nicht, solange er noch hoffen konnte. Es schneite nicht, kein Wind, die Nacht war klar. Er machte sich Mut. Im Mai erfror man doch nicht. Schon gar nicht in Italien.

Kellergast musste zurückkehren. Er musste. Er konnte ihn doch nicht allein hier oben zurücklassen. Das würde er doch nicht tun. Oder doch?

Er hätte nicht sagen können, wie viel Zeit verstrichen war, als er Stimmen vernahm. Sie waren in der Stille deutlich zu hören. Sie hallten als Echo von den Bergwänden zurück.

Sein Herz schlug schneller. Kellergast – er hatte Hilfe geholt!

Die Stimmen wurden lauter. Er hörte Skier auf Schnee kratzen. Zurufe auf Italienisch. Die Stimmen sammelten sich weiter oben. Als ob sie sich berieten.

Warum kamen sie nicht näher? Er wollte rufen, aber seine Stimme – sie war zu schwach. So schwach, dass er sie nicht wiedererkannte. Die Retter waren noch zu weit weg. Sahen sie ihn nicht? Mein Gott, sie sahen ihn nicht! Er sah kein Licht, er sah nur Dunkel. Wie konnten sie ihn sehen?

In diesem Moment erklangen helle Töne. Eine wohlvertraute Melodie. Beethovens neunte. Ode an die Freude. Sein Handy!

Leg nicht auf, dachte Lester, bitte leg nicht auf.

Die Stimmen stockten. Worte flogen wie Schneebälle durch die Nacht. Die Skier näherten sich. Ein Lichtkegel streifte ihn.

»*Un uomo*! Ein Mensch!« Den Rest der aufgeregten Rufe verstand er nicht.

»Help«, sagte er. »Please help me.«

Das helle Licht blendete ihn.

»American?«

»Help me«, brachte Lester nur heraus.

»We help you. Wir helfen dir.« Die junge Stimme wiederholte den Satz mehrmals.

Er fühlte, wie ein Seil vorsichtig um seine Schultern geschlungen wurde, begleitet von schnellen italienischen Anweisungen. Junge Stimmen. Ganz junge. Wo war Kellergast? Zwischen seinen Armen wurde etwas festgezurrt.

»Attenzione«, rief jemand. »We pull now. Okay?«

Er spürte einen Ruck und noch einen, und langsam glitt er nach vorne. Jemand zog an seinen Armen. Er konnte die Hände fast nicht lösen.

Seine Gesichtshaut rieb hart auf dem kalten Schnee.

Er spürte Hände, die ihn aufzurichten versuchten.

Aber die Beine knickten unter ihm weg. Ein heftiger Schmerz durchfuhr ihn.

Seine Retter brachten es schließlich fertig, ihn an den Schultern auf den felsigen Untergrund zu ziehen.

Dort flößten sie ihm heißen Kaffee ein. Niemals hatte Kaffee so herrlich geschmeckt.

Das Handy musizierte wieder. Jemand reichte es ihm, und er hätte es küssen mögen. Aber er hatte nicht die Kraft zu antworten. Er vermochte nicht einmal, den Becher mit dem Kaffee zu halten. Ein junger Mann steckte ihm das Handy in die Jackentasche. Jemand rieb seine eisigen Hände und zog ihm Handschuhe über. Nicht seine, fremde, warme Handschuhe. Sie fütterten ihn auch mit einem Schokoriegel.

»You are wonderful«, sagte Lester und fühlte Tränen hochsteigen. Ihm schmerzten die Augen.

Im Schein der Kopflampen sah er ihre Gesichter. Teenager! Seine Retter waren italienische Teenager.

Was taten sie hier? Das wollten sie von ihm auch wissen. Sie überschütteten ihn mit Fragen in abenteuerlichem Englisch.

»Ich habe mich verirrt«, sagte er mit heiserer Stimme.

Wieder fragten sie, ob er Amerikaner sei.

Lester schüttelte den Kopf. »Kanada.«

Beim Wort Kanada brach hektisches Geplapper aus.

Und dann hörte er einen Namen, den er auf dem Gletscher von D'Embraggio zuletzt erwartet hätte.

»Sheldon Woodridge, you know Sheldon Woodridge?«

In seiner Notlage und demütig geworden, begrub er seinen ganzen Stolz.

»Ja, ich kenne ihn gut, er ist mein Schwager.«

Sie missverstanden das Wort Schwager, Lester musste es umschreiben. »Verheiratet mit meiner Schwester.« Ihm war egal, dass es noch nicht so weit war.

Sie hörten ›married‹ und riefen: »Il marito, è il marito della sorella! È il cognato!«

Sheldon war ein Star für diese Halbwüchsigen von D'Embraggio, die ihn nun ergriffen betrachteten. Wie war das nur möglich? Italien war doch eine Fußballnation! Sein Schwager würde für alle Zeiten berühmter als er sein. Tiefer konnte ein Debuisson nicht fallen.

Außer in eine Gletscherspalte.

Da kam die Erinnerung hoch.

»Die Hand«, sagte er. »Da war eine Hand – im Schnee!«

Er streckte den Arm ungelenk in die Luft.

»Okay, okay«, sagten sie. Aber sie verstanden nicht.

»Wo ist dein Snowboard?«, fragten sie ihn.

»Weg.« Lester deutete Richtung Tal. Sie brachen zu seinem Erstaunen in Gelächter aus.

Der Humor von Jugendlichen.

Was würden sie beim Anblick einer gefrorenen Hand tun, die aus dem Schnee ragt?

Lester versuchte es auf Französisch, aber sie sahen ihn nur fragend an. Sie mussten doch die Hand gesehen haben, sie hatten sogar sein Handy entdeckt. Er gab es auf. Sie hatten wahrscheinlich die Hand mit ihren Schneebrettern und Stiefeln platt gewalzt.

Es war sinnlos, sie jetzt zu suchen. Die Hand und die Leiche, die dazugehörte.

Eine zweite Gruppe von Snowboardern stieß zu ihnen, sie wurde lautstark über Lesters Rettung informiert. Während sich die jungen Leute gestikulierend unterhielten, begann Lester zu dämmern, was sie hier trieben. Diese Teens riskierten in der Sperrzone auf dem Gletscher ihr Leben. Sie fuhren über eine von Spalten durchzogene Eisfläche und spielten russisches Roulette.

Das Risiko, jederzeit einbrechen zu können und im Abgrund zu verschwinden, war der Kitzel, den sie suchten. Ein gefährliches Spiel mit dem Tod.

Vielleicht weil sonst nichts mehr riskant war in ihrer komfortablen Existenz.

Eine verrückte Art, das Leben zu spüren.

Ganz verrückt handelten sie allerdings nicht. Sie trugen Seile bei sich, und Lester sah im Licht ihrer Stirnlampen einen flachen Kunststoffschlitten, den ein Junge hinter sich herzog.

Sie halfen Lester, darauf Platz zu nehmen. Seinen Rucksack fixierten sie mit Gummibändern. Ein weiteres Seil wurde hinten am Schlitten befestigt, damit ein zweiter Snowboarder das Tempo bremsen konnte.

Die Schmerzen in Lesters Fuß hatten sich verstärkt. Sein Kopf dröhnte. Er konnte sich nicht vorstellen, auf dieser Plastikschale die Abfahrt auf den steilen Hängen zu überstehen. Aber es war besser, als hier oben im Schnee zu sterben.

»Okay?«, fragte ein Mädchen, das sich eines der Seile umgebunden hatte.

»Okay«, sagte Lester. »Bitte nicht zu schnell.«

Dann ging es los. Die Plastikschale glitt über den gefrorenen Untergrund, als sei die Unterseite gewachst. Lester fühlte sich wie in einer rasenden Eisenpfanne. Er spürte jede Erhebung und jede Delle als harten Schlag. Er konnte nichts sehen außer den kleinen Lichtern der Kopflampen.

Er befand sich in den Händen von Sechzehnjährigen.

Das Mädchen auf dem Snowboard schwang sich in weit ausholenden sanften Kurven talwärts. Sie musste das Gebiet wie ihre Westentasche kennen.

Der Schlitten flog über eine Kuppe und der Schmerz im Fuß ließ ihn aufheulen.

Und noch etwas heulte auf. Beethoven.

Es klang wie ein Triumphmarsch.

33

Tias Sorge um Lucy war noch größer als ihre Angst. Sie wollte ihren Namen herausschreien: Lucy, wir sind hier! Du bist nicht allein. Wir sind ganz nah!

Bill legte wieder den Finger auf die Lippen. Und – merkwürdig – das stoppte ihre Panik schlagartig.

Sie warteten. Lauschten. Tia hörte ihr Herz rasen. Der Nieselregen setzte wieder ein, aber sie wagte nicht, die Kapuze überzustreifen. Sie verwünschte ihren Trotz, ihre Selbstüberschätzung. Warum hatte sie Beth und Xavier nicht gesagt, wohin sie gehen würden? Andererseits, Xavier hätte sie für verrückt gehalten, hätte nicht verstanden, warum sie den Schreckensort noch einmal aufsuchen wollte, nach allem, was geschehen war. Noch mal hierherkommen. Wirklich durchgedreht.

Bill berührte sie an der Schulter.

»Wir rücken bis zur Felsnase vor«, flüsterte er, »von dort sehen wir mehr.«

Tia schüttelte energisch den Kopf, aber Bill tastete sich bereits vor, das Jagdgewehr im Anschlag. Ihr blieb nichts anderes übrig, als ihm zu folgen. Sie wollte keinesfalls allein zurückbleiben.

Zum Felsvorsprung waren es nur etwa zehn Meter, Tia erwartete jeden Moment, dass eine bewaffnete Gestalt dahinter auftauchte.

Sie hörte ein Knacken. Bill entsicherte sein Gewehr. Er nahm seinen Rucksack ab und schaute kurz zurück.

Sie schüttelte erneut den Kopf – und in diesem Augenblick knallte es, einmal, zweimal, immer wieder, ein wilder Schusswechsel, der nicht aufhören wollte.

Bill prallte bei seinem hastigen Rückzug auf sie, blitzartig gingen sie in die Hocke.

Dann Stimmen von fern.

Menschliches Bellen.

Bill packte ihre Hand.

»Zurück – schnell!«

Diesmal rannten sie die Strecke, die sie zuvor überaus vorsichtig zurückgelegt hatten.

Keuchend drückten sie sich in die schützende Nische zwischen den nassen Steinen.

Wieder Schüsse.

Dann Stille.

»Scheiße – mein Rucksack!« Bill schloss die Augen. »Da ist meine Kamera drin!«

»Ist doch egal. Mein Fotoapparat liegt auch irgendwo da oben.«

»Sie verstehen nicht – das ist kein Fotoapparat.«

Bevor sie ihn zurückhalten konnte, hatte Bill die Deckung schon verlassen und pirschte sich wieder vor.

Tia heftete sich sofort an seine Fersen. Nur nicht zurückbleiben. Bill hatte das Gewehr. Er hielt es schussbereit.

Ein Geräusch. Sie stoppten beide sofort.

Ein Schleifen. Rollende Steine.

Dann ein dumpfer Aufprall. Ein Schrei.

Wie von Fäden gezogen, rückte Bill vor, Tia in seinem Windschatten, im Schutz seines breiten Rückens.

Bill umrundete den Felsvorsprung, um den Rucksack aufzuheben.

Tia hörte ihn heftig einatmen. Er verstellte ihr die Sicht. Aber sie sah Blut, das über den Felsen lief. Wie eine rote Quarzader. So viel Blut, dass der feine Regen es nicht sofort verwässern konnte.

Bill hielt an und fiel auf die Knie.

Tia schlug vor Überraschung die Hand auf den Mund.

Ein Junge lag auf dem Boden. Das Gesicht schmerzverzerrt.

Sein erdfarbener Kampfanzug war verdreckt, aus einem Loch in der Schulter sickerte Blut.

Bill zog seine Jacke aus und bettete den Kopf des Jungen darauf.

Tia kniete sich ebenfalls neben den Jungen, fühlte seinen Puls am Hals. Seine Haut war warm, der Mund stand ihm offen.

Bill sagte: »Wir müssen ihn wegbringen. Sonst verblutet er.«

Sie streckte die Hand aus. »Geben Sie mir das Messer, schnell!«

Sie holte das Verbandszeug aus ihrem Rucksack und durchtrennte mit dem Messer den Anzug des Jungen. Vorsichtig legte sie die Wunde frei.

Es gelang ihr, mit einem Druckverband die Blutung zu stoppen. Erinnerungen an den Erste-Hilfe-Kurs auf dem Gymnasium halfen ihr dabei. Die Kugel hatte seine Schulter offenbar nur gestreift.

Tia bemerkte Schürfwunden an den Händen und im Gesicht. In seiner panischen Flucht schien der Junge über Felsen gestürzt zu sein.

Bill redete auf ihn ein. »Du bist sehr tapfer. Wir bringen dich ins Krankenhaus, okay?«

In den Augen des Teenagers stand nackte Angst.

»Wie kriegen wir ihn nur schnell hinunter?«, fragte Tia mit erstickter Stimme. »Er kann wahrscheinlich nicht laufen.«

Bill steckte das Messer wieder ein.

Er holte etwas aus seinem Rucksack. Es sah wie eine Videokamera aus. Nur viel kleiner.

Er filmte, die ganze Szene und das Blut auf dem Felsen.

Tia blickte ihn entsetzt an. »Was – was – Bill? Was tun Sie da?«

»Ich erklär Ihnen alles später, lassen Sie mich das aufnehmen, dann müssen wir weg.«

Bill filmte auch die Umgebung, während sie ihm wie gelähmt zusah. Schließlich verstaute er die Kamera und hängte sich das Gewehr um.

»Wir müssen ihn stützen, es geht nicht anders.«

Sie überlegte fieberhaft. »Er ist zu schwach.«

»Tia! Wir müssen weg. Nimmen Sie den Rucksack und die Jacke.«

Jetzt erst realisierte sie, dass die Schüsse verstummt waren. Irgendwo hier in diesen Felsen lauerten die Feinde. Sie war zu erschüttert, um die Gefahr einzuschätzen. Aber ihr Körper fing an zu zittern.

Sie zogen den Jungen langsam hoch. Wegen der Schulterverletzung konnte ihn Bill nur unter dem rechten Arm packen.

Der Junge verzog das Gesicht vor Schmerzen und äußerte die ersten Worte. »Lasst mich hier liegen«, flehte er.

Aber Bill und Tia stützten ihn, so gut es ging. Das Hufgetrappel hörten sie erst, als sie schon ein Stück geschafft hatten. Sie sahen sich an. Es schien, als ob es aus dem Canyon käme.

War das Lucy? Oder jemand anderes?

Das Pferd schien sich wieder zu entfernen. Sie schleppten sich mit ihrer Last unermüdlich vorwärts, bald mussten sie das

Ende des Felsbandes erreichen. Und was dann? Im offenen Gelände könnte man sie leicht entdecken.

Der Junge stöhnte bei jedem Schritt. Sie könnten ihn wenigstens irgendwo verstecken, wo er nicht entdeckt wurde.

»Wir sollten nicht den gleichen Weg zurückgehen«, raunte sie Bill zu. »Dort drüben ist dichter Wald.«

Bill überlegte, dann nickte er.

Aber um ihr Ziel zu erreichen, mussten sie erst ein Plateau überqueren. Gut zweihundert Meter ohne jegliche Deckung.

Sie schloss die Augen. Die Angst befiel jede ihrer Zellen. Aber es gab keinen anderen Weg, das wusste sie. Wenn sie das Plateau hinter sich hatten, konnten sie sich besser schützen. Zweihundert Meter.

»Los«, sagte sie kurz entschlossen. »Sind Sie bereit?«

Die Antwort kam von hinten. Nicht Bills Stimme. Trotzdem kannte sie diese Stimme.

»Bleibt stehen, alle drei!«

Tia wandte sich erschrocken um.

Der nächste Befehl kam noch schärfer.

»Gewehr runter oder du bist tot!«

34

Die Unfallstation im Krankenhaus von D'Embraggio widerlegte alles, was Lester über die Trägheit italienischer Einrichtungen gelesen hatte. Vierzig Minuten, nachdem er aus dem Taxi in die Notaufnahme gehumpelt war, hatte ihn eine Ärztin bereits umfassend untersucht. Die Röntgenbilder seines verletzten Fußes lagen vor, und erleichtert vernahm er, dass es kein Knochenbruch war, sondern nur eine Verstauchung. Zu seinem Erstaunen war er auch ohne Gehirnerschütterung davongekommen. Als er der Ärztin gegenüber seine Dankbarkeit für die schnelle Behandlung ausdrückte, antwortete sie: »Warum wundern Sie sich? Wir arbeiten in einem beliebten Skigebiet.«

Auf Krücken verließ er das Spital eineinhalb Stunden nach seiner Ankunft und fuhr mit dem Taxi zur Pension. In seinem Zimmer sah er auf die Uhr. Noch nicht einmal zwei Uhr morgens. Er konnte es nicht glauben. Er dachte an die Teens, denen er seine Rettung verdankte. Er hatte ihnen versprochen, über ihren verbotenen Abstecher auf dem Gletscher Stillschweigen zu wahren. Er versprach auch, Sheldon Woodridge zu überreden, an die E-Mail-Adresse, die sie ihm zugesteckt hatten, eine Botschaft zu schicken. In jenem Moment hätte er so ziemlich alles versprochen. Ohne sie hätte er wahrscheinlich nicht überlebt.

Mit den Krücken musste er sich abfinden. Den Rucksack hatte ihm der Nachtportier aufs Zimmer getragen. Lester wies ihn an, keine Anrufe durchzustellen und auch keinem Anrufer zu verraten, dass er auf seinem Zimmer sei. Der Angestellte sicherte ihm beides zu.

Lester setzte sich aufs Bett und zog langsam die beiden Jacken und seinen Skianzug aus. Nach der Untersuchung hatte er beide Jacken wieder angezogen, weil ihm immer noch schrecklich kalt war. Trotz der starken Schmerzmittel war er zu unruhig, um sich schlafen zu legen. Er aß eine Tüte Nüsse aus der Minibar und spülte sie mit einem Rum hinunter.

Erneut sah er die eingegangenen Anrufe auf seinem Handy durch, er hatte sie bereits auf der Notfallstation überflogen. Der erste Anruf – das Signal im Schnee, das seine Retter auf dem Gletscher gehört hatten – stammte von Friedrich Elch. Er bat um einen raschen Rückruf. Der zweite kurz danach war von Corinne Voney. »Lester, wie geht es Ihnen? Rufen Sie mich doch an, wenn Sie Zeit haben. Ich würde mich freuen, wenn Sie sich melden.«

Er spielte ihre Nachricht dreimal ab, um ihre Stimme zu hören. Heimlich hoffte er, dass sich hinter Corinnes Höflichkeit etwas Verheißungsvolles verbarg. Um das herauszufinden, musste er sich gedulden. Zu dieser Nachtzeit konnte er sie unmöglich anrufen.

Dann hörte er die Nachricht seiner Schwester Oshona ab. »Lester, ruf mich an, ich hab Neuigkeiten für dich … wegen Randall.«

Der Rum begann zu wirken, er bereute, die Schmerzmittel damit getränkt zu haben. Ihm fiel das Sandwich im Rucksack ein, da er immer noch Hunger hatte. Er öffnete den Reißverschluss und zog etwas heraus, das er nicht wiedererkannte. Eine feuchte, abgenutzte Bauchtasche aus schwarzem Kunststoff. Einer der Snowboarder musste sie versehentlich eingepackt haben. Oder gehörte sie Kellergast? Der Gedanke an den Mann, der ihn auf dem Gletscher seinem Schicksal überlassen hatte, machte ihn wütend. Lester konnte sich nicht erinnern, eine Bauchtasche an Kellergast gesehen zu haben.

Sein Kopf wurde immer schwerer. Er legte die Tasche auf den Schreibtisch und verschob die Anrufe auf den kommenden Tag. Bevor er sich aufs Bett legte, hängte er das Bitte-nicht-stören-Schild an die Türklinke.

Um sieben Uhr erwachte er kurz, weil sein Fuß schmerzte. Er schluckte eine Schmerztablette und schlief weiter.

Am späten Morgen stellte er sich umständlich unter die Dusche. Den einbandagierten Fuß hatte er mit einer Plastiktüte umwickelt. Er bestellte sich ein großes Frühstück aufs Zimmer. Zuerst musste er etwas im Magen haben, bevor er die Aufgaben anpackte, die er vor sich hatte. Nur nichts überstürzen. Alles im Detail überlegen. Die richtige Strategie einschlagen.

Er hinterließ Friedrich Elch eine Nachricht auf dem Handy.

Als er den Kleiderschrank öffnete, fiel ihm sofort auf, dass der Bademantel, den er absichtlich über den eingebauten Hotelsafe geworfen hatte, verschoben war. Hastig öffnete er den Safe mit dem einprogrammierten Zahlencode und atmete auf. Sein Laptop und die restlichen Dokumente lagen immer noch drin. Er legte den Computer auf den Schreibtisch und öffnete als Nächstes die Schubladen, eine nach der anderen. Nichts von Bedeutung lag darin, nur Reiselektüre, eine amerikanische Zeitung, einige persönliche Dinge. Lester wurde das Gefühl nicht los, dass jemand sein Zimmer durchsucht hatte.

Er ließ den Blick umherschweifen, er blieb an der schwarzen Bauchtasche auf dem Schreibtisch hängen. Es gelang ihm nicht, den Reißverschluss zu öffnen. Nach kurzem Überlegen griff er zum Taschenmesser, das er sich zusammen mit dem GPS-Gerät im Sportladen gekauft hatte, und setzte sich auf den Bettrand. Wem auch immer diese Tasche gehörte, er würde sie leicht ersetzen können. Er schnitt durch den Kunststoff. Es handelte sich, wie er nun feststellte, um ein teureres Modell für Bergtouren, denn die Innentasche war hermetisch verschließbar. Der Inhalt steckte in Plastiktüten. Ein Autoschlüssel. Weitere Schlüssel. Ein Blackberry. Ein deutscher Pass.

Lester stockte der Atem. Mit zitternden Fingern öffnete er das Dokument. Der Name war ganz deutlich zu lesen. Rainer Martin Liebling.

Seine Gedanken rasten. Wie kam Lieblings Bauchtasche in seinen Rucksack? Es gab nur eine Möglichkeit: Die Snowboarder hatten sie im Schnee aufgelesen, als sie nach seinen Handschuhen und seinem Handy suchten, und sie hatten sie im Glauben, sie gehöre Lester, in seinen Rucksack gestopft.

Der schmelzende Gletscher hatte Lieblings Habseligkeiten hergegeben. Und Teile einer Leiche. Lester sah die aus dem Weiß ragende Hand immer noch vor sich.

Vorsichtig legte er den Pass in die erste Tüte zurück. Er kam sich vor wie ein Dieb. Seine Fingerabdrücke auf allen Oberflächen. Die Tasche zerschnitten. Aber er konnte es nicht mehr rückgängig machen. Er würde Friedrich Elch so schnell wie möglich informieren. Aber vorher öffnete er noch die zweite Plastiktüte.

Ein säuberlich zusammengefaltetes Blatt Papier. Lester konnte kaum fassen, wie unberührt es wirkte. Der hermetische Plastikschutz hatte es vier Jahre lang im Eis vor Schäden bewahrt. Ein englischer Text. Er begann zu lesen.

R. macht Rundfunk-Interview am 20. September.
Es geht um Ausstellung über Kindersoldaten. Einige
Tage später kontaktiert ihn ein junger Mann. Will
ihn an einem Ort treffen, wo sie nicht beobachtet
werden. Könne ihm etwas Interessantes zum Thema
erzählen. R. wird neugierig, willigt ein.

Der junge Mann, ca. Anfang zwanzig, verrät R. weder Namen noch Herkunft. Nur dass er Kanadier sei. Er wolle anonym bleiben, fürchte um sein Leben. Werde verfolgt.

Während eines längeren Aufenthaltes in den USA sei er Mitglied einer sog. Kirche geworden. Die verfolge ziemlich radikale Ziele: gegen alles Liberale, gegen illegale Immigranten, gegen Muslime, gegen die demokratische Partei, gegen Europa, gegen die UNO und ihre Organisationen, gegen Abtreibung, Homosexuelle, Sex vor der Ehe, gegen die ›kanadischen Schwächlinge‹ (weil sie nicht am Irakkrieg teilgenommen und eine liberale Regierung haben) usw.

Er sei zum Missionar dieser Kirche ausgebildet worden, um andere junge Leute in die Kirche zu locken. Dann werde es härter. Den jungen Mitgliedern werden die Selbstmordattentäter unter muslimischen Extremisten vorgehalten, und dass man gegen diese Fanatiker eigene ›Krieger‹ einsetzen müsse.

In besagter Kirche gab es indes einen Disput darüber, wie man dabei vorgehen wolle. Ein Sektenführer habe sich abgespalten. Dieser wirke jetzt irgendwo an einem geheimen Ort (Informant verrät nicht, wo), er bilde Teenager zu Soldaten aus oder einer Art Guerillakrieger bzw. Selbstmordattentäter. Manche dieser Teenager seien von zu Hause ausgerissen und gelten offiziell als vermisst.

Informant macht zuerst selbst mit, aber er will nicht als Selbstmordattentäter enden, hat Angst. Er flieht aus dem Trainingslager, aber er erhalte Todesdrohungen, er fühle sich nirgendwo sicher.

Informant überreicht R. auch ein Manuskript, das er als Buch veröffentlicht sehen möchte (er will damit Geld verdienen, hat offenbar gelesen, dass ein afrikanischer Kindersoldat seine Geschichte als Buch veröffentlicht hat, das nun verfilmt werden soll). R. lehnt das Manuskript zunächst ab, in der Annahme, alles sei vielleicht ein Bluff und Geldmacherei, will nichts damit zu tun haben. Informant erwähnt jedoch im Weiteren, dass diese Kirche Mordanschläge auf drei europäische Wissenschaftler verübt habe, in der Schweiz, in Deutschland und in Italien. Das sei im Jahr zuvor geschehen.

Die Sache kommt R. wie ein Produkt der Fantasie eines unreifen Möchtegernautors vor, der berühmt werden will. Informant gleicht äußerlich indes seinem eigenen jüngeren Bruder, deshalb gibt R. nach und nimmt Manuskript an sich.

Laut R. handelt es sich um einen eher dilettantisch verfassten Text, er höre genau bei der Abspaltung auf (also dort, wo es theoretisch interessant geworden wäre).

Grundsätzlich bleibe die Geschichte in den Details vage, bis auf zwei Informationen. Text verrät, dass besagte ominöse Kirche viel Wert auf sportliche Aktivitäten lege (womit sie junge Leute anzieht und sie fit hält) und dass es ihr Plan sei, Europa zu kolonisieren und zum rechten Glauben zurückzuführen.

Nach der ersten Lektüre ließ Lester das Papier sinken. Er fühlte sich wie betäubt und las den Text ein zweites Mal sorgfältig durch, versuchte, die Zusammenhänge zu verstehen. Wahrscheinlich handelte es sich um Notizen, die sich Rainer Liebling während eines Gesprächs mit Roland gemacht hatte. Dass er auf Englisch schrieb, war bei seiner Tätigkeit nicht weiter verwunderlich. Ob das Gespräch am Telefon stattgefunden hatte oder persönlich (während Rolands Besuch in Berlin), konnte Lester anhand des Textes nicht erraten.

Roland war es also gewesen, der Liebling wegen der drei Wissenschaftler befragt hatte. Sicher wollte er herausfinden, ob es welche gab, die ein Jahr zuvor in eben den genannten europäischen Ländern ermordet wurden. Wenn sich das nicht bestätigte, so musste sich Roland gedacht haben, dann würde er den ›Enthüllungen‹ des jungen Mannes keinen Glauben schenken.

Lester konnte sich vorstellen, wie Liebling, ein erfahrener Archivar, in seiner Datenbank zu graben begann. Irgendwann musste er auf brisante Fakten gestoßen sein.

Und dann verschwand er spurlos.

Lester saß lange da und starrte ins Leere. In seinem Innern tobte es. Er brauchte Zeit, bis sich alles setzte und die Emotionen leiser wurden.

Er wusste nicht, wie viel Zeit verstrichen war, als er aus seiner Gedankenwelt auftauchte. In ihm hatte sich eine tröstliche Gewissheit gebildet. Die Gewissheit über Rolands aufrichtige Zuneigung zu ihm, dem jüngeren Bruder, der sich ungefragt die Freiheit genommen hatte, seinen Lebenstraum fern der Familie und fern der Heimat zu verwirklichen, während er, Roland, die Bürde der Verantwortung auf sich nahm und in der Nähe von Mutter und Schwester blieb. Roland, das wusste er jetzt, hatte es ihm nicht übel genommen. Seine Zuneigung war so groß, dass sie selbst in den Notizen Lieblings durchschimmerte.

> *Informant gleicht äußerlich seinem eigenen jüngeren Bruder, deshalb gibt R. nach und nimmt Manuskript an sich.*

Für diesen Satz, für diese paar Worte hatte sich Lesters Reise nach D'Embraggio gelohnt.

Von den anderen Resultaten ganz zu schweigen.

Langsam verfestigten sich in seinem Kopf neue Wahrscheinlichkeiten: Rainer Liebling hatte dieses Blatt, diese Notizen an jenem Tag dabeigehabt, um sie mit jemandem zu besprechen. Er ließ sie nicht in seinem Auto in der Schweiz zurück, sondern verwahrte sie in der Bauchtasche. Er wollte während des Skifahrens jemanden treffen, im Berggasthaus oder vielleicht sogar auf der Piste. Eine gut getarnte Umgebung. Vielleicht war er sogar mit dieser Person im Auto nach D'Embraggio gefahren, damit das Treffen noch unauffälliger verliefe als an einem bekannten Skiort in der Schweiz, wo sich oft viele Deutsche tummelten. Wer war diese Person? Lester wusste, wenn diese Frage beantwortet wäre, dann würde er auch herausbekommen, warum Liebling die Informationen von Roland mit einem Dritten besprechen wollte.

Der zweite Punkt, den sich Lester in Gedanken notierte, war die Tatsache, dass Roland seine Informationen nicht per E-Mail verschickt hatte. Und auch Rainer Liebling sandte ihm sein Informationsmaterial per Post. Liebling und Roland waren sich offenbar beide der Brisanz ihres Austauschs bewusst. Deshalb fanden die kanadischen Ermittler, die nach dem Mord Rolands

Computerdateien durchsuchten, nichts, was auf Liebling hindeutete. Und Rolands Laptop war für sie unerreichbar, weil das Gerät nie irgendwo auftauchte.

Lester presste die Handflächen aufs Gesicht und massierte die Stirn. So viele Fäden waren hier zu entwirren. Sein Instinkt sagte ihm, dass er dank des Blattes in Lieblings Bauchtasche auf der richtigen Fährte war. Er begann, Namen und Begriffe in die Suchmaschine im Internet zu tippen. Je länger er recherchierte, umso mehr Antworten fand er.

Nach einer geraumen Weile wählte er eine Nummer und hinterließ eine Nachricht. »Ich bin in der Pension. Um vierzehn Uhr erwarte ich Sie hier, und ich rate Ihnen, pünktlich zu erscheinen.«

Anschließend rief er Corinne Voney an. Sie war auf einer Sitzung, dennoch nahm sie seinen Anruf entgegen.

»Ich fliege übermorgen zurück nach Berlin und werde Sie von dort anrufen«, informierte er sie und fügte hinzu: »Ich kann es nicht erwarten, Sie wiederzusehen.«

In der Leitung war es einen Moment still. Dann erwiderte sie ein wenig atemlos: »Das sind viele gute Neuigkeiten auf einmal.«

Als er sein Handy weglegen wollte, entdeckte er eine SMS: *Lies E-Mail von mir! Oshona.*

Das schlechte Gewissen befiel ihn. Seine Schwester wartete dringend auf seinen Anruf. Er war einem Gespräch ausgewichen, weil er fürchtete, dass sie mehr Informationen aus ihm herauslocken würde, als er ihr geben wollte. Oshona kannte ihn zu gut, um sich mit Gemeinplätzen zufriedenzugeben.

Er setzte sich wieder vor den Laptop und öffnete ihre Nachricht. Oshonas Ungeduld zeigte sich in drei Worten: *Lies dies. Sofort.*

Er öffnete den Anhang. Ein Artikel aus dem *Globe and Mail.*

Entführung für Sex: Ex-UN-Soldat gesteht
Hat Shaughnessys Selbstmord damit zu tun?

Toronto – Andrew Stongy (35) hat nur noch wenige Wochen zu leben. Der an Speicheldrüsenkrebs erkrankte ehemalige UNO-Friedenssoldat will vor seinem Tod eine Schuld eingestehen, die ihn die letzten Jahre seines Lebens verfolgt hat. ›Ich habe afrikanische Mädchen entführt und zu sexuellen Handlungen gezwungen.‹ Dieses Geständnis legte er nicht nur gegenüber der RCMP ab, sondern auch in einem Exklusivinterview mit dem Globe and Mail. Stongy behauptet, ein weiterer Soldat sei an den ›abscheulichen Taten‹ beteiligt gewesen. Seine Vorgesetzten hätten davon erfahren, weil sich die Eltern eines der Mädchen an sie gewandt hätten, so Stongy. Die Sache sei aber unter den Tisch gewischt und beide Soldaten zum Stillschweigen verpflichtet worden.

Zu jenem Zeitpunkt war Randall Shaughnessy Oberkommandierender der kanadischen Friedenstruppen in der Region. Die Operation Kitkabuulu wurde vor drei Jahren beendet. Vor seinem Selbstmord am 23. Mai galt Shaughnessy als aussichtsreichster Kandidat für das Präsidialamt des neu geschaffenen Büros der Weltnationen für Internationale Entwicklung (OWID). Stongy will den Namen des zweiten Soldaten nicht preisgeben, bis die RCMP dessen Identität offenlegt.

Lester stand so schnell auf, dass ein stechender Schmerz durch seinen Fuß jagte. *Shit!*

Er langte in die Brusttasche seines Skianzugs, wo immer noch Rolands schwarzes Notizbuch steckte. Die Finger wollten ihm fast nicht gehorchen, als er die Seiten durchblätterte.

Hier.

Kidkaboolue. Stongy. März. R. fragen.

Deshalb hatte er das Wort Kidkaboolue nicht im Internet gefunden! Roland hatte den Begriff in der englischen Schreibweise notiert, so wie er sich für ihn anhörte. Er muss den Hinweis mündlich am Telefon oder im persönlichen Gespräch erhalten haben.

Vor Lester lag des Rätsels Lösung: *Operation Kitkabuulu.*

35

Es musste ein Missverständnis sein, ein riesiges Missverständnis. Gleich wird sich dieser Albtraum auflösen, dachte Tia, als sich ein Mann aus dem Schatten des Felsens löste.

Ein Gesicht unter einem Hut mit breiter Krempe. Ein Stetson und ein Gesicht, das sie kannte. Aber eines, das sie hier zuletzt erwartet hätte.

»John?«

Sie konnte nicht glauben, wen sie vor sich sah. Sie hörte ein Gewehr zu Boden fallen. Bills Gewehr.

»Bewegt euch nicht von der Stelle! Keinen Schritt!«

Die Mündung von Johns Revolver war auf Bill gerichtet.

»John, wir sind es doch, Bill und …«

»Ruhe! Beweg dich nicht!« Johns Stimme war so kalt wie gefrorenes Metall.

Vielleicht erkannte John sie nicht, so wie sie aussah. Mit der Baseballkappe, das Haar feucht, die Augen verheult.

»Tia, machen Sie, was er sagt, sonst knallt er Sie ab.« Das war Bill. Da wusste sie, dass es ernst war. Sie hörte ein metallisches Klirren.

John kam mit vorgehaltener Pistole auf Bill zu und hob das Gewehr auf.

»Ja, sag ihr nur, was für ein Ganove du bist«, zischte John. »Kommst hierher, um auf Leute zu schießen!«

»Das tut er nicht«, schrie Tia, »Jemand anders hat auf den Jungen geschossen!«

»Jetzt den Rucksack«, befahl John.

Bill ließ den Jungen vorsichtig zu Boden gleiten.

»Er braucht einen Arzt, John. Und zwar schnell.«

Leise Hoffnung keimte in Tia auf. Vielleicht gäbe es wenigstens Hilfe für den Verletzten.

Wieder Hufe. Schneller Trab in ihrem Rücken. Sie drehte sich instinktiv um.

»Nicht bewegen, hab ich gesagt!« John richtete die Mündung auf sie. Sie war für ihn keine Freundin. Das las sie in seinem Gesicht.

Die Pferde kamen näher. Hielten abrupt. Zwei junge Männer stiegen mit gezogener Schusswaffe ab. Sie erkannte einen von ihnen. Ein Leibwächter des Predigers.

»Lasst sie nicht aus den Augen.« John steckte seinen Revolver weg, durchsuchte den Rucksack.

»Die Jacke.«

Bill zog die Jacke langsam aus.

John durchwühlte die Taschen und zog die kleine Filmkamera heraus.

Er lachte böse. »Ja, was haben wir denn da? Sieh mal an. Da haben wir dich ja noch rechtzeitig erwischt.«

Er zückte wieder den Revolver. Tias blieb das Herz stehen.

»Denkst du, dass du damit davonkommst, heh?«

Aber Bill stand aufrecht. »Meine Leute wissen, wo ich bin. Wenn mir etwas passiert, seid ihr dran. Die wissen, wo sie euch suchen müssen. Jetzt endlich wissen wir es.«

»Was meinst du zu wissen?«, rief John höhnisch. »Ihr gottlosen Memmen habt ja keine Ahnung!«

Bills Stimme blieb fest und klar. »Wir wissen von euren Verbrechen.«

Tia traf jedes Wort wie ein Schlag. In welche Hölle war sie hier nur geraten? Sie wünschte, Bill würde stillhalten, würde die Männer mit den Schusswaffen nicht noch mehr provozieren.

John lachte wieder. Ein irres Lachen. »Die stehen auf der richtigen Seite, die kämpfen für einen guten Zweck.«

Bill wankte nicht. »Wir wissen, dass ihr sie zu Mördern und Attentätern ausbildet. Damit sie Leute, die euch nicht genehm sind, aus dem Weg schaffen.«

Hören Sie auf, Bill, bitte hören Sie auf.

»Die Feinde des Glaubens verdienen den Tod. Feinde wie du, Bill!«

»*Ihr* seid die Irrgläubigen, *ihr* liebt die Menschen nicht, ihr verachtet sie.«

Tia konnte nicht glauben, dass Bill sie immer weiter in Gefahr brachte. Und was war nur mit John geschehen? Lag er nicht schwer verletzt im Krankenhaus?

John kam zwei Schritte näher. Seine Stimme wurde noch bedrohlicher.

»Der falsche Glaube ist das Verbrechen. Nur wer den richtigen Glauben hat, wird vor dem Verderben gerettet.«

Sein Tonfall ging Tia durch Mark und Bein. Jäh durchfuhr sie ein Gedanke: Er ist ein Anhänger des Predigers. John steht auf der Seite des verrückten Gurus! Ein Wahnsinniger, der seine Feinde vernichten will.

John nickte seinen jungen Gefolgsleuten zu. »Ich überlasse ihn euch.«

Sie schritten breitbeinig auf Bill zu.

»Nein!«, schrie Tia. »Lasst ihn! Er hat euch nichts getan!«

John grinste verächtlich. »Keine Angst, meine Liebe, er muss nicht gleich ins Gras beißen. Wir wollen doch zuerst mehr über unsere Feinde erfahren.«

Sie beobachtete entsetzt, wie sie Bills Hände zusammenbanden und den Strick am Pferdegeschirr befestigten.

Dann packten sie den verletzten Jungen und warfen ihn wie einen Kartoffelsack über einen Pferderücken. Der Junge schrie vor Schmerz auf.

John fasste sie am Arm. Als Nächstes wurde sie mit einem Strick an sein Pferd gebunden.

Sie fing an zu zittern.

»Wohin bringt ihr uns?«, fragte sie.

»In eine Besserungsanstalt. Das kommt davon, wenn man sich in schlechte Gesellschaft begibt. Vorwärts!«

Er trieb sie neben sich her wie ein Rind. Sie konnte Bill und die anderen nicht sehen.

Auf der anderen Seite des Plateaus, dort, wo sie Schutz erhofft hatte, warteten Jugendliche auf Pferden. Woher hatten die plötzlich so viele Pferde? Tia erkannte den Rappen Koala. Es mussten Alissas Pferde sein. Wie war das möglich? Auf nichts war mehr Verlass. Tias ganze Welt war zum zweiten Mal in ihrem Leben in ein schreckliches Erdbeben geraten.

Es regnete nicht mehr. John ritt eine Weile schweigend, Tia trottete neben dem Pferd her, gelähmt vor Angst.

Dann fing er an zu reden.

»Ich tu das alles nicht gern, Tia, aber du hättest dich nicht in Dinge einmischen sollen, die dich nichts angehen.«

Sie hielt es für klüger, ihm nicht zu widersprechen. Sie dachte an ihre Mutter. Was würde sie tun? Sie würde verhandeln. Die anderen in Sicherheit wiegen. Nichts tun, was arrogant oder belehrend oder gefährlich erscheinen könnte.

Instinktiv packte sie die Gelegenheit, mit John zu reden. Er klang wieder normaler. Solange er mit ihr redete, schoss er nicht.

»Du bist also nicht verletzt?«, fragte sie.

»Nein, wie du siehst. Aber die Täuschung hat Spaß gemacht.«

»Warum, John, warum die Täuschung?«

Er ließ den Rappen einen Hang queren. Tia bereitete es Mühe, mitzuhalten.

»Um unsere Feinde zu verwirren.«

»Wer sind eure Feinde?«

Er ließ sich Zeit mit der Antwort.

»Unsere Feinde sind überall. Sie wollen unseren Glauben zerstören. Sie sind des Teufels.«

Sie biss sich auf die Zunge. John fühlte sich durch ihr Schweigen ermuntert.

»Ihr Europäer seid die Verursacher allen Übels. Immer wieder habt ihr die Gläubigen vertrieben, und sie haben Schutz in Amerika gefunden. Unser Land ist das Land der Auserwählten. Jetzt schlagen wir zurück, mit aller Macht. Europa soll sich zum rechten Glauben bekehren.«

Ein Wahnsinniger, dachte Tia, wie kann ein Wahnsinniger so normal wirken?

Sie musste ihn von diesem Thema ablenken.

Deshalb fragte sie: »Weshalb hast du den Unfall vorgetäuscht?«

»Ich musste kurz untertauchen. Mal ein paar Tage von der Ranch weg. Du siehst ja, hier oben gibt es viel zu tun.«

Tia dachte an den verletzten Jungen.

»Und deine Familie …«

Er lachte. »Was ihr für meine Familie gehalten habt. Wie leicht seid ihr doch zu täuschen.«

Sie erreichten ein Waldstück. Sie musste aufpassen, nicht über Wurzeln zu stolpern. Er zog ungeduldig am Strick, mit dem er sie vorwärtszog. »Du hättest dich nicht mit Bill zusammentun sollen, Tia. Er ist ein Verräter, ein Spion. Er ist der Satan in Verkleidung.«

Rede, Tia, rede, rede. Das weicht ihn auf.

»Es war meine Idee, John, wir wollten Lucy suchen. Ich war überzeugt, dass sie Desperado im Canyon finden will. Sie hing so sehr an ihm.«

»Sie wird Desperado nicht finden.«

»Ihr habt ihn erschossen, nicht wahr?«

»Wir haben ihn verschwinden lassen.«

Die Angst umklammerte ihr Herz wie eine eiserne Pranke. Wird man sie auch einfach verschwinden lassen? *Denk an deine Mutter, Tia, deine Mutter gibt nie auf. Nie.*

»Das hättest du unserem Gebieter nicht antun dürfen«, sagte John.

Sie wusste nicht, ob er von Gott oder dem Prediger sprach. »Ja, das seh ich jetzt ein, aber es war nicht meine Absicht«, antwortete sie. »Ich wollte niemanden verletzen.«

In der Ferne konnte sie ein halbes Dutzend Holzbauten sehen, deren Zweck sie nicht sofort erriet.

»Du hättest nicht mit Bill gehen sollen. Was soll nun der Gebieter tun? Du hast ihm großen Schmerz zugefügt. Nach allem, was er für dich getan hat.«

»Es war nicht meine Absicht«, wiederholte Tia. »Es tut mir sehr leid.« Sie versuchte, zerknirscht zu wirken.

»Ich weiß, aber du wirst dafür Sühne leisten müssen.«

»Selbstverständlich«, sagte sie, »ich werde es wiedergutmachen.«

»Das hör ich gern.«

Die Holzbauten kamen näher, einige sahen wie Wohnhäuser aus, andere wie Scheunen und Ställe. Es musste das Dorf der Familien sein, die früher, vor dem Verkauf, die Ranch bewirtschaftet hatten.

Als sie ankamen, pfiff John durch die Finger, und sogleich erschienen ein paar Jungen, nicht älter als sechzehn, und übernahmen die Pferde. Er band Tia los und stieß sie in einen bereitstehenden Jeep. Ein Junge stand Wache, während John hinter dem Lenkrad Platz nahm. Er fuhr sie zu einer Siedlung weiter unten. Als der Jeep auf die Einfahrt einbog, erkannte sie den Blockhüttenpalast des Predigers.

Im selben Moment, als John davor hielt, kam ein teurer Geländewagen von der anderen Seite heraufgefahren.

Im Außenspiegel sah Tia den Prediger aussteigen. John entsicherte die Autotüren. Das war ihre Chance.

Sie stieg aus und lief auf den Prediger zu.

»Bitte helfen Sie mir«, rief sie.

Der Prediger schaute mehr überrascht als erfreut.

»Der Herr rettet die Seinen von allen Übeln der Welt«, antwortete er.

John trat rasch hinzu. »Sie war oben. Sie hat einen der Flüchtigen gesehen. Bill Hanfel hat alles gefilmt.« Er hielt ihm die Minikamera wie eine Trophäe entgegen.

Falls der Prediger davon beeindruckt war, ließ er sich nichts anmerken. Er sah sich nach seinen zwei jungen Begleitern um. »Lasst uns hineingehen.« John packte Tia wieder am Arm.

Sie musste den Prediger für sich einnehmen. Falls sie ihn wirklich an seine Mutter erinnerte, dann wog das vielleicht schwerer als alles, was John sagte.

Sie betraten den Kaminsaal. Der Wasserfall übertönte ein knisterndes Holzfeuer. Der Prediger, diesmal trug er ein glitzerndes Sakko über einer schwarzen Hose, machte eine einladende Handbewegung.

»Setzen Sie sich nah ans Kaminfeuer, meine Liebe, Sie zittern ja vor Kälte.« Er nahm eine Wolldecke von einem Ledersofa und legte sie ihr um die Schultern. Ohne dass er danach gefragt hätte, wurde Kaffee aufgetragen. Diese aufgesetzte Liebenswürdigkeit war Tia noch unheimlicher als der Revolver, den John auf den Beistelltisch neben sich legte. Das Gewehr, das er Bill abgenommen hatte, lehnte er an die Wand neben dem Kamin.

Der Prediger setzte sich ihr gegenüber in einen hochlehnigen Sessel. Tia nahm die Baseballkappe ab. Ihr Pferdeschwanz hatte sich gelöst. Das lange Haar fiel ihr wild über die Schultern. Erschöpft strich sie es nach hinten.

Der Prediger sah sie an, während er zu John sagte: »Ihr habt also wieder einen gefunden?«

»Ja, er ist verletzt. Den dritten werden wir auch bald kriegen. Er kann nicht weit gekommen sein.«

Der Prediger hielt die Porzellantasse in der rechten Hand.

»Das darf nicht noch einmal passieren.«

»Es wird nie wieder passieren, mein Gebieter.«

Tia zögerte, den Kaffee zu trinken. Der Prediger bemerkte es: »Ist er Ihnen zu heiß? Er wird Ihnen guttun, meine Liebe.«

Dann änderte er den Ton abrupt.

»Sie war also mit Bill, dem Verräter, zusammen.«

John erwiderte: »Sie sagt, sie wollten Lucy suchen. Die ist offenbar wieder durchgebrannt. Aber sehen Sie sich das an.« Er reichte ihm die Kamera.

Der Prediger kam damit nicht zurecht. John stellte das Gerät ein, damit er die Aufnahmen auf dem Display sehen konnte.

Tia schielte auf den Revolver. Sie hätte aufspringen und ihn an sich bringen können. Aber sie hatte keine Ahnung von Schusswaffen. Sie fürchtete sich vor ihnen. Und draußen warteten die Leibwächter. Sie musste sich anders helfen.

»John hat mir gesagt«, begann sie, »dass auf mich das Verderben wartet, wenn ich nicht den rechten Glauben finde. Ich möchte den rechten Glauben erlangen und Sühne leisten. Ich muss das tun, denn Sie sagten, der Herr habe mich auserwählt.«

Der Prediger blickte mit ernster Miene von der Kamera auf.

»Sie weiß zu viel«, sagte John. »Wir müssen sie verschwinden lassen.«

»Wo ist Bill Hanfel?«

»Die Jungs quetschen ihn aus.«

»Er ist ein Feind des Glaubens. Wir müssen die Feinde des Glaubens ausschalten. Er hat sich auf Alissas Ranch versteckt.«

»Wir haben ihn aufgespürt.«

»Das Auge des Fürsten aller Fürsten ist überall.«

»Das Auge des Gebieters ebenso.«

Der Prediger lächelte. »Das Auge und das Ohr.«

Er richtete den Blick erneut auf Tia.

»Wenn wir wüssten, ob wir Ihnen trauen können, meine Liebe. Vielleicht haben Sie sich mit bösen Absichten eingeschlichen, Carmen Togg.«

Der Name traf sie wie eine Ohrfeige.

Noch ehe sie sich von dem Schock erholen konnte, redete der Prediger weiter: »Ja, Ihr Freund Xavier kann es nicht lassen, Sie bei Ihrem alten Namen zu nennen. Schlecht für einen Verlobten. In der Schweiz gibt es nicht viele begabte Pianistinnen mit dem Namen Carmen. Und noch weniger Frauen, die mit Xavier Pascal liiert sind.«

Er schlug die Beine übereinander, als ob er es sich gemütlich machte. »Und dann der Geruch.«

Er weidete sich am Schrecken in ihrem Gesicht.

»Der Geruch hat Sie in Panik versetzt. Ich habe Sie beobachtet. Ja, da sind Sie erstaunt, nicht wahr? Das Auge des Herrn ist überall.«

Der Prediger fixierte sie mit seinem Blick. In ihm lag ein unnatürlicher Glanz. Sie hatte solche Augen schon gesehen. Die erweiterten Pupillen, die leichte Rötung. Nahm der Mann Drogen?

»Sie haben den Geruch erkannt, nicht wahr? Das ist die geweihte Salbe unserer Kirche. Unser Kennzeichen. Nichts duftet wie sie. Die Salbe läutert und verbindet uns. Und sie macht uns bereit für den Kampf. Unser heiliger Krieger hat sich gesalbt vor der Tat.«

Vor der Tat.

Die Worte sanken nur langsam in ihr Bewusstsein ein.

»Ihr Vater war ein Wolf im Schafspelz. Wollen Sie sühnen für ihn? Wollen Sie unserer Kirche angehören?«

Ihre Gedanken stießen gegeneinander wie rasende Kugeln.

»Sie haben … meinen Vater umbringen lassen!,« stieß sie hervor.

»Er musste zerstört werden, um den wahren Glauben zu retten. Wollen Sie auch gerettet werden, Carmen?«

Vor ihren Augen verschwammen die Flammen des Kaminfeuers zu zuckenden Blitzen.

Sie wollte nichts mehr hören, aber der Prediger sprach weiter: »Sehen Sie, Carmen, das Problem ist, dass wir nicht wissen, ob Sie stark genug sind, Satan zu widerstehen. Wir haben schon schlechte Erfahrungen gemacht. Harry zum Beispiel, Harry Kölln wollte auch vor dem dunklen Reich der Dämonen gerettet werden. Und wir glaubten ihm. Er hat uns wertvolle Informationen gegeben. Aber dann – dann hat er sich auf die Seite des Bösen geschlagen. Harry war zu schwach. Er war zu schwach, um das Verderben in seinem Vater zu sehen. Er wollte nur Basketball spielen, er wollte kein Unbesiegbarer Engel sein.«

Tia war, als senkte sich ein Deckel herunter und drückte sie immer tiefer in den dunklen Untergrund.

»Wir wollten Henning Kölln nicht töten, wir wollten ihm nur eine Warnung verpassen. Aber der Herr wollte es anders. Er wollte, dass Kölln sein Leben verliert. Es war der Wille des Herrn. Es war ein Fingerzeig. Deshalb musste auch Kurt Togg sterben.«

Der Prediger beugte sich vor. »Carmen? Wollen Sie hier bei uns bleiben? Wollen Sie …«

Sie ließ die Tasse zu Boden fallen.

In diesem Moment wurde eine Tür aufgerissen. Der Prediger und John fuhren herum.

»Mein Gebieter, ich muss dich dringend sprechen. Lucy ist ...«

»Alissa! Ich bitte dich!«

Zum ersten Mal lag Empörung in der Stimme des Predigers. John stellte sich zwischen ihn und Alissa.

»Sie haben Lucy – sie haben sie vergewaltigt!«

Tia erwachte wie aus einer Trance. Alissa stand mit zerzaustem Haar und schmutzigen Jeans neben dem Wasserfall. Sie sah völlig aufgelöst aus, wie eine andere Person.

»Müssen wir das *hier* besprechen?« Der Prediger stand aus dem Sessel auf, sichtlich verärgert.

Alissas Stimme wurde schrill. »Sie haben sie vergewaltigt! Deine heiligen Krieger! Sie haben mein kleines Mädchen vergewaltigt!« Der Prediger wollte sie am Arm packen, aber sie stieß ihn zurück. »Wie konntest du das zulassen, wie konntest du nur?«

Seine Miene verfinsterte sich. »Lucy hat hier oben nichts verloren. Diese jungen Männer sind im Krieg, Alissa. Das ist dir bekannt.«

Tia beobachtete John. Er schien nicht genau zu wissen, was er tun sollte. Alissa war keine Feindin des Glaubens. Sie war eine Vertraute des Gebieters.

John machte ein paar Schritte Richtung Eingang. Wollte er die Leibgarde holen?

Von draußen drang ein Brummen an ihr Ohr, das immer lauter wurde. Der Hubschrauber.

Alissa lief hin und her wie ein Tiger.

»Sie ist nur ein unschuldiges Mädchen«, schrie sie, »sie haben sie vergewaltigt!«

Mit der unheimlichen Ruhe des Predigers war es vorbei.

»Lucy ist ein sündiges Mädchen! Sie hat sich nie unterworfen, immer rebelliert. Du hast sie nicht im richtigen Glauben erzogen, Alissa. Du hättest sie gleich von Anfang an hierherschicken sollen. Du hättest sie von uns erziehen lassen sollen. In unserer Kirche wäre sie ein gutes Mädchen geworden.«

Aufgebracht ging er auf sie zu, aber sie wich zurück. Sie, die Augen unnatürlich weit aufgerissen, reagierte wie ein Tier, das keinen Ausweg mehr sieht.

»Du würdest dein eigenes Kind töten, du Mörder, dein eigenes Kind!«

Mit einer schnellen Bewegung packte sie Johns Revolver auf dem Beistelltisch und hielt die Mündung auf den Prediger gerichtet. Tia zweifelte keinen Moment, dass Alissa mit einer Waffe umgehen konnte. Draußen schien plötzlich die Hölle los zu sein.

»Nehmen Sie das Gewehr, Tia, schnell!«, rief sie.

Als John sich in Bewegung setzte, packte Tia das Gewehr und tat das Einzige, was sie konnte. Sie holte aus und rammte ihm den Kolben mit der Kraft der Verzweiflung in den Unterleib. John taumelte zu Boden.

Jemand trat die Terrassentür ein.

Männer im Kampfanzug und mit der Waffe im Anschlag stürmten herein. Darunter zwei Frauen, ebenfalls mit gezückter Handfeuerwaffe.

Ein Schuss fiel.

Alissa sackte vor Tias Augen zusammen.

36

Fünf Minuten vor vierzehn Uhr rief Kellergast vom Empfang der Pension an.

»Kommen Sie herauf, Sie kennen sich ja aus«, sagte Lester. Eine Minute später klopfte es an der Tür.

Dunkle Ringe hatten sich unter Kellergasts Augen eingegraben, als hätte er seit seinem Verschwinden auf dem Gletscher nicht mehr geschlafen. Er sah so erbärmlich aus, dass Lester fast Mitleid mit ihm bekam.

Kellergast ergriff als Erster das Wort.

»Was haben Sie mit Ihrem Fuß gemacht?« Seine Stimme klang wie ein Rasenmäher vor dem Absterben.

»Ich habe Ihnen damit im Geiste tausendmal in den Arsch getreten.«

Kellergast sank auf einen Stuhl. »Wer hat Sie da runtergeholt?«

Lester zog die Augenbrauen in gespielter Empörung hoch.

»Hör ich recht? Hatten Sie nicht gesagt, Sie hätten mich da rausgeholt?«

»Hätt ich auch, hätt ich auch, aber Sie sind mir zuvorgekommen.« Kellergast versuchte nicht einmal, überzeugend zu klingen.

»Jetzt sind Sie in der Bredouille, nicht wahr, Mister Geheimagent? So viele Fehler auf einmal dürfen einfach nicht passieren. Nicht einem Superdetektiv wie Ihnen.«

Kellergasts Hände glitten in die Westentaschen. »Ist Rauchen verboten hier drin?«

Lester ignorierte die Frage. Ihm gefiel die Nervosität seines Besuchers.

»Sie konnten nicht schnell genug vom Berg runterkommen, natürlich ohne mich. Sie haben sich absichtlich auf meine Skier geworfen, damit Sie sich aus dem Staub machen können. Hab ich nicht recht?«

Kellergast steckte sich einen Kaugummi in den Mund. Wahrscheinlich nikotingetränkt, dachte Lester und fuhr ungerührt fort: »Sie waren in Panik, Mister, weil ich das Bild hatte. Das Bild von Jacob Holes und Harry Kölln. Sie sind hierher zu meiner Pension gegangen, denn wo ich wohne, wussten Sie bereits. Sie sind in mein Zimmer eingedrungen – vielleicht sollte ich sagen *eingebrochen* – und haben alles durchsucht. Oder fast alles. Denn meinen Laptop, hinter dem Sie am meisten her sind, weil Sie wissen wollen, wer mir das Bild geschickt hat, ja, der war leider im Safe. Zusammen mit interessanten Dokumenten. Und den Safe konnten Sie nicht knacken. Offenbar ist in Italien nicht nur die Schokolade gut, sondern die Safes sind es auch.«

Kellergasts Kiefer bewegte sich, als müsste er aus Weizenschrot Mehl machen. »Wie haben Sie's gemerkt?«

Lester ließ auch diese Frage unbeantwortet.

»Sie wollten herausfinden, wie viel ich weiß. Was Sie wirklich interessiert hätte, Kellergast, das haben Sie allerdings nicht gefunden. – Aber ich!«

Kellergast hörte auf zu kauen. Lester konnte sich ein Lächeln nicht verkneifen. »Es lag oben im Schnee, Herr Oberschnüffler.«

343

Und dann erzählte er ihm von der Bauchtasche und von ihrem Inhalt. Er erwähnte Lieblings Notizen, aber nur in groben Zügen.

Die Wirkung auf den Privatdetektiv war trotzdem gewaltig. Kellergast glaubte ihm. Er sprang auf.

»Du lieber Himmel! Wo ist die Tasche?«

Lester lehnte sich zurück. Zeit für seine kleine Rache. Und er konnte sie sogar genießen.

»Weggeschickt!«

Kellergast blieb der Mund eine Sekunde offen stehen. »Wie ... wie weggeschickt?«

»Per Post. Poste Italiane.«

»Was? An wen?«

»An Friedrich Elch vom Bundeskriminalamt.«

»Sind Sie verrückt geworden? So was schickt man doch nicht per Post! Schon gar nicht mit der italienischen! Das ist doch Beweismaterial, Mensch! Hochkarätiges Beweismaterial!«

Vor Aufregung schlüpfte ihm der rosa Kaugummi an den linken Mundwinkel.

Lester genoss selbst die Beschimpfung.

»Mein lieber Herr Kellergast. Ich will doch nicht noch mal so ein Feuerchen erleben wie das auf dem Gletscher. Oder noch einen Einbruch in meinem Zimmer. Wo kämen wir denn da hin?«

Kellergast sah ihn an. Entgeistert. Lester starrte zurück.

Bis Kellergast sich setzte. Das Kauen setzte wieder ein.

»Rainer Liebling hatte also die Informationen von Ihrem Bruder.«

Aha, jetzt geht es endlich um die Fakten, dachte Lester. Gut, es gab hier einiges zu klären.

»Deshalb sind wir doch beide so an Rainer Liebling interessiert, nicht wahr?«, fügte Kellergast hinzu.

»Mein Bruder wusste allerdings nicht, dass Liebling die Verbindung zwischen Jacob Holes, Harry Kölln und dem Tod von Henning Kölln war.«

»Harry und Jacob Holes haben damit nichts zu tun«, sagte Kellergast sofort, »Liebling war auf der falschen Spur.«

»Und Sie konnten ihn nicht davon abbringen, hab ich recht?«

Kellergast schwieg. Lester nahm es als Eingeständnis. Jetzt endlich konnte er die Fäden zusammenführen.

»Rainer Liebling wollte zuerst mit Frau Kölln sprechen, wie ich, aber sie hat ihn an Sie verwiesen. Genau wie mich. Also trafen Sie Liebling, und der erzählte Ihnen von seinem Verdacht. Er wusste, dass Jacob Holes in seinen Predigten gegen die europäische Dekadenz wetterte. Dass er Europa anprangert, weil europäische Politiker feige seien, falsche Toleranz übten und die multikulturelle Gesellschaft propagierten. Liebling fand heraus, dass Holes' Kirche, die eigentlich eine extremistische Organisation ist, wenn Sie mich fragen, dass also Holes' sogenannte Kirche für Jugendliche Sport und Spiele finanziert und organisiert. Und er grub ein Foto in seiner Datenbank aus, das Holes und Harry Kölln zusammen zeigt. Liebling wollte herausfinden, ob es zwischen Holes und Henning Köllns Tod einen Zusammenhang gibt – und mit dessen Sohn Harry.«

»Lassen Sie Harry da raus. Harry hat nichts damit zu tun. Das hab ich Ihnen schon oft gesagt. Er hat damit nichts zu tun! Und Jacob Holes auch nicht. Der war nicht militant genug. Der hat nur das Maul aufgerissen. Hunde, die bellen, beißen nicht. Deshalb gab es radikale Anhänger, die sich von Jacob Holes abwandten. Das war nach Harrys Zeit in Amerika. Harry hat damit nichts zu tun.«

»Das haben Sie auch Rainer Liebling gesagt, nicht wahr? Auf dem Weg nach D'Embraggio. Sie wollten ihn auf der Fahrt davon überzeugen, dass er die falsche Spur verfolgt. Dass er die

Finger davonlassen soll. Sie haben ihn überredet, mit Ihnen nach D'Embraggio zu fahren, in ein Skigebiet, das Sie gut kennen. In D'Embraggio haben Sie früher als Skirennfahrer viel trainiert. Man kann das alles im Internet nachlesen. Liebling ließ sich leicht überreden, er war ein tollkühner Skifahrer und immer bereit für ein Abenteuer. War es so?«

Kellergast kaute schweigend, den Blick auf Lester gerichtet.

»Und was ist hier in D'Embraggio passiert, Herr Kellergast?«

Schweigen.

»Sie haben sich zerstritten, nicht wahr? Sie hatten kein Interesse an der Wahrheit, denn Ihr einziges Ziel ist es, Harry aus allem rauszuhalten. Das ist der Auftrag, den Ihnen Frau Kölln gegeben hat. Nur wusste sie nichts von Lieblings Verdacht, und Sie wollen auch nicht, dass sie es je erfährt. Rainer Liebling war felsenfest überzeugt, dass Harry etwas mit dem Tod seines Vaters zu tun hat. Und je mehr Sie ihn verteidigen, umso mehr glaube ich es auch.«

Kellergast gestikulierte wild und stach mit dem Zeigefinger Löcher in die Luft. »Die Frau hat schon genug durchgemacht. Ihr bleibt ja nur noch Harry. Sie hat es nicht verdient. Sie braucht nicht noch mehr Kummer in ihrem Leben.«

Seine Fassade zeigte Risse, so tief wie die Falten in seinem Gesicht. Lester fühlte sich bestätigt.

»In einem waren Sie sich mit Rainer Liebling einig: Sie wollten beide die Reise nach D'Embraggio und ihr Treffen geheim halten. Liebling wahrscheinlich, weil er Frau Kölln nicht alarmieren wollte, bevor er sich über das weitere Vorgehen im Klaren war. Er handelte ja überaus vorsichtig. Und genauso wenig wollten Sie Frau Kölln beunruhigen. Aber in allem anderen waren Sie und Liebling sich uneins. Richtig? Sie waren so wütend, dass Sie mit Ihrem Auto postwendend in die Schweiz zurückfuhren. Liebling blieb in D'Embraggio. Er wollte sich die Gelegenheit nicht entgehen lassen, wenn er schon hier war. Er konnte ja in drei Stunden mit dem Autobus zu dem Parkplatz in der Schweiz zurückfahren, wo sein Wagen stand. Aber dann geschah etwas, womit Sie nicht gerechnet hatten. Womit niemand gerechnet hatte. Liebling verschwand spurlos.«

»Ich brauch 'nen Whisky«, sagte Kellergast.

Lester deutete auf die Minibar. »Bedienen Sie sich.«

Kellergast griff sofort zu. Er drehte den Verschluss eines Fläschchens auf und leerte den gesamten Inhalt auf einmal. Lester fragte sich, was mit dem Kaugummi geschehen war, während Kellergast sich den Mund mit dem Handrücken abwischte.

Nach einer kurzen Pause fuhr er schonungslos fort: »Ein Unfall. Nie hätten Sie sich träumen lassen, dass Liebling in eine Gletscherspalte stürzt und Sie das Problem los wären. Lieblings Verschwinden muss Sie aber in ein ganz neues Dilemma gestürzt haben. Zwar waren Sie das Problem los, dass Liebling die Sache mit Jacob Holes und Harry weiterverfolgen würde. Aber … nun war da die Polizei, die Lieblings Verschwinden untersuchte. Sie vertrauten darauf, dass niemand etwas von Ihrem Treffen mit Liebling wusste. Das Risiko sind Sie eingegangen. Sie waren schon immer ein risikofreudiger Typ, schon als Rennskifahrer. Und Ihr Kalkül ging auf. Niemand hatte Sie jemals in Verdacht. So ein Glück, Herr Kellergast.«

»Bis Sie Ihre Nase da reinstecken mussten.«

Kellergast bediente sich erneut in der Minibar. Diesmal ein Wodka. »Sie sind wie Rainer Liebling. Einfach unbelehrbar. Die Amerikaner – die werden die Schuldigen nie ausliefern. Die Sache ist viel zu politisch.«

»Welche Schuldigen?«

»Wahrscheinlich ein Typ namens Terry Fuller. Als ich in den USA war, um Harry da rauszuholen, hab ich einiges über den Mann erfahren. Ein Verrückter. Dem trau ich ein Attentat zu. Er hat sich von Jacob Holes losgesagt. Holes war ihm zu weich. Ich weiß nicht, wo sich Terry Fuller jetzt aufhält. Aber die Amis würden Fuller nie an Deutschland ausliefern. Nicht bei dieser Regierung, die sie jetzt haben.«

»Mann, der Typ, dieser Fuller – der mordet vielleicht weiter!«

Kellergast schüttelte den Kopf. »Seit vier Jahren ist nichts mehr passiert. Warum, denken Sie, warum ist seit vier Jahren nichts mehr passiert?«

Lester bekam feuchte Hände. Zum ersten Mal fürchtete er, die Kontrolle über die Situation könnte ihm entgleiten. Kellergast witterte das sofort.

»Ja, warum wohl? Der Mann ist schon längst tot. Darum.«

»Haben Sie … haben Sie ihn umgebracht?«

»Ich?« Kellergasts Gesicht wurde rot vor Zorn. »Ich soll was? Sie sind ja total durchgeknallt! Wofür halten Sie mich eigentlich? Das ist ja wohl …« Er sprang auf. »Eins sag ich Ihnen. Bevor Sie irgendwelche Lügen verbreiten, werd ich dafür sorgen, dass Sie Persona non grata in Deutschland werden. Dann können Sie sich Ihr Theaterprojekt in den Arsch stecken! Sehen Sie sich vor, Sie schimmliger Kanadier …« In diesem Moment klopfte es.

Kellergast stutzte, schritt zur Tür und öffnete sie.

»Ihre saubere Wäsche«, sagte eine Hotelangestellte. Wortlos riss Kellergast der Frau die Kleidungsstücke aus der Hand und schmiss sie aufs Bett. Dann verschwand er zur Tür hinaus.

Lester schenkte der Angestellten ein Lächeln und ein großzügiges Trinkgeld, bevor er die Tür wieder schloss.

Spontan wählte er Friedrich Elchs Nummer. Diesmal kam er durch.

Nach einem längeren Gespräch buchte er einen Flug nach Berlin. Lieblings Bauchtasche hatte er bereits in seinem Handkoffer verstaut.

Anschließend ging er noch einmal seine E-Mails durch und stieß auf den Namen Ray Debuisson.

»Lester«, schrieb sein Onkel aus England, »auf dem Flughafen hast du mich gefragt, ob deine Eltern gegensätzlicher Auffassung in bestimmten Dingen gewesen wären. Natürlich waren sie das, aber diese Dinge fielen nicht immer ins Gewicht. Was deinen Vater mit Sicherheit störte, war Claudines Wertschätzung für Randall Shaughnessy. Dein Vater hielt ihn für einen Karrieristen, der bereit war, für sein Fortkommen schmutzige Kompromisse zu schließen. In Philippes Augen sah Claudine manchmal zu leicht über die Schwächen von manchen Menschen hinweg, Menschen, die ihr möglicherweise eines Tages nützlich sein könnten. Man wird nicht Generalgouverneurin, wenn man sich überall Feinde macht, und Claudine versteht es, Menschen für sich einzunehmen. Ich weiß, Lester, du verehrst deine Mutter sehr – zu Recht. Aber du wolltest eine Antwort, und hier ist sie. Persönlich und vertraulich.«

37

Zwei Tage später erhielt er von der Fluggesellschaft eine Erste-Klasse-Behandlung. Nicht weil er Lester Debuisson, der Schauspieler, war. Nein, er wurde als verletzter Passagier mit Krücken besonders umsorgt. Weder am Flughafen noch im Flugzeug entdeckte er Kellergast unter den Passagieren.

Friedrich Elch traf eine Stunde nach Lesters Ankunft im Hotel de Rome ein. Er sah fast so übernächtigt aus wie Kellergast zwei Tage zuvor. Lester führte den Beamten des Bundeskriminalamtes so ungeschickt ins Zimmer, dass dieser beinahe über seine Krücken gestolpert wäre.

»Wir haben ihn verhaftet«, sagte Elch, während er sich setzte.

Auch Lester nahm umständlich Platz.

»Wen?«

»Thomas Kellergast. Gleich, als er mit dem Zug die deutsche Grenze passiert hat.«

»Was! Weswegen?«

»Nicht, weil er Sie auf dem Gletscher sitzen gelassen hat. Davon wissen wir ja offiziell nichts.« Er knöpfte die Anzugjacke auf. »Er hat den Bombenanschlag auf sein Auto selbst verübt.«

Lester ließ sich umständlich auf das Bett sinken.

»Auf sein Auto? Er selbst?«

»Ja. Er hat ihn inszeniert. Er hat darauf spekuliert, dass wir Ihnen dann raten würden, aus Deutschland abzureisen. Er war noch nie zimperlich in seinen Methoden gewesen. Aber er hat Fehler gemacht.«

»Das weiß ich«, entwischte es Lester. Er dachte an den Einbruch in sein Zimmer in D'Embraggio. Von dem hatte er Elch noch gar nicht erzählt.

Elch presste die Fingerspitzen aufeinander. »Jetzt können wir den Rest untersuchen. Er hat uns Informationen vorenthalten. Frau Kölln hätte ihn schon längst loswerden sollen. Wir hatten ein längeres Gespräch mit ihr. Sie ist sehr kooperativ.«

»Haben Sie auch mit ihrem Sohn Harry gesprochen?«

Elch lächelte nachsichtig. »Herr Debuisson, diesen Rollenwechsel kann ich Ihnen nicht gestatten. Ich bin der Ermittler, Sie der Informant. Haben Sie mir nicht etwas von Rainer Liebling mitgebracht?«

Lester reichte Elch die Bauchtasche, das Blackberry und die beiden Plastikbeutel.

»Das ist alles?«, fragte Elch.

Er nickte.

Elch zog sich dünne Gummihandschuhe über und begutachtete die Gegenstände. Er ließ sich Zeit dabei. Nach langen Minuten blickte er hoch.

»Vielen Dank. Ich nehme das mit.«

»Was geschieht mit den Leichenteilen dort oben? Wenn es Lieblings Leiche war, die eingeäschert wurde, dann ist es vielleicht der Neuseeländer, der in der Spalte steckt. Oder jemand anderes. Die Italiener ...«

»Wir sind diesmal bei der Bergung dabei, das ist schon in die Wege geleitet. Noch wissen die Medien nichts, und je länger sie nichts wissen, umso besser. Wir möchten unsere Arbeit am Gletscher ohne kreisende Hubschrauber und neugierige Skifahrer erledigen. Verstehen Sie, was ich Ihnen sagen will?«

»Das ist ganz in meinem Interesse«, sagte Lester.

»Das glaube ich Ihnen.« Elch verzog keine Miene. »Ich bin überzeugt, dass wir kurz vor der Aufklärung der drei mutmaßlichen Attentate stehen. Wir haben Tag und Nacht gearbeitet.«

»Nur drei Attentate? Hat der Mord an meinem Bruder nichts mit dieser komischen Kirche zu tun?«

»Bislang gibt es keine Hinweise auf eine Verbindung zu dem Mord an Ihrem Bruder. Obwohl sich der oder die mutmaßlichen Mörder von Kölln, Tramon und Togg in Kanada aufhalten.«

Lester trat vor Überraschung beinahe mit dem verletzten Fuß auf, als er sich ungeduldig erhob.

»In Kanada? Nicht in den USA?«

»Sie meinen die Kirche des Heeres der Unbesiegbaren Engel in Texas? Das ist zwar eine radikale Organisation, was ihre Weltanschauung betrifft. Aber sie ist nicht radikaler als viele andere pseudoreligiöse Gruppen. Viel Rhetorik, viele Anklagen, bedrohliche Feindbilder, Weltuntergangsszenarien, Verschwörungstheorien, Rassismus und ein antiquiertes Frauenbild. Sie hassen Liberale und Europa und die UNO und die NATO und die weltliche Autorität von staatlichen Institutionen. Und sie sind natürlich vehemente Verfechter des Kreationismus. Jacob Holes ist ein selbstverliebter Demagoge, der Menschen für seine Zwecke manipuliert und die Sehnsucht der Gläubigen nach Gottesnähe und Sicherheit in einer schwierigen Welt radikal ausnutzt. Aber er ist nach unseren Erkenntnissen kein Mörder.«

Lester stützte sich so fest auf die Krücken, als wollte er gleich jemanden anspringen.

»Aber er hat doch dieses Beileidsschreiben an Frau Togg verfasst! Dass ein Mensch, der keine Einsicht zeige, sterben müsse. Das ist doch eine Todesdrohung!«

»Das hat nicht Holes geschrieben. Die Schweizer Kollegen haben es nachprüfen lassen. Die Handschrift stammt nicht von Holes, aber Holes hat sie erkannt, als sie ihm vom FBI in den USA vorgelegt wurde. Sie stammt von einem Mann namens Terry Fuller.«

Lester zuckte zusammen. In der Pension von D'Embraggio hatte er diesen Namen schon einmal gehört.

»Das ist der Mann, der sich von der Kirche in Texas abgespalten hat, nicht wahr?«

»Woher wissen Sie das?«

»Von Kellergast. Er hatte offenbar einiges über den Machtkampf innerhalb dieser Kirche erfahren, als er in den USA war, um Harry Kölln nach Hause zu holen.«

Elch nahm einen kleinen Schreibblock aus der Westentasche und machte sich eine Notiz. Dann fuhr er fort: »Terry Fuller ist nach unseren Erkenntnissen ein Waffennarr und ein gefährlicher Fanatiker. Er nimmt die Bezeichnung Heer wörtlich. Er hat sich mit Jacob Holes überworfen und siedelte mit seinen Getreuen vor fünf Jahren nach Kanada über. Dort verloren ihn die Behörden aus den Augen. Bis vor Kurzem.«

»Sie haben ihn gefunden? Er ist also nicht tot?«

»Warum sollte er tot sein?«

»Weil die Attentate aufgehört haben.«

Friedrich Elch erhob sich, die Plastikbeutel in den Händen. Er verwahrte sie in seiner Aktentasche.

»Die Morde, die bei uns für Schlagzeilen sorgten, haben aufgehört. Von den weiteren Anschlägen wissen wir wahrscheinlich einfach nichts.« Er wandte sich der Tür zu. »Noch nicht.«

»Wird die kanadische Polizei etwas gegen Fuller unternehmen?«

Elch sah ihn einen Moment lang verblüfft an. »Natürlich. Die kanadische Polizei steht nicht nur dekorativ in der Wildnis

353

herum, aber das sollten Sie eigentlich wissen. Ich melde mich wieder bei Ihnen.«

Lester hatte den Eindruck, dass Elch die Türe ein wenig lauter schloss, als nötig gewesen wäre.

Später saß er in der Hotelhalle auf einem der schwarzen Diwane, deren Form ihn an Sanddünen erinnerte, und wartete auf Corinne Voney. Hier musste sie vergangene Woche gesessen haben, als er sie zum ersten Mal traf, gegen Mitternacht, in ihrem schwarz-weiß gemusterten Trenchcoat. Er spürte Lampenfieber. Es gab kein Drehbuch, keinen vorgeschriebenen Dialog, kein absehbares Ende wie auf der Bühne. Nur einen Trapezakt ohne Netz.

Mit einem Mal sah er sie. Wie eine Sommerbrise wehte sie herein, in einem leuchtend weißen Audrey-Hepburn-Kleid. Dazu trug sie schwarze Handschuhe. Sein Herz klopfte laut. Wie verdammt schön sie war!

»Lester«, hauchte sie und beugte sich über ihn, bevor er es schaffte, mithilfe seiner Krücken aufzustehen. Einen Augenblick lang dachte er, sie wolle ihn zur Begrüßung küssen. Aber sie flüsterte ihm nur etwas ins Ohr: »Entschuldigen Sie bitte meinen rüden Empfang, aber wir sollten uns vor einen Fernseher setzen. Oder einen Computer. Es gibt Meldungen aus Kanada. Von dieser komischen Kirche, die das Beileidsschreiben an Verena Togg geschickt hat. Die haben eine Ranch dort und viele Waffen.«

Sie sah ihn mit ihren ausdrucksvollen Augen an. Er nahm spontan ihre behandschuhten Hände in die seinen. »Verzeihen Sie, wenn ich auch rüde bin, aber wir sollten auf mein Zimmer gehen.«

»So schnell wie möglich«, erwiderte sie.

Sie musterte seine Krücken. Er hatte sie mit einer Textnachricht vorgewarnt. »Ich helfe Ihnen.«

Lester stemmte sich von seinem Sitz hoch. »Keine Angst«, sagte er, »davon lass ich mich nicht bremsen.«

Im Hotelzimmer stellte Corinne den Fernseher ein und suchte sich durch die Programme. Bei CNN blieb sie hängen: Auf dem Bildschirm erschien ein Mann in Handschellen, der als Terry Fuller identifiziert wurde. Sein schwarzes, gegeltes Haar hing ihm in die Stirn wie einem Rockstar. So sieht also ein Mörder aus, dachte Lester. Fuller rief Verwünschungen in die Fernsehkamera, prophezeite, dass Gottes Rache alle seine Feinde hinwegfegen werde. Die Bilder, die darauf folgten, waren schwer zu ertragen. In weiße Tücher gewickelte Leichen, die zum Wagen des Bestatters getragen wurden, Teenager mit trotzigen oder verstörten Gesichtern, umstellt von Polizeikräften, blutige Kleider am Boden, ein Arsenal von Schusswaffen.

Corinne schnappte nach Luft. Sie saßen nebeneinander auf dem Bett.

»Das ist ja unglaublich!«, rief sie.

Er griff erneut nach ihrer Hand und ließ sie lange nicht los.

Luftaufnahmen zeigten die riesige Ausdehnung des Besitzes von Terry Fuller und seiner Organisation. Weiden, Hügel, Wälder, eine Ansammlung von Gebäuden, ein kleines Dorf, ein Fluss, tief eingegraben in eine Felsschlucht.

Die Moderatorin sprach von einem paramilitärischen Lager für randständige Jugendliche, das als Bibelcamp getarnt war. Die Identität von drei Toten sei noch nicht bekannt. Ein Sprecher der kanadischen Polizei RCMP kam ins Bild und erklärte, ein noch größeres Blutvergießen habe glücklicherweise verhindert werden können. Keines der Opfer sei von der Polizei erschossen worden.

Lester griff nach der Fernbedienung und zappte zwischen den Sendern hin und her, aber keiner erwähnte einen möglichen

Zusammenhang zwischen der Erstürmung von Fullers festungs-ähnlicher Ranch und den Attentaten an Togg, Kölln, Tramon oder seinem Bruder.

Die Polizei hielt also bewusst Informationen zurück.

Er sah Corinne an. »Möchten Sie etwas essen?«

Sie schüttelte den Kopf. »Nur etwas trinken.«

Sie teilten sich eine kleine Flasche Weißwein aus der Minibar und aßen Erdnüsse, während er ihr seine Erlebnisse in Italien schilderte – das heißt, einen Teil davon. Alles, was noch nicht offiziell war – die Hand im Gletschereis etwa oder Fullers mutmaßliche Rolle bei den Attentaten –, ließ er weg. Er wollte die Ermittlungen nicht durch Indiskretionen behindern. Corinne stellte Fragen, wollte wissen, ob Jacob Holes etwas mit den Ereignissen in Kanada zu tun hatte, akzeptierte aber, dass er nicht alles beantworten konnte. So kehrten sie zu den dramatischen Fernsehbildern zurück.

»Diese armen Jungs! Manche von denen sind zu Hause ausgerissen, und die Familien wussten die ganze Zeit nicht, wo sie waren. Die Eltern müssen sich unendlich um ihre Kinder gesorgt haben. Nicht zu wissen, was mit ihnen passiert ist – das muss schrecklich sein. Und diese Verbrecher geben sich als fromme Menschen aus!«

Sie stellte ihr Glas auf dem Nachttisch ab. »Da kann doch jeder daherkommen und behaupten, Gott habe ihm den Befehl gegeben! Damit lässt sich alles rechtfertigen – jeder Mord, jeder Krieg, jedes Verbrechen, jede … einfach alles, ich meine, so weit … so weit sind wir in fünf Milliarden Jahren gekommen!«

Lester bewunderte ihre Leidenschaft. Sie kam bei Corinne ganz natürlich. So natürlich wie sein Sarkasmus.

»Nur sechstausend Jahre«, sagte er.

»Wie bitte?«

»Diese Leute sagen, die Erde sei erst vor sechstausend Jahren entstanden. Geschaffen worden.«

»Und warum sollten sie so etwas behaupten?«

»Weil es offenbar in der Bibel steht. Die nehmen die Bibel wörtlich.«

Sie schüttelte den Kopf.

»Wenn diese Leute die Bibel wörtlich nehmen würden, dann sollten sie darin lesen, dass man den Nächsten lieben soll wie sich selbst.«

Jetzt stellte auch er sein Glas weg.

Er schaute sie an und lächelte. »Corinne, *Sie* sind mir jetzt am nächsten.«

Sie stutzte kurz, dann verstand sie. Er näherte sich ihrem Gesicht, ihre Lippen waren halb geöffnet. Als sein Mund sie berührte, fasste sie ihn am Oberarm. Er küsste sie nach seinen Maßstäben eher ungeschickt. In jeder Filmszene hatte er es besser gemacht, aber diesmal war alles echt: der Kuss, das Herzklopfen, sein Begehren.

Sie küsste ihn zurück, bis er alles vergaß und keine Rücksicht mehr auf ihr elegantes Kleid nahm.

Plötzlich richtete sie sich nach Atem ringend auf. »Mein Handy!«, rief sie. »Ich bin im Dienst.« Erst jetzt hörte er das Summen vom Schreibtisch her. Sie glitt vom Bett, griff in ihre Handtasche und schaute auf das Display.

»Entschuldige, das ist dringend.«

Sie wechselte einige Worte auf Deutsch. Es mussten schlechte Nachrichten sein. Lester konnte den Schock auf ihrem Gesicht lesen.

Sie beendete das Gespräch und drehte sich nach ihm um.

»Ihre Tochter befindet sich auf dieser Ranch!«

Er verstand nicht.

»Verena Toggs Tochter befindet sich auf der Ranch dieser Kirche – in Kanada, verstehst du?«

»Wie … wie kommt sie denn *dorthin*?«

»Ich weiß es nicht. Aber sie lebt. Sie ist in Sicherheit. Oh mein Gott!«

Sie ließ sich aufs Bett zurückfallen. Doch sie stand gleich wieder auf. »Ich muss zum Konsulat, ich rufe mir ein Taxi.«

Sie nahm sein Gesicht in ihre zarten Hände und strich ihm mit dem Daumen langsam über die Lippen. »Das war sehr schön, Lester. Ich ruf dich an, sobald ich mehr weiß.«

An der Tür hielt sie inne und kehrte nochmals zu ihm zurück. Sie küsste ihn selbstbewusst und genießerisch, und dann eilte sie wortlos aus dem Zimmer.

In diesem Moment verstand Lester, dass es in Corinnes Leben immer etwas geben würde, das genauso dringend war wie die Präsenz eines Mannes. Das gefiel ihm. Denn in seinem Leben würde es immer die Bühne geben.

Er lag noch Stunden nach ihrem Abschied wach. Kein Anruf von Corinne. Warum war die Tochter von Verena Togg bei Terry Fuller in Kanada? Hatte er wie bei Harry Kölln versucht, das Kind eines ermordeten Wissenschaftlers in seine Klauen zu bekommen? Sozusagen als ultimativen Triumph über seinen *Feind*?

Lester wälzte sich hin und her. Die Kette der vergangenen Ereignisse überwältigte ihn. Dass Corinnes Umarmung immer noch angenehm auf seiner Haut brannte, half auch nicht.

Gegen Morgen rief er seine Mutter an. Es fiel ihm schwer, so vieles zu unterdrücken, was ihn gerade beschäftigte. Claudine Debuisson erzählte ihm von Australien und von Oshonas Hochzeitsvorbereitungen. Die Bombe kam ganz zum Schluss. Eine Eröffnung, die ihn umwarf. Danach beschloss er sogleich, einen Flug nach Toronto zu buchen.

»Stell dir vor«, sagte seine Mutter, »der zweite Soldat, der in den sexuellen Missbrauch von Mädchen in Afrika verwickelt war – du weißt, wovon ich spreche?«

»Ja, Oshona hat mir einen Artikel geschickt«, antwortete er.

»Ja, richtig, bei dem zweiten Soldaten, der darin verwickelt war, handelt es sich um den Fahrer des deutschen Botschafters, der auf dem Highway tödlich verunglückt ist. Erinnerst du dich?«

38

Eine Frau drückte Tia energisch auf den Boden und eine weitere Person kniete neben ihrem Kopf.

»Bleiben Sie unten, wir beschützen Sie!«, rief die Frau über ihr. Eine Welle von Lärm und Gebrüll drang an ihr Ohr. Jemand bellte Befehle, und die Frau nahm ihr Gewicht weg. »Sind Sie verletzt?«, fragte sie als Erstes.

»Nein«, sagte Tia und richtete sich halb auf. Die zweite Person war ebenfalls eine Frau im Kampfanzug. Beide stützten sie unter den Armen und führten sie zu einem Ledersessel.

»Wie heißen Sie?«, fragte die eine Polizistin.

»Tia Brekmann, ich bin Schweizerin.«

Später würde sie sich über ihre scheinbare Gefasstheit wundern, aber in diesen Augenblicken tat sie nichts bewusst. Alles war von ihrem Überlebensinstinkt gesteuert. Die Eindringlinge, das erkannte sie schnell, waren ihre Retter.

»Very good«, sagte die eine. »Sie sind in Sicherheit, Tia, es ist vorbei, alles ist gut.«

Leute stürmten mit einer Trage herein und legten Alissa darauf. Sie sah den Prediger in Handschellen und sie sah John in Handschellen. Beide protestierten ohne Unterlass. Überall standen Leute mit Maschinenpistolen.

Ein uniformierter Mann kam auf sie zu. »Der Wagen ist bereit. Bringt sie von hier weg. Wir schicken einen Arzt nach.«

»Wohin?«, fragte Tia sofort. »Wohin bringen Sie mich?«

»Auf die Golden Eagle Ranch. Xavier Pascal wartet dort auf Sie. Er hat uns alarmiert.«

Tia gab ihren Widerstand auf.

Im Auto fragte sie nach Alissa. »Er hat sie erschossen, nicht wahr? Der Prediger hat Alissa getötet!«

»Wir wissen es nicht«, sagte eine der Frauen, die zu beiden Seiten neben ihr saßen. »Unsere Leute werden auf die Golden Eagle Ranch kommen und mit Ihnen reden. Aber zuerst wird Sie eine Ärztin untersuchen.«

»Was ist mit Bill? Wo ist Bill? Haben Sie Bill gefunden?«

»Wer ist das?«, fragte die eine Frau ihre Kollegin.

»Bill Hanfel. Er war mit ihr unterwegs.«

Tia wurde hysterisch. »Ist er tot? Was haben sie mit ihm gemacht? Was ist mit ihm?«

»Wir wissen es nicht. Wir werden Sie informieren, sobald wir es erfahren. Haben Sie Durst?« Die Frau reichte ihr eine Wasserflasche.

Tia schüttelte den Kopf. Unvermittelt fing sie an zu weinen. Den Rest der Strecke fuhren sie schweigend.

Ein neuer Weinkrampf schüttelte Tia, als sie ihr auf der Ranch aus dem Auto halfen und sie Xavier in die Arme fiel. Er hielt sie fest und redete beruhigend auf sie ein.

Einige Minuten später brachte er sie auf ihr Zimmer. Eng umschlungen saßen sie auf dem Bett. Tia wollte keine Sekunde allein sein. Sie wollte reden, reden, reden. Das sagte sie auch zur Ärztin, die später auf der Ranch eintraf und ihr Ruhe verordnete, nachdem sie sie untersucht hatte.

»Ich will alles wissen«, sagte sie. »Ich will nicht, dass man mir etwas verheimlicht. Das macht alles nur schlimmer.«

Xavier verstand sie. Er gab ihr alle Informationen weiter, die er auf der Ranch gehört hatte. Nur seine Quellen enthüllte er nicht immer. Sie erzählte ihm von dem Albtraum auf dem Felsplateau, von dem niedergeschossenen Jungen, von Johns Entlarvung, von Bills Gefangennahme.

Lucy. Alissa. Bill. All ihre Fragen drehten sich um diese drei Personen. Xavier hielt ihre Hand und berichtete. Lucy befand sich im Krankenhaus, in demselben, in das ihre Mutter eingeliefert worden war. »Beth ist bei Lucy.«

»Alissa hat überlebt?«

»Ja.« Dann die erlösende Nachricht. »Und Bill lebt auch. Und der verletzte Junge ebenfalls.«

Sie weinte wieder, diesmal vor Erleichterung. Als keine Tränen mehr kamen, starrte sie völlig entkräftet zum Fenster hinaus. Xavier streichelte ihre Wangen.

»Ich habe deiner Mutter eine E-Mail geschrieben, dass du heil und in Sicherheit bist, und ich hab ihr versprochen, dass du bald anrufst. Sie ist natürlich sehr besorgt. Du solltest sie nicht lange warten lassen.«

Tia nickte.

Er half ihr die Treppe hinunter und ins Büro. Dort wählte er die Nummer und reichte ihr den Hörer.

Als Tia die Stimme ihrer Mutter hörte, flossen erneut die Tränen.

»Liebes, ich bin so froh, dass du lebst«, sagte Verena Togg. »Du brauchst auch gar nicht zu reden, wenn es zu viel für dich ist.«

»Ich will aber reden«, brachte Tia zwischen Schluchzern heraus. »Sie haben Papa umgebracht, sie haben Papa umgebracht. Er hat es mir selbst gesagt, der Prediger hat es gesagt, sie haben ihn umgebracht.«

»Liebes, ich vermisse dich so. Soll ich zu dir kommen? Ich könnte in zwei Tagen da sein.«

»Sie haben … die Ranch abgeriegelt, die Polizei, weißt du, die wollen … die wollen nicht, dass Leute hierherkommen. Die Medien, weißt du. Die müssen zuerst …«

Jetzt brach alles über sie herein.

»Carmen? Bist du noch da?«

Tia hörte die Stimme des Predigers. *Carmen Togg, so heißen Sie doch, nicht wahr?*

»Xavier ist bei mir, Mama. Lucy ist vergewaltigt worden. Sie haben Lucy vergewaltigt, sie ist doch nur ein Mädchen. Und ein Junge ist tot, nein, zwei, weil sie abhauen wollten …«

Mit einem Mal wurde Tia bewusst, dass sie nicht imstande war, ihrer Mutter zu erzählen, was sich abgespielt hatte. Es war zu erdrückend und zu schrecklich und zu kompliziert.

»Mama, ich werd dich wieder anrufen … ich muss … ich muss nachdenken, es ist so viel passiert, ich …«

»Ruf mich an, wann immer du willst, Carmen, hörst du? Ich bin immer für dich da. Das Schlimmste ist vorbei, mein Liebes. Hörst du mich?«

»Ja, Mama, ja … mach dir keine Sorgen. Xavier ist bei mir. Es ist schon okay.«

Aber die Weinkrämpfe überfielen sie immer wieder. »Alle sind tot, nur ich bin am Leben«, schrie sie, »warum bin nur ich am Leben?«

Xavier wiegte sie in den Armen, bis ihre schlaffe Gestalt nicht mehr bebte.

Mitten in der Nacht wachte sie auf. Sie spürte den warmen, starken Körper neben sich. Ihre Hände tasteten über Xaviers Schulter, bis er reagierte. Schnell zog er sie an sich. Sie musste fühlen, dass das Leben stärker war, dass ihre Liebe größer war. Dass sie nicht unterging.

»Ich liebe dich, Xavier«, flüsterte sie.

Hinterher fiel sie in einen schweren Schlaf.

Als sie im Morgengrauen aus dem Bett kletterte, sah sie Xavier regungslos liegen. Nur seinen gleichmäßigen Atem konnte sie hören. Im Bad blickte sie in den Spiegel und erschrak. Ihre Lider waren aufgequollen, als ob sie jemand geschlagen hätte. Sie benetzte den Waschlappen mit kaltem Wasser, kroch ins Bett zurück und legte ihn auf die Augen.

Dann kam alles wieder hoch.

Sie fühlte Xaviers Hand auf ihrem Arm. Er sagte nichts. Wartete.

Bis sie fragte: »Xavier, warum hast du mich hierhergebracht?«

Sie hörte, wie er sich aufsetzte. Eine unendlich lange Minute verstrich, dann begann er ohne Einleitung.

»Ich habe einen Amerikaner in Ghana getroffen, der Ärzte ohne Grenzen unterstützt. Ein ziemlich religiöser Typ, aber auch sehr großzügig. Einer, der versucht, mit seinem Geld zu helfen. Ein bisschen missionarisch ist er schon, aber ... Er hat mir erzählt, dass er vor einigen Jahren eine Bibelwoche auf einer großen Ranch in der kanadischen Provinz British Columbia verbracht habe. Die Landschaft dort sei fantastisch, und auf der Nachbarranch könne man reiten lernen. Es sei eine Guest Ranch für Touristen.«

Er strich Tia übers Haar. »Er hat mir Fotos gezeigt, und ich fand die Gegend sehr schön. Du wolltest ja immer reiten lernen und nach Kanada wolltest du auch. Ich hab die Ranch im Internet gesucht – et voilà.«

Er seufzte. »Hätte ich die geringste Ahnung gehabt ... Die Leute auf der Burg müssen ziemlich harmlos angefangen haben, mit Seminaren und so. Aber dann hat dieser Terry Fuller die Organisation übernommen.«

Tia drehte den Waschlappen um und legte die kühlere Seite auf. Sie wollte ihn nicht unterbrechen.

»Ich hätte nie gedacht, dass ... dass Fuller so gefährlich ist. Dass er hinter dem Mord an deinem Vater steckt. Heute frage ich mich, ob er den Amerikaner, den ich in Ghana getroffen habe, für seine Zwecke eingesetzt hat … Ohne dass der das merkte. Oder vielleicht steckte er sogar mit Fuller unter einer Decke. Es sieht ganz so aus, als ob Terry Fuller es darauf angelegt hat, dich hierherzulocken. Das wird die Polizei herausfinden müssen. Ich kann nicht fassen, dass ich dich dieser Gefahr ausgesetzt habe.« Er drückte ihre Hand. »Mir ist noch nicht klar, wie das alles zusammenhängt. Aber die kanadische Polizei muss Fuller auf der Spur gewesen sein. Die waren so schnell hier, nachdem ich angerufen hatte. Mit Hubschraubern und allem. Mein Gott!« Er küsste ihre Wangen liebevoll. »Das hätte so leicht schieflaufen können. Dieser Kotzbrocken.«

Nie hatte Tia Xavier von Kotzbrocken reden hören. Nie hatte sie diese Empörung aus seiner Stimme gehört.

Helles Licht drang durch das Fenster herein. Sie hielten sich in den Armen und redeten noch eine Weile, bevor sie aufstanden. Tia schminkte und frisierte sich zurück in die Normalität, so gut sie es konnte. In der Küche bereitete Xavier das Frühstück zu, wie er es Beth am Vortag versprochen hatte. Tia versteckte ihre verquollenen Augen hinter einer Sonnenbrille.

Sie zählte die Teller. Kein Gedeck für Alissa und Lucy. Sie spürte, wie sich ihr Herz schmerzhaft zusammenzog.

Als die Wrangler hereinkamen, umarmten sie Tia einer nach dem anderen. Niemand redete viel. Sandra standen Tränen in den Augen. »Bill kommt noch einmal auf die Ranch zurück«, flüsterte sie Tia zu.

Liddy versuchte, stark zu wirken. Aber sie trug ebenfalls eine Sonnenbrille. Sie kam zu Tia in die Küche, und beide sahen sich durch ihre getönten Gläser an.

»Gute Ideen werden immer kopiert.« Liddy versuchte zu scherzen, aber dann verlor sie doch die Fassung. »Der Prediger, dieses verdammte Arschloch, hat versucht, Alissa umzubringen, weil sie zu viel wusste.« Sie hielt sich mit beiden Händen an der Arbeitsplatte fest. »Bei jeder Gelegenheit zitiert er die Bibel, aber er ist nichts anderes als ein niederträchtiger, ruchloser Mörder.« Sie rannte weinend hinaus, ohne gegessen zu haben.

Tia nahm schweigend ein Tablett vom Regal und belud es mit Kaffee, Schinken, Eiern und Toast. Sie trug es zum Stall, wo sie Liddy in der Box bei Swansong fand, und stellte es auf einen umgedrehten Plastikeimer. Zurück in der Küche half sie Xavier, die Platten mit Rührei und gebratenen Würstchen für die holländische Reisegruppe aufzutragen, die sich zur Abfahrt bereitmachte.

Nach dem Frühstück kam die neue Bürokraft zu ihr in die Küche. »Die RCMP hat angefragt, ob sie Sie heute vernehmen können«, sagte sie. »Für die Polizei sind Sie eine wichtige Zeugin.«

Tia wusste, das war erst der Anfang. Am besten, sie brachte es hinter sich. »Okay«, sagte sie.

»Heute Nachmittag?«

Sie nickte.

In Alissas Büro hatten sich zu ihrer Überraschung bereits zwei Polizeibeamte eingerichtet und gingen Computerdateien und Akten durch. Tia brachte ihnen das Frühstück.

Xavier nahm Fleisch und Gemüse fürs Abendessen aus der Gefriertruhe. Sie räumten die Küche auf und fütterten die Hunde im Hof.

»Möchtest du ein Stündchen ausreiten?«, fragte Xavier. »Pferde sind gut für die Seele.« Als Antwort küsste sie ihn.

Sie liefen zur Koppel hoch. Jemand steckte den Kopf aus dem Stall. Es war nicht Liddy.

»Bill!«, rief Tia.

Sie lachte und schluchzte durcheinander. Auch Bill rieb sich verräterisch die Augen und verschwand kurz im Stall. Dann setzte er sich draußen auf den Holzzaun, während Tia ihn mit Fragen bestürmte.

»Ich darf leider nichts sagen«, erklärte er entschuldigend. »Es läuft eine Untersuchung, und ich gehöre zur Polizei.«

Tia traute ihren Ohren nicht.

»Was? Sie sind von der RCMP?«

Bill nickte. »Ich ... und Sandra auch.« Er schaute auf den Boden und blinzelte dann in den Himmel. »Sie können leider nicht allein ausreiten. Sie müssen einen Bewacher mitnehmen. Sie stehen unter Polizeischutz.«

Tia starrte ihn fassungslos an.

»Warum ... warum arbeiten Sie hier?«

»Verdeckte Ermittler. Wir sind von einer Sondereinheit.« Er kratzte sich am Nacken. »Meine Kollegen können Ihnen vielleicht heute Nachmittag mehr sagen, ich darf nicht darüber sprechen.«

»Aber ... aber ...« In ihrem Kopf kamen plötzlich alte Erinnerungen hoch. »Ich hab doch mal Sandra und John reden gehört, sie sagten, Sie, Bill, seien noch nicht *geklärt*. Sandra hat mit John ...«

»Sie wollte sicher bei niemandem den Verdacht wecken, dass sie mich kennt, Tia. Sie hat sich mit John gut gestellt. Ich bin später als Sandra auf die Ranch gekommen. Und am Anfang hatte ich eine Probezeit als Wrangler. Alissa hätte nicht irgendwelche Idioten auf die Touristen losgelassen. Und auf die Pferde übrigens auch nicht.«

»Und was ist mit Lucy?«

Er schaute weg. »Sie ist ein tapferes Mädchen. Sie hat sehr viel beobachtet, ein kluges Mädchen.«

Tia nickte. »Ja, das ist sie. Und dafür hat sie einen schrecklich hohen Preis bezahlt.« Ihre Stimme brach, und wieder liefen ihr Tränen über die Wangen.

Xavier legte den Arm um ihre Schultern. »Diese Leute haben ihr Bestes getan, Tia, sie haben noch Schlimmeres verhindert. Lucy lebt, und sie wird sich mit der Zeit erholen und die nötige Hilfe bekommen. Alissa hat die Operation gut überstanden, darüber sollten wir alle froh sein.«

Vielleicht, wenn mehr Zeit verstrichen war, könnte sie das auch so sehen. Aber jetzt konnte sich Tia nur stumm abwenden.

39

Die Ermittler der RCMP tauchten am Nachmittag auf, als Tia im Partyhaus Klavier spielte. Sie zwang sich, die tägliche Routine aufrechtzuerhalten, dem Chaos Struktur zu geben. Die Befragung fand gleich an Ort und Stelle statt. Sie arbeiteten zu dritt, ein älterer Mann und zwei junge Beamte, darunter eine Frau, so hübsch wie ein Fotomodell. Mit ihrer ruhigen, präzisen Art gewann sie bald Tias Vertrauen.

»Wir schützen Ihre Identität vor der Öffentlichkeit, Tia«, sagte sie, »Sie sind in unser Zeugenschutzprogramm aufgenommen. Wir schirmen auch die Golden Eagle Ranch ab. Sie können sich also sicher fühlen. Und Bill wird auch noch einige Wochen auf der Ranch bleiben.«

Die Befragung dauerte mehr als eine Stunde. Tia erzählte ihnen alles, was sie wusste. Am Ende schienen die Beamten zufrieden und sie war ausgelaugt.

»Haben Sie noch Fragen an uns?«, sagte die hübsche Polizistin.

»Was ist mit dem verletzten Jungen passiert?«

»Nach unseren bisherigen Erkenntnissen wollten drei Jungen das Gelände der Rapture Ranch verlassen, gegen Anweisung von Terry Fuller. Wir haben sie gefunden.«

»Haben sie versucht zu fliehen?«

»Es sieht so aus, aber den genauen Verlauf werden die weiteren Ermittlungen ergeben. Wir stehen erst am Anfang.«

Die nächste Frage bereitete Tia Schmerzen.

»Alissa ... Alissa hat gesagt, Lucy sei vergewaltigt worden. Stimmt das?«

Die Beamtin nickte ernst.

»Ja, Lucy wurde vergewaltigt, den oder die Täter haben wir noch nicht endgültig ermittelt. Es gibt Hinweise, dass es einer von Terry Fullers Leibwächtern war. Aber behalten Sie das bitte für sich.«

»Ist einer dieser Leibwächter ... befindet sich der Mörder meines Vaters unter ihnen?«

»Wir sind daran, das abzuklären. Wir schließen es nicht aus.«

»Was passiert mit den Kindern – den Kindern aus dem Bibelcamp?«

»Sie werden psychologisch betreut und von ihren Eltern abgeholt. Niemand wurde verletzt, alle sind wohlbehalten, sie haben sehr wenig von der Polizeiaktion mitbekommen. Sie sind nur sehr verwirrt.«

»Wie haben Sie erfahren, dass ... was Bill und mir oberhalb des Canyons widerfahren ist?«

Die Beamtin tauschte einen Blick mit dem älteren Mann, der nun das Wort ergriff.

»Wir haben Terry Fuller schon länger beobachtet. Zunächst ging es allein um verdächtige finanzielle Transaktionen. Da wurde viel Geld über die Grenze geschoben, und wir wollten diesen Geldströmen nachgehen. Die amerikanischen Finanzbehörden hatten uns um Hilfe gebeten. Deshalb haben wir auch Leute auf der Golden Eagle Ranch verdeckt eingesetzt.«

»Bill und Sandra?«

»Bill und Sandra. Das sind übrigens nicht ihre richtigen Namen, was Sie verstehen werden. Die beiden haben dann noch andere verdächtige Aktivitäten auf der Rapture Ranch beobachtet. In einem Punkt haben Sie uns sehr geholfen, Tia. Es geht um den Flügel.«

Sie sah ihn fragend an.

Der Beamte lächelte. »Der Flügel von Terry Fuller, auf dem Sie gespielt haben.«

»Fazioli«, murmelte sie. »Fazioli cinque.«

»Genau. Wir sind schnell dahintergekommen, dass er gestohlen wurde. Das gab uns einen Grund, sein Grundstück zu durchsuchen. Wir erhielten einen richterlichen Durchsuchungsbefehl für die Rapture Ranch. Aber dann …« Er beugte sich vor und legte die Fingerspitzen aneinander. »Dann haben sich die Ereignisse überstürzt, denn die Kollegen aus der Schweiz und Deutschland haben uns neue Informationen geschickt. Und dann hörten Bill und Sandra von Xavier Pascal, dass Sie die Golden Eagle Ranch verlassen hätten und dass er um Ihre Sicherheit fürchte.«

»Das hat er Ihnen gesagt?«

»Sie können ihn noch selbst fragen. Uns sagte er, dass er gestern Morgen bei Fuller anklopfen wollte, um nach Lucy zu suchen, aber dass er unter Drohungen abgewiesen wurde. Sie nannten ihn einen Spion und einen Verräter. Er fühlte sich bedroht und fürchtete, dass Sie auch bedroht werden.«

Plötzlich kam Tia ein Gedanke. »Hatten Sie auch John unter Verdacht?«

Der ältere RCMP-Mann räusperte sich. »Leider zu spät – sonst wäre Bill nicht allein mit Ihnen losgezogen.«

Sie sank in sich zusammen und starrte ins Leere.

»Wenn Sie keine weiteren Fragen mehr haben, dann lassen wir Sie jetzt in Ruhe«, sagte die Beamtin. »Wir werden in den kommenden Tagen wieder auf Sie zukommen, wenn wir mit unseren Ermittlungen weitergekommen sind.« Tia nickte. Die Beamtin gab das Zeichen zum Aufbruch.

Tia bewegte sich so wackelig, als liefe sie auf Stelzen. Sie spürte plötzlich das dringende Verlangen, ihre Mutter anzurufen, obwohl es in der Schweiz bereits ein Uhr morgens war. Sie benutzte das Wandtelefon im Partyhaus und ihre Prepaidkarte. Verena Togg meldete sich sofort.

Sie konnte nicht einschlafen, dachte Tia. Sie wurde plötzlich von Zärtlichkeit für ihre Mutter überwältigt. Zum ersten Mal seit langer Zeit brachte sie es fertig, ihre Gefühle zu zeigen.

»Ich vermisse dich, Mama.«

»Ich dich auch, mein Liebes. Wie geht es dir? Bist du in Sicherheit?«

»Es geht mir ein bisschen besser, Mama. Die Polizei beschützt mich. Sie schirmt auch unsere Ranch von den Journalisten ab.«

»Und Xavier?«

»Ich bin so froh, dass er hier bei mir ist.«

Sie nahm sich zusammen. Nur nicht weinen. Sonst würde ihre Mutter sie schonen und nicht auspacken wollen.

»Mama ... die kanadische Polizei hat mich heute Nachmittag befragt. Sie haben neue Informationen aus der Schweiz und Deutschland. Weißt du etwas davon? Kannst du mir alles sagen, was du weißt?«

»Das mach ich gern, mein Herz.«

Verena Togg fing zuerst stockend an zu berichten, als ob sie in ihrem Kopf die Fülle von neuen Fakten zuerst ordnen müsste. Tia hörte zum ersten Mal den Namen Lester Debuisson, ein junger Kanadier, der ihre Mutter besucht hatte. Er war mit Corinne Voney nach Stans gereist. Sie erfuhr vom Beileidsschreiben mit der Todesdrohung, unterschrieben von Jacob Holes, dem selbst ernannten Führer der Kirche des Heeres der Unbesiegbaren Engel.

»Das ist dieselbe Kirche wie die von Terry Fuller!«, rief Tia.

»Ja, aber Terry Fuller hat sich abgespalten von Jacob Holes. Die Schweizer Polizei sagt, die Beileidskarte habe Terry Fuller geschrieben, aber einfach Holes' Namen daruntergesetzt.«

»Warum hat Terry Fuller Papa umbringen lassen? Wir leben ja so weit weg, in der Schweiz.«

Ihre Mutter erzählte ihr von dem Kongress in Brüssel und wie dreißig Wissenschaftler gegen die Teilnahme von drei amerikanischen Kreationisten protestiert hätten, die Darwins Evolutionstheorie für reinen Humbug hielten. Die drei Amerikaner seien schließlich ausgeschlossen worden. Sie hätten darauf in den USA eine Gerichtsklage gegen die Organisatoren des Kongresses eingereicht und Kurt Togg und Henning Kölln namentlich darin genannt. Durch diese Klage seien die beiden Namen in amerikanischen Medien erschienen. Sie erwähnte auch, dass der junge Kanadier nach seinem Besuch in der Schweiz die Schwester von Giuliana Tramon in Florenz traf und die dortigen Behörden den Bergtod der Italienerin nun als mutmaßlichen Mord untersuchen. Tia erinnerte sich, dass ihre Mutter schon früher die Vermutung geäußert hatte, Giulianas Tod wäre unter all den merkwürdigen Umständen verdächtig gewesen.

Zuerst wollte sie nun aber mehr über diesen Kongress in den Staaten erfahren.

»Weshalb wollte man die drei Amerikaner nicht dabeihaben?«

»Liebes, die wollten den Kongress torpedieren. Sie haben gesagt, der Kongress sei im besten Fall ein Witz, im schlimmsten Fall Gotteslästerung. Und ganz einfach: Sie sind Kreationisten und keine Wissenschaftler.«

»Was meinst du damit?«

»Die Kreationisten glauben nicht an die Beweise, die man für die Evolution der Erde und der Menschen und aller Lebewesen und Pflanzen gefunden hat, etwa Erbgut oder

Fossilien. Beweise, dass die Erde vier ... oder fünf Milliarden Jahre alt ist und nicht nur fünf- oder zehntausend Jahre.«

»Wegen ihres Glaubens?«

»Ich persönlich denke, sie haben Angst, dass die Wissenschaft ihren religiösen Glauben, der starr und dogmatisch ist – und oft ziemlich kindlich –, dass sie den Glauben unterwandern könnte.«

»Und Giuliana Tramon?«

»Giuliana hat Kurt und Henning öffentlich verteidigt. Sie war ja in Amerika in wissenschaftlichen Kreisen bekannt, sie hat dort mehrere Jahre gearbeitet.«

»Was hat denn Terry Fuller mit diesem Kongress zu tun?«

»Terry Fuller ist allem Anschein nach ein verrückter und gefährlicher religiöser Extremist ... wahrscheinlich hat er Sündenböcke gebraucht.« Verena Togg suchte nach Worten. »Sündenböcke als Zielscheibe für seinen Hass und seine destruktive Ideologie. Das ist eine uralte Strategie von Volksverhetzern. Aber es hat auch mit Harry Kölln zu tun.«

»Mit Harry? Was hat das mit Harry zu tun?«

»Liebes, du erinnerst dich doch sicher noch, dass Harry ein Jahr in Amerika gelebt hat, als Austauschschüler. Siebzehn war er da ... oder sechzehn? Ich weiß es nicht mehr so genau. Er war Basketballfan, und diese schreckliche Kirche des Heeres der Unbesiegbaren Engel – eigentlich möchte ich das Wort Kirche gar nicht benutzen für diese ... pseudomilitärische Horde –, auf alle Fälle haben sie ihn da mit reingezogen, indem sie Jugendliche mit Sportveranstaltungen anlocken. Die lassen ziemlich viel Geld dafür springen.«

Tia stellte sich Harry vor, er war damals ein schüchterner Bub gewesen, als sie ihm begegnet war. Er hing während der Besuche seiner Eltern wie eine Klette an ihr. Sie konnte nichts mit ihm anfangen. Er war drei oder vier Jahre jünger als sie. Sportlich sah er damals auch nicht gerade aus.

Die Stimme ihrer Mutter holte sie zurück in die Gegenwart.

»Harry wollte in den Vereinigten Staaten bleiben, nicht mehr nach Hause kommen … er hat sich jedenfalls sehr merkwürdig benommen. Er war einige Zeit in Berlin, dann ist er wieder in die USA gegangen, mit achtzehn, glaub ich. Dann wurde Henning angefahren und starb. Harry wollte immer noch nicht nach Hause zurück. Da ist Marie-Monika mit einem Bekannten nach Amerika gereist, mit einem Privatdetektiv. Der hat Harry aus dieser Sekte geholt.«

»Ein Privatdetektiv? Das hab ich alles nicht gewusst …« Sie suchte nach Zusammenhängen in diesem unübersichtlichen Netz und kam auf einen schrecklichen Gedanken. »Hat Harry Terry Fuller getroffen?«

»Es sieht ganz so aus. Er scheint eine Zeit lang mit Terry Fuller unter einer Decke gesteckt zu haben, so wenig ich das wahrhaben möchte. Harry hat sich manipulieren lassen. Und vor allem hat er sich aushorchen lassen über seinen Vater und dessen Gewohnheiten. Wahrscheinlich ahnte er nicht, dass die Sache tödlich ausgehen würde. Später hat er sich von diesen Halunken abgewandt. Aber da war es schon zu spät.«

Tia schnappte nach Luft. »Harry hat sich mit Terry Fuller zusammengetan! Das ist ja Wahnsinn. Und sein Vater ist deswegen umgekommen. Und vielleicht Papa auch.«

Auf Tia wirkte diese Erkenntnis wie ein Hammerschlag. Aber sie war noch nicht fertig.

»Und Jacob Holes? Hat Harry den auch gekannt?«

»Ja, Corinne hat berichtet, dass es ein Foto von Harry mit Jacob Holes gibt. Vielleicht hatte sich Terry Fuller da schon abgewandt. Die beiden waren zuletzt bittere Rivalen. Vielleicht wollte Fuller Jacob Holes eins auswischen. Ihm einen Mord anhängen. Deshalb hat er die Todesdrohung in dem Beileidsschreiben an mich geschickt und mit dem Namen Jacob Holes unterschrieben. Es könnte ein Machtkampf gewesen sein.

Das sind ja totale Egomanen, diese Leute. Rachsüchtig bis zum Gehtnichtmehr.«

Tia hörte ihrer Mutter mit zunehmender Verwirrung zu. Wie konnte sie nur all diese Teile des Puzzles zusammenfügen? Der Schrecken nahm kein Ende.

»Ich hab ihn damals gerochen, den Mörder, Mama. Und ich hab ihn wieder gerochen, auf der Burg ... ich meine, auf der Rapture Ranch. Terry Fuller sagt, dass seine Krieger eine bestimmte Salbe benutzen, bevor ... bevor sie in den Krieg ziehen.«

»Das war es also! Der Geruch. Der hat dich bis in deine Träume verfolgt. Mein liebes Mädchen, was musst du nicht alles durchgemacht haben. Diese Leute denken nicht rational, Tia, das sind Fanatiker. Sie sind verblendet und meinen, das Recht zu haben, Menschen umzubringen, die nicht dasselbe glauben wie sie.« Die Stimme ihrer Mutter klang matt.

»Wird die Polizei herausfinden, wer es genau war? Wer Papa umgebracht hat?«

»Offenbar hat einer der Leibwächter von Terry Fuller bereits damit geprahlt, Tia. Die sind ja noch stolz auf ihre Verbrechen.«

Tia durchfuhr es kalt.

Einer der Leibwächter. Vielleicht einer der jungen Männer, die ihren Schweizer Pass an der Bushaltestelle in Lost Horizons einsehen wollten. Oder der junge Mann, der im Auditorium auf der Rapture Ranch auf sie zugekommen war.

Ihre Gedanken kreisten und kreisten. Sie kam zu keinem Schluss.

»Warum hat dieser Prediger Vater umbringen lassen, Mama? Ich versteh es nicht. Ich versteh es einfach nicht.«

Verena Togg seufzte. »Ich wünschte, du wärst bei mir und ich könnte dich in die Arme nehmen und trösten, mein Mädchen.«

»Und wer tröstet dich, Mama?« Nie hatte sie ihre Mutter so etwas gefragt.

Als Verena Togg antwortete, war ihre Stimme gefasst. »Ich habe immer noch meinen Glauben, Tia. Trotz allem. Du und mein Glaube, das ist das, was mich zusammenhält.«

Beide schwiegen. Tia wusste nicht, was sie dazu sagen sollte. Was hätte ihr Vater geantwortet?

Gewissheit gibt es letztlich nur im Glauben, und ich habe mich für die Ungewissheit entschieden.

Er wusste, dass es immer die Ungewissheit gab, neben all dem Wissen, das er fand und ergänzte und ausdehnte und bestätigte. Die Leere machte ihm keine Angst.

»Aber ich muss noch deine Frage beantworten«, hörte sie ihre Mutter sagen. »Diese religiösen Extremisten, sie hassen alle Wissenschaftler. Vor allem solche, die von einem Universum sprechen, in dem es mehrere Welten wie die unsere geben könnte. Denn dann wäre unsere Welt in ihren Augen nicht mehr so … auserwählt. Diesen Gedanken ertragen sie nicht. Deshalb hat sich früher die katholische Kirche auch gegen die Erkenntnis gewehrt, dass die Erde um die Sonne kreist und nicht umgekehrt. Sie hätte lieber geglaubt, dass die Erde im Zentrum von allem steht. Weil die Bibel das angeblich vorschreibt.«

»Aber das ist doch … dafür ermordet man doch niemanden!«

»Du hast ja so recht, mein Mädchen. Ich versteh es auch nicht. Leider sind im Namen von Glauben und Religion schon Millionen unschuldiger Menschen umgebracht worden. Weil … weil es letztlich um Macht und Manipulation und Kontrolle geht. Es ist eine Tragödie.«

»Ich vermisse Papa so sehr.« Tia fing an zu weinen.

Auch Verena Toggs Stimme wurde brüchig. »Dein Vater … er war ein wundervoller Mensch. Ein guter Mensch. Er ist nicht nur ein Verlust für uns, er … er ist ein Verlust für die Menschheit.«

»Ich hasse diese Leute«, schluchzte Tia, »Mama, ich hasse sie. Du nicht? Hasst du sie nicht?«

»Hass, das ist etwas, dass diese Leute schüren, mein liebes Mädchen. Dazu will ich nicht auch noch beitragen. Ich will … ich will dem Guten Raum und Beständigkeit geben, solange ich dazu die Kraft habe.« Sie zögerte. »Klingt das zu abstrakt …?«

Tia schnäuzte sich die Nase.

»Nein, nein, ist schon gut, Mama. Ich hab dich lieb.«

»Ich dich auch, mein Mädchen. Leg dich jetzt hin, du brauchst dringend Ruhe.«

Als Tia den Hörer auflegte, konnte sie Xavier nirgendwo finden. Ihr dämmerte, dass er wohl auch von der Polizei befragt wurde.

Sie ging auf ihr Zimmer und wollte sich gerade hinlegen, als sie aufgeregte Rufe vernahm. Sie trat auf die Außentreppe und spähte um die Ecke.

Ein Pferdetransporter hielt vor der Koppel. Liddy schleppte ein Lasso die Rampe hoch, auf der Bill stand. Tia eilte die Treppe hinunter. Wurden bereits Pferde verkauft? Während sie zum Stall rannte, öffnete Bill die obere Hälfte der Transportertür.

Ein weißer Pferdekopf erschien.

Desperado.

40

Lester erkannte die Frau, die in den kleinen Salon trat, kaum wieder. Eingefallene Wangen, Schatten unter den Augen, tiefe Falten um den immer noch vollendet geschwungenen Mund.

Sie streckte ihm die Hände entgegen, sie fühlten sich an wie dürre Zweige. »Lester, wie aufmerksam von Ihnen, bei mir vorbeizuschauen, obwohl Sie erst eben in Toronto angekommen sind.«

Silver Shaughnessy setzte sich ihm gegenüber in einen Sessel. Mehr als drei Monate war ihr Treffen her, das so viel ins Rollen gebracht hatte. Ihre Präsenz hatte ihn damals fast ein wenig eingeschüchtert. Heute jedoch regte sich angesichts ihrer Trauer der Beschützerinstinkt in ihm. Er musste sich mit allen Kräften dagegenstemmen.

Ihr Gesicht drückte unendliche Erschöpfung aus. Ihre Stimme klang kraftlos. »Sie haben sicher beim Hereinkommen bemerkt, dass ich mit dem Umzug bereits angefangen habe. Ich will hier nicht mehr wohnen, alles erinnert mich an Randall.«

»Das kann ich verstehen«, erwiderte er und wusste nicht, wie er fortfahren sollte.

Silver Shaughnessy überbrückte sein Zögern. »Ich habe von meinen Kontakten gehört, dass die Tournee durch Deutschland zustande kommt. Das freut mich wirklich für Sie. Auch wenn Ihre Mutter Sie vielleicht lieber in ihrer Nähe hätte. Die liebe Claudine ... sie hat mir so selbstlos beigestanden. Sie war eine wichtige Stütze, ich ...«

Sie brach ab und betrachtete ihre gepflegten Hände. Lester gab sich innerlich einen Stoß.

»Silver, es gibt etwas, das wir besprechen müssen.«

Ihre Haltung versteifte sich sofort. Sie hob die Augenbrauen.

Er zog das schwarze Notizheft aus seiner abgewetzten Schultertasche, in der er sonst Drehbücher umhertrug, und schlug es auf.

»Ich habe diesen Eintrag von Roland gefunden. *Kidkaboolue. Stongy. März. R. fragen.*«

Er hielt ihr das aufgeschlagene Heft entgegen. Sie studierte den Eintrag mit gerunzelter Stirn.

»Ja?«, sagte sie nur.

»Es tut mir leid, dass ich Sie damit belästigen muss, aber ... Kitkabuulu war der Name einer Operation von kanadischen Blauhelmen in Afrika, die Ihr Mann kommandiert hat. Sicher wissen Sie, wovon ich spreche. Roland hat das Wort Kitkabuulu phonetisch aufgeschrieben. Zwei der Friedenssoldaten haben Mädchen entführt und sexuell missbraucht.«

Lester brachte das Wort *vergewaltigt* nicht über die Lippen, obwohl es das Verbrechen besser beschrieben hätte. Er sah die Frau vor sich an. Sie hielt den Blick gesenkt.

»Ich sage Ihnen sicher nichts Neues, aber ... Ihr Mann trug die Verantwortung für diese Blauhelme. Er war der Oberbefehlshaber. Einer der beiden Soldaten hat den Untersuchungsbehörden gesagt, Randall Shaughnessy habe gewusst, was passiert war, und er habe die Sache vertuscht. Der Name des Soldaten war Andrew Stongy.«

Sie spielte mit ihren Fingern und schwieg.

Er hielt ihr wieder das Notizheft hin. »Dieser Eintrag sagt mir, dass Roland vor seiner Ermordung von dem Skandal erfahren haben könnte. Irgendjemand muss ihm etwas zugetragen haben. Roland hatte durch sein Institut für Demokratische Praxis viele Kontakte. Auf alle Fälle wollte er mit Ihrem Mann darüber sprechen, wie dieser Eintrag zeigt. Hat er das getan?«

Ihre Augen zeigten eine leise Beunruhigung. »Nein, nicht dass ich wüsste.«

Lester machte eine Pause, bevor er die nächsten Worte in den Raum fallen ließ: »Und dann wurde Roland plötzlich ermordet.«

Sie schaute an ihm vorbei, als sei sie ungehalten darüber, dass ihr Besucher sie mit Dingen belästigte, die ihr zusätzliche Unannehmlichkeiten bereiteten.

Lester beobachtete ihre Körpersprache. »Dass zu dieser Frage keine weiteren Unterlagen, keine Dokumente, keine Computerdateien und keine Aufzeichnungen gefunden wurden, heißt nicht, dass es keine gab. Ich wusste ja auch nicht, dass er in Ihrem Ferienchalet Papiere hinterlassen hatte, die Sie mir freundlicherweise übergeben haben. Ich habe nichts über Kitkabuulu herausgefunden, außer ...«, und er hielt das schwarze Notizheft hoch, »außer dieser Notiz.«

Jetzt rührte sie sich. Ein harter, trockener Satz. »Randall hat nichts mit Rolands Tod zu tun.«

Ihre Eröffnung verschlug ihm sekundenlang die Sprache. Sein Puls beschleunigte sich. Er ließ nicht locker. »Hat Roland je mit Ihrem Mann über die Vorgänge im Zusammenhang mit der Operation Kitkabuulu gesprochen?«

»Nein.«

»Woher wissen Sie das so genau?«

Sie schwieg erneut, ihre knochigen Finger verknoteten sich ineinander.

Er wedelte mit dem Notizheft.

»Vielleicht sollte ich Ihnen sagen, dass ich diesen Eintrag nur zufällig entdeckt habe. Die Seiten klebten zusammen, und nur durch den Dampf in einem Hotelbad haben sie sich gelöst. Wer immer auch zuvor in diesem Notizheft gestöbert hat, konnte diesen Eintrag nicht gesehen haben.«

Er sah in ihren Augen ein kaum wahrnehmbares Aufflackern. Dann starrte sie wieder in die Ferne.

»Sicher war es nicht Ihre Absicht gewesen, Silver, mich diesen Eintrag sehen zu lassen, nicht wahr? Sie hätten keinesfalls Ihren Mann kompromittieren wollen.«

Sie hielt den Mund geschlossen, und Lester ließ sich nicht bremsen.

»Sehen Sie, Silver, ich kann mir nicht vorstellen, dass Roland Ihren Mann auf die Kitkabuulu-Informationen angesprochen hätte, ohne Ihnen vorher davon zu erzählen. Sie waren Randalls Ehefrau, seine Vertrauensperson. Roland hätte Sie um Rat gefragt. Er hätte wissen wollen, wie er sich in dieser heiklen Situation verhalten sollte. Er hätte Sie schützen wollen vor möglichen Konsequenzen. Vielleicht hatte er Sie sogar gebeten, den Kontakt zu Randall herzustellen.«

Er holte tief Luft. »Aber Roland hat einen Fehler gemacht. Er hat die Lage falsch eingeschätzt. Er kannte Sie nicht gut genug. Ihre Loyalität galt Randall und nicht meinem Bruder, war es nicht so?«

Sie hob abrupt das Kinn. »Ich habe einen großen Fehler begangen. Ich hätte alle seine Unterlagen vernichten sollen. Alles, was Roland im Ferienhaus zurückgelassen hat. Auch dieses Notizheft.«

Lester hielt unwillkürlich die Luft an, als könnte sein Atem den Fluss ihrer Worte stören.

Sie drehte den Kopf zur Seite, sah Lester nicht an, als sie mit resignierter Stimme fortfuhr: »Sie haben recht, den Eintrag im Notizheft habe ich übersehen. Sonst hätte ich es Ihnen nicht gegeben. Roland war ...« Sie suchte nach Worten, dann strömten sie aus ihr heraus: »Er wollte nicht einsehen, was er anrichten würde. Mein Gott, die Sache ist ja auch schon so viele Jahre her! Er wollte nicht wahrhaben, dass manche Dinge besser nicht enthüllt werden. Weil ... weil man damit mehr Unheil anrichten kann, als wenn die Sache verdeckt bleibt. Randall hatte damals richtig entschieden, die Entführung der Mädchen nicht öffentlich untersuchen zu lassen. In der Region war die Lage gerade stabil geworden – und viel sicherer für die afrikanische Zivilbevölkerung. Der Waffenstillstand mit den Kriegsparteien hatte schon ein Jahr gehalten und man hatte sich auf eine Regierung geeinigt.«

Sie hob den Blick und sah Lester direkt in die Augen, Stolz klang aus ihren Worten. »Die Zeit hat Randall recht gegeben. Dieses Land ist heute eines der stabilsten in Afrika. Den Menschen dort geht es relativ gut. Aber damals ... damals war alles sehr fragil, jederzeit konnte ein neuer Flächenbrand ausbrechen. Das wollte Randall verhindern. Die beiden Soldaten kamen ja nicht einfach ungeschoren davon, sie mussten die Armee verlassen, sie wurden unehrenhaft entlassen und mussten ihre militärische Laufbahn aufgeben.«

»*So* hat er es Ihnen erzählt?«

»Ja, und ich glaube ihm. Er war ein guter Mensch. Er kannte Afrika besser als die meisten, die da mitreden wollen. Wenn man vor Ort ist, wenn man mitten drin in der Misere steckt, wenn man die Tragödien der Menschen jahrelang hautnah miterlebt hat, dann sieht die Sache eben oft anders aus. Roland wollte das nicht wahrhaben.«

»Und die betroffenen Mädchen?«

»Randall hat für sie gesorgt, all die Jahre. Mit seinem Geld. Nicht offen, sondern durch verschlungene Kanäle. Sie wurden ärztlich betreut, auch von Psychologen, sie konnten zur Schule gehen, sie hatten immer genug zu essen. Eines der Mädchen ist

heute Hebamme, die dafür ausgebildet ist, Kaiserschnitte auszuführen. Sie kann vielen Kindern … und vielen Müttern das
Leben retten.«

»Manche Leute würden sagen, mit Schweigegeld«, warf
Lester ein.

Sie schüttelte ungehalten den Kopf.

»Sehen Sie, wären die Soldaten öffentlich verurteilt worden, dann wäre die Sache nachher gestorben und niemand
hätte sich mehr um die missbrauchten Mädchen gekümmert.
Die Kriegswirren wären wieder ausgebrochen und diese Kinder
wären wahrscheinlich abermals zum Opfer geworden.«

Lester hörte gebannt zu. Das war also die Erklärung, die
Silver für sich gefunden hatte, um die Realität abzuwehren.
Um Randalls Entscheidung zu rechtfertigen. Um den Schein
aufrechtzuerhalten.

»Was haben Sie Roland also geraten?«

»Die Finger davonzulassen. Es würde Randall zerstören, hatte ich ihm erklärt. Nicht nur Randall, auch den
Frieden in Afrika. Doch Roland hatte Blut geleckt. Er war ein
Wahrheitsfanatiker. Die Wahrheit, koste es, was es wolle … Er
war zu jung, um zu verstehen.«

»Haben Sie Randall von Rolands Absichten erzählt?«

Sie schüttelte wieder den Kopf. »Nein, ich … ich wollte
zuerst sicherstellen, dass die beiden Soldaten von damals … dass
sie nicht von Rolands Recherchen überrascht werden.«

Lester starrte sie an. »Sie wussten also, wer die beiden
waren?«

»Nur einer. Er hat mich kontaktiert.«

»War er der Fahrer des deutschen Botschafters, der kürzlich
tödlich verunglückt ist?«

»Ja.«

»Weshalb hat er Sie kontaktiert?«

»Er wollte Geld.«

»Er hat Sie erpresst?«

Sie nickte langsam. »Ich habe ihn regelmäßig bezahlt, ohne Randall etwas zu sagen. Randall hätte sich nicht erpressen lassen, er wäre lieber durch den Skandal hindurchgegangen. Er hätte geglaubt, dass er sich erklären könnte. Dass er der Welt alles klarmachen könnte. Aber ich wollte …«

»Sie wollten, dass er Karriere macht.«

»Er ist der beste Präsident für das OWID-Büro.«

Sie spricht immer noch im Präsens, dachte Lester. Eine Frage brannte ihm auf der Zunge: »Warum ist dieser Exsoldat überhaupt der Fahrer des deutschen Botschafters geworden?«

»Ich habe ihm die Stelle verschafft. Um ihn ruhigzustellen.«

»Und dann ist er plötzlich auf der Autobahn umgekommen.« Lester sagte es schleppend, als sei er zugedröhnt.

»Es war ein Unfall, Lester. Die Polizei hat das festgestellt.«

Ein Unfall. Er musste nachdenken. Innerlich packte ihn die Unruhe. Am Ende kam alles zusammen, er spürte es. Er stand kurz vor dem Ziel.

»Sie haben diesen Exsoldaten also vor Roland gewarnt? Sie haben ihm gesagt, dass Roland die ganze Sache enthüllen wolle? Dass er ihm auf der Spur sei?«

Er sprach mehr zu sich selbst, denn mit jedem Satz kratzte er eine Schicht des harten Drecks weg, unter dem sich die Wahrheit verbarg.

Silver Shaughnessy antwortete nicht.

Die jähe Erkenntnis traf ihn wie ein Schlag. Seine Worte kamen leise.

»*Sie* haben ihn ausgeliefert. *Sie* haben Roland dem Mörder ausgeliefert! Der Soldat hat ihn umgebracht. Der Fahrer des Botschafters!«

Er konnte kaum fassen, was er da gerade sagte. Es war zu ungeheuerlich, zu niederschmetternd.

Sie breitete abwehrend die Arme aus. »Ich konnte doch nicht wissen ... ich wollte doch nicht ...« Sie fing an zu weinen. »Ich wollte doch nur, dass er ... dass Randall nichts geschieht ...«

»Sie haben das Gegenteil erreicht! Roland ist tot und Randall ist auch tot!« Lester schleuderte ihr die Sätze entgegen. Er sprang auf und lief im Salon umher. Sie umfasste mit beiden Händen den Kopf, als müsste sie sich vor Schlägen schützen.

»Hat Ihr Mann den Fahrer des Botschafters umgebracht? Oder umbringen lassen? Und hat er ...«

Silvers Stimme durchschnitt die Luft wie ein Messer. »Nein, das hat er nicht, Randall hat nichts damit zu tun!«

Lester setzte sich wieder. Sein Instinkt sagte ihm, dass sie jetzt bereit war, alles aufzudecken.

Und tatsächlich begann sie mit heiserer Stimme: »Andrew Stongy hat Randall kontaktiert. Er wusste, dass er an Krebs sterben wird, und ... er hat zu Randall gesagt, dass er nicht mehr ... dass er sich zu seinen Taten bekennen wolle. Öffentlich. Darauf sprach Randall mit mir. Er war bereit, seine Karriere aufzugeben. Er meinte, es sei ein Fehler gewesen, man könne so einen Skandal nie auf Dauer unter Verschluss halten. Irgendwann rede immer einer.«

Sie rieb die Hände am Stoff ihrer Hose, als müsste sie eine Spannung lösen.

»Ich wollte ihn davon abbringen. Ich habe ihn gewarnt, weil die Polizei dann herausfinden würde, dass der Fahrer des deutschen Botschafters auch involviert war. Ich gestand ihm, dass mich der Fahrer erpresst. Und ... dass ... dass es vielleicht der Fahrer war, der Roland getötet hat.«

Sie hielt die Hände wieder still und den Blick gesenkt. Sie sah aus, als sei mit diesem Geständnis alle Kraft, alles Leben aus ihr gewichen.

Lester betrachtete sie bestürzt. In seinem Geist setzte sich alles zu einem schrecklichen Ganzen zusammen. »Ihr Mann hat sich umgebracht, weil er herausgefunden hat, was mit Roland geschehen ist. Er hat herausgefunden ...«, seine Stimme versagte beinahe vor der Unerträglichkeit dessen, was geschehen war. »Er hat entdeckt, warum Roland umgebracht wurde. Nicht die Verfehlungen seiner Soldaten und die mögliche Enthüllung haben Ihren Mann zum Selbstmord getrieben. Etwas anderes hat ihn verzweifeln lassen. Sie, Silver. Seine Frau!«

Sie schlug die Hände vors Gesicht. Ihre Schultern bebten. Lester saß wie betäubt da, blickte geistesabwesend auf eine Keramikschale auf dem Salontisch.

Er folgte dem roten Faden seiner Gedanken immer weiter. »Und Rolands Unterlagen ...«, murmelte er wie zu sich selbst, »Sie haben mir seine Unterlagen gegeben, um mich in eine falsche Richtung zu lenken. Und fast wäre Ihre Rechnung aufgegangen. Der Fahrer ... der Mörder hat Rolands Laptop an sich genommen. Fast wäre alles nach Ihren Plänen verlaufen.«

Sie wandte ihm das tränenüberströmte, verzerrte Gesicht zu.

»Ich ... ich habe es Randall gesagt. Ich konnte es nicht mehr ertragen, ich konnte nicht mehr ...« Ihre Stimme verlor sich. Der letzte Satz war nur noch ein ersticktes Flüstern. »All die Toten, die ich auf dem Gewissen habe.«

Lester hielt es nicht mehr in ihrer Nähe aus. Er steckte das Notizheft in die Schultertasche und lief durch die Halle zum Ausgang. Ein Dienstmädchen öffnete die schwere Tür. Er blieb, geblendet vom Sonnenlicht, auf dem Treppenabsatz zum Garten stehen und schloss sekundenlang die Augen. Dann schritt er los.

Das schmiedeeiserne Tor stand weit offen.

41

Tia ließ sich neben Beth auf einem Stuhl im Hof nieder.

»Frischen Kaffee?«, fragte die Köchin, ohne den Blick von der Koppel zu wenden, wo Lucy auf Desperado saß. Bill hielt den Schimmel an der Leine und redete ruhig auf beide ein.

»Für 'nen Polizeispitzel versteht er 'ne Menge von Pferden«, sagte Beth.

»Und von Teenagern.« Tia blinzelte in die Sonne. »Haben Sie Xavier gesehen?«

»Der ist schon im Stall und mistet aus.«

Xavier. Helfen war seine zweite Natur. Ein Gefühl der Wärme erfüllte sie.

»Wann kommt Lucys Vater?«

»Morgen. Heute kommt der neue Hufschmied.«

»Wie ist er?«

»Wer? Der Hufschmied?«

»Nein, Lucys Vater.«

»Ich hab lange mit ihm am Telefon gesprochen. Macht mir einen sehr guten Eindruck. Er hat uns ein Foto per E-Mail geschickt. Lucy ist ihm wie aus dem Gesicht geschnitten. Ein feinfühliger Typ. Ein Softy. Für Alissa war er sicher zu feinfühlig. Sie liebt gefährliche Männer.«

»Hat er wieder geheiratet?«

»Ja, und er hat drei Kinder. Vier, mit Lucy.« Beth legte ein Bein übers Knie und ließ den weiten Rock wie ein Zelt darüberfallen.

»Alissa hat ihn verlassen, als Lucy noch ein Baby war. Er wusste nicht, wo sie sich nach der Scheidung aufhielt. Sie hat nie Unterhalt von ihm verlangt. Die Polizei hat ihn für uns aufgespürt. Als er Lucy im Krankenhaus besucht hat, erkannte sie ihn gleich. Sie hat überhaupt nicht gefragt, sie wusste sofort, wer er ist.«

»Wird er sie in seine Familie aufnehmen?«

Beth rekelte sich auf ihrem Stuhl. Die Hunde Sherlock und Holmes, die an der Hauswand dösten, richteten sofort die Ohren auf.

»Er sagt, Lucy soll entscheiden, ob sie bei uns auf der Ranch bleiben will, oder ob sie mit seiner Familie leben will. Er will keinen Druck auf sie ausüben. Sie soll sich zuerst erholen und wieder Vertrauen fassen.«

»Er klingt wirklich wie ein reifer Mensch.«

Beth räusperte sich.

»Alissa hat … sie hat Fehler gemacht, aber sie liebt Lucy. Dieser Prediger, dieser Mörder, er wollte immer, dass Lucy in sein Bibelcamp kommt. Doch Alissa – sie hat es nie zugelassen. Das hat sie mir immer gesagt: Lucy geht nicht dorthin. Da war sie unerbittlich. Sie hat sich vielleicht mit ihm eingelassen. Aber sie hätte ihre Tochter nie diesem … Schurken ausgeliefert. Etwas in ihrem Innern hat sie immer gewarnt.«

»Sie hat mir das Leben gerettet«, sagte Tia. »Sie ist eine Heldin.«

Beth sah sie von der Seite an. »Ich bin froh, dass Sie hier sind … wegen Lucy. Sie sind ihre Hoffnung.«

Tia drehte sich überrascht zu ihr. »Wie meinen Sie das?«

»Sie können ihr zeigen, wie man ... dass man Schlimmes überleben kann.«

Tia wusste nicht, was sie darauf erwidern sollte. Sie war nie wie Lucy vergewaltigt worden. Sie konnte nur leise ahnen, was das für ein junges Mädchen bedeuten musste. Lucy wurde von einer Therapeutin betreut. Und ihre Mutter lebte. Dennoch schwor sich Tia, Lucy zu helfen, wo immer sie konnte.

Sie schwiegen und schauten zur Koppel hoch. Lucy saß sicher im Sattel. Desperado tänzelte, aber er schien nicht wirklich nervös. Vielleicht war er froh, wieder in seiner vertrauten Umgebung zu sein. Und vielleicht spürte er Lucys uneingeschränkte Zuneigung.

Seit Lucy aus dem Krankenhaus zurück war, nahm sich Tia bewusst zusammen. Teenager brauchten starke Erwachsene, die ihnen Sicherheit vermittelten. Sie brauchten festen Boden unter den Füßen, auf dem sie ausschreiten konnten. Vor allem, wenn sie so verwundet wie Lucy waren.

Das Mädchen streichelte den Hals des Schimmels. Pferde sind Seelenheiler, dachte Tia. Genau wie die Musik und das Malen.

»Das Ganze kommt mir wie ein Albtraum vor«, sagte Beth. »Ich möchte aus ihm aufwachen, doch er ist immer da.«

»Es wird nie mehr so sein wie früher, es wird einfach anders sein.« Tia konnte nicht glauben, dass sie so eine Plattitüde von sich gab. Tragödien waren nicht in Worte zu fassen.

Beth seufzte. »Wenigstens können wir bald wieder Gäste empfangen, dann bin ich total beschäftigt und komme nicht mehr zum Nachdenken. Und es gibt noch was Positives.«

»Was?«

»Alissa hat den Scheck dieses ... Monsters rechtzeitig eingelöst. Sie wissen doch, der Scheck für Ihr Konzert in der Schule von Lost Horizons. Als ob sie etwas geahnt hätte. Wir müssen uns dieses Jahr keine Sorgen mehr um das Futter für die Pferde machen.«

»Vielleicht werde ich wieder mehr Konzerte geben.« Tia hatte die Worte ausgesprochen, ohne zu überlegen.

»Heute kommt der neue Hufschmied«, wiederholte Beth.

Während einiger Minuten sagte niemand etwas.

Irgendwann fragte Tia: »Was passiert mit der Ranch?«

»Wir machen einfach weiter und halten den Betrieb am Laufen, bis Alissa wieder ganz gesund ist.«

Tia dachte nach. »Alissa hat diese Ranch also immer aus den Fängen des Predigers rausgehalten.«

Beth nickte. »Ja, dafür habe ich sie bewundert. Sie hat sich nicht total aufgegeben. Auch wenn man gläubig ist, muss man sich den gesunden Menschenverstand behalten.«

Tia betrachtete Beth. Sie hoffte sehr, dass diese mutige Frau immer ein Bestandteil ihres Lebens bleiben würde.

Die Köchin stand auf. »Da kommt Xavier.«

Tia fand, er wirkte schon wie ein richtiger Wrangler mit seinen zerknitterten Bluejeans und dem karierten Hemd.

Sie ging auf ihn zu und umarmte ihn. Er roch unverkennbar nach Pferdemist – sie ließ sich dennoch zärtlich von ihm küssen.

Er legte den Arm um sie.

»Ich brauche ein Bad. Ich glaub, ich geh baden. Es ist so warm. Kommst du mit zum See?«

Als sie zum See hinunterliefen, wurden sie von Sherlock und Holmes eingeholt.

Zu viert sprangen sie ins kühle Nass.

Wasser tropfte aus Tias Haar, als sie eine Stunde später wieder den Hof erreichten.

Ein hochgewachsener Mann in Freizeitbekleidung stand vor dem Hauptgebäude. Beth redete mit ihm, und als er ihre

Schritte hörte, wandte er sich Tia und Xavier zu und sah ihnen mit freundlichem Gesicht entgegen.

Schon wieder so ein gut aussehender kanadischer Cowboy mit schmalen Hüften und kräftigen Armen, dachte sie.

Er sah sie an, als hätte er auf sie gewartet.

»Kommt her«, rief Beth, »jemand möchte euch kennenlernen.«

Tia betrachtete den jungen Mann neugierig. »Sind Sie der neue Hufschmied?«, fragte sie.

Er stutzte kurz, dann grinste er.

»Nein. Wir haben eine gemeinsame Freundin. Corinne Voney. Sie möchte, dass ich Ihnen Grüße überbringe.«

Er streckte die Hand aus. »Gestatten, Lester Debuisson.«

DANKSAGUNG

Ein Urlaub auf einer Pferderanch in British Columbia und der tragische Tod eines jungen Kanadiers in einem europäischen Skigebiet haben mich zu diesem Buch inspiriert.

Ich ließ das Manuskript allerdings eine Weile liegen und schrieb erst andere Bücher, bevor ich Franz Edlmayr davon erzählte, dem Lektor des Verlags *Amazon Publishing*. Herr Edlmayr, der bereits zwei meiner Kriminalromane herausgegeben hat, las das Manuskript und gab mir die entscheidenden Anregungen, die dieses Buch – und ich als Autorin – brauchte. Es ist unschätzbar, wenn ein Fachmann erkennt, wie man eine Geschichte am besten über die letzten Hürden hebt. Für seine wertvollen Anstöße möchte ich Franz Edlmayr begeistert danken.

Meine Lektorin Gisa Marehn habe ich noch nie persönlich getroffen. Sie lebt manchmal in Island und ich in Kanada. Über Tausende von Kilometern hinweg kommunizieren wir aber wunderbar und effizient. Schon zum dritten Mal arbeiten wir zusammen, und ich kann Gisa Marehns Lob nicht laut genug singen. Mit ihrer treffsicheren Logik, vielen kreativen Vorschlägen, einem bewundernswerten Gedächtnis und ihrem detektivischen Sinn für Zusammenhänge hat sie mein Buch zum Funkeln gebracht. Ein Applaus für diese großartige Expertin ist angebracht!

Pferde spielen eine wichtige Rolle in meinem Kriminalroman. Das mag manche erstaunen, denn ich habe bislang vielleicht sechsmal den Rücken eines Pferdes erklommen. Meine Reitausflüge waren nicht die heroischsten Stunden meines Lebens, obwohl mich diese großen sensiblen Tiere faszinieren. Vor allem ihre Geduld und Toleranz beeindrucken mich über alle Maßen. Ich bin zu der Erkenntnis gelangt, dass Pferde wahrscheinlich klüger als gewisse Menschen sind. Für dieses Buch habe ich die Hilfe und Kenntnis der ehemaligen Pferdezüchterin Esther U. Sommer in Anspruch genommen. Die Schweizerin hat viele meiner Wissenslücken gefüllt, wofür ich ihr sehr dankbar bin. Falls sich doch Irrtümer eingeschlichen haben sollten, gehen sie allein auf mein Konto.

Ein großer Dank gebührt auch meinen Testlesern Peter Stenberg, Gisela Dalvit, Konrad Frehner, Klaus Uhr und Susanna Niederer Moeini: Ihr habt mir mit eurer aufbauenden Kritik den Weg geebnet. You are awesome!

Dieser Spannungsroman ist mein drittes Buch bei Amazon Publishing. Es ist phänomenal, wie mich das Münchener Team unterstützt und immer für mich da ist, wenn ich Fragen oder Bitten habe. Liebes Team, eure Arbeit ist bewundernswert und dank eures Einsatzes vergrößert sich meine Lesergemeinde rasant. Danke!

Ich habe auch noch ein ›inoffizielles‹ Team, das meine Existenz als Autorin so viel leichter macht. Diese Freundinnen und Freunde tun so vieles für mich: Sie organisieren Lesungen, beherbergen und bewirten mich, sie nehmen Büchersendungen in Empfang, chauffieren mich herum, werben für meine Krimis, schreiben mir ermunternde Worte, glauben an mich und leihen mir manchmal sogar ein besonders schönes Kleidungs- oder Schmuckstück für einen Auftritt! Deshalb male ich hier ein riesiges Dankeschön für Christa Zimmermann, Irene Zortea, Hans Kurth, Rosa und Peter Stenberg, Gisela Dalvit, Barbara

Bühler, Maria und Jean-Claude Potin, Erika Imhof, Susanna Niederer Moeini, Antonia Jann Moeschlin, Susanne Keller, Helmut Daiminger, Irene Nauta, Vera Richardson, Helen Radu, Gisela Sembritzki-Mergler, Anke und Helmut Scheffler, Heidy Zurmühle, Rae Ellingham, Barbara Steiner und Margot Grant.

Einen ungemein wichtigen Helfer habe ich mir bis zum Schluss aufgespart: Klaus, meinen Bruder, der mir bei allen möglichen Computerproblemen hilft und nicht aufgibt, bis er die Lösung gefunden hat. Vor allem nicht, wenn ich mich vom Pech verfolgt fühle. Klaus gab mir auch Einblick in die Geheimnisse des Weltalls und in die Erkenntnisse der Astronomie, für die er sich brennend interessiert. Geduldig beantwortete er meine vielen Fragen und machte mich auf Irrtümer in meinen Textstellen aufmerksam. Er ist für mich Superman! Danke, danke, danke.

Zeitfracht Medien GmbH
Ferdinand-Jühlke-Straße 7
99095 Erfurt, Deutschland
produktsicherheit@kolibri360.de

Druck:
CPI Druckdienstleistungen GmbH
im Auftrag der
Zeitfracht Medien GmbH
Ein Unternehmen der Zeitfracht - Gruppe
Ferdinand-Jühlke-Str. 7
99095 Erfurt